KB035042

이 안에

당신의 수명이

들어 있습니다

이 안에 당신의 수명이 들어 있습니다

The Measure

니키 얼릭 지음 — 정지현 옮김

생각정거장

사랑과 감사를 담아 나의 조부모님께

이 책을 바칩니다.

차례

말해 보라.

당신은 아무도 손대지 않은

이 하나뿐인 소중한 삶으로 무엇을 할 계획인가?

– 메리 올리버Mary Oliver, 《The Summer Day》

이제는 그것이 나타나기 전의 세상을 떠올리는 것조차 어려워졌다.

하지만 그것이 세상에 처음 모습을 드러낸 3월까지만 해도 사람들은 봄과 함께 찾아온 그 작은 상자를 어떻게 해야 하는지 감조차 잡을 수 없었다.

살면서 만나는 모든 상자에는 분명한 의미와 어울리는 행동이 있다. 개학 첫날에 신으려고 사둔 반짝이는 새 운동화가 들어 있는 신발 상자. 솜씨 좋게 끝을 밀어 올린 빨간색 끈으로 장식한 크리스마스 선물 상자. 오랫동안 꿈꿔온 다이아몬드 반지가 든 작은 상자. 안에 뭐가 들었는지 써놓은 커다란 골판지 상자는 이사 트럭에 차곡차곡 실린다. 살면서 가장 마지막으로 만나는 상자는 땅속에 내려놓고 뚜껑을 닫으면 영영 다시 열리지 않는다.

상자란 이처럼 용도를 알기 쉬우며 예상을 벗어나지도 않는다. 세상의 모든 상자는 평범한 삶에 어울리는 목적과 장소가 있기 마련이다.

하지만 그 상자는 달랐다.

상자가 나타난 건 3월의 첫째 날이었다. 아직 봄이 시작되려면 한참 먼 그저 평범한 달이 뜬 평범한 날이었다.

상자는 전 세계 사람들에게 한꺼번에 나타났다.

원목의—적어도 보기에는 나무 소재 같았다.—작은 상자는 밤사이 전 세계 모든 국가의 모든 도시와 지역에 사는 무수히 많은 사람 앞에 나타났다.

상자는 교외 주택가의 잘 깎인 잔디밭 생울타리와 그해 처음 피어난 히아신스 사이에도 있었고, 도시의 세입자들이 수십 년 동안 들락거리며 밟은 아파트 현관문 매트 위에도 있었다. 또 상자는 사막의 텐트 밖 뜨거운 모래밭에도 박혀 있었고, 고요한 호숫가의 오두막 앞에서도 이슬을 맞고 있었다. 샌프란시스코, 상파울루, 요하네스버그, 자이푸르, 안데스산맥, 아마존, 상자는 전 세계 어디라도 누구라도 찾아갔다.

그 사실은 위안과 동시에 불안감을 주었다. 어디선가 갑자기 나타난 상자를 받는 초현실적인 현상이 일어났고, 이 현상을 지구상의 모든 성인이 함께 겪는다는 사실이 공포와 동시에 안도감을 느끼게 했다.

정말로 전 세계 모든 사람이 비슷한 경험을 했다. 상자는 모두 똑같았다. 불그스름한 빛을 띤 어두운 갈색에 촉감은 시원하고 부드러웠다. 그리고 암호 같은 짧은 문구가 받는 사람의 모국어로 새겨져 있었다. *이 안에 당신의 수명이 들어 있습니다.*

모든 상자 안에는 가느다란 은백색 끈이 한 가닥 들어 있었다.

뚜껑을 열자마자 곧바로 끈이 보이는 것은 아니어서 안에 든 내용물을 보려면 한 번 더 생각해야 했다. 마치 상자가 경고라도 하는 듯했다. 어린아이가 곧바로 포장을 뜯어버리는 일이 없도록 지켜주려는 것처럼. 엎지른 물은 도로 주워 담을 수 없으니 잠시 멈추고 다음 행동을 신중하게 선택하라고 부탁하는 것 같았다.

전 세계 사람들이 받은 상자의 다른 점은 두 가지뿐이었다.

상자에 새겨진 받는 사람의 이름과 안에 든 끈의 길이.

그러나 상자가 처음 나타난 그해 3월에는 혼란과 두려움만 가득할 뿐, 수명이란 것이 진정 무엇을 뜻하는지 아는 사람은 아무도 없었다.

적어도 그때는 그랬다.

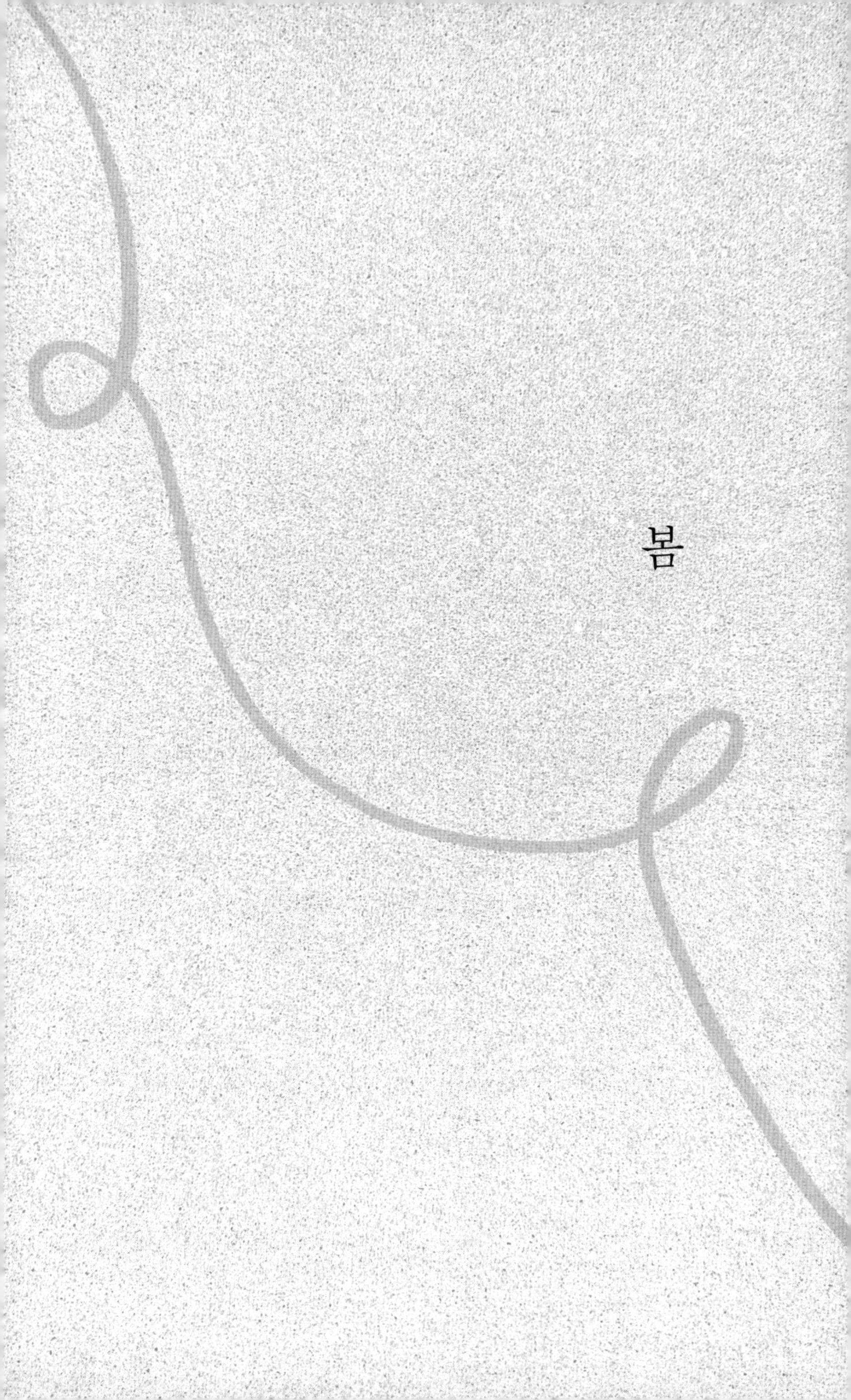

봄

니나

자신의 이름이 새겨진 상자가 현관문 앞에 나타났을 때 니나는 아직 침대에서 자고 있었다. 곤란한 꿈이라도 꾸는지 눈꺼풀이 경련하듯 씰룩거렸다. (꿈속에서 그녀는 고등학교 시절로 돌아가 있었다. 선생님이 논술 숙제를 제출하라는데, 그런 숙제가 있었는지도 금시초문이었다.) 평소 스트레스에 약한 그녀는 비슷한 악몽을 자주 꾸었다. 하지만 곧 눈을 뜨면 기다리고 있을 일은 그런 단순한 악몽과는 비교도 되지 않았다.

그날 아침에도 먼저 일어난 사람은 니나였다. 그녀는 아직 꿈나라에 있는 모라가 깰까 봐 조심스럽게 침대를 빠져나왔다. 체크무늬 잠옷 차림 그대로 주방으로 가서 가스레인지를 켰다. 가스 불 위에 놓인 볼록한 주황색 찻주전자는 작년 여름에 모라가 벼룩시장에서 건진 것이었다.

언제나처럼 아파트 안에는 이른 아침의 기분 좋은 고요함이 감돌았다. 찻주전자에서 흘러내린 물방울이 가스 불에 닿으면서 나는 치익 소리만 이따금 적막을 깨뜨렸다. 시간이 한참 지난 뒤에

이날을 다시 떠올렸을 때 니나는 왜 그 아침에 소란스러운 기색이 전혀 없었는지 의아했다. 이미 밖에서는 혼란스러운 상황이 벌어지고 있었을 텐데, 어째서 아무 일도 없다는 듯이 고요하기만 했던 건지. 사람들의 비명도, 요란하게 울려대는 사이렌 소리도, 시끄러운 텔레비전 소리도 없었다. 만약 핸드폰을 켜지 않았더라면 그날을 기점으로 영영 달라져버릴 그 고요한 세상을 조금이나마 더 음미할 수 있었으리라.

니나는 소파에 앉아 핸드폰을 보았다. 그녀가 매일 아침을 시작하는 방법이었다. 이메일을 확인하고 이런저런 소식지를 읽다 보면 어느덧 모라의 알람이 울리고 달걀을 먹을지 오트밀을 먹을지 둘이 아웅다웅하는 것이 매일 아침의 풍경이었다. 니나는 편집자라는 직업 때문에 최신 정보에 빠삭해야 했다. 해마다 주시해야 할 앱이나 매체의 숫자가 감당하기 어려울 정도로 불어났다. 가끔은 평생 읽고 또 읽어도 영원히 따라잡을 수 없을 것 같은 생각마저 들었다.

하지만 그날 아침에는 따라잡으려고 애쓸 시간조차 주어지지 않았다. 핸드폰 잠금장치를 풀자마자 심상치 않은 분위기가 감지되었다. 친구들에게 온 부재중 전화 세 통과 몇 시간 동안 쌓인 메시지가 가득했다. 대부분은 동료 편집자들의 단체방 메시지였다.

도대체 뭐야?!

다들 받은 건가요???

없는 데가 없네. 진짜 전 세계야. 미쳤어.

상자에 적힌 글자 합성 아니야?

정보가 더 나올 때까지 절대 열지 마세요.

어차피 안에 든 거 그냥 끈 가닥 아닌가요?

니나는 가슴이 답답하게 조여오고 머리가 지끈거리는 걸 느끼면서 흩어진 퍼즐 조각을 맞추려 애썼다. 트위터도 보고 페이스북도 보았다. 분위기가 전부 똑같았다. 게시물에 가득한 물음표와 느낌표가 사람들이 얼마나 당황하고 공포에 질렸는지 말해주었다. 소셜 미디어에는 사진도 올라와 있었다. 현관문 밖에 놓인 작은 갈색 상자를 찍어서 올린 사람이 엄청나게 많았다. 그녀가 사는 뉴욕뿐만 아니라 세계 곳곳에서 찍힌 사진이었다.

몇몇 사진에서는 상자에 새겨진 글자도 잘 보였다. *이 안에 당신의 수명이 들어 있습니다.* 도대체 무슨 뜻일까?

불안할 정도로 가슴이 빠르게 뛰기 시작했다. 그에 못지않게 빠른 속도로 머릿속에서는 질문이 꼬리에 꼬리를 물고 이어졌다. 그러니까, 전 세계 사람들이 의미를 알 수 없는 문구가 적힌 똑같은 상자를 동시다발적으로 받았고 다들 온라인에 모여서 끔찍한 결론을 도출하고 있었다. 상자 안에 담긴 무언가가 우리의 남은 수명을 안다고. 무엇인지 모를 존재가 정한 수명을.

큰소리로 모라를 불러서 깨우려던 찰나 니나는 자신들에게도 상자가 왔으리라는 생각이 스쳤다.

떨리는 손에 들린 핸드폰을 소파에 떨어뜨리고 자리에서 일어섰다. 약간 후들거리는 다리로 현관문까지 걸어갔다. 심호흡을 한

다음 문구멍으로 밖을 내다보았지만 바닥이 보이지 않았다. 느릿느릿 이중 잠금장치를 풀었다. 마치 낯선 사람에게 문을 열어주는 게 내키지 않는다는 듯이 아주 조금만 열었다.

상자가 있었다.

현관문 밖의 흙 털이 매트에 놓여 있었다. 매트에는 "쿨하게 굴지 않을 거면 그냥 꺼지세요."라는 밥 딜런의 명언이 적혀 있었다. 모라가 니나와 같이 살기로 하고 니나의 집으로 들어오면서 한사코 우겨서 가져온 것이었다. 그 문구는 늘 모라를 미소 짓게 했다. 니나는 아무것도 적히지 않은 평범한 격자무늬 매트가 더 낫겠다 싶으면서도 벌써 몇 달째 집에 오면 가장 먼저 반겨줘서인지 어느새 저 매트와 정이 들었다.

나무 소재로 보이는 두 개의 상자가 매트의 파란색 필기체 글자를 거의 가린 채 놓여 있었다. 두 사람 앞으로 하나씩 온 것이 분명했다.

아파트 복도 쪽으로 고개를 돌리자 이웃집 3B호 문 앞에도 똑같은 상자가 놓여 있는 것이 보였다. 하루에 한 번 쓰레기를 버릴 때만 밖으로 나오는 홀아비 노인이 사는 집이었다. 순간 알려줘야 하나 고민되었다. 그런데 뭐라고 말한단 말인가?

니나는 이러지도 저러지도 못하고 바닥에 놓인 상자를 쳐다보기만 했다. 감히 손댈 용기가 나지 않았다. 정말로 상자가 눈앞에 있다는 사실이 너무 충격이어서 그냥 돌아서지도 못했다. 그 순간 찻주전자의 휘파람 소리가 울려 퍼졌고 퍼뜩 스치는 생각이 있었다. 모라는 아직 아무것도 몰랐다.

벤

벤도 상자가 도착했을 때 잠들어 있었다. 집은 아니었다.

그는 비좁은 이코노미석의 옆자리 사람이 펼쳐 놓은 노트북이 너무 눈부셔서 눈을 꽉 감은 채로 뒤척였다. 그때 10킬로미터 아래 지상에서는 수백만 개의 상자가 안개처럼 순식간에 전국을 뒤덮고 있었다.

샌프란시스코에서 열린 사흘간의 건축 콘퍼런스는 초저녁에 끝났다. 그 바람에 벤은 뉴욕으로 가는 야간 비행기에 올라야 했다. 샌프란시스코만 지역에는 아직 상자의 흔적이 나타나기 전이었다. 그가 탄 비행기는 자정 직전 서부를 출발해 일출 직후 동부에 도착했다. 승객들은 물론이고 승무원들도 간밤에 벌어진 일에 대해 까맣게 모르고 있었다.

하지만 안전벨트 표시등이 꺼지고 승객들의 핸드폰이 일제히 켜지는 순간 모르는 이가 하나도 없게 되었다.

공항의 커다란 텔레비전 화면 주위로 사람들이 잔뜩 몰려 있었다. 방송사들은 저마다 다른 제목의 뉴스를 내보냈다.

전 세계에 나타난 불가사의한 상자.

이 상자들은 어디에서 왔는가?

미래를 안다고 주장하는 상자.

끈이 정말로 의미하는 것은 무엇인가?

이후 비행 편은 모두 지연되었다.

옆에서는 세 아이의 아빠가 아이들을 조용히 시키려고 애쓰면서 전화기에 대고 싸우고 있었다. "방금 도착했는데 어쩌라고! 그냥 다시 가?"

사업가처럼 보이는 한 여자는 아이패드를 보면서 다른 승객들에게 최신 정보를 전해주고 있었다. "아무래도 성인들만 받은 것 같네요." 그녀는 누구에게라고 할 것 없이 큰소리로 말했다. "지금까지 어린애가 받았다는 얘기는 하나도 없어요."

하지만 모두가 핸드폰에 대고 똑같은 질문을 외치고 있었다. "내 것도 왔어?"

비행기에서 잠을 설친 벤은 뻑뻑하고 아픈 눈을 찡그리며 형광색 화면을 올려다보았다. 그는 비행기를 탈 때마다 느끼는 게 있었다. 비행기 안에 있으면 꼭 저 아래의 평범한 삶에서 벗어난 시간대에 존재하는 느낌이었다. 그런데 이날처럼 비행기에서 내렸을 때 정말로 완전히 딴판인 세상이 펼쳐졌던 적은 없었다.

벤은 지하철을 타기 위해 공항철도로 발걸음을 재촉했다. 여자 친구 클레어에게 전화를 걸었지만 연결되지 않았다. 다음으로 부모님에게 걸었다.

"우린 괜찮다. 그래. 괜찮대도." 어머니가 그를 안심시켰다. "우리 걱정은 말고 너나 조심해서 와."

"그…… 받으신 거죠?" 벤이 물었다.

"그래." 어머니는 누가 엿들으면 안 되는 것처럼 작은 목소리로 소곤거렸다. "일단 네 아버지가 복도 옷장에 넣어 놨다. 아직 열어 보진 않았어."

혼잡한 출근 시간대인데도 시내로 가는 지하철은 눈에 띄게 한산했다. 벤은 자리에 앉아 기내용 캐리어를 다리 사이에 끼웠다. 그가 탄 칸에는 그를 포함해 다섯 명뿐이었다. 오늘 다들 출근 안 하나?

이내 그는 그것이 안전책이라는 사실을 깨달았다. 뉴욕 시민들은 도시에 큰 재앙이 닥칠 것 같은 뒤숭숭한 분위기일 때마다 되도록 지하철을 피하곤 했다. 어쩌면 당연한 심리였다. 공기도 잘 통하지 않는 좁아터진 땅속 지하철에 꼼짝없이 갇히기라도 한다면 그것보다 끔찍한 일이 어디 있겠는가.

서로 멀찍이 떨어져 앉은 승객들은 말없이 초조한 표정으로 핸드폰에만 열중했다.

"그까짓 조그만 상자 가지고 유난들은." 구석 자리에 널브러져 앉아 있는 남자가 말했다. 약이든 술이든 뭔가에 취한 듯 보였다. "쫄 필요 없다니까!"

그와 가장 가까이 앉아 있던 사람이 얼른 자리를 옮겼다.

제정신이 아닌 듯한 남자는 보이지 않는 오케스트라를 향해 지휘자처럼 두 손을 휘저으며 노래하기 시작했다.

작은 상자, 작은 상자, 싸구려 상자…….

기이한 선율로 노래하는 쉰 목소리를 듣고 있자니 벤은 정말로 걱정이 되기 시작했다.

갑자기 마음이 괴로워져 서둘러 다음 그랜드 센트럴 역에서 내렸다. 빠르게 계단을 올라가 북적거리는 사람들 틈에 섞이자 지상으로 돌아온 것에 대한 안도감이 느껴졌다. 지하철역과 바로 연결된 터미널에는 사람이 훨씬 더 많았다. 교외로 나가는 기차를 타려는 사람들로 바글바글했다. 벤은 궁금했다. 다들 어디로 가는 걸까? 정말로 수수께끼 같은 상자의 답이 도시 밖에 있다고 생각하는 건가?

가족이 있는 본가로 서둘러 돌아가려는 것일지도.

그는 비어 있는 철로로 이어지는 입구에서 잠깐 멈추어 생각을 정리하려고 애썼다. 지나가는 사람들의 4분의 1쯤이 겨드랑이에 갈색 상자를 끼고 있었다. 배낭이나 핸드백에 든 상자는 더 많을 것이다. 상자가 나타났을 때 침략자나 다름없는 저것과 민망할 정도로 얇은 벽 하나만 사이에 두고 아무것도 모른 채 코를 골며 자고 있지 않았다는 사실이 얼마나 다행인지 몰랐다. 그때 자신은 집에 없었다고 생각하면 그나마 침입당한 기분이 덜했다.

평소 이 기차역은 오디오 가이드를 들으며 그 유명한 천장의 별자리 벽화를 올려다보는 관광객들로 북적거렸다. 하지만 오늘은 발길을 멈추어 천장을 올려다보는 사람이 한 명도 없었다.

벤이 어릴 적 어머니는 빛바랜 금색 벽화를 손으로 하나씩 가리키며 별자리를 다 설명해주었다. 일부러 별자리를 거꾸로 그린 것이라고 말해준 사람도 어머니였던가? 어쨌든 인간의 눈이 아니라 천구 밖에서 신의 눈으로 바라본 모습이라고 했다. 벤은 멋지지만 실수를 감추려고 급하게 꾸며낸 이야기라고 생각했더랬다.

"이 안에 당신의 수명이 들어 있습니다." 한 남자가 좌절감 가득한 얼굴로 헤드셋에 대고 말하고 있었다. "무슨 뜻인지 아무도 몰라! 내가 어떻게 알아?"

이 안에 당신의 수명이 들어 있습니다. 공항에서는 모르는 사람들에게, 지하철에서는 핸드폰으로 웬만한 정보를 다 얻은 벤은 그것이 상자에 새겨진 문구라는 것을 알았다. 수수께끼가 나타난 지 몇 시간밖에 되지 않았는데, 상자에 든 끈이 그 사람의 수명을 뜻한다고 해석하는 사람들이 있었다.

벤은 절대 사실일 리 없다고 생각했다. 그게 사실이라면 저 천장의 별자리처럼 세상이 뒤집혔다는 뜻이다. 인간이 신의 눈으로 볼 수 있게 된 거니까.

벤은 살짝 어지러움을 느끼며 뒤쪽의 차가운 벽에 기댔다. 순간 비행기에서 겪었던 극심한 난기류가 떠올랐다. 그것은 옆자리 사람의 음료수가 쏟아질 뻔할 정도로 심했었다. 마치 무언가가 잠깐 대기를 뒤흔든 것처럼.

나중에 알게 된 사실이지만 상자가 전 세계에 동시에 나타난 것은 아니었다. 상자는 해당 지역의 밤 시간대에 나타났다. 벤은 어젯밤 일이 자세하게 기억나지는 않았지만 그랜드 센트럴 역에 서서 생각했다. 상공이 흔들렸던 그 순간이 지상에 상자가 나타난 때가 아니었을까.

니나

니나는 상자를 열고 싶지 않았다.

다른 날과 다름없이 뉴스를 전부 확인했다. 트위터에 새로 업데이트된 게시물도 훑었다. 속으로는 평소와 같이 업무를 한다고 생각했지만 기사만 찾으려고 한 건 아니었다.

니나는 답을 찾으려고 했다.

온라인에는 도저히 설명할 수 없는 끈의 출처에 대한 추측이 앞다투어 쏟아지고 있었다. 신의 전령사가 보낸 것이라는 추측부터 비밀 정부 기관의 소행이다, 외계인의 침공이다라는 추측까지 다양했다. 너비 15센티미터, 높이 8센티미터밖에 안 되는 이 작은 상자가 어느 날 갑자기 전 세계 사람들의 문 앞에 나타난 것을 합리화하려는 사람들도 있었다. 자타가 공인하는 회의주의자들은 영적이거나 초자연적인 설명에 기댔다. 거리를 집 삼아 살아가는 노숙자와 유랑자, 히치하이커들도 그날 밤 머리를 누인 곳에서 아침에 눈을 뜨니 상자가 있었다.

적어도 처음에는 상자 속 끈이 정말로 그 사람의 수명을 뜻한다고 공공연하게 믿는 사람은 많지 않았다. 도저히 자연스럽지 않은 전능함을 가진 존재가 정말로 있다는 생각부터가 두려운 일이었으니까. 전지전능한 신의 존재를 믿는 사람들조차 오랜 세월이 지난 지금 왜 갑자기 신의 방식이 바뀐 것인지 이해할 수 없었다.

하지만 상자는 매일 나타났다.

어느 날 갑자기 전 세계 22세 이상의 모든 성인 앞에 나타난 이후로 매일, 그날 스물두 번째 생일을 맞이하는 사람은 상자를 받았다.

3월 말쯤부터 소문이 퍼지기 시작했다. 끈에 대한 추측이 사실로 들어맞았을 때, 특히 짧은 끈을 받은 사람이 갑자기 세상을 떠나는 일이 생길 때마다 소문이 퍼졌다. 유가족들은 토크쇼에 나와 평소 더할 나위 없이 건강했던 20대가 짧은 끈을 받고 갑작스러운 사고로 세상을 떠난 것을 슬퍼했다. 라디오 프로그램에서는 모든 희망을 잃은 말기 환자들이 긴 끈을 받고 갑자기 새로운 실험과 치료법의 주인공이 된 내용의 인터뷰를 내보냈다.

하지만 그것이 평범한 끈이 아니라는 확실한 증거는 아직 발견되지 않았다.

신경에 거슬리는 소문이 돌고 사람들의 증언이 점점 쌓여도 니나는 상자 여는 것을 계속 거부하고 있었다. 그녀와 모라는 확실한 정보가 나올 때까지 열어보지 않을 생각이었다. 상자를 집안에 두는 것조차 찝찝했다.

하지만 모라는 니나보다 모험심이 강하고 충동적인 편이었다.

"아이고." 모라가 앓는 소리를 냈다. "열면 불이라도 날까 봐 그래? 확 터지기라도 할까 봐?"

"놀려도 소용없어. 어떻게 될지 아무도 모르는 거잖아. 상자에 탄저균이라도 들었으면 어떡할 거야?"

"상자를 열어보고 병에 걸렸다는 사람 얘긴 못 들어봤는데." 모라가 대꾸했다.

"일단 비상계단에 내다 놓는 게 어떨까?"

"분명 누가 훔쳐 갈걸! 최소한 비둘기 똥이 묻을 거야."

두 사람은 정보가 더 나오기 전까지 상자를 침대 밑에 두기로 합의했다.

하지만 모라는 마냥 기다려야 한다는 사실이 짜증 났다.

"근데 진짜면 어떡하지? '당신의 수명' 그거 말이야."

"그럴 리 없어." 니나가 힘주어 말했다. "고작 끈 가닥이 미래를 안다는 건 과학적으로 불가능한 일이라고."

모라가 침통한 표정으로 니나를 바라보았다. "이 세상엔 사실이나 과학으로 설명할 수 없는 것들도 있잖아?"

니나는 딱히 할 말이 떠오르지 않았다.

"상자가 정말로 수명을 알려주는 거라면? 와, 니나. 생각만으로도 궁금해 미칠 것 같지 않아?"

"궁금하긴 하지." 니나도 인정했다. "하지만 궁금하다고 앞뒤 안 보고 달려들면 안 돼. 만약 사실이 아니라면 쓸데없이 호들갑 떨 필요 없는 거고 만약 사실이라면 어떡할지 신중하게 선택해야 해. 상자 속에 엄청난 고통이 들어 있을 수도 있으니까."

니나를 비롯한 편집자들과 기자 몇 명이 다음 호 잡지에 관해 상의하기 위해 회의실에 모였다. 정치부 부장이 모두의 생각을 종합해서 발표했다. "일단 전부 폐기하고 새로 시작해야 할 것 같네."

원래 다음 호에는 대선 경선 후보들과의 인터뷰 시리즈가 계획되어 있었다. 이미 겨울에 후보들의 경선 출마 선언이 있었다. 하지만 이제 대선은 3월의 상자 사건에 가려져 머나먼 미래의 일처럼 느껴졌다.

"아무래도 끈 얘기를 다뤄야 하지 않겠어?" 정치부 부장이 물었다. "요즘 다들 그 얘기뿐이니까 머리기사로 넣어야겠죠. 대선은 아직 1년 반이나 남았잖아요. 그때 세상이 어떻게 되어 있을지도 모르는 거고."

"찬성입니다. 하지만 사실 정보가 없는 상태에선 소란을 부추기는 꼴만 될 거예요." 니나가 말했다.

"공포만 조장하거나요." 다른 편집자도 말했다.

"이미 다들 공포에 떨고 있어요." 기자 한 명이 끼어들었다. "밤에 상자가 나타나는 순간을 CCTV로 확인해본 사람들도 많은데 정확히 찍히지도 않는대요. 갑자기 화면이 뿌옇게 변했다가 다시 선명해지는 순간 상자가 나타난 거죠. 정말 미쳤다니까."

"아직 22세 이하는 받은 사례가 없죠? 22세가 가장 어린 나이라고 하던데."

"그렇대요. 젊은 애들도 죽음을 미리 아는 것에서 예외가 아니라니 약간 불공평하죠."

"끈이 언제 죽을지 알려준다는 건 아직 확실하지도 않잖아요."

"우리도 다른 사람들처럼 깜깜하긴 마찬가지네!" 정치부 부장이 항복의 의미로 양손을 들었다. "사람들의 반응을 취재하는 게 가장 간단한 방향이겠어. 지구 종말에 대비해 지하 벙커를 짓든, 아예 무시하고 평소처럼 지내든."

"끈에 대한 견해가 서로 달라서 헤어졌다는 커플도 있다더라고요."

"우린 뉴스 잡지잖아요. 가십 잡지가 아니라. 사람들은 더 이상의 드라마를 원하지 않을 겁니다. 남의 드라마는 질렸을 거예요. 답을 원할 겁니다." 니나가 말했다.

"없는 답을 내놓을 순 없잖아." 편집장 데보라 케인이 평소처럼 침착한 어조로 대답했다. "하지만 사람들은 나라의 지도자들이 어떤 대책을 세우고 있는지 알 권리가 있어. 그 부분은 우리가 말해줄 수 있을 거고."

과연 전 세계의 정부 기관들은 상자가 처음 나타난 날부터 미친 듯이 쏟아지는 문의 전화로 홍역을 치르고 있었다.

상자가 나타난 지 며칠 만에 연방준비제도와 IMF국제통화기금 같은 금융 부문 지도자들은 물론, 세계에서 가장 중요한 은행들과 다국적 기업들로 이루어진 핵심 그룹이 세계 경제 문제를 논의하기 위해 결성되었다. 그들은 이번에도 이 낯선 위협이 초래하는 불안정한 상황을 금리 인하와 세금 환급, 은행 대출 감면 같은 방법들을 적당히 섞어서 해결할 수 있기를 바랐다.

문의가 빗발치자 정치인들은 과학자들의 도움을 빌려서 답을 찾으려고도 했다. 상자가 전 세계에 나타났으므로 전 세계 과학자들이 힘을 합쳤다.

전 세계 모든 대륙의 병원과 대학들이 상자 속 끈의 화학 성분을 분석했다. 마호가니처럼 보이는 상자의 재질에 대한 검사도 이루어졌다. 하지만 끈과 상자의 성분은 실험실 데이터베이스에 등록된 그 어떤 물질과도 일치하지 않았다. 그저 평범한 섬유처럼 보이는 끈은 놀랄 정도로 탄성이 강해서 아무리 날카로운 도구로도 잘리지 않았다.

아무런 결론도 도출할 수 없자 답답해진 연구자들은 끈의 길이가 제각각인 사람들을 모아서 비교 의료 검사를 했다. 그때부터 연구자들의 우려가 시작되었다. 끈이 짧은 사람은 '짧은 끈', 끈이 긴 사람은 '긴 끈'으로 불렸는데, 짧은 끈과 긴 끈은 건강 면에서 별다른 차이가 없을 때도 있었지만 짧은 끈들은 여러 검사에서 심각한 결과가 나온 경우가 많았다. 갑자기 종양이나 심장 질환 또는 치료되지 않은 질병이 발견되었다. 물론 긴 끈들에게도 비슷한 결과가 나오기도 했지만 불길할 정도로 분명한 차이가 있었다. 긴 끈들의 병은 치료가 가능하고 짧은 끈들의 병은 그렇지 않다는 것.

마치 도미노처럼 전 세계의 실험실에서 그 사실이 확인되었다.

긴 끈은 오래 살고 짧은 끈은 곧 죽는다.

정치인들은 국민들에게 침착함을 되찾고 일상으로 돌아가라고 촉구했지만 진실을 처음 마주한 것은 세계의 학계였다. 아무리 기밀 유지 계약을 맺어도 이렇게 엄청난 비밀이 지켜질 수 있을 리 없었다. 한 달 후에는 실험실의 벽을 뚫고 진실이 새어 나갔다. 작은 물웅덩이 같던 정보가 금기야 호수를 이루었다.

상자가 등장한 지 한 달 만에 사람들은 끈의 길이가 수명을 뜻한다는 사실을 믿기 시작했다.

벤

"정말로 끈이 수명 줄이라고 생각하는 거예요? 얼마나 오래 살지 알려준다고?" 여자가 휘둥그레진 눈으로 물었다. "미친 소리라고 생각하지 않아요?"

벤은 카페 구석 자리 앉아서 최근에 맡은 공사의 도면을 살펴보고 있었다. 뉴욕 북부에 있는 대학의 화려한 과학 센터 신설 건이었다. 2월에는 온통 이 프로젝트 생각뿐이었다. 미래의 학생들이 그가 설계한 강의실과 연구실에서 공부하고 연구한다니. 그가 가죽 다이어리의 뒷장에 처음 스케치한 건물에서 세상을 바꿀 만한 연구가 나올지도 모르는 일이었다.

그런데 3월이 되자 갑자기 세상이 변했다. 이제 벤은 바로 눈앞의 평면도에 집중하기도 힘들어졌다. 옆 테이블에 앉은 여자의 말이 들렸을 때 벤은 자신도 모르게 귀를 쫑긋 세웠다.

보통 처음에는 다들 그러듯 여자는 끈에 대한 소문을 완강히 거부하는 쪽이었다.

하지만 그들의 숫자는 갈수록 점점 줄어들고 있었다.

"글쎄요." 여자와 같이 앉은 남자는 확신이 덜한 목소리였다. "상자가 전 세계에 갑자기 나타났잖아요. 그것만으로…… 마술 비슷한 것 같은데요." 남자는 고개를 저었다. 지금 이런 대화를 하고 있다는 사실조차 믿기지 않는 듯했다.

"다른 설명이 있을 수도 있잖아요. 마술 말고 현실적인 방법이요." 여자가 말했다.

"전에 해커 자경단이 꽤 큰 규모의 일을 벌인 적 있다는 얘기는 들었어요. 하지만 이런 규모의 사건은 해커 집단으론 어림도 없죠."

실제로 처음 가장 설득력을 얻은 소문이 있었다. 논란을 일으키기 좋아하는 천재들이 속한 국제 조직이 세계적인 규모로 일으킨 소동이라는 것이었다. 벤도 사람들이 그 가설을 믿고 싶어 하는 이유가 이해되었다. 단순히 대규모 장난에 불과하다면 지금 요란하게 소용돌이치는 소문처럼 신이든, 유령이든, 마술이든 받아들이지 않아도 될 테니까. 더 중요한 건 기묘한 상자에 든 끈 가닥이 말해주는 운명을 마주하지 않아도 된다는 것이고.

하지만 벤이 보기에 사람이 벌인 장난이라기에는 거대해도 너무 거대했다. 게다가 상자를 등장시켜 딱히 이득을 볼 사람도 없어 보였다. 전 세계 사람들을 공포와 혼란의 도가니로 몰아넣는 것밖에는 명백한 의도가 없어 보였다.

"그러니까 마술이라는 결론이 전혀 불편하지 않으신 거네요?" 여자가 물었다.

끈이 '마술'이라는 말을 들으니 벤은 이상한 기분이 들었다. 그에게 마술은 온 가족이 케이프 메이의 바닷가로 떠난 여름휴가에서 할아버지가 가르쳐준 몇 안 되는 카드와 동전 마술이 전부였다. 마술은 손기술이었다. “아무거나 카드 한 장을 고르세요.”라고 말하는. 신기하지만 언제나 설명할 수 있다.

그러니 끈은 마술이 아니었다.

“아니면 신이 한 일이거나요.” 남자가 어깨를 으쓱했다. “한 명이 아니라 여러 명의 신. 고대 그리스에선 운명의 신을 믿었잖아요?”

“믿지 않으면 죽이기도 했죠.” 여자가 말했다.

“그렇다고 틀린 건 아니죠! 그리스에서 대수학도 나왔잖아요? 민주주의도 만들었고.”

여자가 눈알을 굴렸다.

“그럼 짧은 끈을 받은 사람들이 진짜로 죽은 건 어떻게 설명하실래요?” 남자가 반문했다. “브루클린 화재 사건 사망자 세 명도 전부 짧은 끈이었죠.”

“이렇게 견본이 전 세계인 경우에는 모든 이론에 들어맞는 일화적 증거가 필요해요.” 여자가 말했다.

벤은 저 남녀가 오늘 처음으로 만난 사이인지 궁금해졌다. 만약 그렇다면 잘 될 가능성은 없어 보였다.

클레어와의 첫 번째 데이트가 떠올랐다. 거의 2년 전 이곳과 별로 다르지 않은 카페에서였다. 어찌나 떨렸던지. 하지만 첫 데이트에서 너무 긴장해 커피를 엎으면 어쩌나, 치아에 시금치가 끼면 어쩌나 같은 그 시절의 걱정거리는 지금에 비하면 하찮게 느껴졌다. 요즘 소개팅에서는 끈 이야기가 얼마나 빨리 나올지, 상자에 대한 견해가 상대방과 일치하지 않으면 어떻게 할지, 호기심을 참지 못해 상대방에게 끈에 관한 민감한 질문을 던지기라도 하면 어떻게 할지 같은 게 걱정이었다.

"혹시 상자 열어보셨어요?"

남자가 목소리를 낮추고 물었다.

"네. 열어봤어요. 그렇다고 믿는다는 뜻은 아니고요." 여자는 자신을 방어하듯 뒤쪽으로 등을 기대고 팔짱을 꼈다.

남자가 머뭇거리며 물었다. "혹시 어느 쪽인지 물어봐도 돼요?"

첫 만남치고는 너무 성급하다고 벤은 생각했다. 네 번째, 아니면 다섯 번째 만남인가?

"뭐, 되게 긴 편이었어요. 하지만 별 뜻 없다고 생각해요." 여자가 말했다.

"난 아직 안 열어봤어요. 제 형도 열어볼지 말지 고민 중인데 같이 열어보는 게 나을 것 같아서요." 남자가 말했다. "형이 유일한 가족이거든요. 만약 형과 내 끈의 길이가 다르면 어떡해야 할지."

솔직한 속내가 드러난 그 말이 여자의 마음을 움직였는지 얼굴이 약간 부드러워졌다. 그녀는 손을 뻗어 그의 팔을 쓰다듬었다. "그런 거 아니라니까요. 조금만 더 기다려보면 알 거예요."

벤은 앞에 놓인 평면도에 집중하려고 했지만 자신의 열린 상자만 떠올랐다. 안에 놓여 있던 짧은 끈도.

저 여자의 말이 맞을지도 모른다. 끈이 짧다고 남은 수명이 짧다는 뜻이 아닐 수도 있다. 그는 제발 그 말이 맞기를 기도했다.

하지만 그의 직감은 여자의 말이 틀리다고 말하고 있었다.

니나

4월, 니나가 일하는 잡지사의 데보라 케인 편집장은 처음으로 공식 확인을 받았다. 데보라는 편집자 몇 명을 회의실로 불러서 보건복지부 관계자가 방금 귀띔해준 말을 전했다.

"사실이래." 편집장이 느릿느릿 말했다. "도대체 이런 게 어떻게 가능한지, 이유가 뭔지 알 수 없지만 끈의 길이가 정말로 남은 수명하고 관계있다는 소식이야."

모두가 그 자리에 얼어붙었다. 가만히 서 있던 한 남자 편집자가 갑자기 이리저리 서성거리기 시작했다. "하, 절대 그럴 리 없어." 그는 혹시라도 편집장이 제 말에 대답할까 봐 그녀를 보지 않으려고 다른 곳으로 고개를 돌렸다.

니나는 몸과 마음이 마비되는 느낌이었지만 어느새 뭐라고 말하고 있었다. 그녀 자신도 놀랄 만큼 차분한 목소리였다. "확실한 건가요?" 니나가 물었다.

"세계의 다수 긴급대책위원회가 똑같은 결론을 내놨어. 이건 정말…… '핵폭탄'이라는 표현조차 너무 평범하게 느껴질 정도야.

이 정보로 인생이 바뀔 사람들이 많겠지. 내일 대통령이 대국민 담화를 발표할 거야. 유엔안전보장이사회에서도 뭘 준비 중이라고 하고. 아무튼 듣자마자 바로 알려주는 거야."

니나는 서서히 감정이 돌아오는 듯했다. 그녀는 왼쪽 엄지손톱의 옅은 분홍색 매니큐어를 긁기 시작했다. 눈물이 나올 것만 같았다. 그것이 터지기 전에 화장실로 달려갈 수 있기를 바랐다.

뒤쪽에서 서성이던 남자 편집자가 자리에 멈추어 편집장을 똑바로 바라보았다. "이제 어떡합니까?"

"다음 호 말이야?" 데보라가 물었다.

"전부 다요."

데보라가 편집자들을 해산시킨 후 니나는 화장실 한 칸에 들어가 문을 잠갔다. 타일 벽에 몸을 기대고 흐느끼기 시작했다. 뭐라 말로 할 수 없는 복잡한 심정이었다.

일주일 전의 일이 생생히 떠올랐다. 그녀와 모라가 결국 상자를 열어본 날이었다.

니나는 끝까지 열지 말자고 했지만 모라는 호기심을 이기지 못했다. 어느 날 밤 모라가 놀라울 정도로 침착한 모습으로 말했다. "나 상자 열어보고 싶어."

니나는 모라가 이미 마음을 정했다는 걸 알 수 있었다. 둘 다 고집이 센 편이었다. 하지만 이건 간단한 문제가 아니었다. 소파를 고를 때처럼 서로 조금씩 양보하면 되는 문제가 아니었다. 열어보거나 열어보지 않거나 둘 중 하나만 가능했다. 중간은 없었다.

니나는 상자를 열어보는 게 두려웠지만 더 무서운 일이 무엇인지도 잘 알고 있었다. 혼자만 상자를 열어보는 건 더 무서운 일일 터였다. 장녀인 니나는 언니답게 가족을 과잉보호하려는 경향이 있었다. 지금도 그런 기분을 느꼈다. 모라를 포함해 주변 사람들을 지키고 돌봐주어야 한다는 생각. 그녀는 절대로 모라가 혼자 상자를 열어보게 할 수 없었다.

"그럼 같이 열어보자." 니나가 말했다.

"아니. 너도 같이 열어보자는 말은 아니야." 모라가 고개를 저었다. "날 위해 그럴 필요 없어."

"알아. 하지만 세상 사람들이 전부 다 열어보는 쪽으로 우르르 몰려가고 있는데 모른 척하기도 힘들어. 어차피 열어볼 거면 같이 하는 게 나아."

그래서 두 여자는 거실의 러그 위에 책상다리를 하고 앉았다. 각자의 상자 뚜껑을 조심스럽게 열고 희미하게 빛나는 가느다란 끈을 꺼냈다.

그때만 해도 끈의 정확한 의미를 알지 못할 때였지만 그들은 끈의 양쪽 끝을 잡고 서로 나란히 대보았다. 두 개의 끈은 한눈에 보기에도 소름 끼칠 정도로 극명한 차이가 있었다. 모라의 끈은 니나의 절반 정도에 불과했다.

둘은 얼마 전 2주년을 기념했고 최근에는 같이 살기 시작했다. 결혼 이야기가 직접적으로 오간 적은 없지만 니나는 모라가 2주년 기념일 저녁 식사 직전에 자신의 수납장 서랍을 힐끔 쳐다보는 모습을 목격했다. 평소 니나가 예상치 못한 상황을 싫어하고 철저하게 계획을 세우는 성격이라는 것을 둘 다 잘 알고 있었다. 그래서 만약 프러포즈를 한다면 분명 니나 쪽일 거라고 둘 다 생각하고 있었다.

서로 사랑하는 사이라면 당연하듯 둘은 사귄 지 2년밖에 되지 않았지만 니나는 모라와 훨씬 더 오랜 시간 동안 알고 지낸 느낌이었다. 하지만 이제 막 미래를 함께 꿈꾸기 시작했는데.

니나는 이제 확실하게 알았다. 사랑하는 사람의 생명의 끈이 짧게 싹둑 잘려져 있다는 것을.

직장의 비좁은 화장실 칸에 선 니나는 자신의 끈은 기니까 앞으로 살아갈 날이 많이 남았다는 기쁨과 안도감을 느끼지 못했다. 모라의 끈에 담긴 의미를 슬퍼하지 않고서 자신의 끈에 담긴 의미를 기뻐할 수 없었다.

니나의 가슴이 올라갔다 내려갔다 했다. 숨이 깊고 빠르게 쉬어졌다. 모라의 끈은 확실히 짧지만 정확히 무슨 뜻일까? 시간이 정확히 얼마나 남은 걸까? 전 세계 사람들을 괴롭혔던 질문의 답이 마침내 나왔다. 끈의 의미는 진짜였다. 하지만 여전히 많은 질문이 남아 있었다.

여자 화장실에서 흐느끼던 니나는 옆 칸에 누가 들어오는 소리에 입을 틀어막았다. 아무도 뭐라 할 사람은 없겠지만 그녀는 감정을 드러내는 것에 창피함을 느꼈다. 평범한 일상이 영영 사라지고 세상이 뒤집힌 순간조차도 마찬가지였다.

저녁에 모라에게 사실대로 말해야 한다. 진실을 텔레비전 뉴스로 듣는 것보다 사랑하는 사람에게서 듣는 편이 훨씬 나을 테니까.

함께 상자를 열어본 날 했던 말을 전부 취소해야만 한다. 그녀가 진심으로 믿었던 것, 끈이 수명을 뜻한다는 소문이 가짜라고 주장했던 말을 취소해야 한다.

"아무 뜻도 아니야." 그날 니나는 차분한 목소리를 내려고 애쓰며 모라에게 말했었다. "그냥 끈일 뿐이야."

"다들 그렇게 생각 안 하잖아." 모라가 작은 목소리로 대꾸했다.

"글쎄. 과연 제대로 알고 하는 말일까? 요즘 세상에 마법 상자가 미래를 예언한다는 건 정신 나간 소리잖아. 세상은 진짜고 이 끈은 진짜가 아니야." 니나는 그렇게 말했었다.

니나가 아무리 모라를 다독여도 그날 이후로 두 사람 사이에는 보이지 않는 긴장감이 맴돌았다. 잠자리에 들 때도, 매일 아침 일어날 때도 압박감이 두 사람을 짓눌렀다. 3월 중순 이후로 사랑도 나누지 않았고 거의 매일 서로를 대하는 모습에 왠지 모를 불안감이 묻어났다.

끔찍한 일이 기다리고 있다는 것을 두 사람 모두 예감했던 것일까.

니나는 옆 칸의 여자가 나간 뒤에야 문을 열었다. 페이퍼타월을 뽑아 수도꼭지로 가져갔다. 물 묻힌 페이퍼타월로 얼굴과 목 뒷부분을 닦으면서 다리에 힘을 주고 숨을 고르게 쉬려고 애썼다. 그러지 않으면 쓰러질 것만 같았다.

모라에게 말한 뒤에는 가족들에게도 알려줘야겠지.

니나는 부모님에게 전화해야 할 것이다. 부모님은 아직 그녀와 그녀의 여동생이 태어나고 자란 보스턴 교외의 집에 그대로 살고 있었다. 연휴를 무조건 함께 보낼 정도로 가까우면서도 독립적인 생활을 선호하는 딸들의 취향을 존중해줄 만큼 선을 지킬 줄도 알았다. 니나는 동생 에이미에게도 알려야 할 터였다.

니나의 동생은 상자를 열지 않기로 결정했고 상자 이야기가 나올 때도 자신의 선택에 대해 흔들림이 전혀 없었다. 이제 끈의 진실이 확인되었으니 혹시 에이미가 마음을 바꿀까?

니나는 페이퍼타월을 버리고 물 자국으로 얼룩진 거울 속 자신의 모습을 바라보았다. 평소 화장을 거의 하지 않는 그녀였지만 지금은 평소보다도 노골적인 맨얼굴처럼 보였다. 울긋불긋한 맨얼굴은 거추장스러운 것이 전부 벗겨지고 본디의 것만 남은 듯 연약해 보였다.

니나는 거울을 볼 때마다 푹 꺼진 눈 아래와 이마의 옅은 주름 두 줄이 신경 쓰였다. ("맨날 심각하니까 주름이 생기지. 나 봐. 주름 하나 없잖아." 매끈한 검은색 피부를 가진 모라는 자신의 뺨을 만지작거리며 놀리곤 했다.) 니나는 모라보다 한 살밖에 많지 않고 이제 겨우 서른 살이었지만 확실히 요즘은 나이 드는 티가 났다. 이제 긴 끈의 의미를 알았으니 나중에 호호 할머니가 된 자신의 얼굴도 볼 수 있을 터였다. 어제까지만 해도 그녀는 당연히 모라와 함께 늙어갈 줄 알았다.

하지만 끈의 끔찍한 진실은 순식간에 꿈을 무너뜨렸다. 그녀의 미래는 거울에 비친 지금 모습처럼 슬프고 무기력하고 쓸쓸하게만 느껴졌다.

벤

벤은 끈이 나타난 이후 처음으로 타임스스퀘어 지하철역을 지나쳤다.

1호선에서 Q선으로 갈아타고 축축한 통로를 지나쳤다. 비가 오지 않을 때도 천장에서 물이 새는 곳인데, 통로의 처음부터 끝까지 물을 받는 겨자색 쓰레기통이 양쪽으로 죽 늘어서 있었다. 통로를 빠져나온 그는 커다란 지하 교차로에 서 있었다. 거의 10개에 이르는 노선에서 내린 승객들이 동시에 빠져나가는 곳이었다.

타임스스퀘어 역은 뉴욕에서 가장 북적거리는 지하철역인 만큼 언제나 혼돈의 도가니였다. 유동 인구가 많아서 복음을 전도하는 사람, 세상의 파멸을 경고하는 사람, 소리쳐 외칠 말이 있는 사람이라면 누구나 이곳에 끌렸다. 평소에도 혼란스러운 곳인데, 지금은 거의 미쳐 날뛰는 듯한 분위기였다.

발목까지 오는 치마를 입은 두 여자가 행인들에게 간절하게 말했다. "하나님 믿으세요! 하나님 믿고 구원받으세요!" 그들의 조그만 체구로는 불가능한 고음이 확성기를 통해 쩡쩡 울렸다. "하나님께서는 다 계획이 있으십니다! 끈을 두려워하지 마세요!"

그날 저녁에 그 두 여자와 경쟁하는 전도사가 적어도 네 명은 되었지만 확성기 덕분에 그들이 이기는 중이었다. 벤은 그들이 내미는 전단을 예의 바르게 피해 그가 이용할 선로 쪽으로 다가갔다. 경쟁자의 목소리가 귀에 들어왔다. 얼룩투성이의 단추 달린 셔츠를 입은 중년 남자가 별로 희망적이지 않은 메시지를 전하고 있었다. "종말이 멀지 않았습니다! 끈은 시작일 뿐! 종말이 다가오고 있습니다!"

벤은 그 남자에게서 충분히 멀어질 때까지 바닥을 보면서 걸으려고 했다. 하지만 다음 열차가 언제 올지 스크린을 올려다보다가 군중을 향해 질문하는 남자와 시선이 마주치고 말았다.

"여러분은 끝을 맞이할 준비가 되었습니까?"

당연히 세상의 종말, 시간의 끝을 말하는 것이었다. 벤에게는 그 말이 유난히 불편하게 다가왔다. 사실 그가 지금 역에 있는 이유는 마지막을 준비하는 사람들을 위한 자조 모임에 가입해 첫 모임에 참석하기 위해서였다.

자조 모임 전단에는 "짧은 끈과 함께 살아가는 사람들"이라고 되어 있었다. 솔직히 벤은 그 이름이 희망적이기보다는 모순적이라고 생각했다. 짧은 끈을 받았다는 것 자체가 살날이 별로 남지 않았다는 뜻이니까.

상자가 나타나고 얼마 후 짧은 끈을 받은 사람과 그 가족들을 위한 자조 모임이 다양하게 생겨났다. 벤은 어퍼 이스트 사이드에 있는 사립학교인 코넬리 아카데미에서 매주 일요일 저녁 8시부터 9시까지 열리는 모임을 발견했다.

첫날 그는 일찍 도착했다. 학교 복도가 조용해서 으스스한 느낌마저 들었다.

부모님이 모두 고등학교 교사였기 때문인지 학교는 그에게 강한 향수를 불러일으키곤 했다. 교실 뒤쪽의 알록달록한 게시판이 눈에 띈 순간—이 교실 게시판의 주제는 우주였고 노란 별 속에는 반 아이들의 사진이 붙여져 있었다.—어렸을 때 부모님이 근무하는 고등학교에 따라간 일이 떠올랐다. 거인처럼 커다란 10대의 형과 누나들을 얼빠진 표정으로 쳐다보았던 기억이었다.

벤은 교실에서 학생들을 가르치는 부모님을 볼 때마다 이상한 기분이 들었다. 그의 부모님 말을 잘 들어야 하고 가르침을 받기도 하는 아이들이 그 말고 또 있다니. 알지도 못하는 사람들과 엄마, 아빠를 나누고 싶지 않다는 생각에 질투심이 느껴져서 날 선 방어를 하게 되었다. 하지만 부모님을 따라 학교에 갈 때의 하이라이트는 따로 있었다. 교실 뒷자리에 앉아 어디든 들고 다니는 스케치북을 펼쳐놓았다. 비율도 맞지 않는 엄청나게 작은 집들을 그리고 있으면 여고생 누나들이 보고 열광했다.

"이 집엔 누가 살아? 엘프? 요정?" 여고생들이 벤을 귀여워하며 물었다.

벤은 자신은 엘프나 요정을 믿을 나이가 지났다고 반박하며 치기 어린 허세를 부리고 싶은 마음도 들었지만 너무도 달콤한 그 관심을 잃을 순 없었다.

하지만 정작 그 자신이 소속되었던 교실의 기억은 그리 좋지 못했다. 그날 저녁 벤은 자조 모임이 열리는 교실을 찾아가는 동안 벽에 즐비한 사물함들을 보면서 혹시 자물쇠를 은색 절연 테이프로 감아놓고 그냥 열어둔 사물함이 있는지 궁금해졌다. 자물쇠 비밀번호를 외우기 귀찮아하는 학생들이 쓰는 방법이었다. 벤도 중학생 때 딱 한 번 사물함 자물쇠에 테이프를 감아놓은 적이 있었다. 축구부 남학생들이 보고서는 테이프를 빌려서 따라 했다. 지금 생각해보니 어떻게든 덩치 좋고 잘나가는 남학생들과 같은 취급을 받고 싶은 안쓰러운 행동이었다. 물론 그때 잠그지 않은 사물함에서 핸드폰과 재킷을 도둑맞기까지는 한 시간도 걸리지 않았다.

벤은 204호 교실의 문턱으로 다가섰다. 교실 안에는 플라스틱 의자를 빙 둘러서 배치해두었고 남자 한 명뿐이었다.

너무 일찍 왔다는 사실이 부끄러워서 뒤로 물러났다.

"안 되죠! 제가 벌써 다 봤습니다."

벤은 다시 문턱으로 다가가 방금 들려온 유쾌한 목소리에 밀리지 않도록 억지로 환한 웃음을 지어 보였다.

"안녕하세요. 모임 진행자 션입니다." 남자가 말했다. "오늘 처음 오시는 분 중 한 분인가 보군요."

벤은 션과 악수하면서 자신을 평화와 수용의 길로 안내해줄 남자를 유심히 뜯어보았다. 남자는 30대 후반처럼 보였고 숱이 많은 수염에 헐렁한 청바지 차림이었다. 휠체어에 앉아 있는데도 키가 무척 크다는 걸 알 수 있었다.

"반갑습니다. 벤이라고 합니다. 오늘 처음 왔습니다. 그런데 저 말고 새로 오시는 분들이 또 있나요?"

"네. 이번 주에 새로 등록하신 여자분도 계십니다."

"다행이네요." 벤은 축축해진 손을 주머니로 가져갔다. 수줍음을 많이 타는 본래의 성격이 의식되기 시작했다. 이 모임에 등록한 게 실수가 아니기를 바랐다.

벤이 자신의 짧은 끈에 대해 털어놓은 얼마 되지 않는 사람 중 한 명인 대학 친구 데이먼이 자조 모임에 나가보라고 권했다. (데이먼은 운 좋게도 긴 끈이었지만 알코올 중독자였던 아버지가 익명의 알코올 중독자 모임 덕분에 술을 끊었기에 집단 치료의 효과를 굳게 믿는 편이었다.)

첫날만이라도 데이먼과 같이 올걸 싶었다. 벤은 처음 만난 사람과 친근하게 어울리는 성격이 못 되는 데다가 최근 여자 친구 클레어와의 좋지 못한 이별까지 더해져서 앞으로 두 번 다시 사람을 믿지 못할 것만 같은 생각이 들었다.

"아, 혹시 그럼 진행자분께서도……." 벤은 질문을 끝맺지 못하고 우물쭈물했다.

"아뇨. 내 끈은 이 모임에 나오는 분들보다 약간 깁니다. 나는 임상 사회복지사예요. 어릴 때부터 어려운 상황에 놓인 사람들을 돕는 일을 하고 싶었죠."

벤은 가만히 고개를 끄덕였다. 그때 갈색 머리 여자가 교실로 들어온 덕분에 벤은 대화를 이어가야 하는 의무에서 해방되었다.

"안녕, 션." 여자가 토트백을 가장 가까운 의자에 내려놓으며 말했다.

"벤, 이쪽은 레아에요. 레아, 이쪽은 벤입니다." 션이 휠체어를 각각 두 사람 쪽으로 돌리며 인사시켰다.

"우리 모임에 온 걸 환영해요." 레아가 다정한 미소를 지었다.

순식간에 나머지 멤버들도 몰려왔다. 가장 나이가 많은 사람은 40대 초반의 의사였다. (그 남자는 자신을 그냥 '행크'라고 소개했지만 몇몇이 그를 '쌤'이라고 부르는 걸 듣고 벤은 그가 의사일 거라고 마음대로 추측했다.) 나머지는 모두 20대와 30대 언저리로 벤과 비슷해 보였다.

살짝 붉은 기가 도는 금발에 방금 태닝을 하고 나온 것 같은 첼시가 핸드폰을 보면서 들어왔고 여러 명의 남자가 바로 뒤를 이었다. 뉴욕 메츠 야구 모자로 살짝 가려진 얼굴에 수염이 있는 건장한 체격의 칼, 프린스턴 대학교 맨투맨 티셔츠를 입은 큰 키에 마른 체격의 니할, 말쑥한 옷차림의 터렐. 터렐의 반짝반짝 빛나는 검은색 옥스퍼드 구두를 보는 순간 벤은 괜히 멋쩍어서 자신의 낡은 캔버스 운동화를 힐끔거렸다.

마지막으로 도착한 사람이 벤처럼 새로 등록했다는 회원이었다. 모라라는 이름의 여자였다. 벤의 옆자리에 앉은 그녀가 가벼운 미소와 함께 살짝 고개를 끄덕였다. 순간 벤은 이 모임의 분위기가 단번에 짐작되었다.

정말 우린 운도 없지.

그래도 혼자가 아니라 다행이야.

모라

모라는 자조 모임에 나갈 생각이 없었다. 그런 모임에 나간다는 것 자체가 패배를 인정하는 것인데, 그녀는 패배자가 아니니까. 순전히 여자 친구를 위해서 내린 결정이었다.

모라의 여자 친구 니나는 상자가 처음 나타났을 때 열어보려고 하지도 않았다. 놀라운 일은 아니었다. 평소에도 워낙 신중한 성격이었다.

결국 모라가 졸라서 함께 상자를 열어봤지만 상자를 여는 순간 후회했다.

그동안 니나는 모라의 두려움을 달래주려고 애썼다. 끈이 수명을 뜻한다는 소문이 진짜가 아니라고 설득했다. 하지만 모라는 상자를 열어본 날부터 속이 울렁거려서 식욕이 사라졌고 왠지 모를 두려움에 휩싸였다.

그런데 일주일 정도 지났을 때 퇴근한 니나가 할 말이 있다면서 모라를 불러다 앉혔다.

"오늘 데보라가 연락을 받았어." 니나가 천천히 입을 열었다.

"보건복지부 관계자한테." 니나는 벌써 눈동자가 멍해지고 그다음에 뭐라고 말해야 할지 난감해하는 빛이 역력했다.

모라는 이미 무슨 말이 나올지 눈치챘다.

"니나, 그냥 말해. 그냥 말하라고!"

니나는 침을 삼켰다. "진짜래."

모라는 소파에서 벌떡 일어나 화장실로 달려갔다. 차디찬 타일 바닥에 쓰러지듯 주저앉았다. 변기에 대고 토를 할 때 뒤에서 검은 곱슬머리를 잡아주는 니나의 손길이 느껴졌다. 니나가 울음을 참고 있다는 것도 알 수 있었다.

"괜찮아. 괜찮아." 니나가 모라의 등을 부드럽게 쓸면서 계속 말했다. "같이 해결할 수 있어."

하지만 니나의 그 어떤 말도 모라를 안심시켜주지 못했다. 2년 동안 이런 적은 처음이었다.

다음 날 저녁 그들은 손깍지를 끼고 텔레비전을 보았다. 대통령이 국민들에게 침착할 것을 당부했고 보건복지부 장관은 연구 결과를 요약해서 발표했다. 세계보건기구 사무총장과 유엔 사무총장은 전례 없는 위기 상황에 전 세계의 화합과 자비가 필요하다고 강조했다.

교황도 바티칸의 대성당 발코니로 나와서 공포에 질린 채 그의 인도를 기다리는 수백만의 길 잃은 영혼에게 말했다.

"우리가 미사를 드릴 때마다 반복하는 '신앙의 신비'에 대해 되새겨드리고자 합니다. 진정한 신앙심은 우리에게 말하지요. 지상에서 살아가는 동안 이해를 벗어난 일들이 생긴다는 사실을 받아들여야 한다고." 교황의 말이 통역되었다. "창조주에 대한 우리의 앎은 언제까지나 불완전할 수밖에 없습니다. 로마서 11장 33절에도 있지요. '깊도다 하나님의 지혜와 지식의 풍성함이여, 그의 판단은 헤아리지 못할 것이며 그의 길은 찾지 못할 것이로다!' 지금 우리는 도저히 이해할 수도 헤아릴 수도 없는 상황을 마주하고 있습니다. 이 상황은 지금까지 오로지 신의 영역이었던 지식이 상자에 담겨 있다는 사실을 믿으라고 요구합니다. 하지만 우리가 믿을 수 없는 무언가를 믿지 않으면 안 되는 상황에 놓인 것은 이번이 처음이 아닙니다. 제자들도 처음에는 예수님이 무덤에서 부활하리라고 믿지 않았지만 지금 우리는 그게 사실이라는 것을 알지요. 저는 예수님의 부활을 굳게 믿는 것만큼이나 이 상자가 하나님께서 자녀들에게 보내신 선물이라고 믿어 의심치 않습니다. 우리의 신 하나님보다 더 전지전능하고 너그러운 분은 없기 때문입니다."

하지만 모라에게는 상자가 전혀 선물처럼 느껴지지 않았다.

스물두 번째 생일을 맞이한 전 세계 수많은 이들에게 상자가 전달되는 일이 하루도 빠짐없이 계속되면서 상황의 긴박함도 점점 커졌다. 끈의 예언이 무엇인지 언제까지 추측만 하고 있을 수는 없었다.

정부 지원으로 미국과 일본의 전문가들로 이루어진 분석 팀이 처음으로 해결책을 내놓았다. 끈의 길이를 풀이해주는 공식 웹사이트였다.

연구진은 길이가 천차만별인 수천 개의 끈을 측정한 자료를 모았다. 그중에는 불과 몇 밀리미터밖에 되지 않는 것도 있었다. 그들은 최초 자료를 토대로 끈의 길이가 남은 수명을 뜻한다는 일각의 주장이 맞지 않는다는 결론을 도출했다. 끈의 길이는 출생부터 죽음까지 그 사람의 전체 수명을 뜻하는 척도였다.

연구진은 가장 긴 끈이 인간의 최대 수명인 약 110세를 뜻한다는 가정 아래 역추적을 실시해 끈의 길이가 뜻하는 수명에 관한 대략적인 지침을 만들었다. 정확한 날짜까지는 알려줄 수 없었다. 기술이 그 정도로 정밀하지는 못했다. 하지만 웹사이트에 방문해 끈의 길이를 입력하면—계속하겠는지 묻는 창을 세 번이나 클릭하고 좋지 않은 결과가 나와도 법적인 책임을 묻지 않겠다고 동의한 후—마침내 너무도 선명한 검은색 타임스 뉴 로먼 글꼴로 결과가 떴다. 죽을 날이 2년의 오차 범위로 좁혀져 나왔다.

모라는 자신의 끈이 니나의 끈보다 훨씬 짧다는 현실을 분명하게 실감할 수 있었다.

모라의 끈은 30대 후반까지였다.

앞으로 10년도 남지 않았다.

4월 초, 니나는 모라와 현재 상황에 대해 이야기 나누고 싶은 마음이 굴뚝같았다. 물론 평소와 다름없이 대화를 나누지만 니나는 자신의 끈이 짧지 않아서 모라에게 별 도움을 주지 못하는 것 같아 걱정스러웠다.

"내가 항상 옆에 있는 거 알지? 하지만 다른 방식으로 널 도와줄 사람들이 있을 수도 있어. 동생한테 들었는데 동생이 근무하는 학교에서 끈 관련 자조 모임이 열린다나 봐."

"마음은 고마운데 잘 모르겠어. 못다 한 일이 너무 많다고 질질 짜는 사람들한테 둘러싸여 있을 자신이 없어."

"모임이 여러 종류라나 봐. 음……, 남은 시간이 얼마냐에 따라서. 그러니까 1년도 안 남은 사람들을 위한 모임이 있고 20년 정도 남은 사람들을 위한 모임도 있고 그 중간, 그러니까……." 니나는 말을 계속해야 할지 확신하지 못하는 표정이었다.

"나 같은 사람들." 모라가 대신 끝맺었다.

"당연히 네 마음이 편한 게 가장 중요해. 네가 어떤 선택을 하든지 난 전적으로 지지할 거야."

엘리베이터 없는 3층 아파트의 어스름한 집안에서 니나의 가냘픈 체구가 더더욱 연약해 보였다. 모라는 모임에 한번 나가보겠다고 약속했다. 조금 전까지 말하던 니나의 눈에 눈물로 고인 죄책감과 슬픔을 덜어줄 수만 있다면 못 할 것도 없었다.

·

그로부터 일주일도 안 되었을 때 모라는 자조 모임이 열리는 학교로 걸어가고 있었다.

거리의 모든 구역마다 문을 판자로 막아놓고 폐업한 상점이 적어도 하나쯤은 보이는 풍경이 어느덧 익숙해졌다. 보통은 상점이나 식당의 닫힌 문에는 안내문이 붙어 있었다. "내 인생을 살러 갑니다." "가족과 시간을 보내려고 문을 닫습니다." "추억을 만들려고 합니다." 모라는 액세서리 가게였던 곳을 지나쳤다. "폐업. 인생도 마무리하러 갑니다."라고 적힌 종이가 테이프로 붙어 있었다.

폐업을 알리는 안내문보다 불길한 것은 따로 있었다. 길가의 꽉 찬 쓰레기통이나 망가진 가구 더미 속에서 사악한 얼굴을 빼꼼 내민 누군가가 내다 버린 상자들. 절대 흔하지 않지만 드물지도 않은 풍경이었다.

끈의 의미가 알려진 후 며칠, 몇 주가 지나자 진실에 충격을 받은 사람들은 인생을 침범한 달갑지 않은 상자를 처리하는 다양한 방법을 생각해냈다. 막연히 안에 행복이 들어 있기를 바라며 모르는 쪽을 선택한 사람들은 열어보고 싶은 유혹을 뿌리치기 위해 상자를 아예 내다 버리기도 했다. 강이나 호수까지 가서 버리는 극단적인 경우도 있고 집안 깊숙한 곳에 두고 꽁꽁 잠가버리는 경우도 있었다. 호기롭게 길가 쓰레기통에 던져버리는 사람들도 있었다.

어떤 이들은 분노하며 상자를 없애버리려고 했다. 하지만 상자는 비행기 블랙박스처럼 강력해서 무슨 짓을 해도 망가뜨릴 수 없었다. 몇 번이고 태우고 내리치고 깔아뭉개도 부서지지 않았다.

사람들은 열린 채 길가에 버려지거나 창문에서 밖으로 던져진 상자를 보면 마치 걸인이라도 만난 듯 황급히 눈을 피하고 발걸음을 재촉했다.

다행히 모라는 교문에 도착할 때까지 버려진 상자를 하나도 보지 못했다. 하긴 적갈색의 브라운스톤으로 지어진 집들이 즐비한 어퍼 이스트 사이드는 그렇게 공공연하게 감정을 드러내기에는 너무 고상하고 경직된 동네였다.

학교 건물도 동네 분위기에 걸맞게 고풍스럽고 화려했다. 사람으로 치자면 자선 행사를 위해 차려입은 나이 지긋한 자선 사업가 같은 느낌이랄까. 부동산 중개업자들이 자랑스럽게 강조할 법한 2차 세계대전 이전에 지어진 정교한 건물 외관은 그리핀 모양의 작은 석상으로 장식되어 있었다.

모라는 널찍한 계단을 올라가다가 플라톤과 아인슈타인의 명언이 적힌 대리석 명판을 지나쳤다. 대학교 때부터 줄곧 착용하고 있는 작은 터키석 코걸이로 손이 갔다. 이런 장소에 어울리는 차림새와는 거리가 먼 것 같았다. 니나의 여동생 에이미가 벌써 7년째 교사로 일하고 있는 학교라고 들었지만 안에 들어와보기는 처음이었다.

2층에 도착하자 웅성거리는 소리가 들렸다. 모라는 소리를 따라 204호 교실로 갔다. 가장 꼴찌로 도착했지만 다행히 늦지는 않았다.

에이미

분명 그녀는 《속죄》를 끝까지 다 읽지 않았다.

에이미는 굴러떨어진 펜을 찾으려고 침대 아래로 팔을 무리해서 뻗었다. 놀랍게도 더듬거리는 손에 책등이 만져졌다. 먼지 수북한 종이책을 꺼냈다. 책의 3분의 2 지점에 책갈피가 끼워져 있었다. 모노그램이 들어간 순금으로 도금된 책갈피는 이제는 기억도 잘 나지 않는 잠깐 사귄 남자 친구의 선물이었다.

3월에 읽고 있었던 책인데, 어쩌다 까맣게 잊어버리고 있었을까. 완전히 몰입하면서 읽었는데 말이다. 상자가 나타난 그날 밤 침대에서 꾸벅꾸벅 졸다가 이 책을 옆에 두고 잠들었다. 아침에 시작된 소동을 틈타서 책이 침대 밑으로 떨어졌고 그대로 과거의 유물이 되어버린 것이었다. 이전 세상의 것이 되어버렸다.

이전 세상.

에이미는 책을 두 손에 들고 그날 아침을 떠올렸다. 그날도 평소처럼 침대에서 꾸물거렸다. 언니 니나는 절대로 이해하지 못하는 습관이었다. 간밤에 읽은 책의 영향으로 꾼 게 분명한 꿈의 여운을 조금만 더 음미하고 싶었다. 꿈속에서 그녀는 1930년대에 영국 케임브리지 대학에 다니는 여학생이었고 목소리가 휴 그랜트와 비슷한 남자가 그녀를 쫓아다녔다. 그날 아침 침대에서 홀로 눈을 떴을 때 살짝 아쉬웠던 느낌이 지금도 생생하다.

에이미가 일어나 보니 언니가 잔뜩 겁에 질린 목소리로 남긴 음성 메시지가 두 통이나 있었다. (언니 니나는 에이미보다 한 살밖에 많지 않지만 어렸을 때부터 차분하고 어른스러운 말투였다.)

"확인하자마자 전화해!" 언니는 아예 꽥꽥 소리를 질렀다. "절대 밖에 나가지 마. 아무것도 하지 마. 무조건 나한테 전화 먼저 해! 꼭!"

니나는 상자에 적힌 문구를 섣불리 믿지 않았고 직장의 뉴스 팀과 만날 때까지 기다리고 싶었다. 하지만 어차피 에이미는 언니의 당부가 없었어도 상자를 열어보지 않았을 것이다. 물론 갑자기 전 세계에 나타난 상자의 영향력은 상상을 초월할 정도로 강력했다. 세상이 거울 속으로 미끄러져 들어갔다. 평소 소설을 많이 읽는 에이미는 이런 상황이 낯설지 않았다. 소설에서 사람들은 도무지 알 수 없는 상황이 발생했을 때 우왕좌왕하면서 꼭 성급한 행동을 하고 뒤에 가서 그 대가를 치른다.

다행히 상자가 나타났을 때는 봄방학 기간이라 그녀가 근무하는 코넬리 아카데미는 급하게 휴교 공지를 내리지 않아도 되었다. (그날 등교가 취소된 학교는 소수였지만 어차피 나오지 않은 교사와 학생이 절반 이상이라 대부분의 교실이 텅텅 비어 있었다.)

"분명 학생들이 질문할 겁니다." 그다음 주 월요일 교무 회의에서 교장이 말했다. "지금쯤이면 선생님들도 개인적인 견해가 있으실 거고요. 하지만 절대로 학생들에게 확실하지 않은 얘길 하시면 안 됩니다."

옆에 앉은 교사가 에이미 쪽으로 몸을 기대어 소곤거렸다. "그럼…… 아무 말도 하지 말라는 거네요?"

한 달 넘게 지난 지금은 더욱더 무거운 분위기가 세상을 짓누르고 있다. 하지만 학교의 상황은 하나도 변하지 않은 듯했다. 여전히 이사회는 학생들을 최대한 보호하려고 애썼다. 교내에서는 유튜브 접속도 차단되었다. 부모님의 끈을 없애려고 온갖 방법을 총동원하는 10대의 영상을 학교 식당에서 전교생의 절반 이상이 시청하는 사태가 벌어진 후 내려진 조치였다. 나중에 교사들도 휴게실에서 비슷한 영상을 보았다. 영상 속의 남자아이가 끈을 전지가위로 잘라도 보고, 부글거리는 산성 용액에 담가도 보고, 키우는 불독에게 끈의 한쪽 끝을 물게 하고 반대쪽을 당겨보기도 하는 모습을 에이미도 초조한 마음으로 지켜보았다.

"당연히 아이들이 이런 영상을 따라 하거나 교실에서 보는 건 절대로 안 될 일이에요." 에이미는 동료 교사의 말이 떠올랐다. "그래도 아무 일도 없는 척하는 건 말이 안 되죠. 이 상황을 모르는 척하면서 아이들한테 아무 일 없다는 듯이 역사를 가르칠 순 없잖아요."

사실 에이미는 한편으로 생각했다. 어떻게 보면 너무 멋진 일 아닌가?

물론 끈이 가져온 고통을 모르는 바가 아니었다. 언니의 여자 친구 모라의 끈은 짧았다. 하지만 아직 상자를 열어보지 않은 에이미는 끈에 물들지 않은 시선으로 세상을 바라볼 수 있었다. 비록 어디 가서 입도 뻥긋 못 할 말이지만…… 사실 그녀는 끈의 존재가 왠지 흥분되기도 했다. 물론 무섭고 혼란스럽지만 조금은 경이롭다랄까? 어릴 적 그녀는 우연히 모험에 휘말리는 상상을 자주 했다. 마법의 옷장에 들어가거나 초콜릿 공장을 방문하거나 시간 여행을 하거나. (밖에서 놀다가 무릎이 까진 적이 있었는데, 손가락으로 상처를 꾹 눌러 피를 짜내 얼굴에 발라본 적도 있었다. 먼 나라 왕국에 사는 용감한 전사 공주가 된 상상을 하면서. 물론 청결에 강박관념이 있는 언니는 경악했었다.) 그런데 환상 속에서나 가능한 도저히 믿을 수 없는 일이 현실로 일어난 것이다. 바로 눈앞에서.

에이미는 바닥에서 천천히 일어났다. 손에는 여전히 《속죄》가 들려 있었다. 얼마 남지 않은 시험지 채점을 끝내고 끝까지 읽을 생각이었다. 하지만 책을 수납장에 올려놓으며 문득 이런 생각이 들었다. 처음으로 소설과는 비교도 되지 않는 놀라운 반전이 현실에서 일어났다고.

니나

니나와 동료들은 큰 충격에 휩싸였다. 탁 트인 널찍한 사무실 가운데에 놓인 컴퓨터 화면으로 모두의 시선이 고정되었다. 중세 마을처럼 생긴 동네의 다리 주변에는 경찰과 카메라를 든 기자들이 있었다. 호기심 어린 구경꾼들을 막아선 모습이었다.

이탈리아 베로나에서 일어난 사건이 지금 막 뉴욕의 뉴스 매체에 전달된 것이었다. 결혼한 지 얼마 되지 않은 젊은 이탈리아인 부부가 손을 잡고서 함께 다리에서 뛰어내렸다. 상자를 열어보고 신부의 끈이 엄청나게 짧다는 사실을 확인한 뒤였다. 동반 자살 시도에서 신랑만 살아남고 그의 사흘 된 신부는 목숨을 잃었다.

니나는 다른 곳도 아닌 로미오와 줄리엣의 도시 베로나에서 일어난 이 비극이 분명 타블로이드지에서 천박한 말장난으로 조롱당하리라는 생각을 하니 얼굴이 찌푸려졌다.

"정말 끔찍하네요." 한 기자가 말했다.

"진짜로 미친 게 뭔지 알아요?" 사실 확인 팀 직원이었다. "남자는 자기가 죽지 않을 거란 걸 알았단 거죠. 끈을 확인했을 때 여자는 짧았고 남자는 길었잖아요. 남자는 아무리 위험한 짓을 해도 자기가 죽지 않을 거란 걸 알았어요."

"그래요. 남자가 알았을 수도 있죠. 그래도 저렇게까지 한다는 게 쉬운 일은 아니죠. 장애가 생길 수도 있는데 그런 걸 다 무릅쓰고 다리에서 같이 뛰어내렸잖아요."

"그건 그렇지만 그래도 너무 찝찝해요."

"글쎄요. 내 생각엔 상자를 절대 열어봐선 안 된다는 확증만 늘어난 것 같은데요." 기자가 말했다. "괜히 상자를 열어봤다가 미쳐버린 거잖아요."

미친 게 아니야, 니나는 생각했다. 가슴이 갈가리 찢어져서 저런 거라고.

저렇게 극단적인 행동 이면에 너무도 평범하고 일상적인 슬픔이 숨겨져 있다는 것을 동료들은 이해하지 못하는 듯했다.

니나가 다니는 잡지사는 규모가 작았다. 해마다 예산 삭감으로 직원 수가 계속 줄어들었다. 그녀가 알기로는 직원들 가운데 연인이나 배우자의 끈이 짧은 경우는 그녀 말고 아무도 없었다.

처음에는 일과 사생활의 경계가 무너질까 봐 조심했던 팀원들은 이제 다들 친해져서 사귀던 연인과의 이별이나 결혼, 임신, 장례식 같은 개인사에 관한 이야기를 거리낌 없이 주고받았다. 끈 이야기도 마찬가지였다.

직원의 3분의 1 정도는 상자를 열어보지 않았고 나머지는 결과물에 만족하는 듯했다. 모라의 끈에 대해 알게 된 몇몇은 니나가 조금이라도 쉴 수 있도록 업무를 대신 맡아주겠다고 나서기도 했다.

하지만 니나에게는 잠시의 휴식도 불가능했다.

온종일 뉴스거리에 둘러싸여 지내는 그녀는 끈이라는 주제에서 벗어날 수 없었다. 편집장에게 뭐라도 좋으니 제발 끈 말고 다른 기사를 맡겨달라고 애원했다. 하지만 다른 기삿거리 자체가 없는 듯했다. 대선 경선 후보들의 윤곽이 드러나기 시작하고 지구의 온도가 올라가고 있었지만 그 무엇도 끈만큼 독자들의 관심을 끌지 못했다. 니나는 과연 끈의 의미에 대한 진실을 알 수 있을지 의아해하며 직장에서 끈에 대해 생각하지 않는 시간은 겨우 한 시간도 될까 말까 했다.

모라는 니나를 사랑스러운 완벽주의자라고 불렀다. 니나는 타파웨어의 뚜껑을 꼭 맞춰서 놓아두었고 치마 하나도 반드시 어울리는 상의가 있어야만 샀다. 그녀가 편집자라는 직업을 좋아하는 이유는 법칙 때문이었다. 분명하게 이해할 수 있는 문법과 언어의 법칙. 그녀는 빨간 펜의 힘을 휘둘러 그 법칙을 실행하는 게 좋았다. 편집자로 승진하기 전 능력을 증명하려고 애쓰던 기자 시절에도 진실을 추적하는 업무를 맡아 연구 자료 더미에 파묻혀 사실을 찾는 일이 너무 즐거웠다. 하지만 끈은 지식과 통제를 향한 갈망을 커지게 할 뿐이었다. 어디에서 왔는지, 하필 지금 나타난 이유가 무엇인지, 끈이 미래를 알기만 하는 것인지 아니면 통제할 수도 있는 것인지, 끊이지 않는 의문으로 니나는 밤새 잠을 설쳤다. 모든 게 너무 흐릿하기만 한 회색 지대에서 그녀는 흑백을 갈망했다.

니나는 고통스러워하는 모라를 그저 옆에서 지켜볼 뿐이었다. 해줄 수 있는 일이 하나도 없었다. 모라는 둘째 치고 자신에게조차 아무런 통제력이 남아 있지 않았다.

니나는 인생 최악의 시간이었던 고등학교 졸업반 때로 돌아간 듯한 무력감을 느꼈다. 그날 아침 그녀는 상담 교사와 한 시간 동안 이야기를 나누었다. 친구들에게 레즈비언이라는 사실을 밝히는 문제에 대해 조언을 구했다. 같은 반의 못된 학생 하나가 열린 문틈으로 엿듣는 줄은 꿈에도 몰랐다. 상담실을 나온 니나는 친구들에게 언제 털어놓을지 고민할 필요도 없었다. 이미 소문이 다 퍼졌으니까.

어른이 된 지금까지도 체육관 로커룸의 풍경이 눈에 선했다. 호기심 어린 힐끔거림, 저희끼리 끄덕이는 고개, 당황한 듯한 수군거림. 학교 신문에 자신의 확인을 거치지 않은 기사는 단 한 줄도 내보내지 않을 정도로 꼼꼼했던 그녀 앞에 새로운 지옥이 펼쳐졌다. 몇 주 동안 마음의 목소리와 싸워가며 철저하게 준비하고 계획한 일이 한순간에 무너져버렸다. 니나는 모든 힘과 통제권을 잃었다. 가장 친한 친구 몇 명에게만 털어놓을 계획이었는데, 소문은 전교에 퍼졌다.

불과 이틀 후에 축구부 인원의 절반이 경기장 뒤쪽에서 대마초를 피우다 걸려 정학당하는 사건이 터져서 그 전의 일들을 다 지워버리긴 했다. 하지만 니나는 아니었다.

그녀는 그 일을 영원히 잊을 수 없을 것이다.

10년도 더 지난 일이고 이제는 모라와 한집에 살고 있지만 지금도 가끔 그때의 분노와 모욕감이 떠올랐다. 앞으로 두 번 다시 그렇게 괴로운 일은 겪지 않겠다고, 절대 통제력을 잃어버리지 않겠다는 다짐도 살아났다.

에이미와 모라는 그녀에게 모든 걸 통제하려고 하지 말라는 말을 자주 했다. 여유를 가지라고. 내려놓을 줄도 알아야 한다고.

하지만 니나는 그럴 수 없었다. 수수께끼 상자와 고통스러운 짧은 끈이 버젓이 존재하는 배신과 골칫거리로 가득한 세상에서 어떻게 그럴 수 있단 말인가.

내려놓는 순간 그녀가 지키려고 애쓰는 모든 것이 위험해질 것이다. 어린 시절의 자신이든 모라와의 미래든. 그녀가 손쓸 수 없게 되어버릴 것이다.

상자는 이제 삶의 일부가 되었다. 그것은 니나가 바꿀 수 없는 일이었다. 하지만 그녀는 주도권과 명료함을 되찾기로 마음먹었다. 그래서 잠 못 이루는 새벽이나 모라가 집을 비울 때마다 인터넷에서 답을 찾아 헤맸다. '상자는 어디에서 왔는가'라는 아주 간단한 질문으로 시작한 검색이 실타래가 풀리듯이 끝없이 이어졌다. 어쩌다 보니 대형 인터넷 커뮤니티 레딧으로 흘러 들어갔다. 끈이라는 주제의 새로운 인기 스레드에서 상자의 미스터리를 풀려는 토론이 수백 개도 넘게 진행 중이었다.

세상 사람들이 전부 소셜 미디어에 중독되어도 사생활을 중요시하고 절제력이 강한 니나는 흔들리지 않았다. 하지만 그녀는 온라인 대화에 빠지기가 얼마나 쉬운지 실감하게 되었다. 읽다 보니 어느새 두 시간이 훌쩍 지나 있었다.

그녀는 gordoncoop531957이라는 이용자가 올린 자외선 조명에 비춘 상자 사진을 보게 되었다. 상자 가장자리에 지문이 반짝였다. 사진에는 '증거'라는 설명이 붙어 있었다.

u/Matty님이 1시간 전에 쓴 글

무슨 증거? 네가 바보라는 증거?

u/TheWatcher님이 1시간 전에 쓴 글

외계에서 온 거 맞나 보네. 그러니까 지문이 맨눈으론 안 보이지.

u/NJbro44님이 2시간 전에 쓴 글

본인 지문 아님?

Offdagrid774라는 이용자는 전자레인지에 넣어둔 상자 사진을 올리며 사람들에게 반드시 상자를 전자레인지에 넣어두라고 당부했다. "NSA미국국가안전보장국가 도청하지 못하게 하세요!"

u/ANH님이 하루 전에 쓴 글

상자에 도청 장치 있는 거 사실임. 정부가 미국뿐만 아니라 전 세계를 감시하고 있음!! 그렇지 않고 어떻게 이름이랑 주소를 알아? 절대 상자를 집안에 두지 마!!

u/Fran_M님이 하루 전에 쓴 글

Offdagrid774님, 안에 카메라도 들어 있을까요?

각종 종교와 관련 있는 사람들도 온라인에서 한자리를 차지하고 큰 목소리를 내고 있었다. 최근에 RedVelvet_Mama라는 이용자가 상자를 보낸 게 신이라는 증거라면서 올린 성경 구절이 입소문을 타고 퍼졌다.

비판을 받지 아니하려거든 비판하지 말라. 너희가 비판하는 그 비판으로 너희가 비판을 받을 것이요, 너희가 헤아리는 그 헤아림으로 너희가 헤아림을 받을 것이니라. 이 성경 구절의 '헤아림'에 해당하는 단어 measure가 상자에 적힌 문구 '이 안에 당신의 수명이 들어 있습니다'의 '수명'에 해당한다.-옮긴이

- 마태복음 7장

니나는 온라인에서 읽은 그 무엇도 믿지 않았다. 전부 다 추측에 불과했다. 하지만 불안에 떨며 어떻게든 진실을 찾아보려는 사람이 자신 말고 수천 수백만이나 된다는 사실에서 위안을 느꼈다.

모라가 모임에 나가느라 집을 비운 일요일 저녁, 니나는 베로나의 남자에 대해 동료가 한 말을 떠올렸다. 끈의 끝부분에 이를 때까지 죽음에 면역이 생기는 것이나 다름없다니 불안했다. 니나처럼 끈이 긴 사람들의 경우는 더더욱 기묘한 일이었다.

니나는 침대에 앉아 노트북으로 '긴 끈+죽음'을 검색했다. 뭔가 나오는 게 있을지 궁금했다.

어쩌다 보니 '절대 따라 하지 말 것'이라는 생긴 지 얼마 안 된 웹사이트까지 들어가게 되었다. 그곳에서는 토론이 한창 진행 중

이었다. 끈의 한계를 시험하는 무모하기 짝이 없는 긴 이야기가 게시판에 넘쳐났다.

난 긴 끈이고 며칠 전에 진통제 과다복용했는데 친구가 발견해서 아직 살아 있음!! 고맙다, 끈아!!

나도 여친도 예전부터 목조르기 한번 해보고 싶었거든. 둘 다 긴 끈이니까 타이밍 딱 좋지. 강력 추천함 ;)

*드디어 스물둘 됐다! 긴 끈 당첨! ☺ 스페셜 K*마약류의 일종인 케타민이다.-옮긴이*와 함께 축하할 것임.*

니나는 읽다가 그만두었다. 어떻게 저렇게 아무렇지도 않게 목숨을 실험하는 사람이 많은 거지?

저런 이야기를 읽을수록 상자의 충격적인 불가사의함과 전능함만 커질 뿐이었다. 끈은 사람들이 어떻게 반응할지도 다 아는 것 같았다. 개인의 무모한 성향까지 전부 고려해 길이를 결정한 듯했다. 그들이 어떤 치명적인 약이나 놀이, 점프를 선택할지 다 볼 수 있는 것만 같았다. 그들의 선택이 온라인에 소름 끼치는 한 줄 경험담으로 올라와서 다른 사람들이 보게 되리라는 것도.

니나는 속이 메슥거리는 것을 느끼며 노트북을 닫았다. 누워서 이불을 덮고 몸을 웅크리고서는 모라가 빨리 돌아오기만 기다렸다.

모라

처음에는 썩 내키지 않았던 모라였다. 하지만 첫날 모임이 끝나고 집으로 돌아가는 길에는 벌써 다음 주 일요일 저녁이 기다려졌다. 그녀는 평범한 일상으로 돌아가는 도저히 불가능한 일을 위해 니나가 얼마나 애쓰는지 잘 알고 있었다. 니나는 둘이 함께 있을 때면 일부러 끈 이야기를 꺼내지 않았다. 물론 모라는 그런 니나가 고마웠다. 하지만 금지된 주제를 건드리지 않으려고 마음 졸일 필요가 없는 장소에 있으니 무척 홀가분했다.

"진짜 우울하네요." 4월 말 저녁에 열린 모임에서 첼시가 가장 먼저 운을 뗐다.

"끈 때문에요?" 모라가 물었다.

"아뇨." 첼시는 한숨을 쉬었다. "아니, 맞아요. 하지만 오늘 우울한 건 〈그레이 아나토미〉 새 시즌이 취소됐기 때문이에요."

"그거 엄청 오래된 드라마 아니에요?" 터렐이 물었다.

"그러니까 미치겠는 거죠! 갑자기 종영이라니. 〈TMZ〉 기사에선 관계자 중에 높은 사람이 짧은 끈이라 종영하는 것 같대요."

"그냥 저희 병원으로 오셔서 저 일하는 거 보시죠." 행크가 웃으며 말했다. "보기 괴로운 일이 벌어지지 않으리라곤 보장 못 하지만요."

"스파이스 걸스 재결합 소식 들었어요?" 레아가 말했다. "짧은 끈 멤버가 재결합을 원한다는 소문이에요. 잘못되기 전에요……."

모라는 대화 내용에 호기심이 생기면서도 모임 회원들이 이야기하는 사람들에게 안쓰러운 마음이 드는 건 어쩔 수 없었다. 아무리 연예인이고 공인이라지만 남의 끈에 대한 이야기는 선을 넘은 것 아닌가? 이미 세상에는 추측과 소문이 난무했다. 배우나 가수들에 관한 이야기만이 아니었다. 계산대에서 줄을 설 때, 영화관에서 광고나 예고편이 나올 때, 식당 옆 테이블에서, 누군가의 끈 길이에 대해 숙덕거리는 소리가 들리는 것은 아주 흔한 일이 되어버렸다. 직장을 그만두거나 약혼을 하거나 모임에서 유난히 말이 없는 행동은 끈 길이에 대한 추측을 뒷받침하는 증거가 되었다. 수군거림 뒤에는 어김없이 "상자를 안 열어봤다지만 100프로 거짓말일 거야."라는 말이 따라왔다. 문득 모라는 자신의 짧은 끈에 대해 모르는 지인들이 자신에 대해 어떻게 생각하고 있을지 궁금해졌다.

하지만 모라는 더 끔찍한 사실을 깨달았다. 이건 전부 사람들이 자초한 일이었다. 상자가 나타나기 훨씬 전부터 사생활의 장벽이 무너지고 지나치게 많은 것을 공유하는 사회가 되어버렸다. 모라도 다른 사람들처럼 온라인에 사진을 올리지 않았던가. 비싼 레스토랑, 사무실 밖 풍경, 주말에 니나와 함께 찾은 바닷가 사진 등.

사람들은 사진이 한 장 올라올 때마다 타인의 삶을 더 깊이 파고들어도 된다는 무언의 허락을 받았고 어느 정도의 투명성마저 요구했다. 이제는 가장 개인적이고 내밀한 순간이어야 마땅한 상자를 열어보는 행위마저도 더 이상 자기만의 것이 아니게 된 삶을 전시하는 것에 불과했다.

모라는 만약 끈이 다른 시대에 나타났다면 남에게 끈 길이를 묻는 사람은 한 명도 없었을 거라는 생각이 들었다. 문을 닫고 커튼을 치고 남들 모르게 가족끼리 조용히 슬퍼하거나 기뻐했을 것이다. 하지만 싸움도 연애도 온라인에서 하고 가족의 중요한 변화와 커리어 성취, 개인의 비극마저도 온라인에 전시되는 이 시대에는 그렇지 않았다. 연예인들은 인터뷰에서 끈에 관한 질문을 피했다. 운동선수들에게는 '선수 생활의 미래'에 대해 꼬치꼬치 캐묻는 질문이 쏟아졌다. 노래 가사는 끈을 암시하는 것인지 끈질기게 분석당했다. 친구와 직장 동료들과의 퇴근 후 술 한 잔은 예상치 못한 취중 진담 때문에 위험한 자리가 되어버렸다. 대중의 알 권리를 주장하면서 돈 되는 사진을 건지려는 파파라치들의 경쟁도 치열했다. 그들 속에서 왕족, 아역 스타, 정치인의 아들딸들은 운명의 스물두 살 아침을 맞이했다.

"오늘은 색다른 아이디어를 준비해봤습니다." 션의 목소리에 모라는 다시 현실로 돌아왔다. "설명해드릴 테니 다들 열린 마음으로 받아주시면 좋겠어요."

모라는 옆자리에 앉은 벤을 슬쩍 쳐다보며 속삭였다. "각오 단단히 하세요."

"벌써 하고 있습니다." 벤이 웃었다.

"다른 그룹 모임을 진행하는 동료들이 이런 얘기를 하더군요. 솔직하게 얘기하는 걸 꺼리는 분들이 계시는 것 같다고요. 지극히 당연한 일이지요." 션이 말했다. "하지만 저는 이곳이 참석자 중 단 한 분이라도 불편함을 느끼지 않고 자기 얘기를 할 수 있는 안전한 공간이 되길 바랍니다. 그런 의미에서 우리가 다른 방법으로 생각을 표현해보면 도움이 될 것 같아요."

션은 사첼백에서 노란색 리걸 패드 두 권을 꺼냈다. 이어서 파란색 펜도 한 다스 꺼냈다. "펜과 종이를 나눠드릴 테니 편지를 써 보세요."

"누구한테 써야 하는지 정해주시는 건가요?" 모범생 니할이 물었다.

"아뇨." 션이 고개를 저었다. "현재의 나에게 써도 되고 과거의 나, 미래의 나도 좋습니다. 할 말이 있는 누군가에게 써도 되겠죠. 잘 모르겠으면 종이에 펜을 대고 10분만 있어 보면 어떻게든 될 겁니다."

"시간 낭비 같은데." 칼이 중얼거렸다.

리걸 패드를 돌려 한 장씩 뜯었다. 모라는 무릎에 놓인 백지를 멍하니 쳐다보았다. 글솜씨 좋은 니나라면 반길 만한 과제였다.

니나에게, 모라는 일단 쓰기 시작했다.

그다음 문장은 훨씬 더 어려웠다. 뒷말과 참견하기 좋아하는 이방인들로 가득한 세상에서 니나는 모라의 삶에 대한 모든 것을 알 권리가 있는 단 한 사람이었다. 실제로 지난 2년 동안 그녀가 니나에게 말하지 않은 것은 거의 없었다.

두 사람의 관계가 지금껏 견고할 수 있었던 것도 늦은 밤 서로의 마음을 솔직하게 털어놓는 시간 덕분이었다.

니나는 모라의 차분하지 못한 성격이나 지난 7년 동안 무려 다섯 개의 직장을 전전한 사실을 전혀 개의치 않았다. 모라는 시내의 갤러리에서 일했고 시장 후보의 선거 캠프, 내분으로 갑자기 망해버린 스타트업에도 잠깐 몸담았었다. 연애도 비슷해서 그동안 만난 여자 친구도 여럿이었다.

직장을 옮겨 다니고 여자 친구도 계속 바뀐 모라와 달리 니나는 한군데 정착하지 못하는 불안정한 성격과는 거리가 멀었다. 그녀는 대학 졸업 후 줄곧 한 잡지사에서 일하며 조금씩 위로 올라갔고 모라와 만나기 전에 딱 두 명과 별로 특별할 것 없는 연애를 했다. 중간에 원나잇을 한 적도 없었다. 니나는 마치 자신이 모험심 없는 지루한 사람이라는 듯 약간 수치스러워하면서 이 모든 이야기를 털어놓았다. 하지만 모라는 오히려 그녀가 대단하게 느껴졌다. 요즘 그렇게 진정성 있는 사람을 찾아보기란 쉽지 않은 일이니까.

상자를 열어본 후 모라는 니나에게 자신을 떠나도 된다고 했다. 하지만 니나는 거부했다.

"네가 날 사랑한다는 거 잘 알아. 하지만 난 남은 수명이 10년도 되지 않아. 넌 오랫동안 함께할 수 있는 사람을 만나야지." 모라가 니나에게 말했다.

니나는 충격을 받았다. "그래. 난 널 진심으로 사랑해. 그래서 떠나지 않겠다는 거야."

모라는 니나에게 시간을 갖고 좀 더 생각해보라고 했다. "죄책감 느끼지 않아도 돼." 그녀는 니나의 손을 살짝 잡았다. "난 절대로 널 원망하지 않을 거야."

하지만 니나는 확고했다. "더 생각해볼 필요도 없어. 이미 확실하니까."

편지에 쓸 말을 고민하던 모라는 뭐라도 떠오르지 않을까 싶어서 204호 교실을 둘러보았다. 영어 교실 아니랄까 봐 유명 작가들의 흑백 사진으로 장식되어 있었다. 예전에 혼자 살았던 원룸이 생각났다. 침대가 방의 절반을 차지하는 비좁은 공간이었는데, 흰색의 낮은 벽을 포스터와 유명 인사들의 흑백 머그샷으로 장식했었다.

네 번째 데이트 때 처음 모라의 집을 방문한 니나는 벽에 걸린 머그샷들을 유심히 쳐다보았다. 로체스터 경찰서에서 찍힌 차가운 표정의 데이비드 보위. 앞머리 몇 가닥이 이마에 떨어져 소년처럼 싱그러운 섹시함을 풍기는 30대의 프랭크 시나트라. 클리블랜드 경찰서에서 한 손을 들어 주먹을 쥔 제인 폰다. 금발의 비틀즈 멤버 같은 모습으로 환하게 미소 짓는 얼굴로 찍힌 1970년대의 빌 게이츠. 열린 셔츠 사이로 펜던트 목걸이를 드러내고 차분한 얼굴로 찍힌 1969년의 지미 헨드릭스.

"대부분 마약이랑 관련된 경범죄였어." 모라가 설명했다. "빌 게이츠는 무면허로 운전하다 잡힌 거였고."

"정말 흥미로워." 니나가 말했다. "다음 호 잡지에 네 페이지 펼침면으로 넣고 싶어질 정도로."

"나랑 데이트하면서 일 생각하는 거야?" 모라가 유혹하는 몸짓으로 침대에 걸터앉아 다리를 꼬았다. "내 기분이 어떨 것 같아?"

"미안." 니나는 미소를 지으며 모라에게 다가가 가볍게 키스했다. "사실은 좀 부끄러워. 난 이 사람들이 경찰에 체포된 적이 있다는 것도 몰랐거든."

"그래서 벽에 걸어놓은 거야." 모라가 사진들을 쳐다보며 말했다. "교훈을 주잖아. 누구나 실수할 수 있고 법이 우릴 엿 먹일 때도 있지만 열정과 대담함을 잃지 않는다면 결국은 세상에 멋진 모습으로 기억될 수 있다고 말이야. 중간에 있었던 저런 안 좋은 일로 기억되는 게 아니라."

10분이 지나도록 모라의 종이는 여전히 텅 비어 있었다.

주위를 둘러보니 다들 펜을 받은 후로 쉬지 않고 열심히 쓰고 있었다. 벤은 벌써 편지를 다 쓰고 뉴욕의 스카이라인을 스케치하고 있었다. 그래도 행크만큼은 어려워하는 게 보여서 다행이었다.

니나에게,

니나가 모르는 이야기를 써야 할 텐데, 그런 게 뭐가 있을까?

딱 하나 있었다. 하지만 말할 수 없는 이야기였다. 이미 예전에 서로 진지하게 상의하고 결론을 내린 문제니까. 니나는 이미 끝난 일이라고 생각하고 있으니 말할 수 없었다.

모라도 이미 끝난 일이라고 생각했다. 그러니 결정을 번복하고 싶다는 걸 알려서 좋을 게 없을 것이다.

행크

5월의 첫날, 뉴욕 메모리얼 병원의 그 누구도 불과 2주 후에 그렇게 거대한 비극이 그곳에 일어나리라고 예상하지 못했다. 5월의 시작을 알리는 날에 의사와 간호사들은 평소와 마찬가지로 주변에서 일어나는 작은 비극들에 파묻혀 정신없이 바빴다.

그날 아침만 해도 행크는 벌써 짧은 끈 환자를 세 명이나 만났다. 모두 눈물이 그렁그렁 맺히고 공포로 창백해진 얼굴로 병원을 찾아와서 제발 의사를 만나게 해달라고 애원했다.

상자가 나타난 지 얼마 되지 않은 3월과 4월이었다. 행크와 동료 의사들은 짧은 끈을 받은 사람들을 병원으로 불러서 이런저런 검사를 했다. 피검사, MRI, 심전도 검사 등. 검사 결과 심각한 문제가 발견된 이들도 있었다. 그들은 비록 희망은 얻지 못했지만 끈이 짧은 이유를 설명해주는 답이나마 안고 돌아갔다.

시간이 지날수록 끈이 수명을 뜻한다는 것을 믿는 사람이 늘어나면서 병원을 찾아오는 짧은 끈들도 늘어났다. 그러다 마침내 정부가 그동안 사람들이 막연히 두려워만 했던 사실을 공식적으로 확인해준 5월 1일, 병원 이사회는 건강에 별다른 이상 징후를 보이지 않는 짧은 끈 환자들을 더 이상 '받아주지' 않기로 했다. 물론 병에 걸리거나 다친 환자들을 그냥 돌려보내는 일은 없겠지만 끈이 짧다는 이유만으로 지극히 건강한 사람을 입원시키는 것을 금지한다는 결정이었다. 끈이 짧으면 갑자기 병에 걸릴 수도 있고 조만간 사고를 당할 수도 있다는 뜻이지만 이미 응급실은 미어터질 정도였다. 병원 법무 팀은 아무런 이상이 없다고 돌려보내진 짧은 끈들이 혹시 소송이라도 걸어올까 봐 걱정이었다.

행크는 환자의 검사 결과를 가족들에게 전달하기 위해 응급실 로비로 들어섰다. 그때 한 남자가 들어오는 것을 보았다. 한 손에 상자를 든 남자는 응급실 입구의 환자 분류소에서 환자들을 간단히 체크하고 있는 간호사에게 다가갔다.

"내 이름은 조너선 클라크인데 좀 도와주세요." 남자가 정신이 나간 듯한 얼굴로 말했다.

"어디가 안 좋으세요?" 간호사가 걱정스러운 듯 그의 상자를 힐끔 보면서 물었다.

"그게 아니라……, 너무 짧아요." 간절한 목소리였다. "너무 얼마 안 남았어요. 좀 막아주세요."

"현재 증상이 있으신가요?"

"모르겠어요. 아뇨. 없는 것 같아요." 조너선이 말을 더듬었다. "무슨 말인지 모르겠어? 거의 다 됐다고, 누가 좀 도와달라고!"

"선생님, 지금 아무 증상이 없는 거면 죄송하지만 그냥 가셔야 합니다." 간호사가 출구를 가리켰다. "당장 치료가 필요한 환자들이 있어서요."

"나도 당장 치료가 필요해!" 조너선이 소리쳤다. "시간이 없다고!"

"선생님, 심정은 이해하지만 저희가 해드릴 수 있는 게 없어요. 일반 진료 예약을 하시는 게 좋을 것 같습니다."

"어떻게 이럴 수 있어? 여기 병원 아니야? 사람 살리는 곳이잖아!"

응급실에서 대기 중이던 몇몇 환자와 가족들이 목을 길게 빼고 소란스러운 소리가 들리는 쪽을 쳐다보았다. 대부분은 소란을 피우는 남자가 애처롭기도 하고 당혹스럽기도 해서 바닥만 쳐다볼 뿐이었다.

"선생님, 진정하세요." 간호사의 목소리는 단호했다.

"그놈의 선생님 소리 좀 그만해!" 상자를 든 손을 마구 휘저었다. "내가 곧 죽는다고!"

근처에 있던 레슬링 선수 출신의 보안 요원이 상황을 진정시키기 위해 다가왔다.

"니힌데 어떻게 이럴 수 있어?" 조너선이 소리쳤다. "어떻게 그냥 죽게 놔두냐고?"

"선생님, 힘든 상황이신 거 저희도 잘 압니다." 보안 요원이 말했다. "경찰까지 부르고 싶진 않습니다. 하지만 계속 여기서 이러시면 경찰을 부를 수밖에 없습니다." 보안 요원의 손은 허리춤의 곤봉으로 가 있었다.

조너선이 조용해졌다. 로비를 훑어보던 그의 시선이 그곳에서 유일하게 흰색 가운을 입고 있는 행크에게 멈추었다.

"알았어요. 가겠습니다."

조너선이 간호사와 덩치 큰 보안 요원을 다시 쳐다보았다. "얼마 남지도 않은 시간을 유치장에서 보낼 순 없으니까요. 다른 병원은 정이란 게 있을지도 모르죠."

응급실에서 근무하는 행크가 보기에 세상은 슬픔을 받아들이는 5단계를 거치는 중인 듯했다. 이제 마지막 단계인 수용에 조금씩 가까워졌고 끈이 새로운 일상으로 자리 잡았다. 하지만 한 단계에 갇혀서 다음으로 넘어가지 못하는 사람들이 갈수록 많아지는 것 같았다.

어떤 이들은 슬픔의 1단계인 부정에 머물러 있었다. 행크가 사는 아파트의 얼마 떨어지지 않은 곳에서는 열 명 남짓한 사람들이 자주 모여서 시위를 벌였다. 그들은 소리쳤다. 끈은 정부의 음모이자 거대한 사기극에 불과하며 끈의 길이가 현실로 이루어지는 이유는 말이 씨가 되는 것일 뿐, 인간이 그만큼 나약한 존재라는 증거라고.

타협 단계에 갇힌 사람들은 신에게 끈의 길이를 늘여달라고, 인생을 바꿔달라고 간청했다. 상자를 열기 거부하는 이들도 타협 단계나 마찬가지라고 행크는 생각했다. 끈을 확인하지 않은 상태로 매일 다른 현실에서 시간을 더 얻는 것이나 다름없으니까 말이다.

하지만 분노나 우울처럼 감정적인 단계에 갇힌 사람일수록 겉으로 표시가 났고 보는 이들마저 고통스럽게 했다. 조너선 클라크가 슬픔의 5단계 중 분노 단계에 갇혀버린 사람이었다.

침울한 얼굴로 응급실을 떠나는 남자를 행크는 가만히 서서 쳐다볼 뿐이었다. 그 순간, 끈이 나타난 이후로 행크의 가슴에서 점점 거세진 감정이 드디어 펄펄 끓어넘치는 것만 같았다. 그 자신의 무능함이었다.

행크는 그날 교대 근무가 끝난 후 상사에게 이달 말일까지만 일하고 그만두겠다는 뜻을 전했다.

에이미

그해 5월은 예년보다 더웠다. 끈적한 여름이 멀지 않았다고 예고하는 듯 이른 아침부터 햇살이 뜨거운 날이었다. 에이미는 도시를 가로지르는 버스를 타지 않고 센트럴파크에서 동쪽에 있는 학교까지 걸어서 출근하기로 했다.

센트럴파크는 거의 변화가 느껴지지 않는 보기 드문 장소 중 하나였다. 전력 질주하는 사람들과 자전거 타는 사람들이 빠르게 지나가고, 인도에서 유모차를 몰면서 조깅하는 사람들이 홱 방향을 틀어 에이미를 지나쳤다. 놀이터에서는 아이들이 놀이 기구에 올라가 노란색 플라스틱 미끄럼틀을 타고 내려왔다. 부모나 베이비시터들은 근처의 벤치에 앉아서 그들을 지켜보았다.

유난히 좋은 날씨가 에이미의 학생들까지 들쑤셨다.

"오늘 야외 수업하면 안 돼요?"

에이미가 교실로 들어가자마자 예상했던 인물로부터 역시나 예상했던 질문이 쏟아졌다. 얼굴에 주근깨가 있는 유난히 성숙한 남학생이었다. 그는 매번 "오늘 수업 시간에 점심 먹으면 안 돼요?"

"오늘 수업 시간에 영화 보면 안 돼요?" 같은 이런저런 요청으로 반 전체를 어수선하게 만들었다. 에이미는 속으로 그 아이의 끈기를 기특하게 여겼다.

그녀는 5학년 학생들의 간절한 얼굴을 바라보았다. "그건 좋은 생각이 아닌 것 같아. 꽃가루가 날려서 알레르기 있는 친구들이 재채기를 할 수 있거든. 그럼 안 되잖아." 에이미가 말했다.

대부분은 수긍하는 모습이었지만 몇몇은 코웃음을 치거나 눈알을 굴렸다.

사실 그녀도 야외 수업을 하고 싶었다. 영문학 교수가 되어 영화 〈모나리자 스마일〉의 줄리아 로버츠처럼 자유롭고 진취적인 태도로 학생들을 가르치는 모습을 자주 상상하곤 했으니까. 캠퍼스 잔디밭에서 열정적인 학생들과 빙 둘러앉아 한 손에는 펼쳐진 소설책을 들었고 잔디밭에는 공책이며 커피 컵 따위가 흩어져 있고.

하지만 산만한 열 살짜리들을 데리고 하는 야외 수업은 완전히 다른 이야기였다.

"자, 《기억 전달자》 결말에 대해 얘기해볼 사람?" 에이미가 아이들에게 물었다.

그녀는 메그를 지목했다. 메그는 언제나처럼 창가 자리에 앉았지만 옆자리는 비어 있었다. 단짝 윌라의 자리였다. 남은 수명이 몇 년밖에 되지 않는다는 사실을 알게 된 윌라의 엄마는 딸과 시간을 보내기 위해 학교를 그만두게 하고 해외로 기약 없는 휴가를 떠났다. 교장 선생님이 에이미에게 전해주었다.

"제 생각엔…… 희망적인 것 같아요." 메그가 대답했다. "조나

스가 사는 세상은 무섭고 불공평하고 혼란스럽지만 끝에 탈출하게 돼요. 언덕 아래에 뭐가 기다리고 있는지 모르지만 빛이 보이니까 좋은 곳일 것 같아요. 음, 아무리 무섭고 불공평하고 혼란스러워도 더 좋은 곳을 찾을 수 있다는 뜻 같아요."

순간 에이미는 뭐라고 말해야 할지 몰랐다. 학생들은 아직 어려서 거창한 단어나 표현을 쓰지도 않고 철학자나 역사 학자를 인용하지도 않지만 가끔 정곡을 찔러 그녀의 말문을 막히게 했다.

"훌륭해, 메그. 고마워. 다른 사람들은 어떻게 생각하니?"

에이미는 퇴근길에 언니에게 전화를 걸었다. 니나는 아무리 바빠도 에이미의 전화를 꼭 받았다.

"지금 준비하는 기사가 뭐야?" 에이미가 물었다.

"음, 끈에 대한 항공 업계의 반응을 다루는 기사." 니나가 모호하게 답했다.

"지금 통화 어려워?" 에이미는 책상에 앉아 눈으로 페이지를 훑느라 정신없는 언니의 모습이 그려졌다. 항공 업계가 어떤 반응인지 궁금하기도 했다. 짧은 끈들이 비행기 추락 사고를 염려해서 타격이 클지도 모른다. 아니면 아직 시간이 남았을 때 여행을 하려는 사람들이 늘어났을 수도.

"아, 미안. 아니야. 지금 괜찮아." 니나가 말했다.

에이미는 비행기 하니 생각나는 게 있었다. "내가 비행기 조종사 남자 친구를 사귀고 싶어 했던 거 기억나?"

"기억나지. 델타항공 조종사랑 몇 번 만나기도 했잖아. 두 번인가?"

"세 번째 데이트 장소가 파리가 될 줄 알고 두 번이나 만났던 거지." 에이미가 유감스럽다는 듯 말했다.

"설마 그 말 하려고 전화한 건 아닐 테고."

"애들 여름방학 권장 도서를 고민 중이야." 에이미가 설명했다. "역사에 관한 내용이면서도 아이들이 공감할 수 있는 책이면 좋을 텐데."

"흠. 우리 5학년 땐 뭐 읽었지? 세일럼 마녀 재판 미국이 영국 식민지였던 17세기 말에 보스턴 근교 세일럼에서 벌어진 마녀사냥이다.—옮긴이 얘기였나? 이해할 수 없는 것에 대한 사람들의 반응이라는 주제를 다루기엔 요즘이 딱이지."

"난 아이들이 끈 얘기를 너무 많이 접하는 것도 걱정스러워. 물론 벌써 내 생각보다 훨씬 많이 알고 있겠지만. 그래도 아직은 애들이잖아."

"그렇지." 니나가 말했다. 자매는 둘 다 조용해졌다.

"너, 혹시라도 마음 바뀌면 나한테 말해줄 거지?" 니나가 약간 소심하게 물었다.

"당연하지. 언니한테 가장 먼저 말할 거야. 하지만 아마 상자를 열어볼 일은 평생 없을 것 같아." 에이미가 활기찬 목소리로 말했다. "언니 끈이 엄청 길잖아. 우리는 DNA가 비슷할 테니까 아마 내 끈도 길겠지."

"그래. 그럴 거야." 니나가 말했다. "아버지, 어머니도 생각을 바꾸지 않으실 거고."

에이미는 부모님 생각에 미소를 지었다. 60대 초반인 자매의 부모님은 다행히 아직 건강했고 에이미와 마찬가지로 상자를 열어보지 않기로 했다. 그들은 남은 삶 동안 소박한 즐거움을 누리며 살아가기로 했다. 주말에는 텃밭을 가꾸고 북클럽에 나가고 테니스를 치고. 평범하지 않은 이 시대에 평범한 일상을 즐기며 삶의 축복에 집중하기로 했다.

"그럼 일해. 난 서점 좀 들러보려고. 아이디어가 떠오를지도 모르니까. 모라한테 안부 전해줘."

에이미는 집 근처 서점에 들렀다. 문을 열자 딸랑 종소리가 울렸다. 위쪽에 달린 작은 텔레비전에서 가장 최근에 대선 출마를 선언한 앤서니 롤린스의 인터뷰가 나왔다. 말끔한 외모에 언변이 뛰어난 버지니아주 하원 의원은 전례 없는 위기를 마주한 이 시대에 자신이 미국을 이끌어야만 하는 이유를 거들먹거리며 이야기했다. 에이미는 서점 주인이 작년에 서점 안에 텔레비전을 설치한 사실이 여전히 속상했다. 온종일 뉴스에 둘러싸인 바깥세상의 스트레스를 잊고자 서점에 들르는 건데.

그녀는 밝은 화면 속 남자를 무시하고 걸어가 인기 도서가 진열된 테이블을 지나쳤다. 최근 그리스 신화와 운명론에 대한 커진 관심에 힘입어 《일리아스》와 《오디세이아》도 한 자리를 차지하고 있었다. 옆에는 자기 계발서나 의사와 철학자, 신학자가 쓴 도덕성에 관한 명상록들이 가득했다. 그리고 《천국에서 만난 다섯 사람주인공이 죽은 후 천국에서 만난 다섯 사람의 이야기를 통해 삶의 진정한 의미를 깨닫게 해주는 미치 앨봄의 소설이다.-옮긴이》은 다시 베스트셀러가 되었다.

키 큰 원목 책꽂이와 익숙한 종이 냄새가 있는 서점의 한가운데 공간에 이르자 에이미는 마음이 편안해졌다. 그녀에게는 서점만큼 만족스러운 공간도 드물었다. 자주 공상에 빠지는 그녀는 상상의 세계로 도피하고 싶은 욕망을 주체할 수 없을 때마다 서점으로 왔다. 페이지에 영원히 새겨진 수많은 이들의 꿈에 둘러싸여 있노라면 그렇게 편할 수가 없었다.

어머니는 어린 에이미와 니나를 방과 후에 자주 서점으로 데려갔다. 서점 주인은 계산도 하기 전에 자매가 카펫 바닥에 앉아 한 시간 동안 책을 읽어도 뭐라 하지 않았다. 어렸을 때부터 에이미는 판타지와 로맨스 장르에 끌렸고 언니는 마리 퀴리나 아멜리아 에어하트 같은 여성들의 전기를 좋아했다. (아멜리아 에어하트의 실종 미스터리는 한동안 니나의 마음을 괴롭혔다.) 니나는 책에서 발견한 오탈자를 자랑스럽게 지적하는 버릇이 생겼고 에이미는 그때마다 짜증이 났다. 왜 언니는 이야기 속의 세계에 빠져들지 못하고 저런 걸 신경 쓰는지 답답했다.

어릴 때 자매는 다 읽은 책을 서로 돌려서 읽는 둘만의 의식을 만들었다. 에이미가 내놓은 아이디이였다. 이 의식은 커가면서 서로의 삶이 두 갈래로 나뉘고—니나가 커밍아웃을 했고 각자 대학도 다른 지역으로 갔다.—다른 점이 많이 생겨서 언니와 멀어지면 어쩌나 두려웠던 에이미에게 큰 위안이 되어주었다. 서로 멀리 떨어져 산 5년 동안 자매가 우편으로 주고받은 책은 수십 권이 넘었다. 가장 좋았던 문장을 적은 포스트잇을 붙이고 여백에 둘만 아는 농담을 써서 보냈다. 니나는 에이미에게 받은《나를 보내지 마》

후반부에서 눈물 자국을 발견하는고는 그녀를 놀렸다. 에이미는 니나가 보낸《아웃라이어》에 형광펜으로 칠한 부분이 너무 많아서 읽는 데 방해가 된다고 불평했다.

에이미는 서점의 디스토피아 소설 코너에서 멈추었다. 지난 1월에 바로 이곳에서《기억 전달자》를 발견하고 자신이 5학년 때 했던 북클럽의 애틋한 기억이 떠올라 학생들에게 읽게 했다. 모든 것이 변해버린 봄이 오기 전의 일이었다. 바로 근처에는《시녀 이야기》와《헝거게임》이 자리 잡고 있었다. 둘 다 그녀가 10대 때 열광하며 읽었던 책이었다. 침대에 누운 채 새벽까지 잠 못 이루며 헝거게임에 나간 조공인이 되어 빽빽하고 캄캄한 숲에서 고군분투하는 상상을 얼마나 많이 했던가.

적어도 실제로 다가온 미래는 지금 에이미 앞에 놓인 책들에 나오는 미래보다는 희망이 있어 보였다. 여자의 신체가 임신과 출산의 도구로만 여겨지고, 정부의 명령으로 아이들이 텔레비전으로 생중계되는 살인 게임에서 서로를 죽여야 하는 미래보다는. 디스토피아 소설 속의 미래에서는 갈수록 상황이 더 암울해진다. 에이미는 그 정도까지는 아니고 단지 수명을 알려주는 끈이 나타난 것뿐이니 다행인지도 모르겠다는 생각이 들었다.

매일 드는 생각이지만 그녀는 상자를 열어보지 않는 것이 혹시라도 잘못된 선택은 아닌지 의심스럽기도 했다. 다른 수많은 사람이 손에 넣은 정보를 거부하는 게 과연 잘하는 일인지. 친구와 동료들은 대부분 긴 끈을 받았고 마음의 안식을 얻었다. 세상에 다시없을 큰 선물을 받은 것이다. 모라에 대한 걱정으로 힘들어하는 언니조차도 자신의 끈이 길다는 사실을 알았을 때 자신도 모르게 안도감을 느꼈다고 털어놓지 않았던가.

에이미는 계속 머리를 굴리며 여러 시나리오를 그려보았다. 이미 모든 가능성을 생생하게 떠올려보았다. 끈이 긴 경우, 짧은 경우, 중간인 경우. 상자 안에 끈이 들어 있지 않을 가능성까지 생각했다. 결국 그녀는 상자를 옷장 깊숙이, 눈보라가 칠 때만 신는 소금 얼룩이 생긴 겨울 부츠 뒤쪽에 처박아두는 것이 가장 안전한 선택이라고 판단했다.

월요일 아침에 에이미는 《트리갭의 샘물》 24권을 들고 출근했다.

"저기, 윌슨 선생님?"

에이미가 뒤돌아보니 학교 관리인이 주머니에서 접혀 있는 노란 종이 한 장을 꺼냈다. "간밤에 선생님 교실을 청소하는데 이게 바닥에 떨어져 있었어요. 그냥 버려도 될지 어디 두어야 할지 몰라서. 아무래도 학생이 쓴 것 같은데."

"아, 감사해요." 에이미가 종이를 받았다. 종이 뒷면에는 맨해튼의 스카이라인이 작게 그려져 있었다. 종이에 이름이 적혀 있지 않은지 죽 훑었다. 그녀가 아는 학생의 이름은 보이지 않았다.

"혹시 이거 어디에서 주우셨어요?"

"의자 아래에 떨어져 있던데요. 책꽂이 근처에요."

"주인이 있을 것 같아요. 챙겨주셔서 감사해요."

관리인이 고개를 끄덕였다. "별말씀을요."

에이미는 그에게 미소를 보인 후 204호 교실로 들어가 책상에 앉았다. 작은 노트 두 권, 언니가 '꽃보다 실용적'이라며 선물해준 작은 선인장 화분, 빈 커피 잔 두 개, 침을 거의 다 쓴 스테이플러, 역사학과에서 받은 '금서' 주제의 탁상용 달력 등으로 책상이 어지러웠다. 달력의 5월 금서는 《호밀밭의 파수꾼》이었다. 하지만 5월 달력은 4월 3일부터 진즉 펼쳐져 있었다. 4월 금서가 《롤리타 12세 소녀를 향한 중년 남성의 병적인 사랑과 집착을 그린 블라디미르 나보코프의 소설이다.-옮긴이》였는데, 학생들이 하도 무슨 내용이냐고 물어보는 바람에 어쩔 수 없었다.

에이미는 종이에 적힌 글을 읽어보아야 할지 알 수 없어서 그냥 학생들의 에세이 위에 놓아두었다.

그날 가르칠 쉼표와 세미콜론 사용법에 관한 내용으로 관심을 돌렸다. 하지만 계속 종이로 시선이 향했다. 결국 그녀는 종이를 집어서 펼쳤다.

션이 편지를 쓰라고 해서 이렇게 쓴다.

마침표 다음에 희미하게 남겨진 자국이 있었다. 글을 쓴 사람이 초조한 듯 펜을 연신 두드렸다는 뜻이었다.

칼은 여전히 바보 같은 짓이라고 생각하는 듯 펜 끝으로 종이에 구멍을 뚫는 모습으로 션을 실망시키고 있다. 첼시는 그림을 그리고 있는 것 같다. 확실히는 모르겠다.

에이미가 아는 이름은 하나도 없었다.

10분이 생각보다 참 길구나. 이렇게 펜으로 종이에 편지를 쓰는 것도 정말 오랜만이다. 전쟁터에서 고향에 있는 사랑하는 여자친구에게 편지를 쓰는 대하드라마의 주인공이라도 된 것 같다.

남부로 로드트립을 떠났을 때 들렀던 2차 세계대전 박물관이 생각난다. 군인들이 쓴 편지가 액자에 걸려 있었다. 족히 20분은 걸려 편지들을 전부 다 읽어봤는데 기억 나는 건 하나뿐이다. 한 군인이 어머니에게 보낸 편지였다. 거트루드에게 이렇게 전해달라고 했다. "무슨 일이 있어도 내 마음은 똑같을 거야."

그 편지가 왜 그렇게 기억에 남는지는 모르겠다. 그렇게 사적인 감정이 공개적으로 전시된 것을 보면서 묘한 기분이 들어서였을까. 읽으면서 내가 다 민망할 정도였으니까. 아니면 거트루드라는 이름 때문일까.

순간 에이미는 알지도 못하는 사람의 속마음을 읽고 있다는 것에 죄책감을 느꼈다. 그래도 교실에서 발견된 편지이니 그녀의 학생이 쓴 게 아닐까? 하지만 그녀의 열 살짜리 학생 중에 이렇게 자의식이 뛰어나고 글솜씨가 깔끔한 아이가 있던가? 숙제로 쓴 편지 같은데, 션이라는 이름의 교사가 있는지도 금시초문이었다.

문득 지난달에 동료 교사에게 들은 말이 떠올랐다. 학교에서 주말 저녁마다 짧은 끈 자조 모임이 열릴 거라던.

에이미는 방금 읽은 글의 정체를 깨닫고 가슴이 답답해졌다. 편지를 쓴 사람에 대한 안타까움도 솟구쳤다. 이 편지는 그 사람이 일종의 치료법 삼아 스스로를 달래어 꺼내놓은 말들이었다.

여전히 두 손으로 펼친 종이를 보면서 어떻게 처리해야 할지 난감해졌다. 거트루드에게로 생각을 옮겼다. 바로 전날 저녁에 이 교실에 앉아 있다가 편지를 떨어뜨리고 간 끈이 짧은 사람보다 저 멀리 박물관에 전시된 이름에 대해 생각하는 것이 훨씬 편하니까. 그래서 에이미는 거트루드와 전쟁터에 나간 그녀의 사랑하는 남자를 떠올렸다. 《속죄》의 세실리아와 로비 같았다. 가엾은 거트루드는 배에 탄 남자가 어딘가에서 보낸 눈물로 얼룩진 편지를 우편함에서 발견한다. 무슨 일이 있어도 그의 마음은 똑같을 것이다.

벤

일주일이 지난 일요일 저녁, 모임이 시작되기 직전에 모라가 벤에게 노란색 종이를 가리켰다. 204호 교실 책꽂이 옆에 네모로 접힌 종이가 바닥에 놓여 있었다. 겉면에 뉴욕의 스카이라인 그림이 보였다.

"그쪽 거 아니에요?" 모라가 물었다.

"어? 네. 맞아요. 어디 떨어뜨린 줄 알았는데. 그 자리에 그대로 있다니 놀라운데요. 왜 안 버렸지?"

모라도 놀란 모양이었다. "그림이 그려진 걸 보고 주인이 찾으러 온 줄 알았니 봐요. 그쪽 쐐 살 그려요."

"정말요?" 벤이 웃음을 터뜨렸고 모라도 의자를 빼면서 미소 지었다.

벤은 종이를 청바지 주머니에 넣었다. 모임이 끝나고 집으로 돌아가서야 다시 꺼내 보았다.

그의 글씨 아래로 다른 글씨가 또 있었다.

누군가 쓴 답장이었다.

거트루드와 그 군인이 어떻게 되었는지 혹시 아시나요? 그 두 사람이 계속 생각났어요. 그래서 물어봐요. 편지에 적힌 그 말이 실제로 무슨 뜻인지 궁금해졌어요.

처음에는 연인의 너무도 로맨틱한 약속이라고 생각했어요. 전쟁에서 어떻게 되든 거트루드에 대한 그의 사랑은 변치 않을 거라는 뜻이라고 말이죠. 하지만 만약 그게 아니라면요? 편지 전체를 읽은 건 아니니 확실히는 알 수 없지만 "무슨 일이 있어도 내 마음은 똑같을 거야."라는 그 말이 사실은 정반대의 뜻이라면요? 그가 이미 가엾은 거트루드의 고백을 거절했고 전쟁에서 어떻게 되든 앞으로도 그의 생각은 변함없을 거라는 뜻일 수도 있잖아요. 그녀의 마음을 받아줄 일은 절대로 없을 거라고. 차마 거트루드에게 직접 말할 수가 없어서 어머니에게 대신 전해달라고 한 것이라면요?

물론 내가 멋대로 추측한 것뿐이에요. 오히려 세상에서 가장 아름다운 사랑 표현에서 어떻게든 슬픔을 찾아내려고 하는 내 상태를 걱정해봐야 하는 거겠죠? 어쨌든 혹시 당신이 거트루드와 그 군인에 대해 또 아는 게 있는지 궁금하네요.

-A

행크

행크는 남자가 들어오는 모습은 보지 못했지만 연한 초록색 커튼 뒤에서 울려 퍼지는 총성을 들었다. 그때 그는 극심한 가슴 통증으로 뉴욕 메모리얼 병원 응급실에 입원한 노인 환자를 진찰하는 중이었다.

행크는 의사로 일한 지 15년이 넘었다. 그동안 증상에 대한 설명을 듣거나 검사 결과를 기다리는 환자들의 얼굴에 나타난 극도의 불안감을 많이 보았다. 하지만 5월 15일 아침에 환자와 함께 총성을 들었을 때는 그렇게 순식간에 사람의 얼굴에 공포가 서리는 모습은 처음 보았다. 나중에 깨달았지만 그와 환자가 소리를 듣자마자 무슨 상황인지 정확하게 파악할 수 있었다는 점이 더더욱 끔찍했다. 그만큼 총기 테러에 대한 뉴스 영상이며 신문 기사를 많이 본 탓이었다. 두 사람은 순간 무슨 일이 벌어지고 있는지 정확히 알아차렸다.

행크는 온몸이 굳었다. 자신이 숨을 쉬고 있는 건지조차 알 수 없었다.

A.B.C.가 떠올랐다.

몇 달 전 뉴욕 경찰이 병원을 방문해 총기 난사가 발생했을 때의 대처법 A.B.C.를 알려주었다. A는 피하라Avoid. B는 바리케이드를 만들어라Barricade. C는 맞서라Confront. 우선순위를 따지자면 피하는 게 최선이고, 바리케이드는 필요하면 쌓고, 맞서는 것은 되도록 사람이 많을 때여야 하고 최후의 수단으로만 활용해야 한다고 했다.

세 번째와 네 번째 총성이 연달아 울렸을 때 행크는 그 소리가 응급실 입구 바깥쪽에서 들린다고 판단했다. 거리가 충분하니 환자들을 안쪽으로 대피시킬 수 있을 터였다.

일회용 비닐 가운을 걸친 수십 명이 공포에 질린 채 응급실 비상구로 달려갔다. 의사와 간호사들도 미친 듯이 휠체어와 이동 침대를 밀며 뒤따랐다. 다섯 번째와 여섯 번째 총성이 울려 퍼졌다. 닫힌 쌍여닫이문을 몇 개나 사이에 두고 떨어진 곳에서 나는 소리인데도 사람들은 본능적으로 팔로 머리와 얼굴을 감쌌다.

행크는 여자 환자의 수액 걸이를 밀면서 최대한 빠르게 움직였다. 달랑거리는 주머니에서 손목에 꽂힌 튜브로 수액이 뚝뚝 떨어졌지만 미처 떼어낼 시간이 없었다.

일곱 번째, 여덟 번째 총성이 울렸다.

그는 여자 환자를 머리부터 발끝까지 검은색 옷을 입은 소년과 함께 안전하게 비상구 뒤로 보냈다. 소년의 눈이 껌뻑이고 경련을 일으켰다. 공포에 질리기도 했지만 애초에 응급실에 실려 온 이유인 메스암페타민흔히 필로폰이라고 불리는 마약이다.-옮긴이 과다 복용 때문이었다.

행크는 두 사람을 보내고 비상구 문을 닫은 후 시끄러운 소리가 나는 곳으로 달려갔다.

이미 가장 끔찍한 일은 벌어진 뒤였다. 그가 도착했을 때는 결과만이 기다리고 있었다.

사람들은 바닥에 쓰러져 덜덜 떨거나 피 흘리는 이들을 일으켜 가까운 침대로 옮기고 있었다. 큰 소리로 외치면서 돕고 있었다. 보안 요원이 바닥에서 범인의 무기를 주웠다. 범인 사살에 성공했을 때 바닥에 떨어진 모양이었다. 작은 권총이었다. 당연히 돌격용 자동 소총일 줄 알았던 행크의 생각이 빗나갔다.

행크는 피해자의 상처를 두 손으로 눌러 지혈하면서 모두를 공포로 몰아간 범인의 얼굴을 힐끔 쳐다보았다.

그는 그 얼굴을 단번에 알아보았다.

니나

데보라 케인 편집장이 급하게 달려 나와 뉴욕 메모리얼 병원에서 총기 난사가 일어났다고 알린 지 이틀이 지났다.

그날 아침 니나는 북한 정부가 주민들의 상자를 압수하기로 했다는 소식에 대해 몇몇 기자들과 이야기를 나누고 있었다. 앞으로 북한에서는 아직 상자를 열어보지 않은 사람은 열면 안 되고 22세를 맞이해 상자를 받게 될 사람들은 무조건 열지 않은 채로 당국에 제출해야 했다.

세계적으로 그런 강제가 생긴 것은 처음이었다.

각국 정부는 경제가 곤두박질치는 상황에서 끈의 진실을 발표하는 것을 염려한 나머지 지난 3월과 4월에는 정부가 아예 힘이 없는 게 아니라는 사실을 깨닫지 못했다. 상자가 나타나는 걸 막을 수는 없지만 사람들이 그걸 어떻게 사용하는지는 통제할 수 있다는 사실을.

일부 유럽 연합국은 겁에 질린 짧은 끈 이민자들이 마지막 희망이라도 붙잡고자 의료 서비스를 이용하기 쉬운 국가로 넘어오려고 할 것을 예상했다. 그래서 가장 문제가 많은 국경 지대로 추가 병력을 보냈다. 미국 국경수비대도 경계를 바짝 세운 상태라고 전해졌다. 하지만 북한의 결정은 보통의 정치를 넘어서는 새로운 소식이었다. 서서히 불안이 들끓기 시작하는 가운데 잃을 것 없는 짧은 끈들이 반란을 일으킬지도 모른다는 지도층의 두려움에서 나온 결정으로 추측되었다.

"극단적인 조치긴 하지만 오히려 괜찮은 방법일지도 몰라요." 기자 하나가 말했다. "모두가 상자를 열어보지 않는다면 예전으로 돌아갈 수 있을 거 아니에요."

"이미 열어본 사람들은 어쩌고. 열어본 사람들한텐 너무 늦었지." 니나가 말했다.

"우리 미국에선 짧은 끈들이 세상을 위협하지 않기만을 바라는 수밖에 없겠네요."

그 불길한 발언은 니나를 깜짝 놀라게 했다. "짧은 끈들이 왜 세상을 위협하는데?"

기자의 답을 듣기도 전에 책상 앞에 데보라가 나타났다. 무척 껄끄러운 표정이었다. "뉴욕 메모리얼 병원에서 총기 난사가 발생했대. 사상자도 여러 명 나왔고."

48시간 후, 범인을 제외한 사망자 수가 다섯 명이라는 최종 보도가 나왔다. 사망자들의 나이는 23세에서 51세까지 다양했다. 다섯 명 모두 짧은 끈이었다. 그들은 자신의 끈이 짧다는 것을 몰랐을 수도 있지만 알고서 병원에 도움을 청하러 온 것일 수도 있었다. 간절히 피하고자 하는 운명이 정작 응급실에서 기다리고 있을 줄은 꿈에도 모른 채. 역시나 끈이 짧은 사람이 총을 들고 나타나 그들에게 마지막을 선사하고 말았다. 범인은 뉴욕 퀸즈에 사는 조너선 클라크였다.

범죄 담당 기자의 질문이 아침 원탁회의의 시작을 알렸다. "병원 심층 기사는 어떤 식으로 갈까요? '메모리얼 병원의 비극 속으로'?"

"그래도 되고. 그런데 비극이라는 단어 선택 괜찮나?"

"전에도 얘기 나왔었잖아요. 사망자 수를 기준으로 하기로 하지 않았었나? 사망자가 10명 이상일 때만 '비극'이라는 표현을 쓰기로 했었잖아요. 그런데 이번 사건은 10명이 안 되는데."

"2주 전 사망자가 한 명뿐이었던 가정집 강도 사건도 '비극'이라는 단어를 썼는데요?"

"그랬지. 그건 진짜 아니었어. 개인적인 비극하고 뉴스에 나올 만한 비극이 똑같진 않지."

"이번 사건은 총기 난사잖아. 총기 난사는 다 비극이야."

"이번 사건이 총기 난사의 조건을 충족하는 건 맞겠지?"

"피해자가 4명 이상이라는 기준을 적용하면 총기 난사 맞죠."

"당연히 비극이지. 이런 총격 사건은 보통 예방이 가능하니까. 미친놈들은 일을 벌이기 전에 꼭 온라인에서 정신 나간 신념을 떠들어대잖아. 충분히 막을 수 있었던 일은 다 비극이야."

"너무 의미론에 집중하는 게 아닌가 싶네. 범인이 신나치주의자고 온라인에 성명문을 발표한 것도 아니잖아. 이 사건의 포인트는 끈이야."

"병원에서 범인을 안 받아준 것 같아. 곧 죽을 거라고 말했는데도."

"병원에서도 다 받아주기가 힘들다고 들었어요. 겉으론 멀쩡한데 끈이 짧다는 이유로 CT를 찍으러 오는 사람들이 너무 많아서."

"대기실에 끈이 거의 끝나가는 사람들이 가득하다는 걸 병원 측에서도 알았던 거잖아. 나쁜 상황이 발생할 수 있다는 걸 충분히 예측할 수 있었을 것 같은데."

테이블에 둘러앉은 사람들은 모두 한동안 말이 없었다.

"여기서 득 보는 건 총기 로비스트들하고 그들과 한패인 정치인들뿐이지." 누군가가 말했다. "지금까지 이 나라에서 발생한 총기 난사 사건 중에서 정치인들이 이토록 간단하게 책임을 회피할 수 있었던 적이 있었어? 이젠 총이나 법이나 의료보험제도를 탓하지 말고 짧은 끈들을 탓하라고 하면 그만이야. 끈이 짧은 사람이 저지른 일이라고 주장하고 자기들은 옆으로 물러나 있으면 되는 거지."

"이번 기사는 그런 각도에서 접근하면 되겠어." 데보라 편집장이 마침내 입을 열었다. 그녀는 편집자들이 비극의 본질이며 법적인 정의를 충족하기 위해 죽어야 하는 사람의 숫자에 대해 토론하는 것을 한동안 가만히 듣고만 있었다. 언젠가 편집장은 연휴 파티에서 술이 세잔 째 들어가자 니나에게 속마음을 털어놓은 적이 있었다. 총기 사건이나 자연재해가 발생했을 때 팀원들이 너무 가벼운 말로 기사에 대해 토론하는 모습을 볼 때마다 놀랍다고 했다. 그녀가 저널리스트로 일해온 30년 동안 기사 제목은 점점 더 암울하게 변했다. 사건이 일어날 때마다 말의 무게는 점점 가벼워졌고 결국은 한때 회의를 무겁게 짓누르던 명사와 형용사의 무게감을 찾아볼 수 없게 되었다. 하지만 니나는 이 일을 계속하면서 영혼이 부서지지 않으려면 그럴 수밖에 없지 않나 생각했다.

"새로운 세상이 된 후 처음 일어난 총기 난사 사건이야." 데보라가 편집자들에게 말했다. "어떤 점이 다를까? 우리의 반응이 어떻게 달라야 할까?"

자리를 떠나려던 그녀가 잠깐 뒤돌았다.

"다섯 명이 죽었어." 왠지 지친 목소리였다. "그게 비극이 아니면 뭐야."

그날 밤 집에서 니나는 노트북에 펼쳐진 페이지를 멍하니 쳐다보고 있었다. 편집해야 하는 기사였다. 하지만 머릿속은 조너선 클라크에 대한 생각으로 가득 찼다.

만약 모라가 병원에 갈 일이 생기면 어떻게 되는 거지? 두 사람은 종종 강가에서 자전거를 대여해 탔다. 만약 모라가 자전거를 타다가 택시와 부딪혀 응급실에 실려 간다면? 의사는 모라에게 끈에 대해 물어볼 자격이 있는 걸까?

니나는 여자 친구가 가뜩이나 흑인이라는 이유로 의료 쪽에서 큰 위험에 노출되어 있다는 사실을 잘 알고 있었다. 여자의 아픔과 흑인의 아픔은 오진되거나 아예 무시되어온 역사가 길다. 게다가 이제는 끈까지 추가되었다. 불평등한 세상은 항상 그녀를 경악하게 했다.

모라는 의사에게 끈 이야기를 할 필요가 없을 것이다. 그냥 상자를 열어보지 않았다고 거짓말을 해도 된다. 하지만 만약 끈에 대해 알고 있다면 병원의 대우가 달라질까?

물론 고의로 차별하지는 않을 것이다. 하지만 만약 의사가 여덟 살 환자와 일흔여덟 살 환자 중에서 한 명을 살려야 한다면 당연히 아이를 살릴 것이다. 이것도 비슷하지 않을까? 긴 끈 환자와 짧은 끈 환자 중에서 긴 끈 환자를 먼저 도와주려고 하지 않을까?

니나는 끈이 짧다는 이유만으로 모라가 가망 없는 환자로 방치될지도 모른다는 생각에 두려워졌다. 하지만 차분하고 질서정연한 니나의 머릿속을 헤집어놓은 것은 끈 자체에서 나온 질문이었다. 환자가 끈이 짧아서 치료를 제대로 받지 못한 것인가, 애초에 치료를 제대로 받지 못해서 끈이 짧은 것인가?

닭이 먼저냐 달걀이 먼저냐의 딜레마 중에서도 이렇게 엿 같은 경우는 없을 것 같았다.

니나는 기사를 닫고 아웃룩 탭을 클릭했다. 받은 메일함에 새 이메일이 쌓여 있었다. 기부를 요청하는 앤서니 롤린스 후보 캠프의 이메일을 삭제했다. 이메일 주소는 어떻게 안 건지. 최근에 동료들이 롤린스에 대해 이야기하는 것을 들었다. 그들은 롤린스가 세련된 카리스마를 갖추었고 부유한 집안 출신이니 이 나라의 대통령이 될 자격이 충분하다며 한탄했다. 니나의 눈에 그는 너무 거만해 보였다. 2월에 본 인터뷰에서 대학 동창이 롤린스가 회장이었던 남학생 사교 클럽은 뒤가 구렸고 그가 성차별주의자였다고 주장하지 않았던가.

물론 그때는 끈이 등장하기 전이었다. 지금 니나의 머릿속은 다른 일들이 차지하고 있다.

그녀는 업무 이메일 몇 통에 답장을 보내고 자신도 모르게 검색창에 '짧은 끈+병원'이라고 쳤다. 뭘 찾으려는 것인지 그녀도 몰랐다. 모라가 병원에서 내쳐지지 않을 거라는 확신을 얻고 싶은 걸까?

첫 검색 페이지는 대부분 병원에서 일어난 총기 난사 사건과 관련된 내용이었다. 두 번째 페이지에서 '끈 이론'이라는 웹사이트를 발견했다. 공개 게시판 커뮤니티 같았지만 거기에 올라온 글들은 뭔가 달랐다. 외계인이나 신, NSA에 관한 글은 없었다. 문제가 훨씬 긴박하고 사실적으로 느껴졌다.

짧은 끈님들 중에 건강보험 관련해서 문제 생기신 분 계세요? 저는 보험사에 짧은 끈이라는 걸 알린 뒤로 원래대로라면 보험이 적용되어야 하는 검사의 보험 적용을 거부당했습니다! 짧은 끈들의 보험료가 갑자기 오르고 있다는 소문도 들리네요.

*제발 저희 오빠를 도와주세요. 저희 오빠는 실력 있는 요리사고 뉴욕에서 식당을 창업하는 게 꿈입니다. 이제 꿈을 이룰 시간이 3년밖에 남지 않았는데 짧은 끈이라는 이유로 은행에서 대출을 거부당했어요! 고펀드미*미국 최대의 크라우드펀딩 플랫폼으로, 안타까운 사연을 가진 이들이 글을 올리면 이에 대한 후원과 모금이 이루어진다.–옮긴이*로 가셔서 저희 오빠를 도와주시면*

정말 감사하겠습니다.

끈이 짧다는 걸 직장 동료 딱 한 명에게만 말했는데 방금 '장기 재정 계획'의 일환으로 회사에서 잘렸네요. 내 수명이 '장기적'이지 못해서 회사가 나를 계속 고용할 수 없다는 건가?? 혹시 변호사분 계시면 부당 해고로 고소 가능한지 알려주실 수 있을까요?

니나는 게시판을 계속 스크롤했다.

정부는 짧은 끈들을 도와주지 않고 뭐 하는 거야? 연구만 잔뜩 해서 끈이 진짜라는 것만 밝혀놓고 짧은 끈들을 나 몰라라 하고 있네. 우린 법적 보호가 필요하다!

혹시 인구 통계학적 특성에 따른 끈 길이 자료를 수집하신 분 있나요? 유색인종과 저소득층에 유난히 짧은 끈이 많은 것 같아서요. 그렇다면 수세대에 걸친 제도적 학대+기회의 부재가 이 계층 사람들을 죽이고 있다는 확실한 증거일 수도 있습니다!

이 게시글에 달린 댓글이 큰 관심을 받고 있었다.

절대 그 자료를 파헤치지 마세요. 결국은 왜곡되어 당사자들에게 해가 될 겁니다. 이미 총기 규제 반대론자들은 이번 병원에서 일어난 총기 난사 사건을 끈 탓으로 돌리고 있습니다. 이제 다음

은 뭐겠습니까? '너희들이 가난하고 아프고 직장이 없는 건 우리 잘못이 아니다. 다 끈 탓이야! 우리가 어쩔 수 있는 게 아니야.' 이렇게 나오겠죠.

니나는 어쩌면 모라가 맞는지도 모른다는 생각이 들었다. 끈이 어디에서 온 건지는 더 이상 중요하지 않을지도 모른다. 천국에서 왔든 외계에서 보냈든 머나먼 미래에서 과거로 왔든. 이제 중요한 건 그 끈을 어떻게 할 것인지에 대한 사람들의 결정이었다.

***

끝까지 거부하면서 버티는 소수를 제외하고 세상 모두가 끈의 진실을 받아들이자 예전과 다른 새로운 세상이 선명하게 드러났다. 대부분이 선악과를 따먹었고 나머지는 두려워서 선뜻 먹지 못한 에덴동산.

한때는 상상도 할 수 없었던 지식이 진실로 드러났고 그 무게가 사람들의 심장과 머리에 압박을 가했다. 점점 무겁게 짓눌려서 견디지 못하고 부서져버린 이들도 있었다.

사람들은 집과 재산을 처분하고 직장을 버렸다. 남은 시간을 의미 있게 쓰려는 것이었다. 여행을 떠나고 싶어서, 바닷가에서 살고 싶어서, 아이들과 시간을 보내고 싶어서, 그림을 그리고 노래를 부르고 글을 쓰고 춤을 추고 싶어서. 분노와 질투, 폭력의 심연으로 몸을 던지는 이들도 있었다.

뉴욕 메모리얼 병원 사건이 발생하고 일주일 후에는 텍사스의 쇼핑몰에서 짧은 끈이 방아쇠를 당겼다.

짧은 끈에 의해 일어난 잇따른 총기 난사 사건으로 미디어는 난리가 났다. "앞으로 짧은 끈들의 공격이 더 있을 것인가?"라는 글자가 텔레비전 화면을 가득 메웠다.

런던에서는 시간이 얼마 남지 않은 컴퓨터 전문가 두 명이 은행 고객들의 계좌를 해킹해 1,000만 파운드를 빼갔다. 남은 인생을 범인 인도 협정 지역이 아닌 외딴섬에서 보내려고 벌인 일인 듯했다.

소셜 미디어에는 서로의 수명을 알고 결혼식 불과 며칠 전에 파혼한 커플들, 마치 상자가 보란 듯이 라스베이거스로 날아가 서둘러 결혼한 커플들의 이야기가 떠돌았다.

짧은 끈들이 과거에 자신을 괴롭힌 사람들에게 복수하려고 모이기도 했다. 복수 대상의 끈이 길면 아무리 죽이려고 해도 헛수고라는 게 밝혀지자 고통을 주는 다른 방법을 생각해냈다. 지극히 평범했던 사람들이 조직 폭력배처럼 행동했다. 창문을 깨뜨리고 집에 불을 지르고 다리를 부러뜨리고 돈을 빼앗았다. 짧은 끈들은 얼마 남지 않은 생이 억울했지만 어차피 범죄를 저질러도 감옥에서 썩을 만큼 오래 살지 못할 거라는 사실에 대담해졌고 천하무적이 된 기분마저 느꼈다. 이미 사형선고를 받은 거나 다름없는데, 무엇이 두려우랴.

끈이 긴 사람들도 무모해지기는 마찬가지였다. 늙을 때까지 살아 있으리란 사실이 보장되자 용감하게 스카이다이빙과 카레이싱, 강력한 마약에 도전했다. 하지만 그들은 긴 끈이 생존까지만 보장할 뿐, 다치거나 병에 걸리지 않게 해주진 않는다는 사실을 간과하고 말았다. 뉴스 앵커, 의사, 토크쇼 진행자, 정치인들은 긴 끈이 천하무적을 뜻하지 않는다는 사실을 명심하라고 당부했다. 장수라는 최고의 선물을 코마 상태나 감옥에서 낭비하지 말라고 했다.

하지만 긴 끈들이 아무리 극단적인 행각을 벌여도 경각심을 일으키는 건 짧은 끈들이었다. 물론 짧은 끈 중에서 폭력을 선택하는 이들은 지극히 적은 숫자였지만 그들에 의한 범죄가 급증하고 있어서 대중을 불안에 떨게 하기에는 충분했다. 전 세계의 긴 끈들은 대부분 짧은 끈들의 분노와 슬픔을 이해하고 공감했지만 커지는 두려움은 어쩔 수 없었다.

세상은 '위험할 정도로 끈이 짧은' 사람들에 대해 수군거리기 시작했다. 어느 도시에나 어느 나라에나 있는 비운의 사람들. 남은 나날이 워낙 짧아서 행동에 그 어떤 결과도 따르지 않는 사람들. 성큼성큼 다가오는 그들의 마지막은 그들이 도덕적인 행동을 해도 보상받을 일이 없고 말년에 뒤늦게 찾아올 축복도 없으며 선을 행해야 하는 이유도 없다는 것을 잔인하게 일깨워줄 뿐이었다.

법과 도덕적 질서를 생각할 필요가 없는 극단적인 짧은 끈들의 이야기가 교실과 직장으로, 병원과 집으로 스며들었다. 급기야 각국 고위직 정치인들의 사무실까지 흘러 들어갔다.

국가 전체가 편집증에 민감하다는 사실이 역사적으로 몇 번이나 증명된 미국에서는 빠르게 깊은 의심이 뿌리내렸다. 끈이 50세 이전에 끝나는 짧은 끈들의 숫자는 전체 인구의 5~15퍼센트로 추정되었다. 물론 크지 않은 숫자였다. 하지만 무시할 수 있을 정도는 아니었다.

몇 가지 단기적인 정책이 실행되었다. 그러나 벌어진 상처에 일회용 반창고를 붙이는 것에 불과했다. 일부 주에서는 핫라인 센터를 가동해 "혼자 보지 마세요."라는 문구를 내세워 전문가와 대화를 나누는 상태에서 상자를 열 것을 장려했다. 의회에서는 짧은 끈들에 대한 특별 지원책을 논의했지만—세입자 강제 퇴거 유예 조치나 1회 지원금 지급이나.—결국은 현실적으로 애매한 부분이 많아 교착상태에 빠졌다. (끈이 얼마나 짧아야 자격 요건을 충족하는지, 상자를 확인하는 사람들에게 금전적인 지원을 해주면 열지 않기로 결정한 사람들이 압박감을 느낄 위험은 없는지.)

하지만 폭력 사건이 발생할 때마다 점점 부푸는 소문을 막을 길이 없었다. 결국 시장, 주지사, 상원 의원들은 조용히 다른 문제를 논의하기 시작했다. 지금까지의 지원책과는 완전히 다른 방안이었다. 그러나 6월 10일의 사건이 일어난 뒤에야 대통령은 '짧은 끈 문제'가 끓는점에 이르렀고 중대한 조치가 필요하다고 결정하게 되었다.

앤서니

경선 후보들의 유세가 막 시작된 다음 해 대선은 3월에 끈의 등장으로 대다수 미국인에게 뒷전이 되었다. 주요 잡지와 신문사들은 예정되어 있던 경선 후보들의 특집 인물 기사를 취소했다.

하지만 앤서니 롤린스에게 대선은 뒷전이 아니었다.

여론조사에서 별로 높은 지지율을 내지 못하고 있는 버지니아 명문가 출신의 정치인 앤서니 롤린스는 끈이 신의 축복이라고 생각했다.

끈이 나타나기 전 2월 말, 앤서니가 대선 후보 경선에 참여한다고 발표한 직후 그의 여자 대학 동창이 CNN 방송에 출연해 앤서니에 대한 사실을 폭로했다. 그가 회장을 맡았던 남학생 사교 클럽이 개최한 파티에서 술에 취한 채 여학생들에 대한 저속하고 성차별적인 발언을 하는 것을 들었다는 주장이었다. 이어서 그녀는 그 파티에서 여학생들이 정신을 잃은 사례가 몇 번이나 있어서 여자 신입생들 사이에는 절대로 펀치punch, 커다란 볼에 과일·주스·탄산음료·술·향신료 등을 섞어서 만드는 파티용 음료다.-옮긴이를 마시면 안 된다는 말까지 돌았고, 술을 마시다 급성 알코올 중독으로 사망한 남학생도 있었다고 폭로했다.

앤서니 측은 즉각 해명을 내놓았다. 훌륭한 어머니와 할머니를 둔 앤서니 후보는 언제나 깊은 존중심으로 여성들을 대했다고 했다. 또한 대학 시절 남학생 사교 클럽에서 열린 행사에 자주 참석했고 그 자리에서 그뿐만 아니라 모두가 술을 마셨지만 '펀치'가 있었다는 이야기는 처음 듣는다고 했다.

천만다행으로 또 다른 동창이 전국 뉴스 방송에 나와서 폭로를 이어가기 전에 불가사의한 상자가 등장했다. 그의 대학 시절 만행에 대한 세상의 관심도 하룻밤 만에 사그라들었다.

거의 석 달 전 그날 아침, 앤서니와 그의 아내 캐서린은 작은 상자 두 개를 거실로 가져와서 어떻게 할 것인지 논의했다. 앤서니가 선거 사무장에게 전화로 물으니 상자를 열지 말라고 했다. 그는 공인이니 만약 상자에 적힌 문구가 사실이라면 그의 민감한 사생활 정보가 새어 나가 언론에 공개될 위험이 있다고 했다.

캐서린은 교회 친구들에게 전화를 걸었다. 종말이 멀지 않았다는 경고와 함께 역시 상자를 열지 말라고들 했다.

"당신도 그렇게 생각해요?" 캐서린이 킹 제임스 성경을 꽉 잡고서 남편에게 물었다. "요한계시록에도 있잖아요. '보라 하나님의 장막이 사람들과 함께 있으매 하나님이 그들과 함께 계시리니 그들은 하나님의 백성이 되고 하나님은 친히 그들과 함께 계시리라.' 이 상자가 장막인 걸까요? 신이 우리와 함께하고 계시는 걸까요?"

앤서니는 회의적이었다. "그것 말고 대대적인 파괴가 일어나고 물이 피로 변한다는 말도 있잖아? 완전히 새로운 세상이 열린다는 말도."

"이걸 달리 어떻게 설명하겠어요?"

앤서니는 아내의 손에서 성경을 가져와 테이블의 열지 않은 상자 옆에 놓았다.

"며칠 전에 우리 캠프가 공격을 받았어." 앤서니가 말했다. "그런데 이제 대학 동창이 한 말 따위에는 아무도 관심이 없어. 이 상자는 신이 선거운동을 지켜보고 있고 우리를 지켜주신다는 계시야."

캐서린은 완전히 믿는 표정은 아니었지만 깊은 숨을 내쉬며 어깨의 힘을 풀었다. "정말 그랬으면 좋겠는데."

앤서니는 웃으며 아내에게 키스했다. "설사 세상이 끝나는 거라도 우리는 당연히 구원받을 거고."

앤서니와 캐서린이 세상의 모든 사람과 함께 끈의 진실을 알게 되기까시는 오래 걸리지 않았다. 마침내 상자를 열어보니 두 사람의 끈은 상당히 길었다. 적어도 80세까지는 보장되었다. 그들은 믿음에 대한 보답으로 훌륭한 선물을 받았다고 여겼다.

그다음 주 일요일에 찾은 교회에서 그들은 행운에 감사하고 앞으로 머나먼 길이 될 선거운동을 이끌어달라고 기도했다. 그날 캐서린은 행운의 정장을 입고 갔다. 진홍색 치마에 같은 색깔의 재킷을 입었다. 앤서니가 가장 좋아하는 넥타이와도 잘 어울리는 정장이었다. 꼭 젊은 시절의 낸시 레이건을 연상시켰다. 앤서니가 하원 의원에 당선되고 의회 선서를 했던 1월의 추운 겨울날 아침에도 그녀는 그 옷을 입었다. 두 사람이 침대에서 대통령과 영부인 역할극을 할 때 결정적으로 벗는 옷도 바로 그 옷이었다.

목사가 신도들에게 이 격동의 시간을 신께서 인도해줄 것이라고 말했다. 캐서린은 충실하게 고개를 끄덕였고 앤서니는 속으로 기도했다. 부부의 긴 끈이 앞으로 더 굉장한 무언가가 다가오리라는 전조가 되게 해달라고.

되돌릴 수 없는 변화를 어떻게 받아들여야 할지 온 세상이 우왕좌왕하는 3월과 4월, 5월에 앤서니의 작은 선거 캠프는 부지런히 유세를 벌이고 트윗을 올리고 유권자들에게 여론조사를 계속했다. 전혀 감동스럽지 않은 지지율에도 앤서니는 선거 유세와 각종 활동을 계속해 나갔다. (어쨌든 비용은 대부분 아내의 집안에서 댔으니까.)

앤서니는 대학 시절부터 사귄 캐서린 헌터와 약 25년 전 버지니아에 있는 그녀 집안이 소유한 약 37만 평에 이르는 사유지에서 결혼식을 올렸다. 그는 신임 검사, 캐서린은 애국 여성회인 '미국 혁명의 딸들' 이사회에 들어간 상태였고 둘 다 큰 욕망에 굶주려 있었다.

이제 그들은 커다란 변화가 일어날지도 모르는 지점에 놓여 있었다.

앤서니와 캐서린은 자식이 없었지만 2월에 대선 후보 경선이 시작된 후로 캐서린의 친정인 헌터 가문 사람들은 앤서니와 관련된 거의 모든 행사에 참여하고 있었다. (캐서린이 카메라 앞에 서기를 부끄러워하는 조카 잭 헌터를 설득해 무대에 세운 것은 특히나 효과가 좋았다. 빳빳하게 다려진 제복을 입은 22세 육군사관학교 생도는 유권자들에게 앤서니가 군대를 강력하게 지지한다는 사실을 확인시켜주었다.)

하지만 헌터 가문의 도움에도 앤서니는 끈 소동과 인지도 높은 다른 후보들에 가려져 주목받지 못하고 있었다. 그는 봄을 보내면서 판도를 뒤집어줄 한 방을 간절히 기다렸다. 무엇이든 좋았다.

마침내 5월 말에 기회가 찾아왔다.

선거 캠프의 자원봉사자인 샤론이라는 중년 여성이 선거 사무장에게 중요한 할 말이 있으니 앤서니와 캐서린을 직접 만나야 한다고 했다.

다들 사무실에 모였을 때 샤론은 그녀의 딸이 오하이오주 웨스 존슨 1세 상원 의원의 19세 아들 웨스 존슨 2세와 같은 대학에 다닌다고 말했다. 존슨 의원은 현재 여론조사 지지율에서 앤서니의 바로 앞을 달리는 후보였다.

"세상이 참 좁네요." 캐서린이 흥미로운 듯 말했다.

"제 딸이 웨스 주니어의 여자 친구와 친구거든요. 그래서 존슨 의원의 끈이 얼마 안 남았다는 걸 알게 된 거죠." 샤론이 말했다. "웨스가 상심이 크대요. 아버지 웨스 말고 아들 웨스요. 물론 아버지 쪽도 상심이 크겠지만."

앤서니가 눈을 가늘게 떴다. 그의 머릿속에는 가능한 선택지들이 돌아가고 있었다. "정말 안타까운 소식이군요." 그가 침착한 어조로 말했다.

"비극이에요." 캐서린도 말했다.

"어쨌든 이렇게 알려주셔서 고맙습니다." 앤서니가 샤론과 악수를 했다.

샤론과 사무장이 나간 후 캐서린이 남편을 쳐다보았다. "당신 생각은 어떨지 모르겠지만 우린 국민에게 알릴 의무가 있어요. 웨스 존슨을 대통령으로 뽑으면 재임 중에 죽을 수도 있다는 것을요."

"신중할 필요가 있어." 앤서니가 경고했다. "하지만 이 사실이 알려지면 웨스는 사퇴할 수밖에 없을 거야."

캐서린이 신난 듯 두 팔로 남편의 허리를 껴안았다. "당신 말이 맞았어요, 여보. 신은 우리 편이야."

벤

드디어 벤은 다시 일에 집중할 수 있었다.

친구 데이먼이 맞았는지도 모른다. 자조 모임이 그에게 절실히 필요했던 배출구가 되어준 덕분에 일과 삶을 따로 구분할 수 있게 되었다. 일요일 저녁이면 벤은 짧은 끈이 되었지만 월요일부터 금요일까지는 유리 벽으로 둘러싸인 사무실에서 안전할 수 있었다. 상자가 나타나기 전 그대로 유망한 건축가일 수 있었다.

월요일 아침, 벤은 착공을 앞둔 대학교 과학 센터의 축소 모형을 지나쳐 개인 사무실로 들어가 앉았다. 사무실 안에는 그의 성공을 말해주는 것들이 가득했다. 인체 공학적으로 디자인된 의자, 높낮이 조절이 가능한 책상, 27층에서 내려다보는 전망. 벤은 5년 후 그처럼 되는 것이 꿈인 열정적인 젊은 건축가들로 이루어진 팀을 이끌었다. 지금 이 자리에 오기까지 했던 일은 전부 다 가치가 있었다. 아버지와 함께 주방에서 구구단을 외운 것도, 대학원 입학을 위해 친구들과의 술자리에서 10시 전에 슬그머니 빠져나온 것도, 어렸을 때 홀로 스케치북과 보낸 수많은 시간도. 만약 과거로 돌아가 면접에서 30세에 어떤 모습이고 싶느냐는 질문을 받는다면 지금 이 모습이라고 답할 수 있을 것이다.

그의 인생에서 커리어라는 단 한 조각만큼은 안정적이었고 심지어 의기양양한 기분마저 느껴졌지만 나머지 조각들은 허물어졌다. 클레어와 찍은 사진이 사라진 그의 책상은 여전히 허전해 보였다. 어쩌다 곁눈질하면 헛것이 보이기도 했다. 코니아일랜드 부두에서 환하게 웃고 있는 두 사람의 사진 액자가 여전히 있는 것만 같았다.

벤은 서류 가방 안쪽의 수납공간에서 종이를 꺼내 펼쳤다. 전날 저녁에 그와 모라가 교실 뒤쪽에서 발견한 편지였다. 미스터리한 A의 답장이 적힌 편지.

처음에는 누군가의 장난질인가 싶었다. 모임 장소가 중학교라 그런지 같은 모임 회원의 못된 장난일 거라는 의심이 강하게 들었다. 실제로 그가 중학생 때 비슷한 일이 있었다. 교내 수학 경시대회 직전에 라크로스부 몇 명이 벤과 조원들의 계산기에서 배터리를 빼놓았었다. 하지만 이제 벤은 소심하기만 한 모범생이 아니었다. 그의 사무실을 대충 둘러보아도 확실하게 알 수 있는 사실이었다. 게다가 누가 되었든 모임의 누군가가 그런 장난을 쳤으리라고 생각하기도 어려웠다. 모임 회원들은 모두가 특별한 유대감으로 이어진 관계였다.

그렇다면 유일한 설명은 이것뿐이었다. 주중에 누군가 교실에서 그의 편지를 발견해 답장을 썼다는 것.

그렇게 생각하니 지극히 정상적인 일처럼 느껴졌다.

답장을 쓰기로 한 결정에 대한 불편함도 사라졌다.

A에게

실망시켜서 미안하지만 나도 당신처럼 잘 몰라요. 그래도 당신의 첫 번째 해석이 정확하다고 생각하고 싶네요. 세상에 그 무엇도, 전쟁마저도, 거트루드를 향한 그 군인의 사랑을 막을 수 없다는 뜻이라고요. 하지만 내가 지난 몇 달 동안 겪은 일들을 생각해보면(연인과 나쁘게 헤어진 일도 포함해서요. 얘기하자면 길어요.) 나는 사랑에 대해 질문할 사람으로는 적당하지 않은 것 같네요.

사실 난 전쟁 쪽으로 생각이 더 기울어요. 만약 끈이 2차 세계대전 이전에 나타났다면 어떻게 됐을지 궁금하지 않아요? 꼭 2차 대전이 아니라도 큰 전쟁 이전에요. 만약 그때 전 세계 수백만 명이 짧은 끈을 받았다면—거의 한 세대가 짧은 끈을 받은 나라도 있었겠죠.—그들은 앞으로 전쟁이 일어나리란 걸 예측할 수 있었을까요? 혹시 전쟁을 멈출 수 있었을까요?

그냥 전염병 같은 게 퍼질 거라고 생각하고 전쟁은 예정대로 터졌을 수도 있겠죠.

그래도 여전히 의아합니다. 왜 끈이 그때 안 나타났을까요? 왜 하필 지금 나타났을까요?

물론 이 질문의 답을 알고 있다고 해도 내 가장 큰 의문은 해결되지 않을 겁니다.

왜 하필 나일까요?

– B

종이에 속마음을 털어놓기란 놀라울 정도로 쉬웠다. 사람들 앞에서 말하는 것에 비하면 식은 죽 먹기였다. 하지만 편지를 다시 읽어본 벤은 자신의 끈이 짧다는 고백이나 마찬가지라는 것을 깨달았다. 다시 써야 할지 마지막 줄은 지우는 게 좋을지 고민했다. 낯선 사람에게 굳이 내 끈에 대해 알려줄 필요는 없으니까. 하지만 손글씨로 직접 편지를 쓰는 행위가 친밀하게 느껴져서일까, 그는 솔직하고 싶었다. 이름 모를 수신인이 그가 짧은 끈이라는 사실에 겁먹고 달아난다면 어쩔 수 없는 일이다.

어차피 주말에 부모님에게 진실을 알려야 하니 이렇게 편지로 미리 연습하는 것도 나쁘지 않을 것 같았다.

끈이 짧다는 것만으로도 힘들었지만 부모님에게 말해야 한다는 사실은 벤을 더욱 괴롭혔다. 그는 몇 주 동안 비밀로 해왔다. 괜히 사실대로 말해서 부모님의 노년에 그늘을 드리우고 싶지 않았다.

벤이 마음을 바꾸게 된 것은 같은 모임의 레아 때문이었다.

"어떤 심정인지 나도 잘 알아요. 부모님에게 사실대로 말하면 앞으로 함께할 시간을 망칠까 봐 걱정되겠죠. 하지만 말하지 않으면 내 속이 곪아요. 이렇게 중요한 일을 가족들에게 숨긴다는 죄책감까지 더해져서 결국 가족과 함께하는 시간이 망가지고 말 거예요."

"레아 부모님은 듣고 뭐라셨어요?" 벤이 물었다.

레아가 잠깐 침묵했다. "많이 우셨죠."

벤은 이해한다는 듯 고개를 끄덕였다.

"어릴 때는 부모님이 우는 모습을 보는 게 세상에서 가장 끔찍한 일처럼 느껴졌거든요. 물론 부모님이 우는 일은 드물었지만요. 장례식이라든가 국가적인 위기가 발생했을 때라든가. 어쨌든 자식으로서 부모가 우는 모습을 보면 너무 속상하죠. 그건 어른이 되어도 똑같아요."

레아는 스웨터 소맷자락을 당겨 눈물을 훔쳤다.

"그래도 난 벤이 부모님에게 말씀드려야 한다고 생각해요. 혼자 짊어지기엔 너무 무거운 짐이잖아요."

어둠이 찾아와 고통으로 가득 찰 때 내가 네 몫을 맡을게. 사이먼 앤 가펑클의 〈험한 세상 다리가 되어Bridge Over Troubled Water〉라는 노래의 가사다.-옮긴이

지하철역에 노랫소리가 울려 퍼졌다. 레이 찰스처럼 울림 가득한 목소리였다. 노랫소리를 들은 사람들이 조용해졌다. 벤도 지하철 플랫폼에서 버스킹하는 가수의 저음에 파묻혀 초조하게 서 있었다.

험한 세상을 건널 수 있도록 내가 다리가 되어줄게.

벤의 옆에 선 노부인은 눈을 감고 음악에 맞춰 몸을 살짝 흔들었다.

험한 세상을 건널 수 있도록 내가 다리가 되어줄게.

역으로 들어오는 열차 소리가 남자의 노랫소리를 삼켰다. 노부인은 가수의 발치에 놓인 야구 모자에 동전 몇 개를 떨어뜨리고 벤과 똑같은 열차에 올라 빈자리에 앉았다.

열차가 점점 속력을 내면서 터널을 빠져나갔다. 승객들 사이를 옮겨가던 벤의 시선이 맞은편에 앉은 중년 여자에게 머물렀다. 여자는 혼자 뭐라고 중얼거리고 있었다.

벤은 무례하게 보이고 싶지 않아 다른 곳으로 시선을 돌렸지만 알아들을 수 없는 여자의 혼잣말이 계속 들렸다. 어째 목소리가 점점 빨라지고 확신도 커지는 듯했다. 다른 승객들도 그녀를 쳐다보았다.

"아휴. 요즘은 어딜 가나 미친 사람이 왜 이렇게 많나 몰라." 벤의 옆자리에 앉은 남자가 한숨을 쉬었다.

오히려 벤은 여자가 안쓰러웠다. 여자의 웅얼거리는 혼잣말은 그가 내릴 때까지도 멈추지 않았다.

벤은 내릴 때 여자의 무릎 쪽을 재빨리 힐끔 쳐다보았다. 핸드백 뒤에 놓인 가려진 두 손이 보였다.

손가락이 묵주 알을 하나씩 넘기고 있었다. 그녀는 묵주 기도를 하고 있었다.

벤의 부모님은 맨해튼의 북쪽 끄트머리에 자리한 인우드 지역의 방 하나짜리 아파트에 살았다. 월세도 저렴하고 별로 북적거리는 동네가 아니라서 은퇴한 노부부가 살기에 안성맞춤이었다. 그의 아버지는 40년 이상 고등학교 수학 교사로 일했고 어머니도 비슷한 세월 동안 고등학교에서 역사를 가르쳤다. 그들은 아들이 부모 중 어느 한쪽에도 실망을 주지 않기 위해 건축가가 된 거라고 농담하곤 했다. 건축은 도시의 역사를 물리적으로 기록하는 것이고 건물을 세우려면 수학이 필요하니까 말이다.

벤은 부모님과 식탁에 앉은 순간 이 집에서 마지막으로 저녁을 먹은 것이 약 한 달 전 클레어와 함께였다는 사실이 떠올라 마음이 아팠다. 두 사람이 헤어지기 전이었고 끈이 나타나기 전이었다. 모든 것이 와르르 무너지기 전이었다. 그는 눈앞에 놓인 음식에 집중하며 그 기억을 떨쳐버렸다.

벤의 부모님은 끈을 확인하지 않기로 했다. 그는 라자냐를 다 먹은 후 녹은 커피아이스크림이 흥건한 그릇에 한 스쿱을 더 덜어 왔다. 그제야 끈에 대해 이야기할 기운이 생긴 듯했다.

그가 스푼을 내려놓고 고개를 들었다. 하지만 먼저 입을 연 것은 어머니였다.

"참, 좋은 소식이 있는데 깜빡했네! 같은 층에 사는 앤더슨네 알지?"

중서부 시골 마을에서 자란 그의 어머니는 옆집에 누가 사는지도 모르는 도시 깍쟁이가 되기를 거부했다.

"아들이 희귀한 혈액 질환에 걸렸다는 부부 말이야." 어머니가 벤에게 일러주었다.

"아, 알죠." 벤이 고개를 끄덕였다. 지난달에 어머니가 그 집에 갖다 준다며 크림 케이크를 구운 기억이 났다. "좀 어떻대요?"

"바로 그 얘기야. 그 집 아픈 아들이 지난주에 스물두 살이 돼서 상자를 받았거든. 겁이 났지만 그래도 열어봤는데……, 끈이 길더란다!" 어머니가 신난 듯 박수를 쳤다.

"와……, 정말 잘됐네요." 벤은 놀라움을, 솔직히 말하자면 부러움을 감추려고 애썼다.

"그러잖아도 의사가 포기하지 말라고 했다나 봐. 나을 수도 있다고. 이제 낫는다는 게 확인된 거야!"

아버지는 흡족한 표정으로 의자에 등을 기댔다. 무게가 실리면서 의자가 삐걱거렸다. "이번 주말에 축하 파티를 크게 연다고 우릴 초대했단다." 아버지가 말했다.

"기적이 있다는 증거야." 어머니가 덧붙였다.

어머니는 미소 띤 얼굴로 다 먹은 그릇을 치우려고 일어났다. 벤은 자신도 모르게 지하철에서 본 묵주 기도를 하던 여자를 떠올리고 있었다. 그의 부모님은 신을 믿었지만 종교는 벤의 어린 시절에서 큰 부분을 차지하지 않았다. 저녁 식사 때 기도도 하지 않았으니까. 어머니나 아버지 집안 모두 한때는 신앙심이 깊었지만 다음 세대로 갈수록 옅어진 게 분명했다. 하지만 부모님의 믿음은 그의 생각보다 깊을 수도 있었다.

"정말 믿으세요? 기적이 있다는 거요." 벤이 물었다.

어머니는 마지막 접시까지 세척기에 넣고 똑바로 섰다. "믿지. 물 위를 걷는 그런 기적 말고……. 설명할 수 없는 멋진 일이 매일 일어날 수 있다고 믿는다. 네가 자전거 타다 넘어졌는데 뼈 하나 부러지지 않았던 일도 있잖니?"

벤은 웃으며 고개를 끄덕였다. 문득 사실대로 말하기로 한 결정에 의문이 들었다. 자식을 앞세워야 한다는 비통한 소식으로 부모를 충격에 빠뜨리는 게 과연 맞을까.

기적이 있다고 믿는 게 더 나을 것 같았다.

모라

모라는 아이 생각을 해본 적이 거의 없었다. 엄마가 된 자신의 모습이 상상조차 되지 않았다.

그녀는 스물아홉 살이지만 10대 시절보다 그렇게 나이를 먹은 것처럼 느껴지지도 않았다. 부모님 몰래 언더그라운드 가수의 콘서트를 보러 가고 친구에게 귀를 뚫어달라고 했었다. (감염 때문에 몇 주나 고생했다.) 그렇게 고집 세고 무책임한 어린아이가 부모가 된다니 말도 안 되는 일이었다. 새벽까지 이어지는 술자리를 새벽 수유와 바꾸고 싶지 않았다. 아홉 달의 임신 기간 동안 고생하고 싶지도 않았고 얼마나 오래 계속될지 모르는 끔찍한 진통도 맛보고 싶지 않았다. 그동안 사귄 여자 친구들에게 그런 경험을 원한 적도 없었다. 그녀는 편한 옷을 입고 집에서 빈둥거리거나, 갑자기 직장을 때려치우고 훌쩍 세계 여행을 떠나거나, 언젠가 런던이나 마드리드에 세컨드하우스를 마련하는 자유로운 삶을 원했다.

물론 어쩌다 가끔 정말로 귀엽게 생긴 아기를 보거나 친구의 임신 소식을 들으면 모성 본능 비슷한 욕망이 잠깐 꿈틀대기도 했다. 하지만 생물학적인 본능으로 치부하고 대수롭지 않게 넘길 수 있었다. 그녀가 정말로 아이를 원한다면 서른 가까운 지금까지 모를 리가 절대 없었다.

모라는 니나를 처음 만났을 때 자신이 아이를 원하지 않는다는 사실이 둘 사이 갈등의 원인을 제공할까 봐 걱정했다. 하지만 다행히 편집장이라는 뚜렷한 목표가 있는 니나도 같은 생각이었다. 니나는 어릴 때 자신의 여동생처럼 소꿉놀이를 좋아하지 않았고 미래에 꾸릴 가정에 대해 상상해본 적도 거의 없었다. 텔레비전 시트콤에 나오는 단란한 가정이 자신이 원하는 미래가 아니라는 사실을 깨달았다. 니나는 자신에게 필요한 건 인생의 동반자라고 말했다. 인생의 여정을 함께할 사람. 둘이 원하는 미래가 같다는 사실에 모라도 만족했었다.

상자를 열어보기 전까지는.

그 후 가정을 꾸리고 싶다는 욕망이 더 강하게 더 자주 느껴졌다. 모라는 아이를 갖고 싶은 여자의 욕망이 전적으로 심리적인 것인 줄 알았다. 그런데 정말 몸으로 느껴졌다. 그것은 몸에서 너무도 뚜렷한 감각으로 느껴지는 욕망이었다.

아이 생각만 하면 뱃속이 조이는 듯하면서 무언가가 돌돌 말려 떨어져 나가 가슴 한구석이 텅 비어버렸다. 손이며 팔이 따끔거리고 불안감이 손끝까지 전해져서 있지도 않은 무언가를 쓰다듬고 껴안고 싶어서 견딜 수 없었다.

그해 봄 어느 날, 집으로 가던 모라는 모퉁이를 도는 순간 적갈색 사암으로 지은 건물에서 나오는 엄마와 아들을 보았다. 저 앞에서 앙증맞은 파란색 가방을 멘 네댓 살 정도 되어 보이는 꼬마가 엄마의 손을 잡고 흔들흔들 계단을 내려와 인도에 섰다.

아이가 자그만 얼굴을 치켜들고 엄마를 보았다. "친구랑 논 거 진짜 재밌었어. 그치?"

엄마도 그렇다고 했다.

아이는 잠깐 조용하더니 용기를 내어 물었다. "다음번엔 친구한테 우리 집에 놀러 오라고 해도 돼?"

무엇 때문이었을까. 꼬마의 놀라울 정도로 높은 고음의 목소리 때문이었을까, 다른 사람들도 자신만큼 즐거웠는지 혹은 엄마가 또 친구랑 놀게 해줄지 확신이 없는 듯 수줍게 머뭇거리는 말투 때문이었을까. 왜인지 모르지만 모라는 자신도 모르게 걸음을 멈추었다. 갑자기 눈물이 날 것만 같았다.

아이와 엄마는 아무것도 모르는 채로 그녀를 지나쳤다. 모라는 길 한가운데에 우두커니 서서 울었다. 확실한 이유도 없었다. 그저 방금 본 모습이 너무 순수하고 때 묻지 않아서 울었다.

그날 밤 모라는 아이에 대한 더욱 커지는 열망으로 쉽사리 잠들지 못했다. 자신도 모르게 니나의 어깨를 톡톡 두드리고 물어볼 뻔했다. 여전히 아이를 원치 않느냐고, 생각이 바뀔 가능성은 없느냐고. 두 엄마의 피부색이 다르니 생각해야 할 부분이 많을 터였다. 아이를 입양할지, 정자를 기증받을지, 성별이나 인종을 정해야 할지.

하지만 그때 자신의 짧은 끈이 떠올랐다. 순간 그녀의 욕망은 초라할 정도로 작아져버렸다. 욕지기가 올라올 만큼 그녀를 세게 때리는 사실이 있었다.

아이가 겨우 일고여덟 살밖에 되지 않았을 때 그녀는 죽고 없을 거라는 것.

그녀는 인제 와서 아이를 간절하게 원하는 이유를 밤새 생각해보았다. 혹시 니나를 위한 일인가? 아이가 있으면 니나가 혼자 남지 않을 수 있을 테니까? 아니면 자신이 옆에 없어도 니나가 아이를 보면서 자신을 기억해주길 바라서일까? 허영심인가? 세상에 무언가를 남기고 싶어서? 여자라면 당연히 자식을 원해야 한다는 성차별주의적인 고정관념에 빠진 것인가? 그것도 아니면 원래 인간은 가질 수 없는 것을 욕망하기 때문에?

머릿속에서 온갖 의문이 요동친다는 것 자체가 답이었다. 절대로 확신이 없는 상태에서 아이를 세상에 태어나게 할 수는 없다. 모라는 확신이 없었다.

하지만 그녀는 열망이 완전히 사라지지 않으리라는 것도 알았다. 잠든 니나의 올라갔다 내려갔다 하는 등을 바라보며 모라는 이런 마음을 감추는 것이 솔직하지 못한 행동이라는 생각이 들었다. 서로에게 비밀이 없기로 약속했는데.

모라는 니나에게 말할 수 없었다. 아이를 가지고 싶은 마음도, 너무나 앙증맞은 가방을 메고 있던 꼬마에 대해서도.

니나는 이해하려고 노력할 테지만 결코 이해할 수 없을 것이다.

다음 날 아침, 모라는 밤새 널뛴 감정과 수면 부족 때문에 끔찍한 피로감에 시달렸다. 침대에서 이리저리 뒤척거리며 욕실의 쏟아지는 눈부신 조명에 눈을 찡그렸다. 니나는 벌써 양치질 중이었다.

"괜찮아?" 니나가 물었다.

"오늘은 컨디션이 별로 안 좋네." 모라가 말했다.

"뭐 갖다 줄까? 아니면 병원 예약할까?"

"아니. 그 정도는 아니고." 모라는 니나를 안심시켰다. 모라의 끈이 짧다는 사실이 밝혀진 이후로 니나는 모라의 상태가 조금이라도 나빠 보이면 초조해했다.

"정말 괜찮아?" 니나의 눈썹이 걱정으로 좁아졌다.

"응. 출근 안 하고 푹 자면 괜찮아질 것 같아." 모라는 핸드폰을 찾아 두리번거렸지만 보이지 않았다. 침대 발치에 니나의 노트북이 보였다. "네 노트북 좀 써도 돼? 회사에 이메일 보내려고."

"그럼." 니나가 입안을 헹구려고 세면대로 고개를 돌리며 말했다.

모라는 이불 끄트머리에 놓인 노트북을 가져와 두 팔을 베개에 받쳤다. 상사에게 이메일을 보내고 아무 생각 없이 페이스북을 열었다. 처음 보는 이상한 광고가 잔뜩 떴다.

몇 달 동안 전 세계를 돌아보게 해준다는 여행사의 "짧은 끈들을 위한 버킷리스트 여행" 광고, 느끼하게 생긴 변호사 두 명이 "억울한 일을 당한 적 있나요? 바로잡으세요. 아직 시간이 있을 때!"라며 짧은 끈들의 민사소송 수임료를 할인해준다는 광고였다.

짧은 끈들을 겨냥하는 게 분명한 광고들이 왜 니나의 컴퓨터에 뜨는 거지? 정말로 이 뻔하기 짝이 없는 짧은 끈들을 위한 여행이나 변호사를 검색해보기라도 한 거야?

평소 모라는 사귀는 사람의 온라인 활동에 전혀 관심을 가지지 않았다. 상대가 혼자 있을 때 포르노를 보든 옛 애인에게 이메일을 보내든 상관없었다. 물어봤을 때 솔직하게 대답하기만 한다면 말이다. 하지만 이 광고들은 왠지 찝찝한 느낌이 들었다.

니나는 옷장 앞에서 옷을 입고 있었다. 모라의 커서가 '방문 기록' 탭으로 이동했다. 사생활 침해라는 것을 알면서도 호기심을 억누르지 못하고 클릭하고 말았다. 꼭 끈이 담긴 상자를 다시 열어보는 기분이었다.

니나가 가장 최근에 열어본 페이지는 평소 방문하는 뉴스 사이트들이었지만 좀 더 아래로 내려가자 내용이 바뀌었다. 하나같이 이상해 보이는 레딧 페이지가 수십 개, 짧은 끈들이 불만을 털어놓는 커뮤니티처럼 보이는 끈 이론이라는 웹사이트를 방문한 횟수도 많았다. 확실히 니나의 평소 인터넷 방문 기록처럼 보이지는 않았다.

옷을 다 입은 니나가 침대 쪽으로 왔다.

"정말 괜찮겠어? 내가 같이 집에 있어도 되는데."

"끈 이론이 뭐야?" 모라가 물었다.

"물리학의 끈 이론 같은 거 말이야?"

"이 사이트 말이야." 모라가 노트북 화면을 니나 쪽으로 돌렸다. "이거 말고도 이상한 페이지를 잔뜩 봤던데."

"아무것도 아니야." 니나가 어깨를 으쓱했다.

"아무것도 아닌 게 아닌데?"

"그래. 이상해 보이겠지." 니나의 얼굴이 붉어지기 시작했다. "그냥 검색하다 보니까 어쩌다 거기까지 가게 된 거야."

니나는 심문을 피하려는 것인지 갑자기 등을 돌리고 핸드백에 필요한 물건이 다 들어 있는지 확인하기 시작했다. 여분의 펜, 티슈, 노트.

모라는 침대에서 일어나 여자 친구 앞으로 갔다. "니나, 네가 저것들을 검색한 시간이 족히 몇 시간은 될 거야. 완전 토끼굴에 빠졌던데."

핸드백을 보던 니나가 고개를 들었다. 짜증 나는 비난을 털어버리기라도 하듯 머리카락을 넘겼다. "내 생각엔 네가 과민 반응하는 것 같아."

"끈이 엄청나게 긴 사람치곤 짧은 끈들의 고충에 관심이 엄청 많아 보이네."

니나는 깜짝 놀랐다. "그게 무슨 뜻이야?"

"아무것도 아냐." 모라는 순간 자신이 위험천만하게도 절벽 끄트머리로 다가가고 있음을 깨달은 듯했다. "그냥 놀랐나 봐. 그렇게…… 집착에 가까울 정도인데 네가 아무 말도 안 해줬잖아."

"집착이 아니야. 난…… 그냥…… 답을 찾으려고 한 거야."

"그래서 찾았어?"

니나가 대답 대신 눈알을 굴렸다.

"그럴 줄 알았어." 모라는 매몰차게 말하고 홱 돌아 복도로 갔다.

"어디 가?" 니나가 그녀의 등 뒤에 대고 소리쳤다.

아무런 답이 없자 니나는 따라가서 모라의 팔을 잡고 돌려세웠다. 벽 사이의 좁은 복도가 두 사람으로 꽉 들어찼다.

"이렇게까지 화내는 이유가 뭐야?" 니나가 물었다.

모라는 당황한 니나의 얼굴을 가만히 응시했다. 니나에게 상처 주고 있다는 걸 알았고 그러고 싶지 않았다. 하지만 기운도 없고 짜증도 나고 여전히 머릿속에는 어젯밤에 대한 생각이 가득했다. 그녀가 인생 최대의 난관에 부딪혔을 때 니나는 우스꽝스러운 음모론이나 파고들고 있었다.

"네가 끈에 왜 그렇게 집착하는지 이해가 안 돼. 끈 때문에 인생이 망한 것도 아니면서!" 모라가 소리쳤다.

니나의 숨소리가 거칠어지고 조금 전까지만 해도 당황했던 얼굴의 붉은 기가 순식간에 싹 가셨다. 그녀의 손이 모라의 팔에서 힘없이 떨어졌다.

"난 짧은 끈은 아니지만 지금 우린 같이 살고 있잖아. 네 일은 당연히 내 일이기도 해."

"기가 막혀. 이 와중에도 넌 네 생각밖에 안 하는구나." 모라가 원통한 듯 말했다.

"그런 거 아니야!" 니나가 답답한 듯 두 팔을 휘저었다. 그녀는 화를 꾹 참았다. 너무 늦기 전에 상황을 누그러뜨릴 방법을 찾으려는 게 모라의 눈에도 보였다.

"내가 약간 강박적인 성격인 거 나도 알아. 지금 상황이 이렇게 된 것도 그래서일 거고. 하지만 맹세코 너와 네 안전을 위해서 그런 거였어. 네가 걱정돼서. 난 항상 널 걱정해."

"그런 사이트에서 뭐라고 하든 아무것도 바뀌지 않아." 모라의 목소리는 단호했다. "일어날 일은…… 일어나게 돼 있으니까. 시간 낭비일 뿐이야."

모라는 눈물을 애써 참는 니나를 바라보았다.

"내 걱정 너무 하지 마." 모라는 마침내 흥분이 가라앉은 듯 한숨을 쉬었다. "결국 둘 다 정신이 어떻게 돼버릴 거야. 넌 평소처럼 차분하게 있어줘. 정말 날 위한다면. 그래 줄 수 있어?"

니나는 고개를 끄덕였다.

"그래." 모라가 말했다. "이 집에서 제정신이 아닌 사람은 한 명만으로 족해. 정황상 그건 내가 할게."

***

B에게

내가 답을 줄 수 있으면 좋을 텐데요. 점심시간에 동료가 (참고로 그 동료는 긴 끈이에요.) 한 시간 내내 같은 테이블에 앉은 사람들을 설득하려고 하더군요. 끈의 존재는 인류에게 선물이라고 말이에요. 아주 오래전부터 시와 노래는 물론이고 베갯잇에 들어간 자수에조차 인생은 짧으니 매일 하루를 마지막 날인 것처럼 살아야 한다는 메시지가 가득했는데 사람들이 그러지 않았다는 거죠.

그 동료의 말이 맞을지도 몰라요. 끈 덕분에 남은 시간이 얼마인지 정확히 알게 되었으니 후회가 덜한 삶을 살 수 있을 테니까요. 하지만 그래도 너무 가혹한 요구 아닐까요? 지금까지 나는 승마 선수, 소설가, 여배우, 여행가 등 머릿속으로 수많은 삶을 살았지만 현실적으로는 대부분 내 능력 밖이라는 걸 잘 알아요.

이쯤 되면 사실대로 말해야겠네요. 난 상자를 열어보지 않았어요. 앞으로도 열어볼 생각이 없고요.

끈이 나타난 후로 사람들의 대화 주제가 너무 크고 무거운 생각들로 바뀌어버렸어요. 사실상 삶과 죽음에 대한 대화뿐이죠. 작고 사소한 일들에 대한 대화를 나누던 시절이 그립네요. 특히나 이 도시는 작지만 멋진 일로 가득한데 말이에요.

어제만 해도 그런 일이 있었어요. 집 앞에서 택시를 기다리다가 길 건너에서 어떤 할아버지가 아파트 창문 밖으로 할머니에게 손을 흔드는 걸 봤어요. 할아버지는 할머니에게 계속 손을 흔들었고 할머니도 걸어가면서 계속 뒤돌아 손을 흔들었죠. 할머니가 모퉁이에 가까워질 때까지 두 분은 마치 어린아이처럼 서로 계속 손을 흔들었어요. 할머니는 더 이상 뒤돌아보지 않고 걸어갔지만 할아버지는 계속 창밖으로 할머니가 사라진 모퉁이를 하염없이 바라보았어요.

어쩌면 재회에 성공해 맨해튼에서 노년을 보내는 거트루드와 그녀의 군인일지도 몰라요.

-A

A에게

나도 사소한 이야기 하나 해줄게요. 자정쯤에 집으로 걸어가는데 난데없이 옛날 노래가 들리는 겁니다. 〈케 세라 세라〉, 그것도 도리스 데이의 오리지널 버전으로요. 어릴 때 할머니가 가끔 흥얼거리시는 걸 들은 적 있어요. 노랫소리가 점점 가까워지기에 뒤돌아보니 텅 빈 거리를 달리는 자전거가 보이더군요. 자전거에 탄 사람은 개성 넘치는 보라색 재킷을 입었고 자전거 뒤쪽에 스피커가 묶여 있었죠. 그는 음악을 틀어놓은 채 천천히 페달을 밟으며 나를 지나쳤습니다. 여느 자전거 타는 사람들과 다름없었죠.

그 뒤로 그냥 잊어버리고 있었는데 몇 달 전 그 노래를 또 듣게 됐어요. 역시나 한밤중에요. "케 세라 세라. 일어날 일은 일어나게 돼 있지……." 저번에 본 그 남자였어요. 같은 노래, 심지어 같은 옷이었어요.

사람들은 뉴욕이 탐욕스럽고 이기적이고 공격적인 도시라고들

하죠. 완전히 틀린 말은 아니지만 자신의 에너지를 세상과 나누려는 너그러운 사람들로 가득한 곳이기도 해요. 어쩌면 그 남자는 매일 조용한 밤에 이 도시를 돌면서 음악을 뿌리는 임무를 수행 중인지도 모르겠네요. 몇 달에 한 번 우리 동네에도 오는 거고요.

끈이 나타난 후로 그의 선곡이 바뀌었을지도 모르고 이제 우리는 미래를, 적어도 일부분을 알 수 있게 되었죠. 하지만 난 아직도 그가 그 일을 계속하고 있다고 믿고 싶네요. 그가 사람들에게 힘을 주고 하나로 단결시켜주는 음악의 힘을 믿는다고 말이에요. 어쩌면 그는 우리에게 언제나 그 힘이 필요했고 지금은 더욱 절실하게 필요하다는 걸 아는 거겠죠.

-B

잭

잭의 어머니는 음악을 사랑했다. 주방에서 휘파람을 불고 밤에 자장가를 불러주던 모습은 어머니에 대한 얼마 되지 않는 기억이었다. 어루만져주는 듯한 그 부드러운 목소리에 두 사람 모두 최면에 빠지는 듯했다.

어머니가 떠난 후 잭은 아버지에게 자장가를 불러달라고 했지만 아버지는 이제 다 컸다며 거절했다. 캐서린 고모는 잭을 재워줄 때 노래를 불러주려고 했지만 아는 노래라고는 찬송가 대여섯 곡뿐이라서 결국 고모에게도 부탁하지 않게 되었다.

그래도 잭이 유세 현장에 나와달라는 고모의 부탁을 거절할 수 없었던 건 어릴 적 고모가 잭의 침대 옆에 앉아서 새된 목소리로 하나님의 사랑과 예수의 희망에 대해 노래해준 기억 때문이었다.

"네가 무대에 올라와주면 앤서니 고모부도 나도 정말 고마울 거야. 아유, 생도 제복을 입고 무대에 오르면 얼마나 멋질까."

잭은 불편했지만 그러겠다고 했다. 헌터 가문 사람들은 절대로 거절을 답으로 인정하지 않으니까.

보통 유세장에서는 사촌을 비롯한 친척 몇 명도 함께였는데, 헌터 가문에서 무대에 오르는 것을 부끄러워하는 사람은 그뿐인 듯했다. 잭은 전투화 속에서 발가락을 연신 꼼지락거렸다. 최대한 눈에 띄지 않기를 바라는 마음으로 매서운 카메라 렌즈를 피해 고모나 고모부 뒤에 바짝 붙어 섰다.

잭은 다른 가족 구성원들과 달리 이마에 송골송골 땀이 맺혀가며 전 국민이 보는 앞에서 눈부신 스포트라이트를 받고 싶은 마음이 없었다. 사관학교의 마지막 남은 1년을 더 이상의 관심도 끌지 않고 조용히 끝내고 싶은 마음뿐이었다. 그런데 앤서니 롤린스가 도와주지 않고 있었다.

룸메이트 하비에르는 잭이 속마음을 털어놓을 수 있는 유일한 사람이었다.

"빠져나갈 방법을 모르겠어." 장애물 코스를 연습하기 위해 하비에르와 체육관에 들어가면서 잭이 불평했다.

"그냥 불편하다고 솔직하게 말하면 안 돼?" 하비에르가 공중에 매달린 로프 한 쌍을 그들 쪽으로 당기며 말했다. "무대 공포증이 있다고 하거나."

두 청년은 로프에 매달려 올라가기 시작했다.

"공포는 그 사람들한테 변명거리가 안 돼." 잭은 손바닥에 로프의 까칠한 섬유가 박히는 걸 느끼며 헉헉거렸다.

"그래도 가족이잖아."

잭이 하비에르의 스니커즈 밑바닥을 올려다보며 한숨지었다. 하비에르는 벌써 50미터 이상 더 높이 올라가 있었다. "가족이니까 아는 거야. 절대로 봐주지 않을 거라는 걸."

로프의 끝까지 올라간 하비에르는 몸을 끌어올려 나무 플랫폼으로 이동한 후 잭에게 고개를 끄덕였다. 그때 럭비 팀 선수 두 명이 체육관으로 들어오는 게 보였다.

"야, 헌터! 밑에 보지 마라!" 둘 중 한 명이 조롱했다.

"어떡하냐. 고모부가 아직 대통령이 아니라서." 다른 한 명도 말했다. "대통령이면 로프 코스에서 빼줄 수 있었을 텐데 말이야."

잭은 분노가 솟구쳤다. 로프를 쥔 손에 힘이 더 들어갔다. 하지만 위쪽의 착지점에서 하비에르가 그러지 말라는 표정을 지었다. "그럴 가치도 없는 일이야."

잭이 가족 때문에 곤란했던 적은 이번이 처음도 아니고 분명 마지막도 아닐 터였다. 헌터 가문의 명성은 사관학교 안팎에서 자자했다. 조상이 독립 전쟁에 참전했고—제1대 헌터 대위—1770년대 이후로 단 한 세대도 빠짐없이 적어도 한 명을 군대에 보낸 보기 드문 특별함이 빛나는 가문이었다. 잭의 아버지는 고등학생 때 축구 경기에서 슬개골이 박살 나 입대하지 못했다.

사실 헌터 가문의 역사에서 유일한 옥에 티는 잭이 어릴 때 떠난 그의 어머니뿐이었다. 잭이 가족들에게 주워들은 말과 그 자신의 드문드문 떠오르는 기억을 합쳐보자면 그녀는 헌터 가문 사람이 되기에는 너무 독립적이고 자유로운 영혼이었다. 어머니는 한때 아버지를 사랑했고 그를 조금 둥글게 만들어주기도 했지만 그의 인생은 그녀가 원하는 인생이 아니었다. 임신으로 서둘러 결혼하는 바람에 억지로 살게 된 삶이었다. 어머니가 마침내 떠나겠다고 했을 때 아버지는 아들을 포기할 수 없다고 했다. 어머니의 변호사는 오랫동안 헌터 가문을 위해 일한 변호사에게 게임이 되지 않았다. 잭의 양육권은 전적으로 아버지에게 돌아갔다. 어머니는 스페인 어딘가에서 같은 미국인 남자와 살면서 음악가의 길을 걷고 있다고 했다. 잭의 사관학교 입학은 그의 아버지에게 지극히 당연한 일이었다.

헌터 가문은 오래전부터 버지니아 지역이나 군대 사회에서 존경받았지만—군에 입대하지 않은 사람들은 상원 의원이나 이사회장이 되었다.—앤서니와 캐서린이 전국적인 정치 무대로 나간 뒤로는 가문의 입지가 전례 없는 수준까지 높아졌다. 앤서니는 고향 버지니아 이외에서는 별로 인지도가 없는 상태에서 대선 경선 참여를 선언해 모두를 놀라게 했다. 헌터 가문 사람들은 모두 그의 유세를 돕기로 했다.

"캐서린 고모한테 가겠다고 약속은 했지만 제가 유세장에 꼭 가야 할 필요가 있어요?" 잭은 그날 밤 아버지와의 통화에서 물었다. "공부에 방해될 것 같아서 걱정돼요. 그리고 이번 학기에는 체육관에 자주 가기로 결심……."

"가족의 일이다, 잭. 가족끼리 돕는 건 당연해." 아버지가 말했다. "특히 우리 가족은 더더욱 그래야 한다."

잭은 캐서린 고모를 좋아해서 도와주고 싶었지만 앤서니의 어디가 그렇게 좋은지 고모를 이해할 수 없었다. 번듯한 교육을 받았다는 것과 남자다운 턱선뿐. 잭이 원치 않은 임신으로 태어났다는 사실을 의도치 않게 알려준 것도 앤서니 아니었던가. 어머니가 떠난 지 얼마 안 되었을 때 잭은 고모와 고모부가 아버지에게 하는 말을 계단 위에서 듣고 말았다. 어린 시절의 얼마 되지 않는 기억 중 하나였고 떠올릴 때마다 선명해졌다.

“당분간은 집안사람들만 알고 있는 걸로 하지. 최대한 조용하게.” 아들이 듣고 있는 줄 모르고 아버지가 말했다. “사람들이 수군대봤자 좋을 게 없어.”

“솔직히 그 여자가 떠나서 잘됐지 뭐. 그 여자는 좀…… 우리 집안하고는 안 맞았어. 그래도 우리 귀여운 잭을 오빠가 맡게 됐으니 얼마나 다행이야.” 캐서린 고모의 말이었다.

“너무 귀엽기만 하면 문제인데.” 앤서니가 웃었다. 고모가 혀를 차며 남편을 나무랐다.

“아무튼 맞습니다. 잭은 괜찮을 겁니다.” 앤서니가 덧붙였다. “그 여자가 잘한 거라곤 애를 가진 것 딱 하나뿐일 줄 누가 알았겠습니까? 혹시라도 집안에 먹칠할까 봐 우리가 얼마나 걱정을 했어요? 이제야 모든 게 정상으로 돌아왔네요.”

너무 어려서 고모부의 말을 이해하지 못했던 잭은 나중에 사촌에게 무슨 뜻인지 물어보았다. 그 후 가족들과 함께 있으면서 이방인처럼 느껴질 때마다 그 느낌을 거슬러 올라가보면 언제나 그날 계단 맨 위에 서 있는 자신을 만났다. 그의 존재 자체가 우연이었다고 아무렇지 않게 조롱하던 고모부였다.

잭은 그때부터 고모부가 싫었다.

솔직히 부럽기도 했다. 자신은 그렇게 고생해서 원하지도 않는 사관학교까지 왔는데, 고모부는 군대 따위 가지 않았어도 까다롭기로 유명한 헌터 가문 사람들에게 인정받지 않았는가.

잭은 정치계에서 영향력이 커질수록 점점 더 가식적으로 변하는 앤서니를 보면서 불쾌감을 느꼈다. 그의 자만심은 하늘을 찔렀다. 그가 유세를 부탁할 때마다—정확하게는 아내를 시켜서 부탁했지만—그날 계단에서 본 아버지와 이야기 나누며 웃던 그의 모습이 떠올랐다.

봄이 되었을 때 잭은 두 가지 희망에 기대었다. 얼마 남지 않은 사관학교 졸업과 갑작스레 등장한 끈의 존재.

기막힌 타이밍 덕분에 점점 나빠지고 있던 앤서니에 대한 여론에서 사람들의 관심이 끈으로 옮겨갔지만, 잭은 결국 끈 때문에 그의 유세가 끝장날 것이고 자신도 더 이상 주목받지 않으리라고 확신했다. 지금처럼 알 수 없는 재앙이 공포심을 일으키는 때에는 사람들에게 익숙한 얼굴이 백악관에 필요할 것이다. 특수 상황에 대처하고 국가를 안심시켜줄 수 있는 능력이 검증된 대다수에게 익숙한 대선 후보 말이다. 지금 세계가 마주한 위험한 변화의 시기를 경험한 몇십년의 경력을 갖춘 전직 부통령이라든가 베테랑 공직자 말이다.

앤서니 롤린스는 오로지 헌터 가문의 명성 덕분에 정치계에 발을 들일 수 있었던 신출내기 의원이 아닌가. 전쟁에 나가본 적도 없고 위기의 순간에 리더십을 발휘해본 경험도 없었다. 이 상황에서 그가 당선될 확률은 없다.

잭은 안심이 되었다.

하비에르

잭 헌터와 하비에르 가르시아는 사관학교 1학년 때부터 죽 룸메이트였다. 두 사람은 다른 생도들보다 내향적인 성격인 데다 신장과 체중도 달린다는 점에서 완벽한 한 쌍이었다.

처음에 하비에르는 잭의 조언을 받으며 사관학교에 적응했다. 헌터 가문의 가계도에는 나뭇가지마다 훈장을 받은 군인이 넘쳐났지만 하비에르는 집안에서 처음으로 대학에 입학한 것이었다. 잭의 여자 6촌도 최근에 사관학교를 졸업했고 유서 깊은 군인 집안 출신답게 잭은 이곳 안팎에 대해 모르는 것이 없었다.

한방을 쓰기 시작한 지 3~4주가 지났을 무렵 하비에르는 잭의 진짜 모습을 알게 되었다. 화려한 장식이 나뭇가지를 무겁게 눌러서 쪼개지기 직전이라는 것을.

잭은 같은 신입생 몇몇이 "불명예보다 죽음을"이라는 문구를 팔에 새기는 것을 보고 미친 짓이라고 생각했다.

"문신 별로 안 좋아하나 봐?" 하비에르가 잭에게 물었다.

"저런 마음가짐 자체가 싫어." 잭은 대답했다.

매일 하는 훈련에서 잭이 대부분의 생도보다 빠르지도 힘이 세지도 않고 타고난 기개도 없다는 사실이 옆에서 보기 괴로울 정도로 분명하게 드러났다. 그 유명한 헌터 가문 출신보다 자신이 한 수 위라는 걸 증명하려는 녀석들도 한둘이 아니었다.

초가을의 어느 날 밤, 유난히 건장한 녀석이 잭의 증조할아버지를 기리는 명판을 교내에서 발견하고 성이 똑같은 잭에게 시비를 걸었다.

"덤벼라, 헌터! 네가 이렇게 겁쟁이란 걸 증조할아버지가 보면 얼마나 실망하시겠냐!" 녀석이 비아냥거렸다.

싸움이 이어진 건 고작 2분이었다. 잭은 강펀치를 세 번 맞고 쓰러졌다. 하지만 조롱과 비웃음은 주먹보다 더 아팠다.

하비에르는 기가 꺾인 잭을 부축해 기숙사 방으로 데려갔다. 룸메이트의 부은 코를 가라앉혀주기 위해 몰래 식당에 들어가서 아이스팩도 훔쳐왔다.

"고맙다, 하비." 잭이 빠르게 멍이 번지는 얼굴을 아이스팩으로 누르며 말했다.

"별것도 아닌데 뭐." 하비에르가 어깨를 으쓱했다.

"아이스팩 말고. 전부 다. 날 평범하게 대해주는 거."

"난 너한테 공개적으로 결투를 신청하지 않으니까 고맙냐?"

"넌 날 다른 애들하고 다르게 대하지 않잖아. 우리 가족에 대해서 캐묻지도 않고. 나한테는 새로운 일이야. 그래서 좋다." 잭이 말했다.

"자존심 구겨서 미안한데 나한테 넌 다른 애들하고 똑같아." 하비에르가 말했다. "물론 넌 이쪽 세계에 대한 유익한 정보를 많이 갖고 있긴 하지. 난 이쪽 세계에서 자라지 않았잖냐. 네 이름은 나한테 아무 의미도 없어." 그가 상냥하게 웃었다.

진심으로 하는 말이었다. 하비에르는 조상들의 업적 때문에 잭이 높이 평가받을 이유가 없다고 생각했다. 하지만 그의 특별한 위치를 전혀 모르는 것은 아니었다. 잭에게 직접 들은 말이나 본의 아니게 엿들은 다른 생도들의 뒷말을 꿰맞추자면 이랬다. 헌터 가문은 건국 이래로 9대에 걸쳐 조국을 위해 싸웠고 지금까지 엄청나게 많은 훈장과 영예를 얻었으며 기부도 엄청나게 많이 했다.

하비에르는 룸메이트가 짊어진 짐의 무게도 이해할 수 있었다. 많은 시선이 쏠리는 만큼 성공에 대한 압박감도 클 수밖에 없으리라. 하비에르 자신도 느끼고 있는 부담감이었다. 이곳에서 그와 같은 라틴계는 전체 생도의 10퍼센트밖에 안 되었다. 그에게도 잭에게도 실패는 선택지에 없었다.

"네 룸메이트에 대한 말이 많던데 왜 그런 거니?" 전화 통화할 때 아버지가 하비에르에게 물었다.

"어떤 쪽으로 좀 유명한 집안이거든요. 케네디 가문 비슷한가 봐요." 하비에르가 설명했다.

"우리 아들이 그런 집안사람과 같은 학교에 다니는구나." 아버지의 목소리에서 자부심이 묻어났다.

하비에르의 부모님은 아들이 그동안 이룬 것과 지금 빠르게 걸어가고 있는 길을 대단히 자랑스러워했다. 사관학교에 지원한 것은 하비에르 본인의 결정이었지만 부모님이 성당에서 먹을거리기부품을 분류하면서 입이 마르도록 미국의 자유를 칭찬하는 말을 열여덟 해 동안 듣고 산 것도 분명 큰 영향을 주었다. 그의 부모님은 함께 운영하는 가게에서 주말에도 늦게까지 일했다. 자신들이 누리지 못한 교육의 기회를 아들에게는 반드시 주려고 열심히 저축했다. 하지만 바쁜 와중에도 일요일마다 미사에 빠지지 않았고 시간이 될 때마다 무료 급식소에서 봉사하며 봉사와 근면 성실함, 가족을 위하는 삶을 행동으로 보여주었다. 흠이 없을 수는 없더라도 미국에서만 가능한 것처럼 보이는 삶이었다. 하비에르 같은 소년이 배우고 놀고 성공하고 선택할 수 있는 자유가 있는 삶.

하비에르는 부모님이 자랑스러워할 만한 길을 선택하고 싶었다. 그들이 가르쳐준 교훈을 따르고 그들이 살아온 방식에 대한 존경심을 보여줄 수 있는 길.

하비에르가 사관학교에 전액 장학금으로 합격했을 때 온 가족이 축하의 의미로 얼마 만인지도 모를 만큼 오랜만에 여행을 다녀왔다.

잭과 하비에르는 그들 인생에서 가장 힘든 4년을 보냈지만 함께 살아남았다. 5월에 너무도 이상했던 마지막 학기가 끝나고 정식으로 미 육군의 새로운 구성원이 되기까지 단 몇 주만을 남겨놓고 있었다. 2월에 들려온 앤서니의 대선 경선 참여 소식에 잭과 하비에르 모두 불쾌함을 느꼈다. (하비에르는 헌터 집안사람들이 다 모인 저녁 식사에서 딱 한 번 앤서니를 만났을 뿐이지만 그의 권력에 대한 탐욕을 알아차리기란 전혀 어렵지 않았다.) 그리고 3월에 잭과 하비에르의 기숙사 방문 앞에 작은 갈색 상자 두 개가 나타났다.

두 생도는 상자에 새겨진 문구를 읽고 감히 뚜껑을 열어볼 생각을 하지 못했다. 졸업을 몇 달 앞두고 학교에서 생도들이 유혹과 호기심에 넘어가지 않는지 알아보려는 시험인 줄 알았다. 그들은 시험이 아니라 전 세계가 똑같은 상자를 받았다는 사실을 알게 된 후에도 열어보지 않는 쪽을 택했다. 그들이 선택한 군인은 원래 많은 위험이 따르는 직업 아닌가. 위험은 확신이 아니라 그저 위험으로만 존재할 때 받아들이기가 더 쉽다.

졸업을 목전에 둔 행복한 5월, 잭과 하비에르는 잔디밭에서 프리스비를 던지고 마지막 시험이 끝난 것을 축하했다. 다가올 6월에 그들의 인생을 영영 바꿔놓을 엄청난 일이 벌어질지는 꿈에도 몰랐다.

행크

5월이 쏜살같이 지나가버리고 어느덧 마지막 근무일이 다가왔다. 행크가 백발이 성성해지고 손가락 류머티즘 때문에 상처를 봉합하기가 어려워져야만 맞이하게 될 줄 알았던 날. 동료 의사 아니카가 기념으로 점심을 사겠다고 했다.

"이게 축하할 일인가 뭐." 병원 식당에 앉았을 때 행크가 말했다.

"당신이 떠나는 걸 축하하는 게 아니지. 이 병원에서 이루어낸 모든 것을 축하하는 거야." 아니카가 웃으며 커피컵을 들었다.

행크는 아니카와 친구인 상태로 헤어질 수 있어서 다행이라고 생각했다. 두 사람의 과거를 생각하면 아예 모르는 척하는 사이가 되었어도 이상하다고 할 수 없었다. 하지만 이제 병원을 떠나게 되었으니 행크는 앞으로 닥터 아니카 싱을 다시 만날 날이 있을지 의아했다. 그가 만나본 가장 뛰어난 외과의이자 인생에서 두 번째로 가장 사랑한 여자. (첫 번째는 의대 재학 시절의 여자 친구 루시였다. 루시는 샌디에이고에서 레지던트 수련을 받기로 했고 행크는 뉴욕으로 왔다.) 행크가 보기에 아니카와 그는 완벽한 한 쌍이었다. 같은 의사이니 의사라는 직업을 이해해줄 수 있고 둘 다 일에 대한 열정이 강해서 더 좋은 의사가 될 수 있도록 자극해줄 수 있는 커플이었다. 어쩌면 행크가 너무 밀어붙였던 걸까. 아니카는 그와의 관계에 일만큼 노력을 쏟아부을 자신이 없다고 했다.

적어도 그녀 자신에게는 잘 맞는 선택이었다. 아니카는 언젠가 외과 부장 자리에 올라가기 위해 착착 나아가고 있었다. 게다가 그녀는 행크를 완전히 포기한 것도 아니었다.

2년 전 헤어진 뒤에도 두 사람은 계속 친구로 지냈고 적어도 한 달에 한 번씩은 둘 중 한 명이 원해서 관계를 맺었다. 둘은 그만큼 편안한 관계였다. 당혹감이나 내숭, 어색함 따위는 사라진 지 오래였고 같이 있다가 상대가 병원에서 긴급 호출을 받아도 전혀 불쾌하지 않았다.

하지만 행크는 지금 아니카와 앉아 있으면서 지난날 그녀와 나눈 정사를 떠올리자니 4월의 그날이 떠오르지 않을 수 없었다. 아니카가 진실을 알게 된 날이었다.

그날 밤의 섹스는 유난히 좋았다. 세상이 뒤집히기라도 할 것 같은 아슬아슬한 분위기 속에서 나누는 절박하고 탐욕스러운 섹스. 실제로 그 봄에 세상은 뒤집혔다.

상자가 나타났을 때 행크는 곧바로 열어보지 않았다. 상자 뚜껑의 문구가 마음에 걸려서 정보가 더 나올 때까지 기다리기로 했다. 하지만 끈의 의미가 정부에 의해 공식적으로 확인된 후에도 마음의 결정을 내리지 못했다. 한편으로는 상자가 흔한 의료 검사처럼 느껴졌다. 몸에 이상이 있으면 당연히 진실을 알고 싶을 것이다. 결과를 바꿀 수 없더라도 삶의 질을 조금이라도 낫게 만들 방법이 있을지 모르니까. 하지만 매일 환자와 가족들의 분노와 슬픔을 보아온 그이기에 고통을 최대한 미루는 것이 최선이 아닐까 싶기도 했다.

결국 그는 이성적인 마음에 지고 말았다. 눈앞에 떡하니 놓인 지식을 모른 척할 수가 없었다.

그래서 상자를 열었다. 일반 계산기로 끈의 길이를 계산해본 그는 자신이 완전히 망했다는 돌이킬 수 없는 사실을 알게 되었다. 그는 이미 인생 말기에 놓여 있었다. 남은 시간이 얼마 없었다.

그는 상자를 열어본 것을 뼈저리게 후회했다.

행크는 직장을 그만두고 남은 시간 동안 여행이나 할까 했지만 운 좋게도 이미 세계 곳곳을 여행했다. 유럽에서 두 번의 여름을 보냈고 의대 과정을 시작하기 전에 1년 동안 아시아 전역에서 배낭여행을 했으니까. 게다가 일은 그의 전부였다. 살균된 하얀 벽으로 둘러싸인 병원이 삶의 울타리였고 직장 동료들이 친구였다. 행크는 대부분의 시간을 응급실에서 보낸다는 사실이 아무렇지 않았다. 그는 의사라는 직업을 사랑했다. 일이 주는 도전과 긴박감이 좋았고 생명을 구하는 일이라서 좋았다. 선망하는 사람은 많지만 실제로 하는 사람은 많지 않은 일이니까.

그는 환자들에게 감사 인사를 들을 때마다 지나치게 기뻐하는 자신이 너무 이기적이라는 생각도 들었지만 만약 천국이 정말로 존재한다면 거기에 자신을 위한 자리가 하나쯤은 있지 않을까 싶었다. 천국에 갈 때까지 생명을 구하는 일을 계속하는 것도 나쁘지 않을 듯했다.

행크는 끈에 대해 아무에게도 말하지 않기로 했다. 2년 전 아니카와 헤어진 이후로 연애를 하지 않았고 아버지는 이미 돌아가셨고 76세 노모는 충격을 받을까 봐 걱정스러웠다. 괜히 사람들에게 부담 주기도 싫었고 연민이나 동정을 받고 싶지도 않았다. 끝까지 강한 모습이고 싶은데, 만약 사람들이 자신을 피해자처럼 대한다면 그럴 자신이 없어질 것 같았다.

행크는 응급실에서 많은 비극을 목격했고 환자도 많이 잃었기에—끈이 나타나기 전에는 몰랐지만 그들은 분명 끈이 짧았을 것이다.—'왜 하필 나에게 이런 일이 일어났을까?'라고 생각하지는 않았다. 그는 지난 20년 동안 매일 본, 이동 침대에 누워 응급실로 실려 온 환자들과 다르지 않았다. 끈이 나타나기 전에는 왜 '저 사람들일까?'였던 질문이 이제는 왜 '나일까?'로 바뀐 것뿐이었다. 마음만 아플 뿐 아무런 의미도 없는 질문이었다.

상자를 열어본 지 일주일 정도 지났을 때 종일 근무가 끝나고 병원 로커룸에서 옷을 갈아입었다. 이제 사흘 동안 오프였다. 몇 달 만의 제대로 된 휴식인데, 문득 집에 가고 싶지 않다는 생각이 들었다. 환자들을 보다 보면 잡생각을 잊을 수 있었다. 앞으로 72시간 동안 그럴 수 없다고 생각하니 너무나 끔찍했다. 그렇게 긴 시간 동안 조용하게 머릿속의 생각을 마주할 자신이 없었다.

앞으로 기다리고 있을 초조하고 불안한 시간을 생각하니 온몸이 두려움에 사로잡혔다. 그는 로커를 쾅 닫고 한 손으로 세게 쳤다.

"오늘 안 좋은 일이라도 있었나 봐?"

뒤를 돌아보니 아니카가 서 있었다. 여전히 가운 차림의 그녀는 걱정스러운 표정으로 그를 바라보았다. 순간 안에서 뭔가가 무너지는 느낌이었다.

"한잔할래?" 그가 물었다.

술 한 잔으로 시작한 자리가 몇 잔으로 늘어났고 어느새 두 사람은 행크의 아파트로 갔다. 그날의 섹스는 다른 때보다 더 좋았다. 행크는 잠시나마 부엌에 있는 짧은 끈이 든 상자에 대해 잊을 수 있었다.

섹스가 끝난 후 나른해진 행크는 베개에 기대어 쉬었다. 아니카는 침대 옆 서랍장에서 그의 티셔츠를 꺼내 입고 제집인 양 집안을 돌아다녔다.

"물 좀 마셔야겠어." 그녀가 말했다. 행크는 말려야 한다는 생각조차 하지 못했다.

복도를 지나 부엌으로 간 아니카는 보았다.

열린 채 테이블에 놓인 그것을.

행크의 열린 상자. 그 옆에 놓인 끈.

아니카는 3월 내내 끈의 의미를 부정하는 의견을 펼쳤다. 사람들의 경험적 증거가 넘쳐났지만 그녀는 과학을 신봉하는 사람이기에 끈의 예지력이 과학적으로 설명되기 전까지는 받아들일 수 없다는 입장이었다. 보건복지부에서 연구 결과를 발표하자 마침내 고집을 꺾고 상자를 열었다. 그녀의 끈은 80대 후반 언저리에서 끝났다. 상당히 좋은 일이었다.

테이블에 놓인 행크의 끈을 보는 순간 그녀는 제자리에 얼어붙었다. 끈이 왜 나와 있는 거지? 혹시 오늘 아침에 재본 걸까?

아니카는 마시려던 물은 그만두고 침대로 돌아가야 한다는 것을 알았다. 하지만 그럴 수 없었다. 끈은 겨우 서너 걸음밖에 떨어져 있지 않았다.

아니카와 행크는 서로의 끈에 대한 이야기를 나눠본 적이 없었다. 그들의 대화는 주로 환자와 수술이 차지했다. 자신보다 환자에 대해 이야기하는 것이 더 편한 사람들이었다. 끈을 그렇게 보이는 곳에 놓아둔 것은 보라는 것이나 다름없다고 아니카는 생각했다. 3년 가까이 사귀는 동안 서로에게 비밀이 없었던 두 사람이었다. 지금은 연인 사이는 아니지만 여전히 가까웠다. 이따금 아니카는 행크와 헤어진 것이 실수인지도 모른다는 생각이 들었다.

행크에 대한 미련과 평소 참견하기 좋아하는 성격은 그녀가 기어코 끈을 향해 네 걸음을 옮기게 했다. 하지만 다가가자마자 그녀의 두 손이 입으로 향했다. 외과의의 민첩한 손이 헉 소리가 터져 나오지 못하도록 입을 막았다.

그녀도 최근에 끈 길이를 재보았기에 행크의 끈이 자신의 절반밖에 안 된다는 걸 곧바로 알 수 있었다. 그가 40대 초반에 죽는다는 뜻이었다.

행크는 이미 40대 초반이었다.

충격에 휩싸인 아니카는 행크가 왜 오늘 술을 마시자고 했는지, 왜 오늘의 섹스가 유난히 열정적이었는지 알 것 같았다. 두 사람 이외의 거대한 무언가로 가득한 섹스였기 때문이었다. 행크는 마지막이 너무나 빨리 다가오고 있다는 걸 알고 있었다.

아니카가 침실로 돌아갔을 때 행크는 침대에서 상체를 일으키고 앉아 있었다. 흐릿한 조명 때문에 그는 아니카의 표정이 이상하다는 것을 알아차리지 못했다. 그녀가 옆에 앉아 그의 팔에 따뜻한 손을 갖다 댔다.

"미안해, 행크."

"뭐가?" 행크가 물었다.

"괜찮은 척하지 않아도 돼. 나한테는."

행크가 불편한 듯 베개에 기댄 자세를 바꾸었다. "아니카, 정말 무슨 말을 하는 거야?"

"그러면 안 된다는 거 아는데……. 봤어." 아니카가 소곤거리듯 작은 목소리로 말했다. "뭐라고 해야 할지 모르겠어……. 미안하단 말밖에는. 난 항상 옆에 있으니까 필요할 때 언제든지 말해줘."

행크는 잠시 후에야 그녀가 갑자기 연민 가득한 모습을 보이는 이유가 자신이 아무 생각 없이 테이블에 올려둔 끈 때문이라는 사실을 알아차렸다. 그녀가 끈을 보았고 지금 이렇게 미안해하면서 동정심이 분명한 얼굴로 쳐다보는 것이다.

"젠장!" 행크가 팔에 올려진 그녀의 손을 뿌리쳤다. "그걸 왜 본 거야?"

아니카는 무기력하게 그를 쳐다볼 뿐이었다. "부엌에 갔더니 있었어. 내가 일부러 찾아본 게 아니야!"

"당신을 집에 데려올 생각은 아니었어! 보지 않고 그냥 돌아설 수도 있었잖아! 내 사생활이 당신한텐 그렇게 아무것도 아니야?"

행크가 소리를 질렀다.

심장이 빨라지고 혈관이 욱신거리는 느낌이었다. 그의 몸이 투쟁-도피 반응에 돌입했다. 베테랑 응급실 의사에게는 너무나 익숙한 느낌이었다. 도망은 불가능했다. 아니카가 이미 알아버렸으니까.

"실수였어." 그가 화난 목소리로 말했다. "오늘 밤은 실수였어."

아니카의 얼굴이 후회로 일그러지더니 눈에 눈물이 차오르기 시작했다. "못 본 척했어야 했는지도 몰라. 하지만 난 당신을 잘 알아, 행크. 분명히 모두를 위한 길이라고 생각하면서 혼자 감당하려고 했겠지. 그래서 당신이 혼자가 아니란 걸 알려주고 싶었어. 혼자 있고 싶은 게 아니라면 당신은 절대 혼자가 아니라고."

행크는 여전히 몸 안에서 스트레스 호르몬이 솟구치며 싸울 준비를 하는 것을 느꼈다. 분노도 여전했다. 하지만 자신의 헐렁한 티셔츠를 입은 아니카가 침대 끄트머리에 앉아 떨면서 부끄러운 듯 웅크리고 저렇게 말하는 모습을 보고 있자니 자신이 화난 대상은 그녀가 아니라는 것을 깨달았다.

그가 화난 대상은 끈이었다.

그에게는 아니카를 사랑하는 마음이 남아 있었다. 몇 년 전에는 그녀의 결점까지도 모두 받아들이고 언젠가 그녀와 결혼하리라고 생각하기도 했다. 물론 오늘 그녀가 뒤돌아서지 않고 끈을 본 것은 잘못된 행동이었다. 하지만 아니카는 끈을 보고 그냥 가버리지 않았다. 침대에 있는 그에게 돌아와 혼자가 아니라고 말했다.

행크는 싸우고 싶지 않았다. 사랑하는 사람을 적으로 만들고 싶지 않았다. 시간이 얼마 남지 않았기에 더더욱 그랬다. 그는 피곤이 묻어나는 기나긴 한숨을 내쉬고 한 손을 그녀의 손으로 가져갔다.

아니카는 떨림을 멈추려고 아랫입술을 꽉 깨문 채 얼굴을 들고 고맙다는 표정으로 바라보았다. "보면 안 됐다는 거 알아, 행크. 정말로 나한테 말하지 않으려고 했어?"

"아무한테도 말하지 않을 생각이었어."

아니카의 붉어진 눈에는 비통함이 가득했다. "그래도 이런 일을 혼자 감당하는 건 너무 끔찍하잖아."

"지금 날 바라보는 당신의 표정만큼 끔찍할까." 행크가 말했다.

"저게 사실이 아닐 수도 있어!" 아니카는 애써 희망을 가져보려는 듯했다. "몇 달 시한부 선고를 받고 몇 년이나 더 산 환자들도 많이 봤어."

"이건 그거랑 다르다는 거 알잖아."

아니카는 깊은 한숨을 내쉬었다. "당신이 원한다면 아무한테도 말 안 한다고 약속할게."

어차피 병원을 그만둔다는 사실이 알려진 뒤로 벌써 이런저런 말이 나오고 있었지만 행크는 누구에게도 비밀을 알릴 생각이 없었다. (답을 찾으려고 병원으로 몰려오는 짧은 끈들 때문에 너무 지쳐서 쉬고 싶은 것뿐이라고 끝까지 둘러댔다.) 하지만 이런 방법으로나마 아니카와 이야기하고 나니 자신의 짧은 끈에 대해 한 명이라도 알고 있다는 사실에 안도감이 느껴졌다. 그동안 비밀을 꼭꼭 숨기느라 힘들었다. 혹시나 말이나 행동을 잘못해서 탄로 날까 봐 전전긍긍했다. 이제는 적어도 아니카 앞에서만큼은 긴장을 풀 수 있을 터였다. 아무렇지도 않은 척 연기할 필요가 없었다.

"그동안 병원 사람들한테 숨기고 가족들도 모르게 해야 한다는 생각뿐이었어. 그 생각에만 정신이 쏠려서 제대로 된 반응을 안 해봤어. 운다거나 소리 지르거나."

"왜?"

아버지의 장례식에서 행크는 어머니를 위해 강해져야 한다는 생각에 울지 않았다. 아니카에게 이별을 통보받았을 때는 존경하는 여자 앞에서 체면이 구겨질까 봐 울지 않았다. 하지만 이번에는 그를 막는 게 무엇인지 알 수 없었다.

아니카가 베개를 들어 행크에게 건넸다.

"때리기라도 하라는 거야?" 행크가 물었다.

"당신이 하고 싶은 대로 해. 수술실에서 날 보면 전혀 그렇게 안 보이겠지만 사실 난 베개를 끌어안고 우는 걸 좋아해."

행크는 내키지 않는 듯 베개를 받아 들고 말없이 쳐다보았다.

"혼자 있고 싶어?" 아니카가 물었다.

행크는 흐릿한 눈을 들어 아니카를 보았다. 어깨 위로 내려온 그녀의 검은 머리카락이 하얀 티셔츠와 대비되어 더 까맣게 보였다. 갈색 눈동자 아래로 번진 마스카라 자국. 문제에 대해 골똘히 생각할 때면 항상 양손으로 받치는 날렵한 턱.

갑자기 행크는 베개로 얼굴을 누르고 미친 듯이 소리를 지르기 시작했다. 아니카는 그의 이마에 불룩 솟은 핏줄도 처절하게 울부짖는 것을 보았다.

잠시 후 행크는 기운이 다 빠졌는지 베개를 무릎에 내려놓았다. "오늘 같이 있어줄 수 있어?" 그가 물었다.

아니카는 그의 널찍한 어깨를 안았다. 행크는 마침내 저항하지 않고 거대한 파도처럼 덮치는 흐느낌에 몸을 맡겼다. 눈물은 그를 제압하고 마지막 한 방울까지 그의 숨을 짜낸 뒤에야 물러났다. 마침내 차분해지고 고요해지면서 숨이 채워지는 순간 파도가 또 다시 그를 집어삼켰다.

아니카는 파도가 치는 내내 그를 놓지 않았다. 마침내 행크가 몸을 뗄 때까지.

그다음 주에 병원에서 마주쳤을 때 아니카는 그에게 좀 어떤지 물었다.

"환자가 나 같은 상황이라면 심리 치료를 받아보거나 자조 모임에 나가라고 조언했을 거야. 나도 진짜 그래볼까 생각 중이야."

아니카가 자조 모임이 열린다는 자신의 집 근처 코넬리 아카데미 주소를 알려주었다. 그 주 일요일, 행크는 바쁜 교대 근무를 끝내고 30분 늦게 모임 장소를 찾았다.

그는 인생의 끝이 가까운 사람들이 모이는 201호 교실 밖에서 안을 엿보았다. 다들 울면서 옆 사람의 등을 쓰다듬어주고 티슈 상자를 돌리고 있었다. 보기만 해도 침울했다. 긍정적인 기분을 느끼고 싶어서 모임에 나가려는 거지, 더 슬퍼지고 싶지는 않았다.

그냥 가려는데, 세 교실 떨어진 204호에서 희미한 웃음이 새어 나왔다. 그곳은 앞으로 몇 달이 아니라 몇 년 정도 남은 사람들이 모이는 교실이었다. 행크는 그 모임에 들어가기로 했다. 그가 그 교실에 있을 사람이 아니란 사실을 굳이 밝힐 필요는 없을 테니까.

모라

"오늘은 비밀 이야기를 해봅시다." 션이 그날의 모임을 시작하면서 말했다.

"좋네. 한동안 주제가 없었잖아요." 모라가 벤에게 소곤거렸다.

"게다가 흥미진진한 주제 같은데요?" 벤도 덧붙였다.

첫날 옆자리에 앉은 것을 계기로 벤과 모라는 그 후에도 계속 같이 앉게 되었다. 모라는 자신의 오지랖에 가까운 첨언을 잘 받아주는 벤이 고마웠고, 벤은 모라가 이 모임을 너무 심각하게 받아들이지 않는다는 점을 고마워하는 듯했다. 모라의 가벼운 멘트가 어둠으로 둘러싸인 공간에 구멍을 뚫어주지 않았더라면 무척이나 숨이 막혔을 것이다.

"다들 속으로 억누르고 감추느라 감정적으로 많은 에너지를 쓰고 있을 겁니다." 션이 말했다. "하지만 끈처럼…… 너무도 중대한 문제를 안고 있을 때는 말입니다. 속에 있는 이야기를 털어놓는 것도 도움이 될 거예요. 물론 불편하지 않다면 말이지요."

"이거 원, 고해성사도 아니고." 칼이 투덜거렸다.

모라는 니나가 몇 주 동안 집착에 가까울 정도로 짧은 끈에 대해 검색한 것 때문에 싸운 일이 떠올랐다. 하지만 비밀을 감추고 있던 건 그녀도 마찬가지 아니었던가. 그녀는 밤마다 가슴을 아리게 하는 앙증맞은 가방을 멘 꼬마와 엄마에 대해 털어놓지 않았다.

"전 속 시원하게 털어놓고 싶은 게 있습니다." 터렐이 말했다.

션은 기쁨이 역력한 표정으로 계속하라고 손짓했다.

"테드 사건이라고 할 수 있는데요."

"테드가 누구예요?" 니할이 물었다.

"전 남친이요." 터렐이 답했다. "전 그의 800달러짜리 시계를 훔쳤습니다."

다들 자세한 설명이 나오길 기다렸다.

"우선 이 말씀부터 드리고 싶네요. 저는 스스로 꽤 괜찮은 사람이라고 생각합니다. 이 사건은 제 인생에 단 한 번뿐인 수치스러운 일탈이었어요. 평생 샐러드만 먹다가 단 하루, 초콜릿케이크 한 판을 먹어 치운 것처럼요. 요점만 말씀드리자면 사귄 지 1년 정도 되었을 때 테드가 바람을 피웠습니다. 엄청 뻔한 바람이었죠."

"혹시 터렐의 가장 친한 친구와 바람이 났나요?" 첼시가 물었다.

"직장 동료랑 야근하다가요. 멍청하게도 엉뚱한 벨트를 차고 집에 왔더라고요. 금융계에서 일하는 남자들은 죄다 비슷한 검은색 벨트를 차니까 헷갈렸나 보죠. 바람피운 걸 알고 헤어졌습니다. 복수를 위해서 그가 아끼는 걸 가져가기로 했죠."

"그 시계가 그 사람한테 중요한 물건이었나 보죠?" 벤이 물었다.

"집안 대대로 내려오는 시계라거나 그런 건 아니었어요. 그냥 비싼 시계였을 뿐. 전 그 시계를 가질 자격이 있었어요. 그런 나쁜 자식한테 10개월이라는 시간을 낭비했으니까요. 그 자식이 저한테 그 시간을 훔친 거잖아요. 그래서 그의 시계를 훔쳐야겠다고 생각했죠."

터렐은 의기양양한 미소로 소매를 걷어 올리고 손목을 내밀었다. 형광등 불빛에 금색 시계가 반짝였다. 션마저 웃음을 지었다.

"아, 왜 난 그런 생각을 못 했지? 전 남친한테 문자로 이별 통보받고 야구방망이로 자동차 룸미러만 부쉈거든요." 첼시가 말했다.

"왜 헤어졌어요?" 니할이 물었다.

"흠……, 그 사람이 알게 됐거든요." 첼시는 그렇게만 말했지만 다들 그게 무슨 뜻인지 알 수 있었다.

그녀의 끈이 짧다는 사실을 알게 되었다는 말이었다.

"그래도 나쁜 소식만 있는 건 아닙니다." 터렐이 재빨리 침울한 분위기를 살렸다. "사실 이것도 비밀인데 배우와 스태프가 전부 짧은 끈들로만 이루어진 브로드웨이 뮤지컬이 만들어질 겁니다. 각본, 연출, 조명, 안무 할 것 없이 전원 짧은 끈만 참여할 거예요! 이 작품에 참여하려고 전 세계에서 사람들이 날아오고 있어요. 가장 기쁜 소식은 제가 제작자 중 한 명이라는 겁니다."

"정말 멋진데요." 벤이 말했다.

모라는 놀라지 않았다. "역시 언제나 가장 먼저 나서는 건 예술가들이죠. 특히 세상에 위기가 닥쳤을 때요."

"저희는 노래로 할 겁니다." 터렐이 미소 지었다.

"저도 생각났어요. 제 대학 동창들이 짧은 끈들만 이용할 수 있는 집 교환 앱을 런칭한대요." 니할도 말했다. "다른 주 혹은 다른 나라에 사는 사람과 일정 기간 집을 바꿔 쓸 수 있는 거래요. 짧은 끈들이 여행을 쉽게 할 수 있도록 도와주는 거죠."

"우리 전부 베타테스트에 참여할 수 있으면 좋겠다!" 첼시가 들뜬 목소리로 외쳤다.

"저도 아주 큰 비밀이 있어요." 바뀐 분위기에 휩쓸린 듯 레아가 말했다. "다들 아무한테도 말하지 않겠다고 약속해주세요. 당분간은요."

몇 명은 의자에 앉은 채 몸을 앞으로 기울이기까지 했다.

"저 임신했어요."

"맙소사!" "이럴 수가!" "축하해요!" 모두가 놀라고 기뻐하면서 레아에게 한마디씩 던졌다.

가만히 있는 사람은 모라뿐이었지만 아무도 알아차리지 못한 듯했다. 물론 모라도 잘된 일이라고 생각했지만 어리둥절하지 않을 수 없었다. 레아도 끈이 짧은데, 두려움이나 부담감이 없는 걸까? 모라는 레아가 자신과 똑같은 생각을 해보고 다른 답에 도달한 건지 의아했다.

"다들 고마워요. 안 그래도 여러분에게는 조만간 말하려고 했어요. 쌍둥이라 얼마 안 있으면 배가 부르기 시작할 거라서요."

쌍둥이라. 모라는 적어도 세상에 둘이 남겨지니 다행이라는 생각이 들었다.

"아빠는 누구예요?" 첼시가 물었다. 몇몇이 불안한 표정으로 첼시를 쳐다보았다. "왜요? 물어보면 안 되는 거예요?"

"괜찮아요." 레아가 말했다. "제 친오빠와 그 남편을 위해 대리모가 되어주는 거예요. 엄밀히 말하면 오빠의 남편이 아빠네요. 난자는 제 거예요. 그래서 쌍둥이가 오빠도 닮았으면 하고 바라고 있답니다."

교실에 '아' 하는 소리가 퍼졌다. 하지만 모라의 반응은 달랐다. 질투할 이유가 없다는 걸 깨달았지만 한편으로는 슬퍼졌다.

"오빠 부부가 정말 고마워하겠어요." 행크가 레아에게 말했다.

"쌍둥이가 아들과 딸이면 이름을 레아와 레오라고 짓겠다네요." 레아가 웃었다. "솔직히 농담이었으면 좋겠어요."

터렐이 레아의 손을 가볍게 만지며 말했다. "그 두 사람에게 최고의 선물을 주는 거예요."

레아는 미소 지었다. "두 사람도 그렇게 말했어요." 그녀는 두 손을 배로 가져갔다. "이상해요. 오빠 부부는 둘 다 끈이 꽤 기니까 전 그걸로 이미 최고의 선물을 받은 거라고 생각했거든요. 하지만 두 사람은 그렇게 생각하지 않았나 봐요. 제가 두 사람에게 최고의 선물을 줄 수 있게 됐어요."

모라는 발코니로 나와 상자가 신의 선물이라고 했던 교황의 말이 떠올랐다. 레아의 오빠나 션, 니나를 비롯해 어떤 사람들에게는 그럴 수도 있었다. 하지만 204호 교실 사람들과 같은 이들에게는 레아의 말대로 다른 선물이 있었다. 문제는 그 선물을 알아보느냐였다.

터렐이 말한 수백 명의 짧은 끈들이 브로드웨이 무대를 빛낼 꿈의 뮤지컬은 정말로 선물처럼 느껴졌다.

모라에게는 떠날 이유가 명백한데도 떠나지 않고 옆에 있어주는 사랑하는 여자와 함께하는 모든 순간이, 매일 아침이 선물이었다.

그녀와 니나가 자유롭고 당당하게 사랑할 수 있다는 사실 자체가 선물이었다.

모라는 니나에게 속마음을 털어놓기로 결심했다.

한 시간 후 모라는 침대 가장자리에 걸터앉아 여자 친구를 보고 있었다.

"할 말이 있어." 모라가 입을 열었다. "우리 아이 계획 없는 거 나도 잘 알아. 이젠 내 끈 때문에 아이를 가져선 안 된다는 게 더 더욱 확실해졌고. 그런데 솔직히…… 받아들이기가 힘들어."

니나의 얼굴에는 뭐라고 말하고 싶어 하는 표정이 역력했다. 뭔가 다정하고 격려가 될 만한 말을 해주거나 아예 이 문제에 대해 제대로 이야기해보고 싶은 듯했다. 하지만 모라가 고개를 저었다.

"깊이 얘기해볼 필요까진 없어. 어쩔 수 없는 거니까. 그냥 너한테 비밀이 있다는 게 싫었어. 내가 느끼는 감정을 말해주고 싶었어. 올바른 선택이라는 걸 알면서도 유감스럽거나 궁금할 순 있잖아."

"네가 그 문제로 고민하는 줄은 몰랐어." 니나가 말했다.

"흠, 내가 강한 척을 좀 잘하지." 모라가 솔직하게 털어놓았다. "운 좋게도 난 살면서 자신감이 부족했던 적은 한 번도 없었어. 하지만……, 그래서 약한 모습을 보이는 게 더 힘든 것 같아."

니나가 모라 옆에 앉았다. "말해줘서 고마워. 나한텐 언제든 약한 모습 보여도 돼."

"혹시…… 아이에 관한 생각이 바뀌었던 적 있어?" 모라가 물었다.

"솔직히 말해서 잘 모르겠어." 니나가 조용하게 말했다. "아이를 갖지 않겠다고 확실하게 결정한 적도 없거든. 아직 결정을 내리지 않은 거지. 그러다가 널 만났고……. 온전해졌다고 느꼈어."

모라는 고개를 끄덕이며 깊은숨을 내쉬었다. "그게 어떤 기분인지 나도 알아. 웃긴 건 예전엔 원하지도 않았는데 영영 못 가진다는 걸 알게 된 후로 원하게 됐다는 거야. 안에 뭐가 있는지 보지도 못했는데 앞에서 문이 쾅 닫힌 거나 다름없는 것 같아. 사실은 아이 문제가 아닐지도 몰라. 또 어떤 문이 닫혔을까 계속 생각하게 된다는 게 문제지. 그러니까 이런 거야. 만약 진정으로 좋아하는 일을 찾지 못하면 어떡하지? 더 큰 세상을 볼 기회가 없으면 어떡하지? 만약 내가 세상에…… 아무런 흔적도 남기지 못하면 어떡하지?"

니나가 한 팔로 모라를 감쌌다. "넌 만나는 모든 사람에게 흔적을 남겨. 넌 그런 사람이야. 너무 인상이 강렬해서 짜증 날 정도라고." 니나가 웃었다.

모라도 웃었다. 자제하는 듯한 부드러운 웃음이었지만 모라는 알 수 있었다. 그녀는 괜찮다. 두 사람은 괜찮다.

"에이미가 분발해서 빨리 아이를 낳으면 우리가 멋진 이모가 되어줄 수 있겠다." 모라가 싱긋 웃었다. "아니다. 멋진 이모는 나 혼자 할 테니까 넌 잘 때 뉴스 읽어주는 이모 해."

두 사람은 또 웃었다. 이번에는 마음껏 터져 나오는 웃음이었다. 니나가 모라에게 진하게 키스했고 두 여자는 함께 침대로 쓰러졌다.

***

B에게

오늘 어휘 수업에서 학생 하나가 '무모하다'라는 단어를 '재미있다'라는 뜻으로 정의했어요. 난 틀렸다고 말해줘야 했죠. 아이는 무척 혼란스러운 표정이 되어서 "죄송해요. 전 그 단어가 그런 뜻이면 좋을 것 같아서."라고 했어요. 그런 말을 하는 학생은 처음이었어요. 온종일 그 말이 머릿속을 떠나지 않았죠.

어쩌면 상자도 그럴지 몰라요. 그 누구도 상자의 의미를 완전하게 설명할 수 없고 그냥 우리가 원하는 의미가 되는 건지도요. 신의 뜻이라고 생각하든 운명이라고 생각하든 마법이라고 생각하든. 길이에 상관없이 각자가 원하는 의미가 될 수 있을지 몰라요. 그러니까 끈은 무엇이든지 원하는 일을 해도 된다는 허가증인 거죠. 다이어트를 그만두거나 복수를 하거나 직장을 그만두거나 위험을 감수하거나 세계를 여행하거나. 나는 학생들을 떠나고 싶은 마음은 없지만 가끔은 1년 동안 좋아하는 문학 작품에 나오는 세계 곳곳의 장소를 순례하는 상상을 해요. 에밀리 브론테의 황무지를 헤매고 피츠제럴드의 리비에라 해변에서 일광욕하고 온몸을 꽁꽁 싸매고 톨스토이의 러시아에서 겨울을 보내고. (아마 지레 겁을 먹고 여름에 갈 것 같아요.)

매일 아침, 오늘은 혹시 내 마음이 무너져서 상자를 열어보진 않을까 생각해요.

너무 사적인 질문이 아니라면, 혹시 상자를 열어본 걸 후회해요?

-A

벤

벤은 자신이 놀란 이유를 알 수 없었다. 언젠가 나올 질문인 것을 알고 있었는데.

하지만 답장을 쓰는 데는 시간이 좀 걸렸다. 새 건물을 스케치하면서 답장을 미루었다. 디자인을 몇 번이고 지웠다 다시 그리기를 반복하고 결국은 첫 번째 디자인으로 돌아가서야 답장을 써야 한다는 것을 깨달았다. 하지만 "상자를 열어본 걸 후회해요?"는 보기보다 훨씬 더 복잡한 질문이었다. 끈이 짧다는 사실을 알게 된 그날 밤에 느꼈던 감정이 전부 되살아났다. 충격, 슬픔, 두려움. 클레어의 우는 얼굴.

편지를 주고받는 낯선 이가 언제나 솔직했기에 그도 솔직하게 말하고 싶었다. 하지만 도저히 그 이야기를 다 들려줄 엄두가 나지 않았다. 그날 밤을 다시 떠올리고 싶지 않았다. 아직은.

A에게

내 인생은 상자를 열어보기 전과 후로 나뉘는 것 같습니다. 그만

큼 전후가 극명하게 다르니까요. 상자를 열기 전으로 돌아가는 건 불가능하죠. 너무 상투적인 말처럼 들리겠지만 사실입니다. 뭔가를 알게 되면 그것을 알기 전이 어땠는지 잊어버리게 돼요.

네, 상자를 열어본 걸 거의 매일 후회합니다. 하지만 스스로에게 말합니다. 언젠가는 후회가 사라지고 알게 된 걸 오히려 고마워할 날이 올지도 모른다고.

어느 날 갑자기 사고로 죽을 운명이라면 미리 알지 못한 채 죽음 속으로 내던져지는 게 나을 것 같아요. 그러면 죽기 전까지 내가 한 모든 실수와 만약의 상황을 곱씹을 필요도 없을 테니까요. 하지만 서서히 찾아오는 죽음이라면 죽을 날을 미리 알았고 생각해볼 시간이 충분했다는 사실이 오히려 위안이 될 것 같아요. 뒤돌아보았을 때 후회가 없도록 14년의 시간을 내가 원하는 대로 잘 살고 싶네요.

벤은 편지를 쓰고 나니 금방이라도 쓰러져서 잠들 수 있을 것처럼 피곤함이 몰려왔다. 하지만 하고 싶은 말이 또 있었다.

가장 최근에 받은 편지로 보자면 당신은 선생님이겠죠. 지금은 6월이니까 곧 방학을 맞아 뉴욕을 떠나 어디론가 여행을 갈 수도 있겠네요.

하지만 어떻게 끝맺어야 할지 알 수 없었다. 이름을 밝혀야 하나? 주소를 남길까? 만나자고 할까?

솔직히 편지 교환이 이렇게 오래 이어지고 있다는 사실 자체가 놀라웠다. 어릴 때도 비슷한 경험이 있기는 했다. 여름 캠프에서 방을 같이 쓴 아이들과 편지를 주고받기로 약속했다. 손바닥에 침을 뱉고 악수까지 하면서. 하지만 겨울쯤 되면 다들 학교와 운동, 악기 레슨 같은 것으로 바빠서 편지가 끊어지기 마련이었다. 항상 마지막 편지를 보낸 사람은 벤이었다. 마지막 편지 이후에는 영영 답장을 받지 못했다.

마지막 편지에서 A가 교사라는 것이 확실해졌지만 그는 자신의 편지 친구가 남자인지 여자인지, 나이가 많은지 적은지 알지 못했다. 교사라는 정보가 생겼으니 조사를 해봐야 할까? 적당한 이유를 꾸며내 평일에 학교로 찾아가서 204호 교실을 쓰는 교사가 누구인지 물어보면 될 것이다. 하지만 30대 남자가 학교에 기웃거리면 수상해 보이지 않을까?

게다가 상대가 누구인지 정말 알고 싶은지도 확실하지 않았다. 편지를 더욱 특별하게 만들어주는 신비로움을 잃고 싶지 않았다. 물론 A에게는 편지 교환이 가벼운 시간 때우기에 불과할지도 모른다. 아니면 그냥 그를 동정하는 것일 수도 있다. 어느 쪽이든 그는 펜팔 친구를 잃고 싶지 않았다.

벤은 믿을 만한 친구 몇 명에게 그의 끈에 대해 사실대로 털어놓았는데—친구들은 모두 끈이 길었다.—처음에는 전화로나 문자로 안부를 묻는 연락이 자주 왔다. 하지만 최근에는 조금씩 뜸해지기 시작했다. 4월에 자조 모임을 처음 권해준 데이먼도 월요일 아침마다 연락해서 모임이 어땠는지 묻더니 2주째 잠잠했다.

어쩌면 도와줄 방법이 없어서 무력함을 느끼거나 슬픔의 감정이 불편해서, 자신은 끈이 길다는 사실에 죄책감이 느껴져서 그런지도 모른다. 단순히 무슨 말을 해야 할지 몰라서이거나.

참고로 나는 앞으로도 매주 일요일 저녁에 그 교실에 갈 겁니다. 당신이 여름방학에도 계속 학교에 나올지 몰라서 말합니다.

만약 아니라면 행운을 빌겠습니다. 상자를 열어보든 열어보지 않든 당신의 결정이 당신에게 평화를 가져다 주기를.

-B

벤은 회원들이 하나둘 교실을 빠져나가고 혼자 남겨질 때까지 기다렸다. 가방에서 겉면에 A라고 적힌 반으로 접힌 종이를 꺼냈다. 그는 몸을 숙이고 책꽂이 아래에 종이를 작은 텐트처럼 세워 놓았다.

벤이 뒤돌았을 때 어리둥절한 표정의 행크가 서 있었다.

"헤드폰을 놓고 가서." 행크가 설명했다.

"아, 같이 찾아드릴게요."

두 남자는 고개를 숙이고 교실 안을 이리저리 돌아다니며 어색한 침묵을 채웠다.

"아까 종이로 뭘 하고 있었는지 물어봐도 돼요?" 행크가 마침내 용기 내어 질문했다.

벤은 잠시 망설였다. "의사시니까 이것도 환자의 비밀 보호 의무에 해당될까요?"

"그럼요. 안 될 것도 없죠." 행크가 웃음을 터뜨렸다.

벤은 첫날 편지를 떨어뜨리고 갔는데, 정체를 알 수 없는 사람이 답장을 남겼다는 이야기를 해주었다.

"그래서 모르는 사람과 계속 편지를 주고받고 있어요. 이렇게 말하니까 진짜 말도 안 되는 얘기 같긴 하네요."

행크는 호기심 어린 눈길로 벤을 유심히 쳐다보았다. "정말 누군지 전혀 몰라요?"

벤이 고개를 저었다. "아무래도 이 학교 교직원 중 한 명이 아닐까 싶어요. 하지만 다른 요일에 이 교실에서 익명의 알코올중독자 모임 같은 다른 모임이 있을 수도 있으니 그쪽 회원일 가능성도 있고요."

행크는 어깨를 으쓱하며 안심시켜주듯 미소를 지었다. "누군지 알려면 편지를 계속 써야겠네요."

"고맙습니다." 벤이 말했다.

"뭐가요?"

"미친 사람 취급하지 않아주셔서요."

"끈에 관해선 우리 모두 처음이잖아요. 그러니 그 어떤 반응도 이상하다고 할 수 없죠." 행크는 션이 간식을 올려두었던 테이블 아래를 살폈다.

"메모리얼 병원에서 일하시죠? 저번 일은 정말 안타까워요."

"사실은 5월 말에 그만두기로 했어요. 사직서는 총기 난사 전에 냈고요. 벤은 무슨 일을 한다고 했죠?"

"건축가입니다." 벤이 말했다.

"우와. 혹시 설계하신 건물 중에 제가 아는 것도 있을까요?"

"아직은요." 벤이 아쉬운 듯 말했다. "진행 중인 게 있긴 한데 뉴욕 북쪽이에요."

행크가 플라스틱 의자 하나를 골라 앉았다. "왜 건축가가 되고 싶었어요?"

벤은 약간 놀라며 옆에 앉았다. "확실히는 모르겠어요. 제가 외동인데 부모님이 맞벌이라 어릴 때부터 혼자 그림 그리면서 놀 때가 많았거든요. 집이나 마을 같은 걸 그리면서 어떤 사람들이 살까 상상하곤 했죠."

행크가 안쓰럽다는 듯 얼굴을 찡그렸다.

"아, 오해는 하지 마세요." 벤이 당황해서 더듬거렸다. "부모님은 좋으신 분들이에요. 항상 외로운 건 아니었어요. 그냥 작은 세계를 그리는 게 정말 재밌었어요."

"지금은 더 큰 세계를 만들고 싶은 거군요?"

벤이 웃음을 터뜨렸다. "학교생활이 그렇게 평탄하진 않았거든요. 나중에 뉴욕에 있는 고층 빌딩처럼 거대한 걸 만드는 사람이 되면 절대로 초라하게 느껴질 일은 없을 거라고 생각했어요."

"지금은 어때요?"

벤은 창밖의 어두워지는 하늘을 배경으로 어퍼 이스트 사이드의 위풍당당한 아파트들이 한데 섞인 모습을 바라보았다.

"지금은 뭔가 영원한 걸 만들고 싶네요. 내가 없어져도…… 계속 서 있을 그런 건물요."

행크는 이해한다는 듯 한숨을 내쉬었고 두 사람은 대화가 계속

이어질지에 대한 확신 없이 한동안 가만히 있었다. 벤은 궁금했다. "총기 난사 사건 때문이 아니면 왜 그만두시는 건가요?"

"지쳤나 봅니다. 겁에 질리고 너무도 절박한 모습으로 울면서 병원으로 찾아와 내가 줄 수 없는 답을 간청하는 사람들을 보는 게."

"정말 힘드셨겠네요."

행크는 한쪽 입꼬리를 올린 채 생각에 잠긴 표정이었다.

"사실 그것 때문만은 아닙니다. 상사와 동료들에게는 그렇게 말했지만 사실 전 더 이상 의사가 하고 싶지 않아요. 한때는 제가 수백 명을 죽음의 문턱에서 구했다고 생각했어요. 제가 죽음과 싸워서 이긴 거라고. 하지만 그게 아닐지도 모른다는 걸 깨달았죠. 제가 살린 사람들은 어차피 죽지 않을 사람들, 끈이 남아 있던 사람들이라는 걸요. 그리고 제가 살리려고 애썼지만 살리지 못했던 사람들은 어차피 살 수 없는 사람들이었던 거예요. 그 어떤 의사도 구할 수 없었겠죠."

"오히려 위로가 될 것 같기도 한데요?" 벤이 물었다.

"공정한 싸움이 아니라는 걸 깨닫는 순간 상대와 계속 싸우기가 힘들어요. 다른 의사라면 간단하게 초점을 바꿀 수 있을지도 모르죠. 사람들의 수명은 어쩔 수 없지만 적어도 삶의 질에는 영향을 끼칠 수 있다고. 물론 그것도 맞습니다. 하지만 전 생각을 바꾸기가 힘드네요. 저는 응급실에서 일했거든요. 의사가 된 후로 계속 죽음과 싸웠죠. 하지만 죽음이야말로 우리가 이길 수 없는 상대예요."

"끈이 나타나기 전에도 똑같지 않았나요?" 벤이 물었다.

"그렇죠. 하지만 끈이 나타나기 전에는 그래도 싸움에서 이길 가능성이 있다는 착각에 빠질 수 있었죠."

벤이 침울하게 고개를 끄덕였다. "안타깝네요."

"벤이 만든 고층 빌딩을 볼 수 없어서 아쉽네요."

"아직 지을 시간 있거든요!" 벤이 장난으로 기분 나쁜 척했다.

행크가 신발을 쳐다보았다. "전 다른 사람들과 똑같지 않아요."

"그게 무슨 말이죠?"

"제 마지막은 훨씬 더 가깝습니다. 하지만 1년밖에 남지 않은 짧은 끈들의 모임에는 가고 싶지 않았어요. 너무 우울하더군요. 그래서 여기로 왔습니다."

"죄송해요." 벤의 목소리는 겨우 들릴 정도로 작았다.

"어둠뿐인 날도 있지만 잘 살았다는 생각이 들 때도 있어요. 사람들을 돕기 위해 최선을 다했고 사랑도 했고 좋은 아들이 되려고 노력했고." 행크가 천천히 의자에 등을 기댔다. "전 죽음을 앞둔 사람들을 많이 봤잖아요. 친구와 가족들은 죽음을 앞둔 환자들에게 제발 끝까지 싸우라고 애원해요. 그런데 싸움을 계속하려면 힘이 많이 들거든요. 물론 무슨 일이 있어도 끝까지 싸우고 계속 버티는 게 답일 때도 있죠. 하지만 내려놓는 것에도 많은 힘이 필요하다는 걸 우리가 자주 잊어버리는 것 같아요."

***

B에게

걱정하지 말아요. 난 방학 동안에도 계속 학교에 나올 거예요. 여름방학 보충수업과 개인 지도가 있거든요. 하지만 학교에 나올 일이 없었어도 당신의 편지를 가지러 왔을 거예요. 해고당할 위험을 무릅쓰고 밤에 몰래 들어오는 한이 있더라도 말이죠. 단 한 주도 편지를 놓치기 싫거든요. 그 정도로 편지가 기다려져요.

당신이 계속 편지를 쓰는 한 아무 데도 가지 않겠다고 약속합니다.

–A

행크

6월 9일, 모라가 모임을 한 시간 앞당길 수 있는지 물었다. 끝나고 대선 경선 후보들의 첫 토론회를 시청하기 위해서였다.

행크는 정치에 특별한 관심이 없었다. 물론 의료보험, 범죄율, 세금 등의 일이나 생활에 직접적인 영향을 주는 것들에는 관심이 있었지만 정책 내용을 자세하게 토론하거나 정치적 견해가 담긴 긴 글을 읽을 시간은 없었다. 하지만 행크도 버지니아 출신 앤서니 롤린스 후보가 토론회에서 중대 발표를 할 예정이라는 소문을 들었다. 행크에게 그 후보는 평범한 대다수 미국인의 현실, 그가 매일 응급실에서 목격한 현실과는 한참 동떨어진 삶을 사는 세련된 백만장자일 뿐이었다. 하지만 토론을 챙겨볼 만큼의 관심은 있었다.

그는 갈색 가죽 소파에 앉아 맥주를 마시며 토론 진행자가 후보들에게 질문하는 것을 보았다. 그의 기대를 벗어나는 질문이었다.

"모든 유권자가 관심을 두고 계신 주제부터 시작할까 합니다. 바로 끈인데요. 아시다시피 최근 중국에서는 전 국민이 상자를 받자마자 열어본 후 끈 길이를 정부에 보고하는 것을 의무화하는 법을 발표했죠. 최근 북한에서 선택한 방법과는 대조를 이루고 있습니다. 미국에서는 끈과 관련된 의회의 시도가 대부분 교착상태에 빠졌지만 최근 우리는 뉴욕 병원과 텍사스 쇼핑몰 총기 난사를 비롯해 끈과 연관 있는 것으로 보이는 비극적인 사건들을 잇달아 겪어야 했습니다. 자, 후보자님들. 끈이 여러분의 관점이나 공약을 재고하도록 영향을 주었습니까?"

앤서니 롤린스는 준비되어 있었다. 그는 대부분의 질문을 무시하고 미리 리허설한 게 분명한 발언을 곧장 시작했다.

"대통령은 이 나라에서 가장 중요한 자리입니다. 누가 되었든 당선인은 4년 동안 혹은 8년 동안 조국을 위해 봉사해야 합니다. 대선 출마는 재임 혹은 연임 기간 동안 백악관에서 이 위대한 국가의 시민들을 위해 헌신하겠다는 약속입니다. 그러므로 저는 이 자리에서 제 세금 납부 현황 및 트위터 사용 이력과 더불어 가장 중요한 것을 국민 여러분에게 보여드리고자 합니다. 바로 제 끈입니다."

앤서니는 연단 안쪽에서 작은 상자를 꺼내 뚜껑을 열고 끈을 높이 들었다. 한눈에도 꽤 길어 보였다.

"제가 만약 최종 대선 후보로 선출되는 영광을 얻는다면 여러분이 허락해주실 때까지 오랫동안 여러분을 위해 일할 수 있음을 확인해드립니다. 그리고 투명성을 위해 다른 후보들에게도 끈 공개를 요청하는 바입니다. 그래야 유권자들이 앞으로 우리나라를 이끌 사람에 대해 최대한의 정보를 가진 상태로 투표장으로 향할 수 있을 것입니다."

청중은 어떻게 반응해야 할지 어리둥절한 것처럼 보였다. 대부분은 찬성의 의미로 박수를 치고 고개를 끄덕였지만 박수 사이로 야유도 새어 나왔다.

"알겠습니다. 알겠습니다." 진행자가 청중을 진정시켰다. "그럼 다른 후보들의 의견도 들어보겠습니다."

"저와 배우자는 상자를 열어보지 않기로 결정했습니다." 아멜리아 파킨스 박사가 말했다. 무소속으로 경선에 나선 하버드의 정치학 교수였다. "상자를 열어볼 것인가는 지극히 개인적인 선택입니다. 후보들에게 그렇게 사적인 부분을 공개하라는 것은 부당하고 비도덕적이며 당연히 미국적이지도 못한 일입니다. 롤린스 후보의 요구는 앞에서 언급된 독재 국가들에나 어울릴 법하군요."

"파킨스 박사님, 고맙습니다. 루스 주지사님 생각은 어떠신가요?" 진행자가 질문했다.

"파킨스 후보는 이해를 잘 못 하시는 듯하군요. 유능하고 신뢰할 수 있는 공직자가 되려면 사생활의 대부분이 공개될 수밖에 없다는 사실을 받아들여야 합니다. 하물며 대통령은 당연하지요. 후보들이 끈 공개를 거부해도 결국은 미디어가 파헤칠 겁니다. 기사 제목이 뭐라고 뜰지 훤히 보이는군요. '재임 중에 사망할 후보가 당선되다'."

다음으로는 '가족의 가치'를 중요시하는 후보로 잘 알려진 켄터키의 앨리스 하퍼 의원이 말했다. "안타깝지만 끈이 짧은 후보라면 오래 이어가지도 못할 자리를 위해 선거운동을 하느라 남은 시간을 길바닥에 버리지 않을 것입니다. 사랑하는 가족과 보내기 위해 알아서 포기하지 않을까 싶습니다."

다른 후보들이 말하는 동안 상원 의원 웨스 존슨 1세는 생각에 잠겼다.

사람들은 토론회에서 유일한 흑인인 그의 말에 두 배로 까다로운 잣대를 갖다 댈 것이다. 행크는 존슨 후보가 그 사실을 분명 알리라고 생각했다. 존슨은 모든 후보가 발언한 후 진행자가 그에게 할 말이 있는지 물어볼 때까지 기다렸다.

"예, 있습니다." 존슨이 말했다. "미국인은 자신이 찬성하고 지지하는 가치관과 견해를 가진 후보, 더 나은 나라를 만들어줄 것이라고 생각되는 제안을 내놓는 후보를 뽑아야 합니다. 끈이 짧다고 후보의 그런 자질이 사라지지 않습니다. 끈이 짧다는 이유만으로 자질이 뛰어난 후보를 선택하지 않는 것은 그가 전혀 통제할 수 없는 일로 벌을 주는 것이나 마찬가지입니다. 우리는 인종과 성별, 장애, 나이에 따른 차별을 금지하는 법을 만들었습니다. 따라서 후보에게 끈을 공개하라고 강요하는 것은 새로운 범주의 차별을 용납하는 것이 됩니다."

여기저기에서 박수가 터져 나오자 진행자가 뭐라 말하려고 마이크로 다가갔지만 존슨의 말은 아직 끝난 게 아니었다.

"미국의 가장 훌륭한 지도자 중에는 재임 중에 돌아가신 분도 계시고 가장 무능한 지도자가 장수의 복을 누리기도 했지요. 만약 존 F. 케네디가 끈을 공개해 짧다는 이유로 유권자들에게 벌을 받았다면 쿠바 미사일 위기로 소련과의 핵전쟁이 발발했을 것입니다. 만약 프랭클린 루스벨트가 끈을 공개해 짧다는 이유로 유권자들에게 벌을 받았다면 나치가 패배하는 일은 없었을 것입니다. 만약 에이브러햄 링컨이 끈을 공개했다면 저처럼 생긴 사람들과 제 아이들은 지금도 여전히 노예였을 것이고 미국은 영원히 분열되었을지 모릅니다. 이분들이 좋지 않은 패를 받았다는 이유만으로 이 나라를 이끌 기회를 얻지 못했다면 오늘날 세상이 어떤 모습일지 상상하는 것만으로도 저는 떨리는군요. 롤린스 후보의 제안이 얼마나 위험한 제안인지 국민 여러분께서 알아주시길 바랍니다."

행크는 환호하는 청중과 멍한 표정의 롤린스를 보고 안도의 한숨을 내쉬었다. 그리고 카메라가 다른 곳으로 옮겨가기 직전에 비친 웨스 존슨의 얼굴을 보았다. 상원 의원의 눈은 텔레비전에서는 차마 보여줄 수 없는 눈물로 살짝 촉촉해져 있었다.

순간 그는 웨스 존슨이 자신과 똑같은 운명이라는 사실을 깨달았다.

토론에 대한 관심이 식어버린 행크는 핸드폰으로 온라인 반응을 찾아보기 시작했다. 존슨을 옹호하는 사람들도 많았지만 롤린스는 확실히…… 논란의 불을 지폈다. 트위터와 블로그에서 미국 전역의 사람들이 국가의 가장 중요한 자리를 짧은 끈에게 맡길 수 없다며 후보들이 끈을 공개해야 한다고 소리를 높였다. 짧은 끈은 주의가 산만하고 불안하고 우울하고 언제 어디로 튈지 모른다고.

대통령뿐만 아니라 모든 정치인이 끈을 공개해야 한다는 주장으로까지 번졌다. 대기업 CEO들은? 레지던트들은? 병원에서 수명 짧은 사람들을 힘들게 수련시켜봤자 아무 소용 없지 않은가?

행크는 핸드폰을 소파에 던져버렸다.

다음 날인 6월 10일 아침 9시경, 상자가 나타난 지 약 3개월째 되는 날, 짧은 끈이 의회 의사당 앞에서 자가 제조한 폭탄을 터뜨려 행인 다수가 사망했다. 행크는 중서부의 어느 밋밋한 호텔 방에서 앤서니 롤린스가 좋아하고 있을 거라는 생각이 들었다.

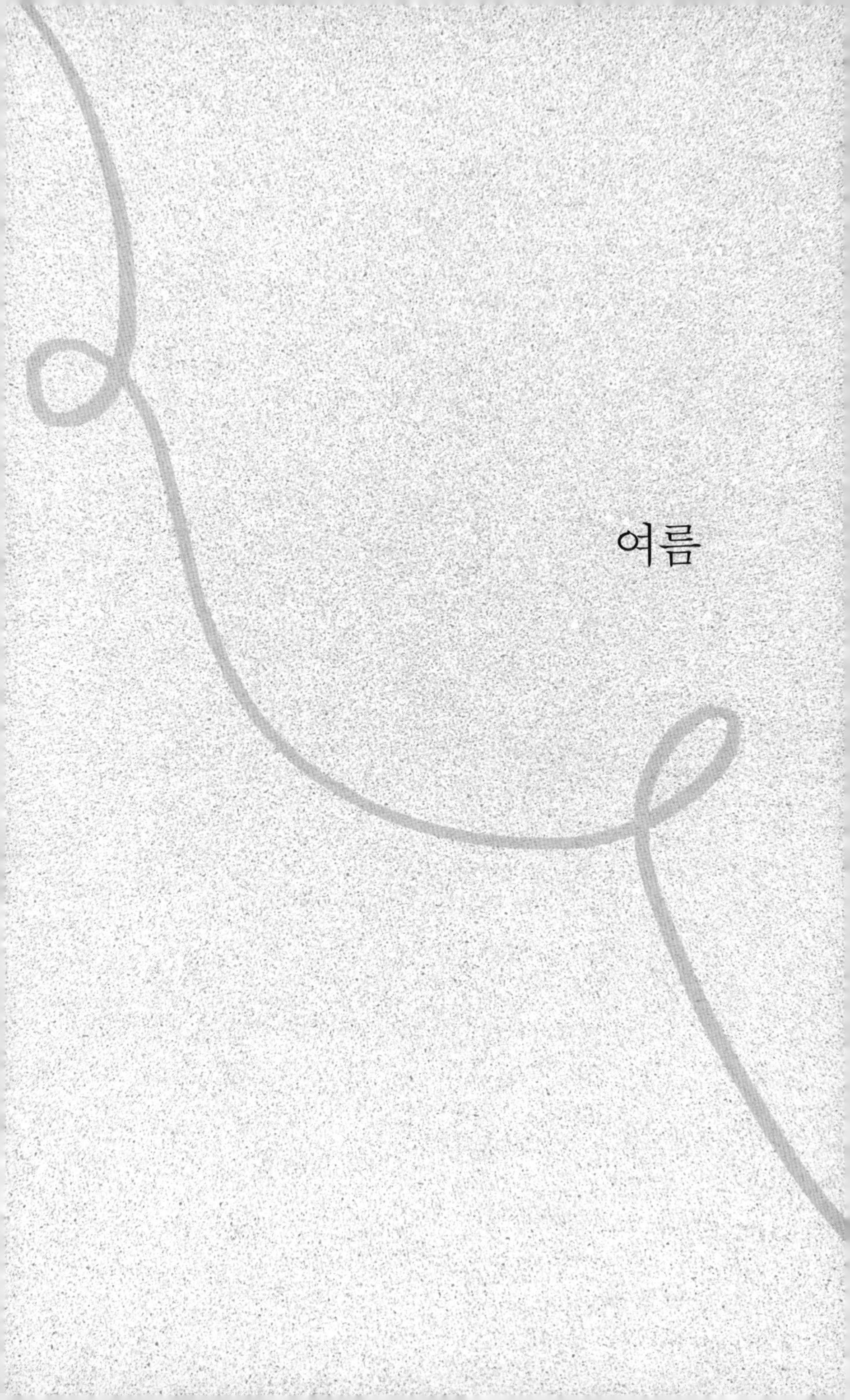

여름

앤서니

6월 10일에 발생한 폭탄 테러 사건의 용의자는 역시나 끈이 짧은 행인들과 함께 현장에서 목숨을 잃었다. 그의 집을 수색한 경찰은 그가 남긴 메시지를 발견했다. "리더들이 손 놓고 있는 동안 사람들이 고통받으며 죽어가고 있다."

대통령이 사건의 여파를 수습하기 위해 꾸린 긴급 태스크포스는 정부가 짧은 끈들의 고통과 죽음을 멈추기 위해 할 수 있는 일이 없다는 결론에 빠르게 도달했다. 대신 앞으로 짧은 끈들이 사회에 피해를 일으키는 것을 막기 위한 대책을 마련하기로 했다.

폭탄 테러 일주일 후 앤서니 롤린스는 워싱턴 D.C.로 날아갔다. 그의 아내는 찰스턴에 남아 크랜베리 월넛 스콘을 곁들인 얼그레이로 큰손 기부자들과 오후의 티타임을 즐겼다.

다음 날 대통령 직속 긴급 태스크포스는 새로운 구성원을 맞이할 준비를 했다.

기존 위원은 상원 의원 세 명, FBI와 국토안보부 최고위 관계자

각각 두 명, 합동참모의장으로 이루어져 있었다.

"이렇게 중요한 태스크포스에 하원 의원을, 특히 대선 경선 후보를 영입하는 것은 전례 없는 일입니다." 합동참모의장이 앤서니에게 말했다. "하지만 요즘은 전례 없는 시대입니다. 대통령께선 임기가 얼마 남지 않았으니 멀리 내다볼 필요가 있겠지요. 이 악몽 속에서 누가 앞으로 4년간 조국의 손을 잡을지. 롤린스 의원이 토론회에서 보여준 모습이 태스크포스 합류 결정에 큰 영향을 끼쳤습니다."

"지금 제 지지율이 빠르게 상승하고 있다는 것도 아실 겁니다." 앤서니가 덧붙였다. 일부 전문가들은 반짝 인기에 그칠 것으로 예측했지만 이 일로 상승세가 굳어질 수 있을 터였다. "나라 전체가 제 말을 귀담아듣는 것 같습니다."

그날 오후쯤에는 태스크포스가 그의 말을 귀담아듣고 있었다.

다음 날 아침 태스크포스 위원 아홉 명은 일명 '짧은 끈 사태'에 대한 견해를 대통령에게 전달하기 위해 백악관에 모였다.

그들은 정부 고위직의 끈 공개를 의무화해야 한다고 주장했다. 고위직 공무원은 신체적으로나 정신적으로나 건강하고 헌신적으로 일할 수 있다는 것을 증명해야 하므로 끈 공개가 신원 조회나 신체검사 같은 개념으로 취급되어야 한다고 했다. 그들은 끈이 짧으면 골칫거리라고 주장했다. 총기 난사범이나 폭탄 테러범처럼 언제 폭주할지 알 수 없었다.

태스크포스의 유일한 여성 구성원인 FBI의 브레슬린 요원은 회의 내내 거의 조용했다. 그녀는 남자들이 말하게 내버려두고 속으로 생각을 정리했다.

"우리가 미처 생각하지 못한 것이 또 있습니다." 그녀가 마침내 입을 열었다. "현장 요원이나 군사 작전에 지원하는 사람들은 무조건 끈 길이를 확인해 끈이 긴 사람만 현장이나 전투에 투입한다면 사망 위험을 효과적으로 막을 수 있을 겁니다. 생존이 보장되는 사람들이니까요."

그녀가 방안을 둘러보자 남자들은 당황한 기색으로 고개를 끄덕였다. 그녀는 미소 지었다.

"생존은 말 그대로 목숨만 보장하는 겁니다." 더 나이 많은 상원의원이 말했다. "우리 병사들이 혼수상태나 팔다리를 잃은 상태로 귀환하는 일이 없어지는 건 아니지요."

"시신으로 돌아오는 것보다야 낫죠." 그녀가 받아쳤다.

"군대와 연방 정부직으로만 제한하는 겁니까? 경찰을 비롯한 기타 고위험 직종에서도 원할 것 같은데요." 다른 위원이 말했다.

대통령은 말없이 골똘하게 듣고만 있었다. 위원들은 이미 거의 만장일치를 향해 달려가는 듯했으므로 그가 끼어들 필요가 있었다.

"좋습니다." 대통령이 신중하게 한 손을 들었다. "여러분의 의견에 동의합니다만 제한을 둘 필요가 있을 것 같군요. 이곳은 중국이나 북한이 아니라 미국이니까요. 상자를 열고 끈의 길이를 확인하는 것을 의무화하는 방안에는 탈이 없을 수가 없습니다. 게다가 이런 요구 조건이 산업 전반으로 퍼진다면 끈이 짧은 사람들을 위한 일자리는 하나도 남지 않을 겁니다."

"어떻게 하고 싶으신지요, 대통령 각하?"

"타협이지요." 대통령이 말했다. "현역 군인, FBI 현장 요원, 그리고 최고 등급의 신원 조회를 통과해야 하는 정부 고위직의 끈 공개를 의무화하되 나머지는 그대로 갑니다. 적어도 당분간은."

며칠 후 캐서린은 버지니아주 매클린 교외의 집에서 남편과 재회했다. 앤서니가 하원 의원에 당선된 후 구매한 방 네 개짜리의 비교적 수수한 저택이었다.

"대통령이 직접 당신을 부르다니 아직도 믿어지지 않아요. 당신이 당선될 거라고 생각하나 봐요." 그녀가 숨을 몰아쉬며 말했다.

"너무 앞서가지 말자고. 아직 갈 길이 머니까. 대통령이 진실을 알아본 거지. 남들은 생각만 하는 걸 공개적으로 말할 수 있는 용기를 가진 사람이 나뿐이라는 걸 말이야."

앤서니는 궁금한 것이 많은 아내에게 안전한 공간인 거실에서 너무 구체적이지 않은 선에서 알려줄 수 있는 것만 알려주었다.

"앞으로 변화가 있을 거야. 물론 우리 같은 사람들은 괜찮겠지만."

"괜찮은 것 이상이죠." 캐서린이 싱긋 웃었다.

앤서니도 그 말에 동의하지 않을 수 없었다.

모라

6월 말 금요일 저녁, 텔레비전에서 중계된 백악관 기자 회견에서 앞으로의 변화가 발표되었다.

기자 회견의 시작 시각은 두 번이나 연기되었다. 모라와 니나는 뉴스에 보도된 실제 사건을 소재로 한 경찰 드라마를 보면서 기다렸다. 최초로 끈을 소재로 다뤄 화제가 되기도 한 드라마였다. 마음껏 범죄를 저지르고 다니는 짧은 끈 두 명이 경찰의 추적을 받다가 클라이맥스에서 벌어진 총격전으로 사망하는 장면을 보며 모라는 놀라서 입을 다물지 못했다. 드라마에서 짧은 끈들을 저런 식으로 그리면 좋을 게 없는데, 그녀는 생각했다.

니나도 드라마 내용 때문에 속상한 듯했다. 그녀는 소파에서 몸을 뒤척이더니 채널을 돌렸다. 마침내 기자들의 작은 기침 소리와 여기저기에서 터지는 카메라 플래시 속에서 미국 대통령이 모습을 드러냈다. 대통령은 양쪽에 군과 FBI 관계자를 세우고 연단에서서 파격적인 행정 명령을 발표했다. 임명과 모집에 관한 보안과 투명성 이니셔티브Security and Transparency in Appointing and Recruiting Initiative, 일명

'STAR 이니셔티브'였다. 의회에 비슷한 법안이 곧 제출될 것이지만 의회 의사당 테러 사건으로 즉각적인 대책이 필요하다고 주장했다.

"사람들이 분노할 거란 걸 정부도 분명 알 거야." 기자 회견이 끝난 후 니나가 말했다. "그러니 금요일 저녁에 발표하는 거지. 주말 동안에는 언론에서 덜 다루고 사람들의 관심도 덜할 거라고 생각한 거야. 절대 그럴 일은 없는데."

모라는 니나가 초조한 듯 장황하게 늘어놓는 말을 가만히 듣고만 있었다. "경선 후보 토론회 이후로 의회 분위기가 바뀌었다는 말은 들었는데. 그래도 이렇게까지 빨리 진행될 줄이야." 니나는 모라를 쳐다보며 부드럽게 물었다. "괜찮아?"

"괜찮냐고?" 모라가 반문했다. "짧은 끈들을 중상모략하는 광고 캠페인이나 다름없는 드라마를 보자마자 저런 발표가 나왔어. 방금 대통령은 끈을 기준으로 국민을 두 계급으로 나눴다고."

니나는 어떻게 반응해야 할지 모르겠다는 표정이 역력했다. "그래. 아까 그 경찰 드라마는…… 좀 심했어. 하지만 STAR 이니셔티브는 그렇게 나쁘진 않은 것 같아." 니나가 안심시켜주려는 듯 말했다.

모라가 소파에서 벌떡 일어나 소리쳤다. "똑같은 문제야!"

"발표 내용이 실제보다 극단적으로 느껴질 수도 있어." 니나가 말했다.

"아니. 지금 짧은 끈들은 군인이나 FBI 요원, NSA 같은 공무원이 될 수 없다잖아! 어떻게 그럴 수가 있어?" 모라는 방안을 이리저리 서성거리기 시작했다. "과거로 퇴행하는 거나 마찬가지야. 다음은 뭔데? '묻지도 말하지도 말라Don't Ask, Don't Tell, 빌 클린턴 대통령이 1993년에 서명한 법안으로 군대 내에서 성 정체성을 언급할 수 없게 함으로써 성소수자들도 군대 복무가 가능해졌지만 결과적으로는 성 정체성을 숨겨야만 하는 역효과를 낳았다.-옮긴이.' 법안을 끝에도 적용할 건가?"

"솔직히 나도 어이없어. 하지만 엄밀하게 말해서 군대나 FBI에 들어가는 게 불가능한 건 아니잖아. 맡는 업무에 제한이 생기는 거지."

"니나, 지금 진심이야? 정부 편을 드는 거야?"

"아니야. 당연히 아니지." 니나가 재빨리 말했다. "끔찍해."

"다른 나라에서 일어나는 일이 미국에선 절대로 일어날 수 없다고들 하지만 지금 돌아가는 꼴을 봐!"

"폭탄 테러 사건 때문에 지레 겁먹고 저러는 거야. 곧 실수라는 걸 알고 취소할 거야." 니나가 말했다.

하지만 모라는 한숨과 함께 고개를 저었다. "내가 봤을 땐 절대 그럴 일 없을 거야."

모라는 니나를 사랑했지만 니나는 항상 밝은 쪽을 가리키며 위로해주려는 경향이 있었다. 그런 니나는 모라에게 든든한 우산이 되어주었지만 비가 내리는 것 자체를 막아주지는 못했다. 때로 모라는 마음껏 열받고 화낼 수 있는 공간이 필요했다.

모라는 목소리를 높이지도 않고 마음껏 화내지도 않는 사람들을 혐오했다. 물론 세상은 시련이 닥쳐도 분노나 불평이 아니라 평화로 반응하는 성인군자 같은 사람들을 칭송한다. 하지만 이렇게 너무도 갑작스럽고 불공평한 상황에서 고통을 느끼거나 표현하는 것이 어떻게 흠일 수 있단 말인가?

모라는 적어도 204호 교실에서만큼은 똑같은 분노를 느끼는 사람들 사이에서 마음껏 분노에 젖어 있을 수 있었다.

백악관 기자 회견 이후의 일요일에 그녀가 교실로 들어가 보니 이미 몇몇이 그 이야기를 나누고 있었다. 그녀는 가방을 바닥에 탁 내려놓았다. "다들 열받은 거 맞죠?"

"열받아요" "당연하죠." 같은 말이 흘러나왔다.

"다들 감정이 굉장히 격해진 상태인 것 같은데요. 오늘은 우리가 느끼는 감정에 대해 이야기를 나눠보면 좋겠어요." 션이 말했다. 그는 오늘의 모임이 시끄럽고 무질서한 불평으로 이어질까 봐 염려스러운 듯했다.

"우리가 과민 반응하는 걸지도 몰라요." 니할이 말했다.

"다른 반응이 나올 수가 없는 것 같은데." 모라가 말했다.

"이 뉴스가 우리 짧은 끈들에게는 어떤 의미일까요?" 레아는 답을 찾으려는 듯 멤버들을 둘러보았다.

행크가 그녀와 눈이 마주쳤다. "안타깝지만 상황이 더 나빠질 수도 있다는 뜻이죠."

"더 나빠질 순 없을 것 같은데. 그들이 우리 끈을 더 짧게 만들 수 있는 것도 아니고." 칼이 말했다.

"우린 우리의 끈과 인생에 대해 안타까워할 시간도 분노할 시간도 없어요. 우리를 분노하게 만드는 정신 나간 일들이 너무 많이 일어나고 있어서." 모라가 말했다.

"정부만 그러는 게 아니에요." 첼시도 거들었다. "세상 모두가 그래요. 짧은 끈 전용 데이팅 앱도 있다고 들었어요. '셰어 유어 타임'이라나. 끈 길이로 필터링하는 거죠. 서로 비슷한 사람끼리 만나라는 취지로 광고하지만 실상은 우리를 일반 데이팅 앱에서 쫓아내려는 목적이에요. 긴 끈이 우연히 짧은 끈과 사랑에 빠졌다간 큰일 나니까."

"미쳤네요. 진화를 위한 배제의 법칙도 아니고." 터렐이 몸서리를 쳤다. "입양하고 싶어 하는 제 친구들이 겪은 충격적인 일이 생각나네요. 둘 다 상자를 열지 않았는데 입양 기관에서 열라고 압박하더래요. 긴 끈이 곧 좋은 부모의 자격이라도 되는 양 내세우는 부부들과 경쟁하라는 거죠."

"세상이 미쳐서 돌아가네요." 첼시가 말했다.

"입양을 원하는 짧은 끈 부부들은 동성애자 부부들과 비슷한 취급을 받게 된 것 같아요. 입양이 불가능하진 않지만 엄청나게 어렵죠." 터렐이 말했다.

"분명 사람들이 이게 잘못된 방향이란 걸 알고 변화를 요구할 거예요." 레아가 불안한 표정으로 막 불러오기 시작한 배를 만졌다.

"인류는 항상 이런 식이었어요." 모라는 안에서 분노의 파도가 거세지는 것을 느꼈다. "인종과 계급, 종교 같은 걸로 사람을 나누고 다르게 취급해야 한다고 주장하죠. 애초에 사람들을 '긴 끈'과 '짧은 끈'으로 부르는 것 자체가 잘못된 거예요. 우리 같은 사람을 차별하기가 너무 쉬워졌잖아요."

행크가 침통한 표정으로 고개를 끄덕였다. "툭 터놓고 얘기해보면 모두가 똑같은 사람인데 이젠 아무도 신경 쓰지 않는 것 같네요."

교실 안은 한동안 침묵이 감돌았다.

"그런데 정말 끈 차별을 인종 차별과 비교하는 게 정당할까요?" 터렐이 물었다.

"못할 것 뭐 있나요?" 모라가 반문했다. "뉴스 봤잖아요. 우리 짧은 끈들은 이 나라에서 가장 높은 공직에 있을 자격을 금지당했어요. 짧은 끈들은 지원조차 못 해요! 역사에서 아무런 교훈도 얻지 못한 채 영원한 타임루프 속에 갇혀 있는 거나 마찬가지예요! 다른 집단이 나를 노린다고 생각하면 머지않아 다들 서로를 등지게 될 거예요. 이민자들이 일자리를 빼앗아가고 동성 결혼이 결혼 제도를 망치고 페미니스트들이 성폭행 누명을 씌운다고 생각하는 것처럼요."

"적어도 짧은 끈을 동정하는 사람들이 많아서 다행이네요. 연민의 태도가 커지면 좋을 텐데요." 벤이 말했다.

"사람들이 짧은 끈에 대해 느끼는 건 동정이나 연민뿐만이 아닙니다." 행크가 끼어들었다. "병원 총기 난사 이후로 변했어요. 짧은 끈과 관련된 폭력 사건이 일어날 때마다 공포가 커지고 연민은 약해집니다. 공포는 훨씬 더 강력한 감정이죠."

"왜 우릴 무서워하죠? 긴 끈들은 다 가졌고 우린 아무것도 없는데." 니할이 말했다.

"잃을 게 없으니까요." 행크가 답했다.

행크는 후보 토론회가 떠올랐다. 청중은 앤서니 롤린스의 냉혹한 제안에 박수를 쳤다. 행크는 온라인에서 짧은 끈들에 대한 차별이 과연 정당한가에 대한 토론을 몇 시간이나 찾아보았다.

"짧은 끈은 믿을 수 없다고들 하더군요." 행크가 설명했다. "골칫거리이고 너무 예측 불가능하다고요. 다 말도 안 되는 소리지만 모라의 말이 맞아요. 세상은 항상 이런 식이었죠. 앞으로 총기 난사나 폭탄 테러 비슷한 사건이 하나만 더 일어나면 어떻게 될지. 생각조차 하기 싫군요."

니할의 표정이 고통스럽게 변했고 레아는 금방이라도 울음을 터뜨릴 것 같았다.

칼이 행크를 쳐다보았다. "의사이신데 안 좋은 소식을 전하는 솜씨가 영 별로네요."

"하지만 사실이잖아요. 우리가 계속 이야기하고 계속 화내지 않으면 절대 아무것도 바뀌지 않을 거예요." 모라가 말했다.

"아직 희망이 있는 거 맞죠?" 레아가 물었다.

"여러분, 저는 짧은 끈들의 마음을 전부 이해하지는 못합니다." 션이 말했다. "하지만 평생을 이 휠체어에 앉아 있었기에 잘 압니다. 남들과 다른…… 취급을 받는 게 어떤 느낌인지. 인생은 상황이 아니라 있는 그대로의 나로 인정받기 위한 싸움인 것 같기도 하지요. 제가 애초에 이 모임의 진행을 맡고 싶었던 이유이기도 합니다. 저는 세상의 긴 끈들이 여러분을 이해할 수 있다는 것을 보여주는 산증인입니다. 희망을 포기하지 말아야 할 이유 하나는 되지 않을까요."

하비에르

대통령이 전국 방송에서 STAR 이니셔티브를 발표했을 때 잭 헌터와 하비에르 가르시아는 다른 모든 군인과 마찬가지로 그들의 경력과 삶이 완전히 바뀌었다는 것을 알았다.

두 친구는 찌는 듯한 더위가 기승을 부리는 5월 말의 목요일에 사관학교를 졸업하고 육군 소위로 임관되었다. 그 후 그들은 잭의 아버지가 버지니아에서 워싱턴 D.C.를 가끔 방문할 때 쓰려고 사둔 아파트로 들어갔다. 끈의 등장은 군대에 몸담은 사람들에게 큰 충격으로 다가왔다. 군 지도자들은 조직을 재정비할 시간이 필요했다. 그래서 잭과 하비에르를 비롯한 졸업생들은 장교 훈련을 시작하기 전에 여름 동안 짧은 유예 기간을 받았다.

두 사람은 마지막 자유의 계절을 즐기기 위해 매일 저녁 시원한 맥주와 식은 피자, 비디오 게임 매든 NFL을 즐겼다. 길에 버려진 테이블 축구 게임기도 주워서 거실에 두었다. 토요일에는 조지타운 대학가의 술집을 찾아 마음에 드는 여자에게 다가가는 것을 서로 적극 도와주었다.

그러다 6월의 금요일 저녁, 그들의 세상이 뒤집혔다.

"STAR가 정확히 뭔데?" 하비에르가 물었다.

"상자를 의무적으로 열어봐야 한다는 것 같아. 선택의 여지 없이 무조건." 잭이 대답했다.

끈이 나타나기 전에는 졸업 후 임관된 신출내기 장교들은 개인의 관심사와 군의 상황을 고려해서 자대 배치를 받았다. 하지만 지난 3개월 동안 세상이 변했다. 새롭게 고려해야 할 정보가 생긴 것이다.

모든 군인은 끈의 길이를 의무적으로 공개해야 한다는—지역별 담당자 앞에서 상자를 직접 열어야 한다.—대통령의 발표 이후 앞으로 짧은 끈 군인들은 고위험 지역의 전투를 비롯한 일부 임무에 지원할 수 없게 될 것이라는 소문이 잭과 하비에르의 동기들 사이에서 빠르게 퍼졌다. 이미 배치받은 군인들에게는 새로운 규제가 적용되지 않을 예정이지만 새롭게 합류하는 이들은 무조건 끈 길이에 따라서 임무를 받게 될 것이다.

"원하지 않는 사람까지도 상자를 열어보라고 강요하고 있어. 뭘 위해서? 그러면 운명을 바꿀 수 있다고 생각하나? 짧은 끈들을 전투에 내보내지 않으면 살릴 수 있다고 생각하는 건가? 아니. 결국 자기들이 살기 위한 결정일 뿐이야." 잭이 분노했다.

"글쎄." 하비에르는 약간 모호한 태도였다. "아무런 노력도 하지 않고 짧은 끈들을 전쟁 지대로 보내는 것에 죄책감을 느끼나 보지."

하지만 불평할 시간도, 감정을 자세히 짚어볼 시간도 없이 가장 가까운 육군 모병소로 상자를 들고 가서 보고하라는 일정이 잡혔다. 아직 상자를 열어보지 않은 사람은 충격받는 일이 없도록 미리 확인해보고 오라는 권유가 있었다.

그들은 2주 후면 상자를 들고 가서 보고해야 했다.

잭과 하비에르는 소파에 앉았다. 둘 사이의 쿠션에는 작은 상자 두 개와 끈 길이 계산기를 열어둔 잭의 아이패드가 놓여 있었다.

그들의 육체와 정신은 몇 년 동안 수많은 시련을 이겨냈다. 힘든 장애물 코스, 선배들의 괴롭힘, 권투 시합, 나침반만 들고 언덕과 습지와 숲 지대에서 길 찾기. 하지만 지금 그들 앞에 놓인 과제만큼 어려운 것은 없었다.

"혹시 그만둘 거야? 만약 끈이 짧으면?" 잭이 물었다.

"음, 여기까지 오느라 얼마나 고생했는데. 육군과 나 자신에게 맹세한 것도 있고. 이 안에서 뭐가 나오든 난 계속 앞으로 나가야 할 것 같다."

하비에르는 독실한 가톨릭 신자인 부모님을 생각해 조용히 기도한 후 잭에게 고개를 끄덕여 보였다. 준비되었다는 뜻이었다.

하비에르는 준비가 꼭 필요했다.

잭은 끈의 길이를 재보고 안도의 한숨을 내쉬고는 활짝 웃었다.

하지만 하비에르는 말이 없었다.

하비에르는 부모님에게 알리지 않기로 했다. 그의 부모님은 아들이 제복을 입고 미국에서 내로라하는 명문대를 졸업하고 어디를 가든 존경받는 사람이 된 것을 대단히 기뻐했다. 그들이 아들에게 품었던 기대 그대로였다.

그 후 일주일 동안 잭은 슬픔에 잠긴 룸메이트를 보살폈다. 방으로 식사를 갖다 주고 필요한 것이 없는지 수시로 물었다.

며칠 후 하비에르는 밖으로 나가서 좀 달려야겠다고 했다.

두 청년은 평소와 똑같은 코스로 달렸다. 4월 이후로 문에 판자를 덧댄 가게와 식당이 늘어난 텅 빈 거리는 기이한 느낌을 풍겼다. 그래도 자동차나 사람들이 별로 없어서 썰렁한 도로를 따라 달리기가 훨씬 수월했다. "끈 꺼져!"라는 성난 듯한 그래피티가 그려진 텅 빈 가게가 나오면 5킬로미터를 달렸다는 뜻이었다.

잭은 달리는 내내 말이 없었다. 길바닥에 운동화가 부딪히는 소리만 울려 퍼졌다. 잭이 마침내 입을 연 것은 중간 지점에 이르렀을 때였다.

"하비?"

하비에르는 계속 앞만 보았다. "어?"

"우리…… 바꾸면 어떨까?"

하비에르는 계속 달리는 데만 집중했다. "뭘 바꿔?"

"끈 바꾸자고." 잭이 말했다.

하비에르가 갑자기 멈춘 것은 그때였다. "뭐?"

뒤쪽에서 자전거가 미친 듯이 벨을 울렸지만 하비에르는 도로에 꼼짝도 하지 않고 서 있었다.

"비켜요!" 자전거의 외침에 잭이 재빨리 하비에르를 잡아당겼다. 거의 동시에 자전거가 손가락 욕을 날리며 쌩 지나쳤다.

"괜찮아? 부딪힐 뻔했잖아!" 잭이 말했다.

하지만 하비에르는 지금 딴 데는 관심도 없었다. "너 정말 끈을 바꾸자고 말한 거야?"

잭이 고개를 끄덕였다. "이런 말을 하는 것 자체가 미친 거지?"

그래, 미친 거야, 하비에르는 생각했다. "그런다고…… 바뀔 건 없을 거야."

"결과는 바뀌지 않겠지. 하지만 다른 모든 건 바뀔 수 있어." 잭이 말했다.

하비에르는 여전히 이해하지 못하겠다는 얼굴이었다. "네가 짧은 끈인 척해서 얻을 게 뭔데?"

잭은 잠시 말이 없었다. 불편한 기색이 역력한 표정이었다. "이런 말 하는 내가 나도 재수 없지만, 물론 끈이 길어서 나도 기쁜데…… 솔직히 무섭기도 해. 곧 자대를 배치받을 텐데 앞으로 평생 전투에 투입되면 어떡해?"

사관학교에서 그렇게도 없애려고 애썼던 공포가 거세게 밀려왔다. 잭은 자신의 신체 능력에 대한 환상 따위는 없었다. 동기와의 시답잖은 몸싸움에서도 밀릴 정도인데, 과연 진짜 전쟁에 나가서 싸울 수 있을까?

"끈이 짧으면 그냥 여기 D.C.에서 행정직을 맡길지도 몰라. 그냥 조용히 사라질 수 있는 거지." 잭이 말했다.

하비에르는 고개만 끄덕일 뿐이었다. 잭이 그렇게도 두려워하는 일이 현실로 이루어질 가능성은 적어 보였지만—아무리 끈이 긴 사람이라도 평생 군대에 잡아둘 수는 없을 것이다.—잭과 4년 동안 친구로 지내온 그로서는 저렇게나 전쟁에 나가기 싫어하고 생존 본능이 강한 모습이 전혀 놀랍지 않았다. 지금 하비에르를 충격에 몰아넣은 건 끈을 바꾸자는 제안이었다. 끈을 바꾼다고? 그게 가능하기나 한가?

"네가 그랬지. 넌 포기하지 말아야 할 의무가 있다고." 잭이 말했다. "솔직히 필기에서나 실기에서나 네가 나보다 성적이 좋잖아. 우리 둘 중에 능력을 증명할 기회를 한 사람만 가질 수 있다면 그건 너여야 해."

하비에르는 머릿속으로 이 상황을 이해하려고 애썼다. 하지만 가만히 서 있을 수가 없었다. 머릿속만큼이나 다리도 안절부절못하는 느낌이라서 그는 잭을 뒤로 하고 다시 달리기 시작했다.

하비에르는 달리는 동안 호흡의 리듬을 의식하면서 눈앞에 놓인 선택지를 분석하기 시작했다.

지금 잭은 그를 가르치고 훈련한 미 육군에 작정하고 거짓말을 하라고 요구하고 있었다. 도의적으로 잘못된 일처럼 느껴지는 것을 떠나서 당연히 불법이었다. 분명 STAR 이니셔티브에서는 끈 공개를 거부하는 현역 군인은 불명예제대를 당할 수 있다고 했다. 남의 끈을 자신의 것이라고 속여서 제출하면 무슨 벌을 받을지 모른다.

이런 터무니없는 제안을 하다니 하비에르는 잭이 제정신이 아니라고 생각했다.

하지만…… 잭의 말이 맞았다. 하비에르는 여기까지 오기 위해 너무도 많은 시간과 노력을 쏟아부었다. 잠도 못 자면서 시험공부에 매달린 시간들, 입에서 짠맛과 피 맛이 느껴지도록 노력한 나날들.

정당하게 얻어낸 기회가 코앞으로 다가왔는데, 살날이 몇 년밖에 남지 않았다니.

온몸에 엔도르핀이 솟구치고 발에 날개가 달린 듯 가볍게 앞으로 나아갔다. 하비에르는 잭과 달리 안전한 행정직으로는 절대 만족하지 못할 것이다. 하지만 끈이 길어야만—긴 척이라도 해야만—기회를 얻을 수 있었다.

이 고민을 부모님이 알면 뭐라고 할까. 의도가 어쨌든 거짓말은 옳지 못하다고 할까? 기껏 힘들게 키워놨더니 범죄자가 되는 꼴은 못 본다고? 하지만 졸업 기념으로 축배를 들었을 때와 똑같이 말할까? "네가 정말 자랑스럽다, 하비에르."

아파트 현관문 앞으로 돌아왔을 때까지도 하비에르는 말이 없었다. 잭이 초조한 듯 침묵을 깨뜨렸다. "당연히 네가 원하는 대로 하는 게 맞아." 마지막에 전속력으로 질주한 탓에 그는 여전히 숨을 헉헉거렸다. "전적으로 네 선택이야. 하지만 다른 선택지가 있다는 걸 알려주고 싶었다."

하지만 하비에르는 선택권이 있는 것처럼 느껴지지 않았다. 잭이 자신의 무릎에 시한폭탄을 던진 기분이었다. 끈 길이를 보고해야 하는 날까지 일주일도 남지 않았다. 사흘 안에 미래가 달린 결정을 내려야만 했다.

하비에르는 열쇠로 문을 열었다. “오늘 자면서 한번 생각해볼게.”

하지만 그는 그날 잠을 자지 않았다.

눈을 감고 베개에 얼굴을 묻고 흐느끼고 천장을 쳐다보고 배를 대고 누워도 보고 이리저리 뒤척거렸지만 잠이 오지 않았다. 나른함 속에서 잭의 제안이 머릿속을 가득 채우고 희미한 장면들이 떠올랐다.

최악은 자신의 장례식 장면이었다. 검은색 옷을 입은 조문객들 사이에서 유난히 튀는 미국 성조기로 덮인 그의 관. 아들의 장례식에서 성조기만이 그의 부모님에게 위안이 되어줄 것이다.

물론 그가 어떻게 죽었는지에 대한 말도 나올 것이다. 부모님이 힘들어하면 신부가 대신 조문객들에게 이야기를 전할 것이다. 눈을 꼭 감고 잠이 오기만을 애타게 기다리는 하비에르의 머릿속에서 되감기와 재생이 반복되는 장면이 바로 그 부분이었다.

“차가 갑자기 돌진해 오는 바람에 그만…….” 신부가 안타까운 듯 고개를 젓는다.

되감는다.

“하비에르 군이 병마와의 싸움에서 지고 말았습니다.” 신부가 또 안타까운 듯 고개를 젓는다.

되감는다.

“평소 수영을 잘했는데 파도가 워낙 심했습니다.”

되감는다.

“사무실에서 일하던 중에 폭탄이 터졌습니다.”

되감는다.

"하비에르 군은 생의 마지막 순간까지 미국의 진정한 영웅이었습니다." 신부가 힘 있는 목소리로 말한다.

이 장면에서는 신부가 고개를 젓지 않았다.

벤

204호 교실의 에어컨이 고장 나서 칼이 창문을 활짝 열었다. 하지만 여름밤 공기가 너무 고요해서 교실에는 바람 한 점 없는 뜨거운 공기만이 가득했다. 그래서인지 오늘의 모임은 평소보다 가라앉은 분위기에서 사색하는 시간이 되었다.

"아직 가족들에게 말하지 않은 분 있나요?" 션이 물었다. 벤이 창피했는지 소심하게 손을 들었고 행크는 체크 표시라도 하듯 가볍게 검지를 들었다.

"괜찮습니다. 각자에게 맞는 속도가 있는 거니까요." 션이 말했다.

"전 이번 주에 부모님께 말씀드렸어요." 니할이었다.

니할은 최근 부모님이 사는 시카고에 다녀왔다. 그의 아버지가 노스웨스턴 대학의 박사과정에 합격하면서 당시 신혼부부였던 그의 부모님은 인도에서 시카고로 건너왔고 30년 동안 죽 살고 있었다.

"어땠어요?" 레아가 물었다.

"솔직히 힘들었어요." 니할이 한숨을 쉬었다. "두 분은 육신이 일시적으로 영혼을 담는 그릇일 뿐이라고 믿으시거든요. 실은 육신에만 적용되는 거고 영혼은 새로운 끈과 함께 다시 태어난다고. 새로운 기회가 생긴다고요."

"니할은 부모님과 같은 믿음이 없나요?" 션이 물었다.

"저도 제 종교가 좋긴 해요. 굉장히…… 기쁨이 많거든요. 자유도요. 법칙이며 불, 유황 같은 것이 가로막지 않아요. 전 끈이 나타나기 전까지만 해도 환생에 대해 별로 생각해본 적이 없어요. 학교 공부 같은 것들로 바빠서 생각해볼 틈이 없었어요. 부모님이 절 위해서 하는 말이라는 것도 알지만……. 그래도 제가 원하는 건 이번 생이 더 긴 거예요. 새로운 사람들에 둘러싸인 새로운 삶이 아니라요."

몇몇이 공감하며 고개를 끄덕였다.

"부모님은 제가 제 뿌리의 중요한 부분을 거부한다고 생각하세요." 니할이 설명했다. "솔직히 부모님이 미울 때도 있었어요. 사람들이 내 성을 제대로 발음하지 못한다거나 학교에 전통 음식을 가져가면 한 소리씩 하거나 할 때요. 하지만 제가 두 분의 아들이란 게 늘 자랑스러웠어요."

"부모님도 아실 겁니다." 행크가 말했다.

"하지만 부모님과 싸우는 건 싫어요. 솔직히 저도 부모님처럼 생각할 수 있었으면 좋겠어요. 이게 끝이 아니고 다시 태어날 거라고 믿으면 훨씬 마음이 편할 거 아니에요."

니할의 말을 듣고 있으니 벤은 직장 상사가 떠올랐다. 그 선임 건축가는 건물에 '여러 삶'이 있다는 말을 자주 했다. 어쩌면 사랑하는 건물들의 재건축 소식이 전해질 때 느끼는 안타까움을 조금이나마 떨치려고 한 말일 수도 있었다. 상사의 건축물 환생설에서 영향을 받은 벤은 재건축 디자인에 꼭 이전 건물을 오마주하는 버릇이 생겼다. 돌의 패턴이라든지 창문의 모양 같은 것. 그는 건축물에도 기억이 있다는 생각이 좋았다.

"저희 부모님은 정말 열심히 사셨어요." 니할이 말했다. "미국으로 이민 와서 자리 잡으셨죠. 저도 부모님 말씀을 잘 들었고 열심히 공부해서 프린스턴에 들어갔어요. 대학에서도 동기들이 전공이 꼭 비어퐁peer pong, 맥주를 채운 잔에 탁구공을 던지는 놀이다.-옮긴이이라도 되는 것처럼 굴 때 저는 죽어라 공부했고요. 진짜 열심히 살았다고 생각했는데."

"끈 때문에 그게 다 없던 일이 되진 않습니다. 저는 잘못한 게 있어서 훨체어 신세가 됐을까요? 여기 계신 분들도 뭘 잘못해서 끈이 짧은 걸까요?" 션이 물었다.

"아뇨. 당연히 그건 아니죠." 니할이 대답했다.

"그렇게 조금 너그러운 눈빛으로 자신을 바라보면 안 될까요?"

그날 같은 시간에 있었던 여러 모임이 끝나고 집에 돌아가려는 사람들이 학교 앞 인도로 쏟아졌다. 행크와 모라, 벤은 한쪽 구석에 모여 있었다.

"오늘은 분위기가 진짜 무거웠네요." 행크가 말했다.

"올 한 해가 무겁긴 하죠." 모라도 덧붙였다.

"평소 스트레스를 어떻게 풀어요?" 행크가 물었다.

"흠……, 글쎄요. 하루하루 그냥 계속 살아요." 모라가 대답했다.

"두 사람은 머리 식히거나 스트레스를 날려버리는 방법 없어요?"

"그러려고 이 모임에 가입한 것 아닌가요?" 벤이 되물었다.

"그렇죠. 그래도 말로만 하는 건 한계가 있어요. 아무래도 내가 손을 쓰는 직업이라 그런지 뭐랄까……. 몸을 쓰는 방법도 필요하더라고요." 순간 행크는 어떤 생각이 떠올랐다. "두 사람도 나랑 같이 가면 어때요?"

"어딜요?" 벤이 물었다.

"그냥 믿고 따라와요." 행크가 웃었다. "다음 주말에요. 해 질 무렵이 최고거든요."

다음 토요일, 벤은 행크가 문자메시지로 알려준 주소로 가서 기다렸다. 그곳은 허드슨강 강둑을 따라 뻗은 거대한 스포츠 시설이었다.

로비의 텔레비전 화면에는 불꽃이 가득했다. 기자가 유럽 전역에서 한창인 모닥불 운동을 보도하고 있었다. 1년 중 낮이 가장 긴 6월 하지에 모닥불을 피우는 것은 일부 유럽 지역의 오랜 전통이지만, 올해는 상자와 끈을 불에 던져버리라는 대규모 운동으로 유럽 전역에 퍼져나가고 있었다. 끈이나 상자를 파괴하는 것은 불가능하니 상징적인 의미에 더 가까웠지만 그래도 수많은 이들이 그 외침에 동참했다.

크로아티아와 덴마크, 핀란드의 해변에서 불꽃에 휩싸인 상자를 보며 맨발로 껑충껑충 뛰는 수많은 젊은이들의 모습이 벤을 사로잡았다. 최근 일부 공직에 짧은 끈들을 금지하기로 한 미국 정부의 결정 때문인지 끈을 거부하는 저들의 모습이 더욱 반항적으로 보였다. 누구는 끈의 두려운 힘에 굴복하고 누구는 끈을 불태워버리고.

"약속 장소가 여기일 줄은 상상도 못 했네." 어느새 옆에 나타난 모라가 말했다. "혹시 행크가 우리를 암벽 등반시키려는 건 아니겠죠? 장애물을 이겨내야 한다는 상징의 의미로?"

벤이 웃음을 터뜨렸다. 바로 그때 골프채 세 개를 들고 행크가 도착했다.

"어, 나 골프 쳐본 적 없는데." 모라가 걱정스럽게 말했다.

"나도요." 벤도 말했다.

"내 직업이 사람 목숨 살리는 거였으니까 두 사람한테 골프채 휘두르는 것쯤은 가르쳐줄 수 있을 겁니다."

"알겠어요, 쌤. 근데 솔직히 쌤이 이렇게 부티 나는 취미를 즐길 줄은 몰랐네요. 보기와는 다른데요?"

"아무래도 골프가 좀 고지식하고 척하는 것처럼 보이긴 하죠." 행크가 웃었다. "하지만 스트레스 해소에 꽤 좋거든요. 응급실에서 힘들 때마다 여기 와서 스트레스를 풀곤 했어요. 상자를 열어본 후에도 왔었고요."

순간 벤은 행크가 모라에게도 끈에 대해 사실대로 말할지 궁금했다. 하지만 행크는 곧바로 두 사람을 엘리베이터로 이끌었다.

골프 연습장은 허드슨강 위에 떠 있었다. 공이 물에 빠지지 않도록 그물망이 둘러쌌다. 벤과 행크, 모라는 엘리베이터를 타고 세 개 층을 지나 꼭대기 층으로 올라갔다. 벤이 페어웨이 잔디밭 위쪽에 캔틸레버형으로 돌출된 플랫폼으로 발을 들여놓는 순간, 가장 먼저 보인 것은 생동감 넘치는 색깔이 겹겹으로 드리운 하늘이었다. 해 질 무렵이 최고라는 행크의 말이 맞았다. 구름이 남색에서 복숭아색으로, 밝은 주황색으로 서서히 합쳐졌다.

벤과 모라는 행크에게 간단히 설명을 듣고 각자 공을 올려놓는 티 쪽으로 다가갔다.

모라는 놀라울 정도로 적응이 빨랐다. 그녀가 친 공이 연습장 중간까지 일직선으로 날아갔다.

"나 아무래도 우리 엄마가 타이거 우즈랑 바람피워서 낳은 딸인가 봐." 그녀가 농담했다.

벤의 첫 스윙은 어색하게 빗나갔다. 드디어 공이 맞기는 했지만 옆쪽 그물망으로 날아가버렸다.

"곧 익숙해질 겁니다. 골프가 아니라 테라피라고 생각해요." 행크가 말했다.

모라는 연속으로 공을 쳤다. 그녀는 골프채가 공에 탁 닿고 홱 몸을 비틀 때마다 연신 감탄하며 혼잣말을 내뱉었다.

"이번 공은 평생 그 누구도 질투해본 적 없는 나한테 바친다. 근데 지금은 길 가다 만나는 사람들이 전부 부럽다."

탁.

"이번 공은 화조차 낼 수 없는 나한테 바친다. 화내면 그나마 내 인생에 남은 것들마저 망가질 테니까."

탁.

"그게 진짜 열받는다고!"

탁.

벤은 여전히 몸이 머리를 따라주지 않아서 애를 먹고 있었다.

갑자기 행크가 옆으로 와서 그의 어깨에 손을 올렸다. "벤, 마스터즈 대회 나온 거 아니잖아요. 공이 어디로 가든 무슨 상관입니까? 지금 중요한 건 당신이에요. 속에서 느끼는 감정이 팔을 타고 공으로 내려가서 몸 밖으로 나오게 하세요."

"지금 되게 션 같은 거 알아요?" 모라가 약 올렸다.

"알겠어요?" 행크가 벤에게 물었다.

"알 것 같아요."

행크는 뒤로 몇 걸음 물러나 벤을 플랫폼에 혼자 두었다.

벤은 골프채를 잡은 손을 다시 조절하고 등을 약간 구부렸다. 순간 마지막으로 이 자세를 취했을 때가 클레어와의 두 번째 데이트였다는 사실이 떠올랐다. 거버너스섬에서 미니 골프를 치다가 얼떨결에 처음 보는 아홉 살짜리의 생일 파티에도 참석했다. 맨해튼으로 돌아가는 페리에서 클레어의 머리카락이 바람에 날리며 립밤을 바른 입술에 들러붙었다. 벤은 입술에 머리카락이 붙지 않은 순간을 틈타 그녀에게 첫 키스를 했다.

모두 오래전 일이었다. 그녀가 모든 걸 망치기 전.

모라가 공을 연신 쳐대는 소리가 계속 들렸지만 벤의 마음은 딴 곳에 가 있었다.

그는 식탁에 앉아 있었다. 상자가 나타난 지 한 달째 되던 날 저녁 7시쯤이었다.

꼭 죽어서 다시 태어나지 않아도 인생이 송두리째 바뀌는 경험은 가능하다. 바로 그날 그 식탁에서 벤의 삶은 산산이 부서지고 송두리째 바뀌었다.

그때 그는 클레어와 식탁에 앉아서 포장해온 음식을 먹고 있었다. 지금 생각해보니 참 웃기는 디테일이었다. 벤의 머릿속에서 떠오르는 그날의 사건은 언제나 그가 나무젓가락을 꺼내고 클레어가 불안한 듯 계속 꼼지락거리는 장면으로 시작했다.

그녀는 그가 음식을 먹기 시작할 때까지도 본론을 꺼내지 않았다. 왜 그랬을까? 먹기 전에 그냥 말하면 되었을 것을.

클레어는 접시에 놓인 만두를 이리저리 뒤적거렸다.

"오늘 일 어땠어?" 벤이 물었다.

"나 할 말 있는데 어떻게 말해야 할지 모르겠어."

클레어의 얼굴은 진지했고 걱정이 가득했다.

"그래." 벤은 종이 냅킨으로 입을 닦고 마음의 준비를 하고서 똑바로 앉았다.

"우리 그만 헤어져야 할 것 같아."

식탁 맞은편에서 전해진 그녀의 말이었다. 벤은 뭐라고 답해야 할지 몰라 한동안 그 말을 되새겼다.

"확실한 거야?" 그는 말하자마자 후회했다. 너무나 바보 같은 말이었다. 도로 주워 담고 싶었다.

클레어의 입술이 떨리기 시작하더니 이내 울음이 터졌다. 벤은 얼굴이 달아오르는 걸 느꼈다.

"무슨 일이야?" 그는 겨우 이렇게 물을 뿐이었다.

그의 머릿속에서 지난 1년 6개월 동안 두 사람이 크게 싸웠던 일들이 빠르게 스쳐 갔다. 가장 최근은 지난주였다. 대통령이 끈의 의미가 진짜라고 발표했을 때 클레어가 상자를 열어보자고 했지만 벤은 아직 준비되지 않았다고 했다.

"나 상자 열어봤어." 클레어의 얼굴에는 눈물이 가득했다.

그녀의 말이 총알처럼 날아와 벤의 가슴에 박혔다. 클레어가 혼자 상자를 열었다.

이때까지만 해도 벤은 클레어가 그녀 자신 때문에 우는 것인 줄 알았다. 본인의 끈이 짧아서.

"설마. 이런. 클레어."

최악의 소식이 전해진 건 바로 그때였다.

"내 끈 말고." 그녀가 속삭임에 가까울 정도로 작은 목소리로 말했다.

"무슨 말이야?"

"내 끈은 길었어. 자기 끈이……." 클레어는 말을 잇지 못하고 심하게 흐느꼈다.

"잠깐만……. 정리 좀 해보자." 벤은 머리가 핑핑 도는 것 같았다. 클레어가 지금 무슨 짓을 했다는 거지? 우선 그녀 자신의 상자를 열어본 것은 확실했다. 그런데 자신의 끈은 길다고 했다.

지금 그녀가 우는 건 그의 끈 때문이었다.

"맙소사." 벤은 토할 것만 같았다.

"제발 화내지 말아줘." 클레어가 훌쩍거렸다. "내 끈이 긴 걸 보고 자기 끈도 길 줄 알았어! 그렇지 않을 가능성은 생각하지도 않았어."

벤은 눈을 꽉 감은 채 심호흡하려고 애썼지만 점점 숨이 막혔다.

"어떻게 그럴 수 있어?" 그가 소리쳤다. 그렇게 화난 목소리는 그 자신도 처음이었다. "본인 걸 보는 건 본인 마음이지만 네가 무슨 자격으로 내 걸 봐!"

"알아. 정말 미안해."

몇 분 동안 벤은 아무 말도 하지 않았고 클레어는 맞은편에 앉아 두 팔로 상체를 꽉 감싸고 울기만 했다. 마른하늘에 날벼락이 따로 없었다. 갑자기 뒤통수를 세게 맞은 것처럼 도무지 실감이 나지 않았다.

벤은 그녀가 자신을 배신했다는 사실에 집중하려고 애썼다.

그녀가 그의 상자에서 봤다는 그것에 대해 생각하는 것보다 그쪽이 훨씬 안전했다.

"난 우리 끈이 똑같이 길기를 바랐어. 미래를 같이 할 수 있게. 그것만은 알아줘." 클레어가 말했다.

결국 그는 물어볼 수밖에 없었다. "얼마나 짧았는데?"

"40대 중반." 거칠고 갈라진 목소리였다. "그 새로 생긴 웹사이트……. 완전히 정확하진 않아."

40대 중반.

그렇다면 이제 14년, 15년 정도 남았다.

하지만 지금은 거기에 신경 쓸 때가 아니다. 계산은 나중에 해볼 것이다.

지금은 당장의 위기, 눈앞에서 통째로 흔들리고 있는 연인과의 관계를 해결해야 한다.

"날 사랑한다면서 왜 헤어지자는 건데? 그것도 지금?" 벤이 물었다.

"제발……." 클레어가 두 손으로 얼굴을 감쌌다.

벤은 가만히 그녀를 바라보았지만 눈앞이 흐려졌다. "이유는 말해줘야 하는 거 아니야?"

클레어는 진정하려는 듯 숨을 길게 내쉬었다. "내가 도저히 안 될 것 같아서 그래. 자기랑 같이 있으면 매시간 카운트다운하는 기분일 텐데 분명 정신이 이상해지고 말 거야." 그녀가 괴로움 가득한 눈으로 그를 바라보았다. "용서받지 못할 짓이라는 거 알아. 하지만 진심으로 미안해, 벤."

벤은 나룻배를 타고 폭풍우가 몰아치는 망망대해에 있는 기분이었다. 아주 잠깐이라도 마음을 단단하게 고정해줄 무언가가 필요했다. 벤은 식탁에 올려진 클레어의 손이 떨리는 것을 보았다. 지난 1년 6개월 동안 수없이 잡았던 손이있다. 긴 산책을 할 때도, 침대에서도 자연스럽게 깍지를 끼었던 두 사람의 손. 클레어의 손톱에 칠해진 약간 벗겨진 보라색 매니큐어는 그녀가 가장 좋아하는 색깔이었다. 럭키 라벤더였나 럭키 라일락이었나, 둘 중 하나일 것이다.

벤의 시선을 느꼈는지 클레어의 시선도 자신의 손으로 향했다. 그렇게 둘 다 그녀의 떨리는 손만 바라보았다. 차마 서로를 볼 수 없었기에.

지금 벤은 골프채의 그립을 잡은 자신의 손을 바라보았다.

"괜찮아요, 벤?" 어깨 너머에서 모라의 목소리가 들렸다.

다른 남자라면 골프공을 클레어의 얼굴이라 생각하고 있는 힘껏 스윙을 날렸을지도 모른다. 하지만 벤은 그러고 싶지 않았다. 그는 클레어를 아프게 하고 싶지 않았다.

클레어가 그를 배신하고 혼자 상자를 열어본 것이나 그가 직접 선택할 기회를 주지 않은 것에 대해서는 원망하는 마음을 가져도 될 것이다. 하지만 그녀가 떠난 것은 그녀의 잘못이 아니었다.

클레어도 말했다. 자신은 그렇게 강한 사람이 못 된다고. 안전함과 안정감이 평생 보장되어야 한다고. 그녀는 그런 사람이었다. 그녀와 똑같은 반응을 보일 사람이 많을 것이다. 아니, 대부분 똑같은 선택을 할 것이다. 그들이 나쁜 사람이어서가 아니다. 괴롭고 비통해하는 사람 옆에서 평생을 보낸다면 결국 자신까지 불행해지고 말 테니까.

벤은 뒤가 아니라 앞을 봐야 한다고 생각했다.

그는 눈을 찡그리고 점점 어두워지는 지평선을 바라보았다. 허드슨강 위로 작은 불의 회오리처럼 타오르는 태양의 마지막 남은 부분은 유럽 해변에서 끈을 집어삼키던 모닥불을 연상시켰다.

벤은 어깨를 딱 벌리고 골프채를 잡은 두 팔을 휘둘렀다. 공이 저 앞의 강을 향해 날아올랐다.

행크

행크는 벤과 모라에게 기본기를 가르쳐주었지만 정작 자신은 공을 칠 마음이 들지 않았다. 그래서 골프장이 내다보이는 벤치에 앉아서 하얀 점 같은 공들이 별똥별처럼 초록색 잔디밭으로 내동댕이쳐지는 모습을 구경했다. 저녁노을이 모든 것에 신비로운 색조를 입힌 탓에 뉴요커들에게 조롱받는 저 아래의 허드슨강마저도 까만 잔물결이 분홍빛으로 물들어서 아름다워 보였다.

그 강물을 보니 뉴욕 메모리얼 병원에서 만난 젊은 여자 환자가 떠올랐다. 그녀는 수술을 앞두고 검사실 침대에 앉아 있었다. 검은색의 긴 머리를 끝부분만 분홍색으로 염색했었다. 행크가 어릴 때 동네 여자아이들이 쿨에이드를 푼 물에 머리를 담가 염색한 것 같은 색이었다.

"이식 수술을 기다리는 환자야." 아니카가 뒤에서 다가와 커피를 건넸다.

그때는 5월 말이었다. 병원을 그만두기로 한 날이 얼마 남지 않았고 15일에 있었던 총기 난사 이후 처음으로 평상시로 돌아간 것처럼 느껴진 날이기도 했다. 사건 이후 며칠 동안 응급실은 텅 비었다. 경찰 조사가 마무리된 후에도 사람들은 범죄가 일어나지 않은 몇 분 떨어져 있는 병원으로 갔다. 하지만 뉴욕이라는 도시의 기억력은 무척이나 짧다는 사실이 증명되었다. 말쯤 되자 다시 대기실이 북적거리기 시작해서 행크는 위층에 있는 아니카를 아주 잠깐만 볼 수 있을 뿐이었다.

"이식 대기자 명단 1순위는 아닌데 마침 진료받으러 왔다가 저 환자랑 맞을지도 모르는 폐가 들어왔거든." 아니카가 설명했다.

"운이 좋네. 잘 됐으면 좋겠다." 행크가 말했다.

"어떻게 지내?" 그때 아니카의 허리에서 무선 호출기가 울렸다. "젠장. 가봐야겠어. 이것도 마셔." 아니카가 뚜껑도 열지 않은 자신의 커피까지 주었다.

"나 카페인 이렇게까지 많이 필요 없는데!" 행크가 웃으며 말했지만 아니카는 급하게 가버렸다.

"그거 안 드실 거면 제가 마실게요."

행크가 뒤돌아보니 그보다 나이가 많아 보이는 여자가 남는 커피를 가리키고 있었다.

"아, 물론이죠. 그러세요." 그가 커피를 건넸다.

"고맙습니다. 오전 내내 정신이 하나도 없었거든요." 여자는 뜨거운 김이 오르는 커피를 후후 불며 얼굴로 가져갔다. "저 안에서 폐를 기다리는 환자가 제 딸이에요."

"많이 힘드셨겠습니다. 그래도 좋은 소식이네요." 행크가 말했다.

"몇 달 전이었다면 불안해서 미칠 것 같았을 텐데." 여자가 행크쪽으로 살짝 몸을 기울였다. "하지만 이젠 잘 될 거라는 걸 알아요. 이번에 안 되면 다음에 될 거예요."

행크는 약간 혼란스러웠지만 그녀의 굳은 믿음이 존경스러웠다. 그녀가 실망 역시 감당해낼 수 있기를 바랐다.

"딸아이는 상자를 열어보지 않았어요. 우리한테도 절대 열어보지 말라고 약속까지 받아냈죠. 하지만…… 전 마음의 준비가 필요했어요." 여자가 베개에 기대어 책을 읽고 있는 딸 쪽을 힐끔거렸다. "끈이 길더라고요. 우리 애, 끈이 길어요."

"잘됐네요. 정말로요." 행크가 말했다.

"제가 말한 거 절대로 애한테 말하시면 안 돼요!" 여자는 커피를 한 모금 마셨다.

"따님한테는 끈이 길다는 걸 말하지 않으신 겁니까?" 행크가 물었다.

"절대 열어보지 말라고 신신당부해서요." 여자는 걱정스러운 듯 고개를 저었다. "열어본 거 알면 난리 날 거예요."

행크는 식탁에 놓인 자신의 끈을 엿본 아니카에게 잠시나마 배신감을 느꼈던 일이 떠올랐다. 그리고 벤이 끈에 대해 말하는 방식으로 볼 때—벤은 항상 '내가 상자를 열었을 때'라고 하지 않고 '내 상자가 열렸을 때'라는 표현을 사용했다.—그가 느낀 배신감은 분명 더 클 것이다.

"따님이 용서해줄 겁니다. 좋은 소식을 들으면 분명 용서할 거예요." 행크가 말했다.

"저 애를 잘 모르셔서 그래요. 마음만 먹으면 기어코 하는 애거든요. 한번 마음이 돌아서면 그걸로 끝이에요. 어쨌든 머지않아 새로운 삶을 살게 될 테니 몰래 열어본 걸 끝까지 숨겨야죠. 중요한 건 저 애가 살 수 있다는 거니까요."

끈이 참으로 기이한 세상을 만들었구나, 행크는 생각했다. 그는 끈이 슬픔과 거짓말을 가져오고 신뢰를 깨뜨리는 것을 보았다. 상자를 꽉 붙들고 병원에 찾아오는 사람들의 얼굴에 서린 공포도 보았다. 하지만 끈은 아픈 자식을 둔 엄마에게 희망을 주었다. 그동안의 간절한 기도가 마침내 응답받는 은혜로움을 보여주었다.

행크가 아니카를 다시 만난 건 며칠 후였다. 그는 그 환자의 이식 수술이 잘 되었는지 물어보았다.

"안타깝게도 기증자 누나가 그러는데 기증자가 작년에 암 치료를 받았대. 그래서 폐를 쓸 수가 없었어."

하지만 절망할 필요는 없을 것이다. 환자 어머니의 말이 행크의 귓가를 맴돌았다. "이번에 안 되면 다음에 될 거예요."

행크는 벤치에 앉아 몸을 앞으로 기울였다. 골프공을 치는 스타카토 음 같은 소리가 위안을 주었다. 머리 끝부분을 분홍색으로 염색한 그 환자는 구원과 선물이 기다리고 있다는 사실을 꿈에도 모르고 있다고 생각하니 참으로 이상한 기분이 들었다.

벤이 여전히 공 치는 것을 어려워하는 모습이 보였다. 행크는 벤치에서 일어나 벤의 옆으로 다가갔다. 벤이 휘두르는 골프채를 조심스럽게 피해서 그의 어깨에 손을 올리고 격려의 말을 건넸다.

잭

평소 잭은 꿈을 잘 기억하지 못했다. 하지만 하비에르에게 끈을 바꾸자고 제안한 다음 날 아침에는 할아버지 꿈을 꾸고 몸을 가누기 힘들 정도로 기진맥진한 상태로 깼다.

캘 할아버지는 잭이 가족들 사이에서 이방인처럼 느끼지 않게 해준 유일한 사람이었다. 할아버지는 같은 군인으로서 존중심을 가지고 잭과 하비에르를 대해주었다.

신입생 때 풋볼 시합이 있던 날 잭이 그 두 사람을 서로 소개해 주었다. 당시 할아버지는 몇 가닥 남지 않은 백발에 등이 굽은 90대 초반의 노인이었지만 젊은 사람들보다도 맑은 정신을 자랑했다. 그때 잭은 할아버지가 큰 키에 삐쩍 마르고 여드름 가득한 10대였을 때 2차 세계대전에 나가기 위해 나이를 속여서 입대한 이야기를 또 들었다. 귀에 박히도록 들은 이야기였다.

"너희들은 아주 고결한 소명을 이어가는 것이야." 할아버지가 잭과 하비에르에게 말했다. 세 사람은 경기가 시작되기 전 휘몰아치는 바람을 맞으며 경기장 관람석에 옹기종기 모여 있었다. "군인들에 대한 나쁜 얘기가 많이 들리지만 내가 군에서 만난 사람들이야말로 가장 훌륭한 이들이었다."

역시나 책은 다 아는 이야기였다. 가족 모임이 있을 때마다 들었으니까. 하지만 완전히 집중하면서 듣는 하비에르를 보니 기분이 좋았다.

"전쟁에 나가기 전에 뉴잉글랜드에서 16주 동안 훈련을 했어. 연장자 몇 명이 나를 자기들 무리에 끼워줬지. 몰래 들여온 담배도 나눠주고 저녁 외출이 허락된 날이면 영화관에도 데려다줬어. 특히 사이먼 스타라는 형님이 날 여러모로 챙겨줬다. 누가 나쁜 소리 못 하게 막아 주고.

"드디어 부대 배치를 받았는데 나는 태평양으로 가고 친한 형님들은 전부 유럽으로 가게 된 거야. 잭이 말해줬겠지만 우리 집안 남자들은 대부분 어떤 식으로든 군 복무를 했어. 나도 언젠가 입대해야 한다는 게 기정사실이었지만 전쟁이 어린 나를 예상보다 훨씬 일찍 끌어당겼다. 하지만 아무리 마음을 다져도 배를 타고 전쟁터로 떠나는 순간에는 두려울 수밖에 없었어."

하비에르가 가만히 고개를 끄덕였다.

"사이먼은 혼자만 다른 곳으로 배치된 내가 속상해하는 걸 보고 슬쩍 불러내더니 주머니에서 기도 카드를 꺼냈어. 그이가 항상 몸에 지니고 다니던 거였지. 밤을 무사히 보낼 수 있도록 신에게 부탁하는 유대인의 기도, 하시키베이누라고 하더구나. 고향에 있는 약혼녀가 준 거라고 했지. 그렇게 귀한 카드를 나에게 준 거야! 그게 나를 지켜줄 거라면서."

할아버지는 수십 년 전의 그 일이 여전히 믿어지지 않는다는 듯 고개를 흔들었다. "난 기독교 신자지만 매일 그 카드를 군복 속에 끼워 넣었지. 사이먼이 맞았어. 정말 그게 나를 지켜줬거든."

"전쟁이 끝난 후에도 그분과 연락하셨습니까?" 하비에르가 물었다.

잭은 이 부분에 이를 때마다 할아버지의 얼굴에 후회가 서린다는 것을 잘 알고 있었다. 전쟁터로 떠나기 전의 공포와 전쟁이 끝난 이후의 후회로 이어지는 할아버지의 이야기를 듣는 시간은 헌터 가문 사람이 평소의 강철 같은 가면을 벗고 연약한 속내를 드러내는 것을 볼 수 있는 흔치 않은 기회였다.

"자랑스러운 일은 아니지만 난 사이먼이 어떻게 됐는지 모른다. 다른 형님들 소식도 몰라. 전쟁에서 돌아와 찾으려고도 해봤지만 두려웠어. 하지만 진실을 모르니 다들 나처럼 호호 할아버지가 되어 자식들, 손주들에 둘러싸여 있을 거라고 생각할 수 있지. 오늘 관중석 어딘가에 앉아 우리 팀을 응원하고 있을지 누가 알겠어? 그이들도 같은 이유로 날 찾지 않은 거라고 생각한다."

할아버지가 스탠드석을 훑을 때 잭과 하비에르는 둘 다 말이 없었다.

"얘들아, 난 늙었지만 장님이 아니다. 이제 시대가 바뀌었다는 것도 알지. 베트남전쟁에서 돌아온 군인들을 그렇게 끔찍하게 대하는 걸 보고 세상이 바뀐 걸 알았다. 하지만 나는 전쟁보다 인생을 바칠 멋진 곳은 없다고 생각한다. 전우들과 함께할 수 있어서 행운이고 영광이었어. 내 목숨과 행운은 신의 덕분인 만큼 전우들의 덕분이기도 하다."

잭과 하비에르는 그 말이 무슨 뜻인지 잘 알았다. 둘이 함께 밤새워 공부하고 서로 시험 문제를 내주고 비와 진흙을 뚫고 나가는 모습을 응원한 나날이 얼마나 많던가. 서로가 있었기에 무사히 헤쳐 나갈 수 있었다.

그다음 해 여름, 할아버지의 장례식장으로 향하는 검은색 밴의 뒷좌석에서 아버지가 잭에게 작은 봉투를 건넸다. 앞면에는 "나의 손주에게"라고 적혀 있었다. 잭은 아버지에게 눈물을 들키지 않으려고 고개를 돌렸다.

잭은 침대에서 일어나기 싫어 돌아누웠다. 이상하게도 할아버지가 끈이 나타나기 전에 돌아가셔서 다행이라는 생각이 들었다. 할아버지는 전쟁의 참상을 생생하게 겪었지만 믿음이 강했다. 신에 대한 믿음, 조국에 대한 믿음. 이 미쳐가는 새로운 세상이 그런 할아버지에게 어떤 영향을 끼쳤을지 모르는 일이다.

잭은 한숨을 쉬며 베개를 똑바로 베고 누웠다. 창문의 블라인드 틈새를 뚫고 수납장으로 내리쬐는 햇빛을 바라보았다. 그 수납장 맨 위 서랍에 낡고 빛바랜 하시키베이누 기도 카드가 들어 있었다.

잭은 자신이 육군을 속일 계획이라는 것을, 그것도 전쟁에서 빠지기 위해 거짓말할 계획이라는 사실을 할아버지가 모르고 돌아가셔서 너무나 다행스러웠다.

하비에르

잠에서 깬 하비에르는 알람 시계의 날짜를 확인했다. 이제 결정까지 이틀밖에 남지 않았다.

눈을 꽉 감았다. 그가 기도할까 망설이는 순간, 간밤에 어둠 속에서 떠돌던 유령이 돌아왔다. 그가 잭의 제안을 고민하는 동안 잠과 의식의 경계에서 끝없이 되풀이되던 환영.

성조기, 슬픈 얼굴로 고개를 흔드는 신부.

하비에르 군은 생의 마지막 순간까지 미국의 진정한 영웅이었습니다.

"너희 아버지는?" 하비에르가 잭에게 물었다. "아버지한테는 끈을 바꿨다고 사실대로 말해야 할 거 아니야. 안 그러면 아버지가 오해를……."

"알아." 잭이 말했다.

그는 아버지에게 하비에르가 먼저 끈을 바꾸자고 제안했고 오로지 전우를 돕기 위해 동의했다고 말할 생각이었다. 아버지는 분명 육군을 기만했다는 사실을 마음에 들어 하지 않겠지만 친구에 대한 아들의 의리만큼은 인정해주기를 바랐다.

잭은 끈을 바꾼 사실을 아버지에게만 알릴 생각이었다. 다른 사람은 절대로 알면 안 된다. 특히 캐서린 고모. 지금쯤 중부, 아마도 플로리다에서 고모부의 선거 캠프에 기부해달라고 부동층을 열심히 설득하고 있겠지. 지금은 가문의 스캔들을 일으킬 때가 아니다. 다들 잭의 끈이 정말로 짧다고 믿어야 한다.

"그럼……, 그 후에는?" 하비에르가 물었다. "사람들이 혼란스러워하지 않을까?"

"뭐, 그건 몇 년 후에 생각해도 되잖아." 잭은 아버지에게 할 말은 생각해두었지만 그 후까지는 생각하지 않았다. "혹시 알아? 그땐 끈이 별 게 아니게 될지."

하비에르는 주저했다. 복잡하게 뒤엉킨 상황에 탈출 계획도 없이 성급하게 뛰어드는 건 사관학교에서 배운 모든 것에 위배되는 것처럼 느껴졌다.

하지만 불확실한 상황에 용감하게 맞서야 한다고도 배우지 않았던가.

"그래. 우리 바꾸자." 하비에르가 말했다.

***

B에게

나는 밴 울시라는 이름의 멋진 아파트 건물을 자주 지나쳐요. 아마 당신도 알 거예요. 브로드웨이의 한 구역을 따라 들어선 아주 멋진 건물이죠. 입구에는 금색 글자로 아파트명이 적힌 거대한 철문이 가로막고, 작은 경비실에는 실제로 경비원이 지키고 있어서 그곳에 사는 운 좋은 사람이 아니면 못 들어가죠. 어퍼 웨스트 사이드의 버킹엄궁 같아요. 인도에서 보면 철문의 창살 사이로 중앙의 안뜰이 보여요. 몇 단짜리 분수를 둘러싼 완벽하게 다듬어진 생울타리와 하얀 돌 벤치가 있는 미니 공원이에요.

뉴욕에 사는 사람이라면 지금 인생 말고 언젠가 꿈꾸는 인생을 상징하는 장소가 있기 마련이죠. 간절히 무대에 오르고 싶은 타임스스퀘어의 극장이라든지, 인수하려고 돈을 모으고 있는 브루클린의 작은 바 같은 곳이요. 나에게는 그런 곳이 바로 밴 울시랍니다.

그 건물을 지날 때마다 저기서 살면 어떤 기분일까 상상해요. 교사 연봉으로는 꿈도 꿀 수 없는 수백만 달러짜리 아파트. 분수 옆 벤치에 앉아서 내가 여행한 환상적인 장소, 내가 만난 사람들, 내가 읽은 책들, 가르친 학생들에 대한 추억을 떠올릴 수도 있겠죠. 벤치에서 고개를 들면 몇 층에 있는 우리 집이 보일 거예요. 상상 속 남편과 아이들이 같이 저녁을 준비하고 있겠죠. 바람의 방향이 맞으면 열린 창문 사이로 냄새가 실려 올 거예요.

그 생각을 할 때마다 바보 같기도 하고 속물 같다는 생각도 들어요. 특히 지금은 모든 게 변했고 미래가 금방이라도 부서질 것처럼 위태로워졌잖아요. 전혀 독창적이지 않은 지루한 꿈이라는 것도 알아요. 하지만 이 꿈을 꾸는 건 돈이나 화려함, 성공 같은 겉모습 때문만은 아니랍니다. 밴 울시에 사는 나는 내면의 모든 것이 안정되어 있어요. 그녀는 자신의 삶에 전적으로 만족하죠. 더 이상 환상 속에 살 필요가 없어요. 이미 환상 속에 살고 있으니까.

그래서 내가 상자를 열어보지 못하는 건가 봐요. 상자를 확인하지 않으면 내가 밴 울시의 안뜰 벤치에 앉은 여자가 되어 있는 그날을 계속 상상할 수 있으니까요. 꿈이 이루어질 가능성이 계속 남으니까요.

–A

니나

일요일 저녁, 모라가 일주일에 한 번 있는 자조 모임에 참석한 사이 니나는 동생 에이미에게 시내에 새로 생긴 레스토랑에서 저녁을 먹자고 했다.

동생이 늦어서 니나는 혼자 테이블을 잡고 앉았다. 며칠 전 이 레스토랑의 개업 기사를 읽었는데, 그녀가 아는 이야기였다. 은행 대출을 거절당한 짧은 끈 오빠를 위해서 여동생이 크라우드펀딩으로 사람들에게 도움을 청한 이야기였다. 니나가 자주 갔던 끈 이론 웹사이트에서 읽은 글이었다.

그 웹사이트에 가지 않은 지도, 블로그나 게시판을 찾아보지 않은 지도 꽤 되었다. 물론 매일 그런 곳들이 생겨나고 있지만 모라와 싸운 날부터 가지 않게 되었다. 사이렌처럼 잡아당기는 유혹을 떨쳐냈다.

메뉴판에 테이프로 붙인 종이가 보였다. 다음 주에 있을 자유무대 시간을 홍보하는 내용이었다. 레스토랑의 다이닝룸 뒤쪽에 작은 연단과 마이크스탠드가 보였다. 저 무대에 선 모라의 모습이 상상되었다. 마이크에 얼굴이 살짝 가려졌지만 여전히 아름다웠고 에이미 와인하우스에게 헌정하는 곡을 열정적으로 부르는 모습. 니나가 대학 시절의 룸메이트였던 친구 사라와 바에 앉아 있다가 모라를 처음 본 게 벌써 2년 전의 일이었다.

사라의 제안으로 가게 된 가라오케 바였다. 사라는 뉴욕을 방문할 때마다 브로드웨이 뮤지컬을 관람하고 가라오케에서 노래를 부르며 뮤지컬 배우였던 시절을—고등학생 때 뮤지컬 〈아가씨와 건달들〉의 아델라이드 역을 맡았던 것이 최고의 업적이지만—추억하기를 좋아했다.

모라의 무대가 끝났을 때 사라는 니나에게 가서 말을 걸어보라고 했다. "말 걸어봐. 예쁘다."

"못해." 니나가 머뭇거렸다.

"왜?"

"동성애자인지 아닌지도 모르잖아."

"모르긴! 에이미 와인하우스의 〈발레리멀리 떨어져 있는 연인을 그리워하는 내용의 노래로, 영국 가수 에이미 와인하우스가 불러 동성 연인에 대한 노래로 오해받았다.-옮긴이〉를 부르면 무조건 레즈비언이야."

"말도 안 돼." 니나가 말했다. "사람들이 좋아하는 곡이니까 부른 거겠지. 그리고 그거 남자가 만든 노래야."

사라가 눈알을 굴렸다. "꼭 그렇게 일일이 따져야 직성이 풀리지."

"만약 저 사람이 동성애자라고 해도 난 너처럼 술집에서 모르는 사람한테 말 안 걸어."

"지금 내가 헤프다는 거야?" 사라가 상처받은 척했다.

"아니지! 넌 그만큼 자신감이 넘친다는 얘기야. 난 자신감이 별로 없고."

"넌 빨간 펜으로 어떤 글이든 찢어놓을 정도로 자신감 넘치잖아. 내가 쓴 논문에도 그랬고."

"그거야 일이니까 그런 거고."

"이것도 일이야. 성공의 80퍼센트는 일단 해보는 데 있다잖아." 사라가 말했다. 크랜베리 보드카를 마셔서인지 니나는 그 말이 솔깃하게 들렸다.

로스앤젤레스에 사는 사라가 6개월 만에 뉴욕을 방문한 것이었지만 두 사람은 아무리 오랜만이라도 만나자마자 예전으로 돌아갔다. 사라가 연애 조언을 해주고 니나는 따를지 말지 고민했다.

대학 1학년 때 어쩌다 룸메이트가 되었지만 니나는 명랑한 금발의 사라와 친해질 수 있을 거라고 생각조차 하지 않았다. 사라의 머리는 물기가 마르자마자 부드럽고 윤기 나는 곱슬머리가 되는 신기한 힘이 있었다. 이층 침대를 같이 쓴 지 3주째 되었을 때 니나는 자신이 동성애자임을 밝혔다. 사라는 캠퍼스에서 멋진 남학생을 두고 경쟁할 사람이 한 명 줄었다면서 기뻐했고 조용한 성격의 니나를 여러모로 챙겨주었다.

사라에게 연애는 놀이였다. 썸을 탄다는 것은 남자의 호기심을 자극하고 도전 과제로 유혹하는 수단이었다. 그녀는 니나에게도 비결을 전수해주었다. 먼저 말을 걸고 관심을 보여주되 반드시 상대가 먼저 고백하게 만들 것. 니나는 마치 방패라도 되는 듯 그 법칙을 사수했다. 상대방이 리드하게 두면 너무 적극적으로 나갈 필요가 없었다. 연약한 속마음이 드러날 일도 없었다.

무대에 선 모라를 보니 니나는 특히나 작아지는 느낌이었다. 모라는 노래 실력이 그렇게 뛰어나지는 않았지만 자신감으로 반짝였고 모든 관객을 사로잡았다. 그녀와 비교하니 니나는 자신이 지루하기 짝이 없는 사람처럼 느껴졌다.

니나가 드디어 용기를 내어 다가가기로 마음먹었을 때 모라는 동료인 것처럼 보이는 셔츠와 슬랙스 차림의 사람들과 바 자리에 앉아 있었다. 다행히 맨 가장자리라 다가가 말을 걸기가 수월했다.

해보는 거야, 니나는 속으로 생각했다. 연애하지 않은 지 1년이 넘었다. 동생이나 엄마가 꼬치꼬치 캐물을 때마다 승진하려면 야근하느라 바쁘다고 핑계를 댔다. 그나마 사라가 등을 떠밀어주니 성공할 확률이 높을지도 모른다.

니나가 헛기침을 하며 목을 가다듬었다. "방금 무대에서 정말 멋졌어요."

"고마워요!" 여자가 고개를 비스듬하게 기울이며 미소 지었다. "그쪽도 무대에 올라가려고요?"

"아, 아뇨. 무대 공포증이 심해서."

"밤은 길어요. 극복할 시간이 있을 거예요."

"난 니나라고 해요."

니나가 정식으로 악수를 청하자 여자가 웃음을 터뜨렸다.

"모라예요."

"동료들이랑 왔어요?"

모라가 고개를 끄덕였다. "축하할 일이 있어서요. 출판사에 다니는데 우리가 빅 타이틀 청소년 소설의 입찰 경쟁에서 이겼거든요. 거의 제2의 《해리 포터》라고 할 만한 책이에요."

"아, 축하해요! 무슨 출판사예요?"

"그건 말 못해요." 모라가 부끄러운 듯이 말했다. "사실은 출간일이 정해질 때까지 아무 말도 하면 안 되는데."

"말 안 하는 게 좋겠어요. 내가 잡지사에서 일하거든요."

"어떡해! 괜히 말했나 봐." 모라가 또 웃음을 터뜨렸다.

"괜찮아요. 비밀 지켜준다고 약속할게요." 니나가 미소 지었다.

모라와는 처음부터 모든 게 달랐다. 니나는 처음으로 상대가 다가오기만을 기다리지 않고 먼저 다가가고 싶어졌다. 사라의 조언은 엿이나 먹으라지. 예전에는 상대방과의 관계를 잃을지도 모르는 위험을 무릅쓰면서까지 방패를 사수했지만 모라와의 연애는 뭔가 다르게 느껴졌다. 니나는 모라처럼 대담하고 자신감 넘치고 두려움 없는 여성이 자신처럼 평범하고 걱정 많은 사람에게 관심을 보인다는 사실이 그저 놀라울 뿐이었다. 그래서 그녀는 집에 혼자 있는 시간을 브루클린 콘서트와 핫요가, 와인 테이스팅, 출판 기념회로 바꾸었다.

예전에 니나는 초조하거나 너무 들뜬 것처럼 보이지 않으려고 항상 데이트 상대보다 늦게 약속 장소에 도착했다.

하지만 모라와 데이트할 때는 일찍 나갔다.

"늦어서 미안!" 에이미가 맞은편 테이블 의자에 털썩 앉으며 사과했다. "역을 또 지나쳤지 뭐야."

"이번엔 무슨 책 읽다가?" 니나가 동생에게 물었다.

"《레이디 수잔》. 서간체 소설이 읽고 싶었거든. 왜냐하면……. 이유는 중요하지 않고. 아무튼 이것까지 읽으면 오스틴 작품은 다 읽는 거야. 슬퍼."

니나는 대학 때 에이미에게 《노생거 수도원》을 보낸 기억이 떠올라서 미소를 지었다. 표지에 장난으로 이런 메모를 붙였었다. "네 환상이 이렇게 될 수도?!"

에이미가 메뉴판에서 얼굴을 들었다. "그 말도 안 되는 데이터베이스 얘기 들었어? 우리 아파트 사람들이 세탁실에서 얘기하고 있던데."

"무슨 데이터베이스?"

"뉴욕에 사는 모든 사람의 끈 길이를 추적할 거라는 방대한 양의 구글 스프레드시트야." 에이미가 설명했다. "위키피디아처럼 누구나 편집할 수 있거든. 자기 끈 정보든…… 타인의 정보든 써넣을 수 있어. 어제부로 6만 명이 넘었대."

"세상에. 정말……." 니나의 목소리가 움츠러들었다.

"무섭지." 에이미가 언니의 말을 대신해주었다. "경찰이 최초 작성자를 찾고 있다던데 저절로 불어나고 있어. 이웃이 핸드폰으로 보여주는데 소름 돋더라."

"이건 개인 정보 침해야." 니나가 말했다. "나도 모르게 누군가 내 이름을 거기에 넣을 수 있는 거잖아? 개인 정보가 유출되는 건데."

니나는 학창 시절에 자신의 의지와 상관없이 커밍아웃을 당한 기억이 떠올라서 몸서리쳤다. 그녀는 너무 두려웠지만 에이미에게 물었다. 답을 꼭 알아야 하는 문제였다. "혹시 거기에 모라 이름도……."

에이미는 무슨 말인지 이해했다. "내가 이웃 핸드폰으로 그 파일에서 검색해봤는데 내가 아는 이름은 하나도 없었어."

"정말 다행이다." 니나는 대화 주제를 바꾸고 싶은 마음이 간절했다. 오늘 저녁만큼이라도 스트레스와 슬픔에서 자유로운 시간을 보내고 싶었다. 예전처럼 동생과 함께 저녁을 먹으며 즐거워하고 싶었다.

니나는 숨을 깊게 내쉬며 마음을 가다듬었다. "이제 좋은 얘기 하자. 여기 데이트 장소로 너무 좋을 것 같지 않아? 같이 타파를 나눠 먹는 건 정말 낭만적이잖아."

니나가 동생을 쿡쿡 찌르듯이 눈썹을 씰룩거렸다. "네가 이런 곳에 함께 올 사람이 생기면 엄마도 너 언제 연애하냐고 날 귀찮게 하지 않을 텐데 말이지."

에이미는 좌절하는 척 고개를 흔들면서 빵을 집었다. "요즘 끈 때문에 누굴 만나기가 얼마나 힘들어졌는데. 예전보다 더 힘들어졌어! 꼭 방 안의 코끼리 같아."

니나는 그냥 고개를 끄덕였다. 지나간 세상은 돌아오지 않는다. 돌아오기를 바라는 것 자체가 어리석은 일이었다.

"그럼, 지금 만나는 사람이 없다는 거네?" 니나가 물었다.

"언니가 있잖아." 에이미가 빵을 베어 물며 씩 웃었다.

"나눠 먹을 생각 안 하고 혼자 다 먹으니까 네가 혼자인……." 니나가 빵 접시를 자기 쪽으로 당기며 약 올렸다.

"에잇!" 에이미가 두 손가락을 물컵에 담갔다가 언니에게 물방울을 튕겼다. 마지막 남은 감자튀김을 서로 먹겠다고 부엌에서 싸우던 어린 시절 같았다.

"창피하게 이럴래! 여기 고급 레스토랑이거든." 니나가 웃었다.

에이미는 소리 내어 웃었다. "네, 엄마."

니나는 생각했다. 지나간 세상은 돌아오지 않겠지만 이 관계만큼은 변하지 않았다고.

잭

잭은 지난날이 그리웠다. 졸업하기 전, 끈이 나타나기 전, 그와 하비에르가 의무적으로 상자를 열어 끈을 확인하고 군에 보고하기 전. 고모부가 그의 집안을 대표하는 이름이 되기 전.

앤서니는 이렇게까지 유명해질 운명이 아니었다. 이렇게까지 지지자가 많이 생기고 걱정스러울 만큼의 반대자도 많이 생길 운명이 아니었다.

끈이 나타나기 전, 잭은 고모부의 미적지근한 선거 유세가 봄까지 계속되기도 힘들 것으로 생각했다. 하지만 8월인 지금은 전당대회가 1년도 남지 않았는데, 갈수록 가속도가 붙고 있었다.

6월 토론회 이후 앤서니의 연설은 점점 더 큰 관심을 받았고 캐서린은 계속 잭에게 행사에 참여해달라고 압박했다. (논란 많은 STAR 이니셔티브 이후 앤서니가 군에 대한 지지를 보여주는 것이 매우 중요하기는 했다.)

최근 고모가 맨해튼에서 있을 대규모 집회에 참여해달라고 했지만 잭은 마음의 결정을 내리지 못했다. 아직 고모와 고모부에게

'짧은 끈'에 대해 말하지 않았는데, 얼마나 더 미룰 수 있을지 알 수 없었다. 결국 누군가 물어보는 사람이 나올 것이다.

잭은 그 이야기가 나오는 것을 최대한 미루려고 애썼다. 이미 지난달 육군 모병 사무소에서 한 차례 거짓 시인을 해야만 했다. 그 기억이 여전히 그를 괴롭히고 있었다. 그때 잭은 릭스 소령과 마주 보고 앉아 있었다. 거짓말쟁이라는 사실이 밝혀지면 어쩌나 두려워서 허벅지에서는 식은땀이 났고 땀방울이 바지에 스며들었다. 잭은 두 다리가 의자에 너무 가까이 닿지 않도록 살짝 들어 올렸다.

"상자를 열어봤나?" 모병소의 소령이 물었다.

"예."

"결과는?"

"끈이 아주 짧습니다. 최대 5~6년 정도 남았습니다."

릭스 소령은 상자를—잭 헌터의 이름이 적혀 있지만 하비에르 가르시아의 운명이 담긴 상자를—조용히 앞으로 가져와 직접 끈을 확인했다. 입을 꽉 다물고 온 정신을 집중한 표정이었다. 병사들의 수명을 침범해야 하는 이 업무가 그리 마음에 들지 않는 듯했다. 하지만 얼굴에서 굳은 의지가 느껴졌다.

"유감이다." 소령이 정확한 길이를 장부에 기록하면서 말했다. 순간 잭은 겉으로 불안에 떠는 것처럼 보여도 전혀 문제가 되지 않는다는 사실을 깨달았다. 진술서에 서명하다가 펜을 떨어뜨릴 뻔했지만 그것 역시 전혀 문제 되지 않았다. 릭스 소령의 눈에는 그저 끈이 짧아 속상해서 그런 것처럼 보일 테니까.

잭은 고모부나 릭스 소령에 대한 생각을 떨쳐버리려고 텔레비전을 켰다. 다행히 야구팀 워싱턴 내셔널스의 경기가 나왔다. 하지만 4회가 시작된 지 얼마 되지 않아 광고로 넘어가면서 "미국을 위한 선택 롤린스" 광고가 흘러나왔다.

자그만 체구의 금발 여자의 얼굴이 화면을 가득 채웠다.

"제 이름은 루이자입니다. 6월 10일 아침에 의회 의사당 근처를 걸어가는데 폭탄이 터졌어요. 끈이 짧은 사람이 몇 달 동안 직접 만든 폭발물을 터뜨린 거였죠."

카메라 각도가 바뀌고 여성의 앉아 있는 모습을 비추었다. 그녀는 한쪽 다리가 없었다.

"끈이 짧은 걸 확인하고 그 남자가 느꼈을 고통을 이해합니다. 하지만 꼭 그 고통을 다수의 타인에게 풀어야 했을까요?" 루이자의 눈에 눈물이 맺혔다. "저는 앤서니 롤린스 후보가 앞으로 저처럼 죄 없는 사람들이 고통을 겪는 일이 생기지 않도록 이 나라를 안전하게 지켜줄 것이라고 믿습니다."

잭은 역겨울 정도로 과장된 광고라고 생각했다. 물론 저 여자가 겪은 일은 끔찍하지만 매일 흔하게 일어나는 일은 아니었다. 끈이 나타나기 전에 이 나라에 평화만 넘쳤던 것도 아니고.

광고 후반부에 앤서니가 나와서 말했다. "저는 끈 문제에 대응하기 위해 꾸려진 대통령 직속 태스크포스의 위원이며 앞으로 루이자를 비롯한 모든 미국인을 폭력에서 지켜줄 STAR 이니셔티브와 향후 최종 법안의 최초 발의자입니다." 후보들의 광고 끝부분에 꼭 붙는 "저 앤서니 롤린스는 이 광고를 보증합니다."라는 말도 나왔다.

잭은 충격에 휩싸였다. 앤서니가 대통령 직속 태스크포스에 들어갔다고? STAR 이니셔티브를 만드는 데 일조했다고?

"젠장!"

그와 하비에르가 상자를 열어봐야 했던 이유는 그의 고모부 때문이었다. 그들이 끈을 바꿔치기하고 주변 사람들에게 거짓말을 해야 했던 이유. 잭이 고의로 위증을 하고도 릭스 소령의 안쓰러운 눈길을 받으며 서명해야 했던 이유.

잭은 쿠션에 놓인 물병을 집어 텔레비전 속 앤서니의 얼굴을 향해 던졌다. "젠장! 젠장!"

플라스틱 물병이 화면에 맞고 물방울을 튀기며 떨어질 때 다시 야구 경기가 시작되었다.

하비에르가 같이 광고를 보지 않아서 천만다행이었다. 앤서니는 물론이고 잭을 지지하는 가족 모두가 지금 이 상황에 얼마나 큰 책임이 있는지 알게 되지 않아서.

그런 앤서니가 뉴욕의 유세장에 참석해달라고 부탁하는 것이다. 잭과 하비에르의 인생을 영영 망쳐버린 바로 그 법안을 만들었다고 자랑할 무대에.

"가족끼리 돕는 건 당연해. 특히 우리 가족은 더더욱 그래야 한다." 잭은 아버지의 목소리가 들리는 듯했다.

앤서니

앤서니는 준비되었다.

연설의 요점이 가운뎃점으로 정리된 메모지를 무릎에 올려놓고 유세 버스의 푹신한 베이지색 의자에 등을 깊숙이 기대었다. 옆쪽에 "미국을 위한 선택 롤린스" 문구가 붙은 버스는 D.C.에서 맨해튼 시내의 공원을 향해 일정한 속도로 달리고 있었다. 앤서니의 연설을 듣기 위해 꽤 많은 사람이 올 것이고 시위를 위해 몰려들 인파도 그에 못지않을 터였다.

선거 사무장은 시위자들을 조심해야 한다고 경고했다.

"걱정할 정도인가요?" 캐서린이 물었다.

"보안 요원들이 많이 배치될 겁니다. 이미 폭발물 탐지견들이 돌아다니고 있습니다."

"여론 말이에요." 캐서린이 얼굴을 찡그렸다.

"음, 끈을 연설 주제로 정했을 때부터 예상했던 부분입니다. 하지만 솔직히 후보님의 인기가 올라가고 있다는 신호라고 생각합니다. 반대자들이 이유 없이 유세장에 나타나진 않으니까요."

“정신 나간 시위자들이 주먹을 휘둘러주면 우리야 더 좋지. 성난 군중을 싫어하는 사람은 없거든.” 앤서니가 재미있다는 듯 말했다.

버스가 붐비는 공원으로 진입했다. 앤서니와 캐서린은 저 떠들썩한 인파 중에서 그들의 지지자들과 문제를 일으킬 작정으로 온 사람들을 구분하기가 어려웠다.

행크

행크는 준비되었다.

그는 시위가 열리는 시내에서 자조 모임 회원들과 만나기로 했다. 앤서니 롤린스 후보의 연설이 있을 유세장이었다. 행크는 병원을 그만둔 이후 처음으로 의미 있는 일을 하는 기분이 들었다.

남은 커피를 마저 마시면서 뉴스를 틀었다. 지난주 중국에서 있었던 시위에 대한 보도가 또 나왔다.

"이 소식을 처음 접하시는 시청자들을 위해 말씀드리자면 현재 저희는 나흘째를 맞이한 베이징 시위를 취재하고 있습니다." 앵커가 말했다. 베이징 시내의 비즈니스 지구를 수천 명이 막고 있는 영상이 나왔다.

"몇 달 전 중국 정부는 대중의 보호와 공식 기록 관리를 이유로 전국적인 데이터 등록을 위해 전 국민에게 끈 길이 보고를 의무화했습니다." 앵커의 설명이 계속되었다. "이 같은 결정에 대해 특히 유럽 연합과 미국을 비롯해 전 세계에서는 중국 정부의 숨은 의도를 두고 격렬한 비난이 이어졌는데요. 이달 초 베이징에서 명령을 거부했다는 이유로 시민 세 명이 긴급 체포되면서 지금 보시는 대로 대규모 시위가 촉발되었습니다."

행크는 베이징 시위가 오늘 뉴욕에 모일 사람들에게 조금이나마 영향을 미친 것 같다는 생각이 들었다. 요즘 앤서니 롤린스가 하는 말을 들어보면 미국도 전 국민의 끈 공개를 의무화하는 중국에 점점 가까워지고 있다는 걱정이 들었다.

최근 정부가 시행하는 정책에 영향을 끼친 주요 인물이 앤서니 롤린스라는 소문이 있었다. 게다가 그가 지난 6월의 토론회에서 보여준 행동 때문에 현재 짧은 끈들에 대한 차별이 의회에서 전국 곳곳으로 들불처럼 번져나가도록 만든 불씨가 되었다고 보는 사람들이 많았다. 이날 열리는 행사의 페이스북 페이지에 따르면 맨해튼의 작은 공원에서 열릴 앤서니 롤린스의 유세 현장에 나갈 계획이라는 사람이 12,000명이나 되었다. 사람들은 포스터와 확성기, 깃발로 분노를 터뜨릴 예정이었다.

행크는 아니카의 손에 끌려서 갔던 '과학을 위한 행진'이 떠올랐다. 처음에는 가고 싶지 않았다. 그런 게 무슨 효과가 있을지 부정적이었다.

"효과가 없을 수도 있지." 아니카는 말했다. "내가 여성들의 행진 친구들에게 했던 것과 똑같은 말을 해줘야겠네. 우리는 변화의 방아쇠를 당겨줄 거라는 희망으로 행진하는 게 아니야. 우리의 존재를 일깨워주려고 행진하는 거야. 우리를 잊지 말라는 것을 세상에 알려주려고."

행크는 텔레비전을 끄고 밖으로 나갔다.

공원 안에서 그는 각종 팻말에 둘러싸였다. "짧은 끈들이여, 단결하라!" "긴 끈들에 대한 보상이 너무 과하다." "모두를 위한 평등." "끈 길이가 우리의 전부는 아니다!"

그 자신도 놀랄 정도로 감정이 벅차올랐다. 비판적이면서도 진실한 말들이 적힌 형광색 팻말들이 만화경처럼 펼쳐진 풍경은 정말로 아름다웠다.

그 순간 행크를 사로잡은 감정이 그를 다른 시간과 장소로 데려갔다. 약 20년 전 당시 여자 친구였던 루시가 병원 수련 첫 주에 그의 손을 잡고 산부인과 병동으로 데려갔다. 두 사람은 신생아실 유리창 너머에서 일렬로 죽 누워 있는 아기들을 바라보았다. 잠든 아기, 꼬물거리며 하품하는 아기, 우는 아기. 루시의 눈에 눈물이 맺혔다. 하지만 행크는 잘 보이고 싶은 여자 친구 앞에서 눈물을 보이고 싶지 않았다. 그날 그가 신생아실 유리창 너머로 본 것은 미래였다. 열 개가 넘는 아기 침대에 담긴, 아직 바깥세상의 때가 묻지 않은 백지의 캔버스. 희망을 가져야 할 이유였다.

행크의 동기 중에는 굉장한 대의를 위해 의사가 되려는 이들이 많았다. 행크는 동기들이 그런 말을 할 때면 맞장구치듯 고개를 끄덕였지만 사실 이해가 되지 않았다. 그는 그저 사람들을 도와주고 싶다는 생각뿐이었다.

하지만 이날 수많은 인파 속에서 주변의 얼굴들을 두리번거리며 그는 마침내 이해할 수 있었다.

뒤쪽에서 환호와 야유 섞인 함성 속에서 앤서니 롤린스가 무대로 올라오는 소리가 들렸지만 행크는 아직 돌아서고 싶지 않았다.

그는 시위자들로 가득한 현장을 조금이라도 더 보고 싶었다.

주위를 둘러보던 그의 눈이 한곳에 집중되었다.

적갈색 머리의 여자가 사람들과 부딪히고 밀치면서 인파를 뚫고 빠르게 앞으로 나아갔다. 여자의 오른손은 무언가를 잡은 것처럼 재킷 안쪽에 들어가 있었다.

맙소사. 행크는 뱃속에서 그것을 느꼈다. 응급실에 실려 온 환자를 보고 가능성이 없다는 것을 확신할 때 드는 뱃속이 울렁거리는 느낌. 그의 몸은 곧바로 일어날 끔찍한 일을 감지하는 능력이 있었다.

무대에 선 롤린스의 뒤쪽에서 누군가 마이크로 그를 소개하고 그의 용기와 신념, 믿음을 칭찬했다. 행크의 귀에는 하나도 들리지 않았다. 그는 여자를 따라갔다. 좀 더 가까이 좀 더 가까이. 여자가 무엇을 하려는 건지 알아내려고. 안에 든 것이 신랄한 욕이 담긴 팻말일 수도 있고 병에 담긴 돼지 피일 수도 있었다. 준비한 게 무엇이든 여자는 결의로 가득했다.

행크가 몇 센티미터까지 바짝 따라잡았을 때 여자가 꺼낸 것은 총이었다.

행크는 평생 직감에 따르며 살아왔다. 열두 시간의 근무 동안 경계 태세를 유지할 수 있었던 것도, 피가 솟구치는 환자의 부상 부위에 손가락을 집어넣어 동맥을 잡을 수 있었던 것도, 5월의 그날 뉴욕 메모리얼 병원에서 총성이 울리는 쪽으로 달려간 것도 전부 직감에 따른 일이었다. 지금 그를 앞으로 밀어붙이는 것도 바로 그 직감이었다.

그는 자신에게 닥칠 게 분명한 위험에 대해서는 생각하지 않았다. 그는 오직 이 순간만, 지금 여기에서 위험에 처한 사람들만 생각했다.

5월의 그 날에는 총기 난사범으로부터 응급실을 지키지 못했다. 하지만 이번에는 다를 것이다.

행크는 방아쇠를 쥔 여자의 손을 보았다.

여자의 손가락이 떨렸다. 정확히 2초의 망설임. 행크가 앞을 막아서기에는 충분한 시간이었다. 그 순간 방아쇠가 당겨졌다.

앤서니

앤서니가 총성을 들은 순간 경호원과 경찰들이 우르르 달려들어 그의 몸을 낮추고 에워쌌다. 그들은 그를 무대에서 빼내고 대기 중인 밴으로 데려갔다. 방탄유리로 된 문이 닫히는 순간 공포에 질린 사람들의 비명이 멈추었다.

"무슨 일이야?" 그가 기사에게 물었다.

"아직 확실하지 않습니다."

"캐서린은 어디 있어?"

"무사하십니다. 옆 차로 모셨습니다."

앤서니는 고개를 끄덕였다. 혼돈 속에서 빠져나오느라 구겨진 양복을 바라보았다.

그는 안전하다.

캐서린도 안전하다.

그는 자신을 작정하고 노린 것이 분명한 총격에서 무사히 살아남았다. 그를 죽이려는 암살 시도였다.

맙소사. 그를 죽이고 싶어 하는 사람이 있었다.

적은 언제나 있었다. 대학교 시절 남학생 사교 클럽의 경쟁자들, 로스쿨의 역겨운 숙적, 지방 검사 시절 같은 자리 승진을 노린 동료. 하지만 이건 차원이 달랐다. 목숨이 위험했다.

순간 앤서니는 진정한 공포를 느꼈다.

하지만 자신의 끈이 길고 앞으로 30년이 보장되어 있다는 사실이 떠올랐다. 아르마니 양복은 구겨졌지만 그는 털끝 하나 다치지 않았다.

이내 다른 생각도 떠올랐다.

이 사건이 절호의 기회가 될 수 있을지도 모른다.

사람들의 눈에 비친 당당한 생존자로 공감을 얻고 희망을 심어 줄 수 있을 것이다. 암살 시도를 물리친 정치인이 얼마나 있는가? 테디 루스벨트, 리처드 닉슨, 로널드 레이건. 버지니아의 앤서니 롤린스 의원이 그 화려한 별들의 명단에 합류했다. 범인의 조준이 허술한 덕분에 백악관에 훨씬 더 가까워졌다.

그는 앞으로 며칠 동안 사람들의 가슴을 울리는 연설을 할 것이다. 그를 제거하려고 한 폭력과 증오를 규탄하고, 비극적인 사상자가 있으면 애도하고, 미국인들에게 공포를 똑바로 마주하고 다 같이 행진하자고 촉구할 것이다.

대중은 분명 열광할 것이다. 난 영웅이 되는 거야, 앤서니는 생각했다.

행크

여자는 분명히 그를 도우려고 했다. 그도 알 수 있었다. 그를 쏜 여자가 그를 도우려 한다는 것을.

"안 돼, 안 돼, 안 돼!" 여자는 몇 번이고 애원하듯 절규했다. "당신을 쏘려는 게 아니었어!"

총을 쏜 여자는 행크의 가슴에 뚫린 구멍을 두 손으로 꽉 눌렀다. 굵은 눈물방울이 뚝뚝 떨어졌다. 행크는 그녀와 얼굴이 가까워지자 그녀의 뺨을 타고 흐르는 눈물과 콧구멍에 생긴 방울을 볼 수 있었다. 흐트러진 적갈색 머리카락이 행크의 코를 스쳤다.

"미안해요." 그녀가 흐느꼈다. "정말 미안해요."

용감한 시민들이 그녀를 떼어낼 때도 그녀의 손은 그를 향해 뻗어 있었다.

여자의 얼굴이 사라지고 익숙한 레아와 터렐의 얼굴이 나타나 무릎을 꿇고 행크의 상처에 압박을 가했다. 갑자기 미칠 듯한 아픔이 느껴지면서 아드레날린 효과가 사라지기 시작했다. 피부가 불타는 듯하고 귀가 울렸다.

"괜찮을 거예요." 레아가 속삭였다.

"괜찮아요. 괜찮을 겁니다!" 터렐은 사람들을 진정시키려고 소리쳤다. "이분도 우리처럼 몇 년 더 남았으니까 괜찮아요."

고개를 옆으로 기울이자 벤이 보였다. 벤은 떨면서 모라의 손을 움켜잡았다. 그가 모두에게 설명해주어야 할 터였다.

다른 얼굴들이 또 보였다. 들것과 산소마스크를 들고 출동한 응급 구조사들이었다.

행크는 의사로 일하면서 모두 129명의 마지막 순간을 목격했다. 한 명 한 명의 죽음은 루시나 아니카와의 추억, 어릴 때 부모님과의 추억보다도 선명하게 남아 있었다. 평화로운 죽음, 험한 죽음. 예상된 죽음, 충격적인 죽음. 그는 모니터의 선이 일자로 변하던 순간을 모두 기억했다. 화면의 끈이 곧게 쫙 펴지던 순간을.

행크는 자신의 마지막 순간은 고요하기를 바랐다. 하지만 소란스러운 사람들과 구급차의 사이렌이 그렇지 않을 것임을 말해주었다.

산소마스크의 고무 끈이 얼굴에 끼워지는 순간 행크는 앞으로 어떻게 될까 궁금했다. 너무 두려웠지만 희망을 꼭 붙들었다. 좋은 곳으로 갈 것이라는 희망. 아버지가 기다리고 있을 것이라는 희망. 어머니도 평안하게 여생을 보내고 그곳으로 오리라는 희망.

행크가 눈을 감기 전에 마지막으로 본 얼굴은 벤이었다. 벤은 응급 구조사들과 들것을 따라와 행크가 구급차에 실리기 직전까지 옆에 있었다.

"당신이 살린 끈이 긴 사람들, 당신은 정말 그들을 살렸어요. 그 사람들의 끈이 긴 건 당신이 그들을 살릴 운명이었기 때문이에요. 당신 덕분에 그 사람들의 끈이 긴 거예요."

이내 벤의 얼굴이 뒤로 밀려나고 닫힌 구급차 문에 가려져 보이지 않았다. 행크는 눈을 감았다. 오직 희망과 함께 단둘만 남겨졌다.

잭

원래 잭은 맨해튼에서 열리는 집회에 참석해야 했다. 고모가 꼭 와달라고 부탁했지만 아프다고 거짓말을 했다.

가지 않은 게 천만다행이었다. 고모부의 유세장에서 죄 없는 사람이 죽는 모습을 눈앞에서 보지 않아도 되었으니까. 앤서니를 노린 총알이 그 남자의 몸을 찢었다. 잭은 어쩌다 일이 이렇게까지 되었는지 이해할 수 없었다. 그의 가족이 한 일이 어쩌다 사람의 목숨까지 빼앗는 지경까지 이르렀는지. 어쩌다 그는 8월의 무더운 마지막 날 고모와 고모부의 바로 앞에서 죽은 남자의 사진을 보고 있는 것일까.

사진 속의 남자는 짧은 검은 머리에 씩 웃는 입술을 따라 얼굴에 깊이 팬 자국이 있었고 뺨에는 면도한 수염 자국이 옅게 드러났다. 목에는 청진기가 걸려 있었다. 병원의 의료진 명단에 나오는 정식 프로필 사진인 것 같았다.

잭은 아버지에게 앤서니와 캐서린이 큰 충격을 받지 않았는지 물어보았다.

"당연히 네 고모는 미친 사람이 그들을 노렸다는 사실에 충격을 받았더구나. 하지만 전반적으로는 둘 다 아주 잘 지내는 것 같다. 사건 이후로 네 고모부의 지지율이 더 올랐어."

아주 잘 지낸다고? 아무 일 없다는 듯이 다시 지지율에나 신경 쓰면서? 사람이 총에 맞는 걸 보고도?

잭은 그 죽음의 원인을 제공한 게 그 누구도 아닌 자신의 가족이라는 사실을 믿고 싶지 않았다. 전쟁에 나가 싸운 친척들도 많았지만 이건 달랐다. 교전 지역이 아니라 맨해튼의 공원에서 생긴 일이다. 솔직히 그는 올해 여름 전까지만 해도 이 가문이 저지른 가장 큰 죄는 그나 그의 어머니처럼 조상들이 손으로 직접 빚은 틀에 맞지 않는 사람들에게 한 짓이라고 생각했다.

그는 헌터 집안에서 태어나 안락한 삶과 넓은 인맥을 누릴 수 있으니 여러모로 행운이라는 것을 잘 알았다. 하지만 앤서니의 선거운동은 지금까지 다른 가족들이 저지른 잘못은 하찮아 보일 정도로 진한 어둠을 뿜었다.

언론에서는 그 의사가 앤서니 롤린스를 '구했다'고 주장했지만, 잭이 읽은 온라인 기사에서 피해자 행크의 친구는 그가 롤린스 반대 시위에 참여한 것이었다고 설명했다.

정말로 앤서니에 대한 누군가의 증오심이 행크를 죽음에 이르게 한 것일까? 짧은 끈들을 위한 대의와 열정이? 잭은 행크의 동기를 알아내려고 애썼다. 그가 총알을 막아설 가치가 있다고 느낀 이유가 무엇이었는지. 하지만 아무리 열심히 생각해보아도—사관학교에서도 수없이 고민한 문제였다.—목숨을 바칠 정도로 무언가에 강렬한 감정을 느낀다는 것 자체가 이해되지 않았다. 그는 동료 생도들에게서 그런 헌신을 보았다. 하비에르 역시 끈이 짧다는 것을 알고도 열정적으로 군인의 길을 계속 걸으려고 하지 않는가. 잭은 궁금했다. 자신의 선택이 실수일지 모른다는 조금의 의심도 없이 확신을 갖고 무언가에 몰두하는 것이 과연 어떤 느낌일지.

잭은 고모와 고모부의 집 앞에 차를 세웠다. 그리고 숨을 깊이 들이마셨다. 오늘은 꼭 해야 한다. 가족들의 수많은 결점을 곱씹고 또 곱씹어봤지만 그래도 가족은 가족이었다. 언제까지 숨길 수는 없는 일이다. 이미 군에 '짧은 끈'에 대해 보고했으니 좀 더 사실적으로 보이게 할 필요가 있었다.

하지만 일부러 고모부가 일하고 있을 오후 시간을 선택했다. 고모의 얼굴만 보면 되도록.

"네가 유세장에 안 와서 얼마나 다행인지 몰라. 어찌나 끔찍했는지." 캐서린이 조카를 안으며 말했다. 아버지는 신체적인 접촉을 꺼려했지만 고모는 잭을 만날 때마다 포옹을 건넸다.

"두 분 모두 정신없으시겠지만 꼭 드릴 말씀이 있어서 왔어요." 잭이 커피를 따라주는 고모에게 말했다. "잘 아시겠지만 끈 길이를 군에 의무적으로 보고해야 해요. 결과를 직접 말씀드리려고요. 끈이…… 짧아요."

찻주전자를 내려놓는 캐서린의 손이 떨렸다. "얼마나 짧니?" 그녀가 작게 물었다.

"스물여섯, 스물여덟 정도에서 끝나는 것 같아요." (잭은 짧은 끈에 대해 말할 때면 항상 자기 이야기가 아닌 것처럼 말했다. 절대로 내 끈이라는 표현을 쓸 수가 없었다.)

"맙소사, 잭. 이럴 수가. 뭐라고 말해야 할지 모르겠다. 미안해." 고모가 눈물을 터뜨렸다.

"괜찮아요. 저 때문에 울지 마세요." 고모의 반응에 잭은 갑자기 몹시 불편해졌다. 이럴 줄 몰랐단 말인가? 그는 고모가 남편만큼이나 야망이 크고 무슨 일이 있어도 남편의 편이라는 사실을 잘 알고 있었다. 그래도 어린 잭에게 G.I. 조와 캡틴 아메리카 액션 피규어를 사주고 어머니가 떠났을 때 냉동식품을 챙겨서 가져왔던 고모였다. 그런 고모이니 그의 끈이 짧다는 사실에 눈물을 흘릴 게 당연했다.

하지만 그는 고모의 눈물을 받을 자격이 없었다.

"저 정말 괜찮아요." 잭이 고모를 안심시켰다. 하지만 이 모든 딜레마가 고모의 남편 때문이라는 생각이 떠나지 않았다. 하비에르를 대신해 뭐라고 할 수 있다면, 아니, 고모를 믿고 진실을 털어놓을 수 있다면.

잭은 어머니가 그를 버리고 떠난 후 아버지의 여동생인 고모에게서 텅 빈 마음을 달래려고 했다. 정말로 고모는 가끔 엄마 노릇을 해주었다. 하지만 고모는 그의 엄마가 되고 싶어 하지 않았다. 롤린스 부인이 되고 싶어 했다.

고모는 흠잡을 데 없이 완벽한 결혼 생활과 모두가 부러워하는 사회적 지위, 직접 주관하는 디너파티와 기금 행사, 요트 클럽을 원했다. 어쩌면 언젠가 나라 전체를 원했을지도. 헌터 가문 사람은 언제나 원하는 것을 손에 넣었다.

"정말 용감하구나. 가족들 모두가 자랑스러워할 거야." 이웃고 고모가 말했다.

잭에게 그건 눈물보다도 더 견디기 끔찍한 일일 것 같았다.

잭은 그저 "고맙습니다."라고 말할 뿐이었다. "전 그만 가볼게요. 길이 막히기 전에요."

"난 언제든 네 편이야, 알지? 네 고모부도."

잭은 고모부에 대한 부분은 믿지 않았다.

고모는 문을 열어주며 미소를 보였다. 잭은 집에서 나와 차에 탔다. 드디어 혼자라는 사실에 안도감이 들었다.

그는 아파트로 돌아오자마자 침대로 뛰어들었다. 기력이 하나도 없고 죄책감에 속이 메스꺼웠다.

거짓말은 너무 힘들었다. 고모는 꼭 그렇게 그의 담담한 용기를 칭찬해야만 했을까? 헌터 가문다운 용기를? 가족들이 자랑스러워할 거라고?

그는 고모의 칭찬을 들을 자격이 없었다. 고모의 걱정과 슬픔 역시 받을 자격이 없었다. 그는 그의 끈이 짧다는 말을 듣고 눈물을 흘린 고모를 생각하자 속이 울렁거렸다. 정작 하비에르를 위해 울어주는 사람은 아무도 없는데. 정말로 용감한 사람은 그가 아니라 하비에르인데.

상체를 일으키고 앉아 멍하니 옷장을 바라보았다. 살짝 열린 옷장 문틈으로 바닥에 수북하게 쌓인 옷가지와 옷걸이에 삐뚤게 걸린 재킷들이 보였다. 군대에서는 절대 용납될 수 없는 흐트러짐이었다. 군대는 그가 고모에게 한 거짓말, 두려움에서 나온 거짓말도 절대 용납하지 않을 것이다.

비닐에 잘 덮어 뒤쪽에 걸어둔 갓 드라이클리닝한 군복을 본 순간, 잭의 안에서 뭔가가 폭발했다. 그는 옷장으로 달려가 옷들을 마구 끄집어냈다. 옷걸이에 걸린 스웨트셔츠, 선반에 놓인 티셔츠, 운동복 바지 할 것 없이 사관학교와 육군에 관계된 모든 것을 닥치는 대로 움켜잡았다. 그가 한때 소속되려고 애쓴 모든 증거였다. 더 이상 보고 있을 수 없는 그것들을 되는대로 잔뜩 안아다가 침대 밑에 쑤셔 넣었다.

앤서니

앤서니의 예상대로 그의 지지율은 집회 후 마구 치솟았다. 그의 메시지는 사람들에게 공감을 일으켰다. 사람들은 두려움에 떨었고 그의 도움을 바라고 있었다.

앤서니가 이보다 좋을 수는 없다고 생각하고 있을 때 경찰이 그를 암살하려고 했던 여자의 집을 수색해서 짧은 끈이 담긴 상자를 찾아냈다. 그녀의 수명은 앞으로 몇 년밖에 남지 않은 상태였다. 대중은 범인이 끈 때문에 미친 짓을 저지르려 한 것이라고 결론 내렸다. 짧은 끈을 믿어서는 안 되고 앤서니가 옳다는 사실을 다시 한번 확인했다.

이 소식은 트위터를 뜨겁게 달구었다.

짧은 끈이 또 미친 짓을!! 이젠 놀랍지도 않아!

병원, 쇼핑몰, 폭탄 테러에 이젠 암살까지. 짧은 끈들이 이 나라에 테러를 저지르는 걸 더 이상 두고만 볼 수 없다!

초등학교 4학년인 우리 애 담임이 짧은 끈인데 위험한 거 아닌가요?

범인을 옹호하고 롤린스 의원을 욕하는 사람들에게: 창피한 줄 아세요! 짧은 끈이 결코 살인의 이유가 될 순 없습니다.

짧은 끈 페미나치가 총을 구할 수 있었다는 것 자체가 문제 아닌가??

앤서니는 인터넷의 어중이떠중이들이 뭐라고 싸우든 별로 관심이 없었지만 그의 선거 사무장은 흡족해했다. 전국적인 여론이 그들에게 유리한 쪽으로 기우는 듯했다.

끈이 등장한 지 아직 그렇게 오래되지 않았기에 끈으로 인해 발생하는 모든 폭력은 새로운 폭력이었다. 집회에서 총을 쏜 사람이 여자라는 사실도 앤서니의 대의를 도와줄 뿐이었다. 끈이 나타나기 전에는 미국에서 여자 암살자는 거의 드물었다. 하지만 이제 끈이 짧은 사람은 남녀를 막론하고 잠재적 위협으로 비쳤다. 기존의 법질서로 해결할 수 있는 일이 아닐 터였다. 기꺼이 싸울 준비가 되어 있는 후보 이미지를 쌓은 것은 앤서니뿐이었다.

웨스 존슨은 인간의 선한 본성에 호소하려는 노력을 계속했지만 대부분의 다른 후보들은 뻔한 이미지에 가로막히고 있었다. 세상 물정 모르는 아이비리그 교수, 너무 자신만만하고 상스러운 주지사, 모성을 강조하는 보수적인 여성 하원 의원 등. 앤서니는 영리하게도 끈에 초점을 맞춘 덕분에 가장 중요한 사안과 무관하다는 꼬리표가 붙기 전에 일찌감치 연관성을 구축할 수 있었다.

며칠 지나지 않아 짧은 끈들의 총기 구매를 금지해야 한다는 주장이 나오기 시작했고 앤서니가 나서서 관련 법안의 초안을 작성했다. 과학마저도 그의 편인 듯했다. 앤서니가 그 법안에 착수한 주에 일본과 미국의 과학자들로 구성된 연구팀이 세상에 폭탄을 떨어뜨렸다. 끈 길이 측정 웹사이트의 업데이트 버전이 나온 것이다. 이제는 몇 년의 오차 범위나 추정치가 아니라 정확한 숫자로 수명을 계산할 수 있었다. 정확히 몇 살에 죽는지.

지난 6개월 동안 추가된 데이터 덕분에 끈 길이로 수명을 달 단위까지 측정할 수 있게 되었다.

앤서니는 과학의 정확성이 높아질수록 짧은 끈들을 규제하기도 쉬워질 것이라고 생각했다.

"정말 대단한 하루였지." 앤서니가 웃으며 재킷을 벗었다. 처음에 그는 아내가 근처에 있다는 것을 알지 못했다. "짧은 끈들의 총기 구매 규제법은 오랜만에 실제로 의회를 통과하는 법이 될 거야. 정말 믿어지지 않는군."

"계속 그들을 표적으로 삼는 게 맞는 건지 잘 모르겠어요." 캐서린의 목소리가 복도에 울려 퍼졌다.

"누구 말이야?"

"짧은 끈들 말이에요."

앤서니는 깜짝 놀랐다. 거실로 가보니 앤티크 소파에 우울한 표정으로 앉아 있는 아내가 보였다. "그게 갑자기 무슨 말이야?"

"얼마 전에 당신이 총까지 맞을 뻔했잖아요. 우리가 모든 결과를 고려하지 않은 것 같아요."

앤서니는 총알이 두 사람 근처에도 오지 않았지만 아내가 그 사건으로 불안해하고 있다는 것을 알고 있었다. 하지만 걱정이 저 정도인 줄은 미처 몰랐다.

"우리 둘 다 끈이 긴데 뭐가 걱정이야." 그는 최대한 다정한 목소리로 위로의 말을 건넸다. "우린 괜찮을 거야. 끈이 그 증거야."

"미안하지만 하나도 위로가 안 돼요." 캐서린이 말했다. "끈이 긴 건 그때까지 죽지만 않는다는 뜻이지 무슨 나쁜 일이 일어날지는 모르잖아요."

"우린 정치인의 삶을 선택했어. 처음부터 알고 시작한 거잖아." 앤서니가 말했다.

"이 방법은……, 끈을 이용하는 이 방법은…… 더 이상은 아닌 것 같아요."

"기억 안 나? 웨스 존슨의 끈을 이용하자고 한 건 당신이었어. 난 그 전략을 따랐을 뿐이고. 효과 만점인데 왜 갑자기 의심하는 거야?"

"오늘 잭이 왔었어요." 캐서린이 마침내 그 이야기를 꺼냈다. "그 애 끈이 짧대요."

앤서니는 한숨을 쉬며 옆에 앉아서 아내의 손을 잡았다. "안타깝네. 착한 앤데."

"나도 알아요. 그래서 이해가 안 돼요. 왜 그 애한테 이런 일이 일어나야 하는지! 오라버니한테도. 우리 집안이 이 나라에 좋은 일을 얼마나 많이 했는데 돌아오는 게 고작 이런 거라니. 우리 오라버니가 하나뿐인 아들을 잃어야 한다니. 그 히피 같은 여자한테 버림받은 잭을 오라버니가 혼자 잘 키웠는데! 잭이 할아버지의 유산을 이어가려고 지금까지 그렇게 열심히 노력했는데 군대 구석자리에 있다가 서른도 되기 전에 죽어야 한다니! 세상이 이렇게 불공평할 수 있어요?"

앤서니는 우는 아내를 잠시 그대로 두고 머릿속으로 할 말을 궁리했다.

그는 이 일이 그의 앞길을 막게 할 수는 없었다. 지금 한창 지지율이 정점에 달하고 있는데, 그래서는 절대 안 된다. 그의 옆에는 캐서린이 꼭 필요했다. 두 사람이 대학에서 처음 만났을 때 그는 로스쿨 진학을 계획하는 졸업반이었고 캐서린은 아직 2학년이었다. 그는 그녀가 자신의 짝임을 알아보았다. 그녀의 꿈과 야망은 그와 비슷한데다가 집안 배경도 타의 추종을 불허했다. 미국독립혁명으로까지 족보가 거슬러 올라가는 집안이라니! 그래서 그녀가 좀처럼 몸을 허락하지 않고 내숭을 떨고 가끔 독선적인 태도를 보였어도 다 참을 수 있었다. 성공에 필요한 배경과 사교술, 야망까지 갖춘 여자였으니까. 대학 토론 결승전이 열리기 2분 전에 그녀가 그의 경쟁자에게 '실수로' 커피를 쏟은 후로 그녀에게 사랑을 고백했다.

캐서린은 그를 믿었다. 두 사람을 믿었다. 그녀는 항상 든든한 자원이었다. 그녀가 그의 방해물이 되는 일은 절대로 없어야 한다.

"당신 집안사람들은 강하잖아. 이겨낼 수 있을 거야." 그가 말했다.

캐서린은 티슈를 가져와 코를 닦았다. "하지만 이게…… 우리가 전략을 재고해야 한다는 뜻이면 어떡해요?"

"지금 당신이 너무 속상해서 그래. 그럴 만도 하지." 앤서니는 계속 침착한 어조로 말을 이어갔다. "하지만 바뀌는 건 없어. 백악관이 바로 코앞이야. 난 느껴져. 우린 자격이 있어. 우리 둘 다."

"잭이 이런 일을 당하는 게 맞는다는 거예요?" 캐서린은 그의 무심한 듯한 태도가 거슬렸다.

"아니. 물론 아니지." 앤서니가 고개를 저었다. "하지만 난 이게 우리가 정당하게 이루어낸 성과라고 생각해. 우린 이 나라를 지키는 거야. 사람들이 원하는 걸 해주는 거라고. 우리 첫 데이트 생각나? 대학 캠퍼스 카페에서. 내가 당신한테 그랬지. 내 꿈은 대통령이 되는 거라고. 그랬더니 당신은 '그래요. 같이 하죠.'라고 대답했지. 너무도 당연하다는 듯 그렇게 대답하고 라테를 마셨어. 당신이 미친 건지 농담을 하는 건지 알 수가 없었지. 하지만 둘 다 아니었잖아. 그때 당신은 진심이었어." 앤서니가 미소 지었다.

"기억나요."

"그때도 당신은 우리 두 사람에 대한 믿음이 있었어. 둘 다 풋내기였을 때부터." 앤서니는 아내의 볼을 어루만졌다. 엄지 아래에서 부드럽고 축축한 피부가 느껴졌다. 그는 아내의 눈을 똑바로 바라보았다. "당신, 지금도 우리를 믿어?"

"알잖아요." 그녀가 대답했다.

"이게 신이 우리 두 사람에게 원하시는 일이라고 믿어?"

"믿어요."

"나도 믿어. 이건 우리의 운명이야." 앤서니는 아내의 어깨를 끌어안았다. 캐서린은 남편의 익숙하고 단단한 가슴에 편안하게 얼굴을 기대었다.

"지금 우리가 놓인 길이…… 쉽지 않다는 거 나도 알아." 앤서니가 아내의 머리카락을 쓰다듬었다. "하지만 우리가 이길 방법은 이것뿐이야."

캐서린이 잠든 후에야 앤서니는 잭의 일에 대해 생각해보았다.

앤서니와 그의 아내는 자식을 원하지 않았다. 두 사람의 바쁜 일정에 아이가 들어갈 시간도 없었거니와 조카를 무척 귀여워하는 캐서린은 조카의 생일이며 졸업식을 챙기는 고모 역할로도 충분히 만족하는 듯했다. 그녀는 오빠가 힘들어할 때면 언제든 조카를 봐주다가도 남편과 함께 만들어가는 스릴 넘치는 삶에 충실했다.

물론 앤서니도 끈이 짧은 처조카에게 안타까운 마음이 들었다. 그의 눈에도 잭이 어릴 때부터 집안에서 겉도는 게 보였다. 삐쩍 마른 그 아이는 가족 야유회에서 이인삼각 경주를 할 때도 항상 맨 마지막으로 짝을 이루곤 했다. 헌터 집안 특유의 투쟁 정신이 없는 것 같았다. 사회주의 신봉자처럼 유럽으로 도망가버린 제 괴짜 엄마를 너무 많이 닮은 걸까. 앤서니는 그저 잭이 짧은 끈 때문에 경솔한 행동을 하는 일이 없기만을 바랄 뿐이었다. 그와 캐서린의 명성에 먹칠하는 일이 있어서는 안 될 것이다.

순간 떠오르는 생각이 있었다. 당연한 일이지만 그에게 반대하는 시위나 총격 사건은 그가 짧은 끈 유권자들에게 위험할 정도로 인기가 없다는 증거였다. 어쩌면 책이 그에게 해결책을 제시해주었는지도 몰랐다.

모라

언론은 며칠 내내 총격 사건을 다루었다. "영웅으로 기억될 뉴욕 의사." 뉴스 앵커들은 대참사로 번질 수도 있었던 일을 막아 정치인과 수많은 군중을 구하고 목숨을 잃은 헌신적인 의사의 죽음을 애도했다. 행크가 그 정치인에게 반대하는 시위에 참석하기 위해 현장에 간 것이라는 사실은 일부 기사에서만 언급되었다.

행크의 죽음 이후 며칠이 지나고 몇 주가 지나도록 모라의 불안과 초조함은 사라지지 않았다. 하지만 매일 아침 알람 소리에 일어나 지하철을 타고 출근한 후 칸막이 사무실에 앉아서 동료의 껌 씹는 소리를 들으며 스프레드시트를 들여다봐야만 하는 현실이었다. 모라의 부서에서는 감원 계획에 따라 모든 팀의 예산 감축이 이루어지고 있었다. 모라는 지금까지 여러 직업을 거치면서도 그 어떤 직업으로도 자신을 정의하지 않았지만 그래도 출판사에서 맡은 일은 마음에 들었는데—소셜 미디어 게시물에 센스 있는 멘트를 달고, 새로운 홍보 전략 아이디어를 브레인스토밍하고, 창의적인 사람들과 흥미진진한 미팅을 하고—이제는 아니었다. 그녀의 삶이 휘청거리고 행크도 죽었고 온 세상이 불붙은 것 같은데도 아무 일 없는 것처럼 계속 언론 보도 자료를 내보내고 예산을 아낄 방법을 찾아야 한다니.

모라는 돈을 벌어야 했다. 끈 때문에 직장을 그만둘 수는 없었다. 게다가 뭔가 새로운 일을 해보려고 해도 지겹게 반복되는 경고의 말을 들어야 할 것이다. "넌 짧은 끈이잖아. 선택권에 한계가 있어. 남은 시간이 소중하잖아. 현명하게 선택해."

모라는 행크의 죽음이 왜 그렇게 불안감을 주는지 깨달았다. 크나큰 상실감과 사건의 충격적인 폭력성 때문만은 아니었다. 행크가 첫 번째이기 때문이었다.

물론 모라가 주변 사람의 죽음을 경험한 것은 처음이 아니었다. 하지만 행크는 모라가 아는 짧은 끈 가운데 수명이 다한 첫 번째 사람이었다. 선택지가 다한 사람, 시간이 다한 사람.

모라는 자신은 어떤 식으로 죽음을 맞이할까 의아했다. 무엇이 그녀의 끈을 싹둑 자를 가위가 될까.

영광의 긴 끈을 가진 니나는 두 가지 선물을 받은 것이나 마찬가지였다. 긴 수명, 그리고 나이가 들어서 지치고 준비되었을 때 어쩌면 자는 도중에나 자연스럽게 죽음을 마주할 거라고 생각할 수 있는 여유. 평화로운 결말을 맞이할 자격은 누구에게나 있는데, 운 좋은 소수에게만 주어졌다.

모라는 그 운 좋은 소수에 들지 않았다.

과학은 빠르게 발전해 끈의 길이를 측정하는 방법이 더욱 정확해졌다. 이제는 생이 언제 끝날지 분 단위로까지 상세하게 알 수 있었다. 짧은 끈과 긴 끈 모두 자신의 수명을 더 정확히 알아보기 위해 업데이트된 웹사이트로 몰려갔다. 하지만 정확성은 두려움에 기름을 부었다. 몇 년의 오차 범위가 계절, 달 단위로 정확해졌으니까.

수명이 얼마 남지 않았지만 뚜렷한 질병이 없는 짧은 끈들이 공포와 불확실함에 사로잡혀 있는 이야기도 얼마나 많이 들었던가. 길을 건너기 전에 망설이고, 지하철 선로에서 멀찌감치 떨어져 있고. 스트레스가 얼마나 심할지 모라는 상상조차 되지 않았다. 그 무력함이 얼마나 끔찍할까. 끔찍한 사고를 당하기 며칠 전에 사랑하는 가족들 옆에서 평화롭게 떠나는 쪽을 선택하기 위해 이해심 많은 의사나 해외의 딜러들에게 특수 약물을 구한다는 짧은 끈들의 이야기도 들렸지만 모라는 그리 놀라지 않았다. 니나의 잡지에서 다루기도 했지만 이런 사회적 동향은 상당히 복잡한 사안이었다. 짧은 끈들이 겉으로는 건강해 보이는데, 불법을 저지르는 것이기 때문이다. 하지만 모라는 의아했다. 그들도 말기 환자와 같은 대우를 받아야 하지 않을까? 죽기 직전에 오롯이 자유의지를 행사할 기회가 주어져야 하지 않을까?

모라는 업데이트된 웹사이트에서 좀 더 정확한 수명을 알아보지는 않기로 했다.

이만큼 아는 것만으로 충분했다.

그녀는 마음을 계속 괴롭히는 질문을—그녀가 알지 못하는 단 하나의 것—최대한 억누르려고 애썼다. 하지만 아무리 억눌러도 튀어나올 때가 있었다. 아주 가끔 도저히 물리칠 수 없을 때면 절대로 일어날 가능성이 없는 일들에 집중하려고 애썼다.

상어의 공격을 받아서 죽을 확률. 낙하산이 고장 나서 죽을 확률. 그런 가능성만큼은 배제할 수 있었다. 그것만으로도 다행 아닌가?

독사에 물려서 죽을 확률. 벼락에 맞아서 죽을 확률. 영양실조로 죽을 확률. 전부 다 제로였다.

하지만 시위 현장에서 총에 맞은 행크의 죽음 역시 확률이 지극히 낮아 보이기는 마찬가지였다. 만약 1년 전에 누군가 행크에게 '짧은 끈들의 시위'에서 죽을 거라고 말했다면 그는 무슨 뜻인지 이해조차 하지 못했을 것이다. 타락한 정치인을 노린 여자가 쏜 총에 맞아 죽을 거라고 상상이나 했을까?

모라는 마침내 이렇게 결론지었다. 어쩌면 행크는 그가 선서에 따라 살아온 방식 그대로 사람의 목숨을 구하다가 죽었다고. 비록 구할 가치가 없는 목숨이기는 했지만.

일요일 저녁, 모라가 학교에 도착했을 때 첼시가 입구 계단에 앉아 있었다. 해가 진 후에도 수그러질 낌새가 없는 후텁지근한 여름의 열기가 느껴졌다. 그 속에서 첼시는 땀을 흘리며 힘없는 모습으로 담배를 피우고 있었다. 모임이 시작되려면 아직 몇 분 남아서 모라도 옆에 앉았다.

첼시가 담배를 건넸다. "피워요?"

"대학 다닐 때 몇 번요. 물론 대마초였지만……." 모라가 말했다.

첼시는 웃으며 담배를 한 모금 더 들이마셨다.

"행크 쌤이 여기 있었으면 당장 끊으라고 혼냈을 거예요. 그래도 짧은 끈이라서 딱 하나 좋은 게 있다면 담배를 마음대로 피워도 된다는 거예요. 날 끝장낼 무언가는 이미 다가오고 있으니까. 폐암이든 뭐든."

모임 초기였던 4월 초, 모라는 첼시를 신기해하며 빤히 쳐다보았다. 첼시는 주황색이 도는 본래 머리 색에 맞춰서 피부도 주황색이 돌게 선탠을 했다. 그녀는 끈이 짧다는 사실을 알게 된 후에도 변함없이 2주에 한 번씩 스프레이 선탠을 계속했다. 지금 이렇게 계단에 앉아 담배를 마지막 한 모금까지 맛있게 빨아들이는 첼시를 보니 모라는 그녀의 의지가 존경스럽기까지 했다. 끈이 짧은 게 무슨 상관인가? 첼시는 그저 자신의 삶을 계속 살아가고 싶었다. 여전히 선탠한 피부로 보이고 싶었다.

"새 웹사이트에서 다시 확인해봤어요?" 첼시가 물었다.

모라는 고개를 저었다.

"그게 더 나을지도 모르겠네요. 수명을 너무 구체적으로 알려줘서 충격받기 쉽거든요. 적어도 행크는 그날 아침에 일어나 오늘이 그날일 수 있겠구나라고 생각하진 않았을 거 아녜요."

첼시는 담배꽁초를 바닥에 던지고 웨지샌들의 뒤꿈치로 비벼서 끈 후 천천히 일어났다. "갈까요?"

교실로 들어가 보니 이야기가 한창이었다.

"행크는 우리에게 사실대로 말해줬어야 해요." 레아가 말했다.

행크의 장례식 후 첫 모임이었다.

"닥터 싱의 추도사가 정말 멋지더라고요." 터렐이 말했다. "행크의 영향으로 국경 없는 의사회에 들어갔다죠? 내 전 애인들도 그렇게 멋졌으면 좋겠는데."

"범인에 대한 정보는 더 없나요?" 션이 물었다.

"롤린스를 쏘려고 했던 것 같아요. 대규모 총기 난사로 번지진 않았을 겁니다." 벤이 말했다.

"확실한 건 범인의 끈이 거의 끝나가고 있었단 거예요." 니할이 말했다.

첼시가 끙 소리를 냈다. "범인이 우리 친구를 죽인 것도 모자라 우리 같은 짧은 끈 모두에게 억울한 누명까지 씌우는군요."

하지만 범인의 동기가 마치 짧은 끈의 분노 때문인 것처럼, 총격 사건을 범인의 끈 길이와 연결 지은 건 앤서니 롤린스라고 모라는 생각했다. 실제로 범인에 대한 자세한 정보는 거의 드러나지 않았다. 40대 여성이고 미혼이고 자식도 없다는 것뿐. 그녀를 두둔하든 충격을 드러내는 쪽이든 가족이나 친구의 공개 인터뷰도 전혀 나오지 않고 있었다.

하지만 그 사건은 이전에 있었던 폭력 사건들과 마찬가지로 이미 사람들의 무의식 속에서 부글부글 끓고 있는 편견에 거센 불꽃을 더할 것이다. 모라는 확신할 수 있었다. 앞으로 사람들은 짧은 끈을 만나면 잠깐이라도 멈칫하지 않을까? 마음속에 고통과 짐 덩어리가 가득한 이 사람을 과연 믿을 수 있을지 의심하지 않을까?

당연히 정상일 리가 없다고 생각하지 않을까?

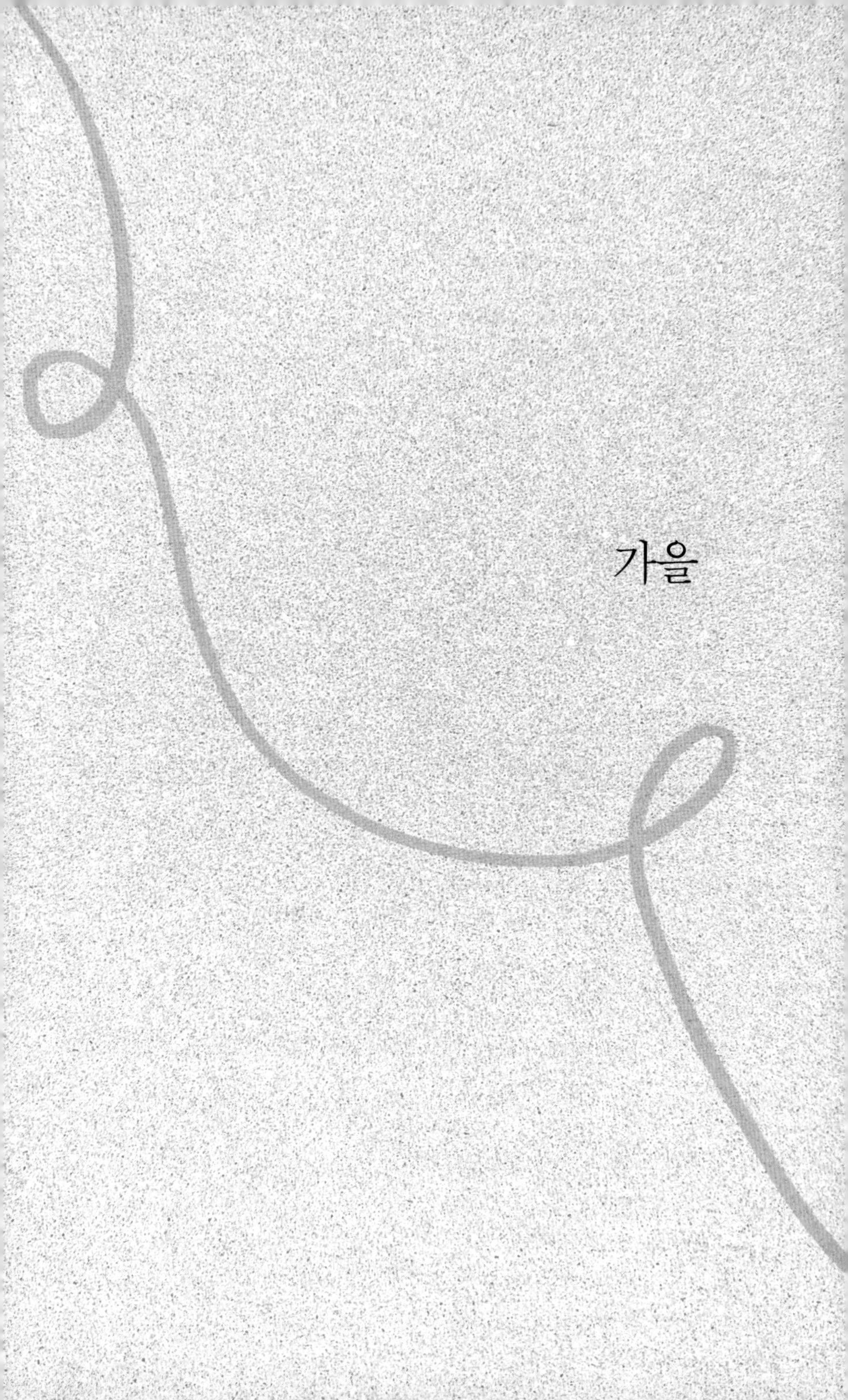

가을

에이미

가을에 새 학기가 시작되었지만 학교로 돌아오지 않은 학생들이 있었다.

짧은 끈 때문에 수입이 줄어들어 아이를 비싼 사립학교에 계속 보내기가 부담스러워서 학교를 옮긴 가족. 인생이 짧다는 사실을 깨닫고 삶의 질이 나아지기를 바라며 맨해튼을 떠난 가족. 아예 다른 나라로 떠난 가족도 있었다.

실제로 상자가 나타난 지 6개월째를 맞이한 9월에 〈타임스〉는 흥미로운 자료를 발표했다. 적지만 통계적으로 유의미한 숫자의 미국인들이 상자가 나타난 이후 미국을 떠났음을 말해주는 자료였다. 다수는 가까운 캐나다로 떠났지만 북유럽으로 떠난 이들도 꽤 되었다. 북유럽 국가들이 오랫동안 전 세계에서 행복 지수가 가장 높고 평등을 중요시한다고 알려진 점이 혹독한 겨울에 대한 두려움마저 상관없어지게 한 듯했다.

에이미도 끈이 나타나기 전부터 다른 곳으로 이사하면 어떨까 생각했다. 생활비가 저렴하고 여러 측면에서 힘이 덜 드는 곳으로. 하지만 그럴 때마다 뉴욕은 그녀를 더욱 강하게 잡아당겨 마음을 바꿔놓곤 했다. 바로 옆에서 칙칙한 갈색 쥐가 재빠르게 달려가도 색색으로 피어나는 동네 정원이 있었다. 뉴스에서 하루가 멀다고 한밤중의 강도 사건이 보도되어도 구석구석에서 다양한 곡을 연주하는 음악가와 가수들이 있는 공원을 거니는 늦은 오후의 산책이 있었다. 끈도 바꾸지 못하는 것들이 있었다.

그녀가 일하는 학교도 바뀌지 않을 수 있다면 얼마나 좋을까.

8월에 정치인의 유세장에서 일어난 총격 사건 일주일 후 교장이 전체 교직원에게 이메일을 보냈다. 전국으로 퍼져 나가는 폭력을 규탄하고 끈으로 인해 피해당한 모든 이들을 위로하는 내용이었다.

"이렇게 어려운 시대를 맞이해 교사 여러분들은 학생들을 지도할 의무를 느끼실 것입니다. 하지만 끈이라는 주제가 점점 더 자극적으로 변해가고 최근에 끈의 측정 방법도 정확해짐에 따라 새 학기부터는 교실에서 끈에 관한 깊은 토론을 되도록 자제해주기를 부탁드리는 바입니다."

학부모회 역시 끈이 대단히 민감한 주제이므로 오롯이 부모에게 맡겨야 한다는 결론에 도달했다.

에이미는 가정의 어려움은 이해하지만 교사들을 완전히 제쳐놓는 새로운 방침에 동의할 수 없었다. 그녀는 오히려 학교가 끈 문제를 정면으로 다루어야 제 역할을 다할 수 있다고 생각했다. 그래서 수업 시간에 죽음과 상실, 공감, 편견 같은 주제의 책들을 넣었다. B와의 편지에서 얻은 아이디어로 학생들과 지역 요양원을 이어주는 펜팔 프로그램을 시작할 계획까지 세워놓았다. 끊임없이 변화하는 세상에서 오랜 세월을 살아온 노인들이 이 시대를 살아가는 아이들에게 유익한 지혜를 나눠줄 수 있으리라고 생각해서였다. 하지만 과연 끈에 대한 언급 없이 가능한 일일까.

에이미는 여름방학이 끝나갈 무렵 교장에게 우려를 전했지만 아무런 소용이 없었다.

"자녀가 있으신가요, 윌슨 선생님?" 교장이 그녀에게 물었다.

"아뇨. 없습니다."

"선생님의 이상주의는 존경스럽지만 자녀가 없으시니 학부모들의 입장을 정확히는 모르겠군요. 해마다 성교육 수업 때문에 학교로 항의 전화가 수십 통 옵니다. 어떤 부모는 시기가 너무 이르다고 하고 또 어떤 부모는 너무 늦다고 하지요. 수업 내용 자체가 불만인 부모도 있고요. 모두를 만족시키는 건 불가능합니다. 하지만 등록금을 내는 건 학부모들이지요. 끈 문제에 대해 아이들과 언제, 어디서, 어떻게 이야기 나눌지는 학부모들이 결정해야지요."

교장은 잠시 말을 멈추었다. "선생님도 엄마가 되면 이해하실 겁니다."

에이미는 고개만 끄덕였다. 모욕당한 기분이었지만 전혀 놀랍지는 않았다.

그로부터 몇 주 후 숫자가 나왔다. 입학률이 충격적인 수준으로 줄어들었다.

가을에 새 학기가 시작된 지 나흘 만에 첫 번째로 해고된 교사가 생겼다.

그날 아침 에이미가 코넬리 아카데미에 출근해보니 동료 교사 몇 명과 불만 가득한 학부모들이 교장실 밖에 모여 있었다.

"쉽지 않은 결정이었습니다." 교장이 사람들을 진정시키려고 애썼다. "하지만 8월에 합의된 행동 규범을 어겨서는 안 됩니다."

"무슨 일이에요?" 에이미가 물었다.

"수잔 포드 선생님 일이에요." 동료 교사가 답해주었다. "어제 갑자기 졸업반 애들한테 끈 얘기로 일장 연설을 했나 봐요. 자신의 끈이 짧아도 두려워하지 말고 끈이 짧은 사람도 두려워하면 안 된다고."

"그렇게 나쁜 얘기도 아닌데." 에이미가 말했다.

"그렇죠. 그래도…… 학부모들이 화가 났어요. 워낙 민감한 사안이다 보니."

포드 교사가 침통한 표정으로 교장실에서 나오며 포스터가 든 상자를 쓰레기통에 집어 던지자 사람들이 술렁거렸다.

"이건 말도 안 됩니다!" 학부모 하나가 소리쳤다. "우리는 우리 애들을 독재 학교에 돈 내고 보내는 게 아닙니다! 토론을 침묵시키는 게 아니라 장려해야 합니다!"

"이사회와 학부모회에서 이미 결정 난 사안입니다." 교장이 말했다. "원하시면 다음 달 회의에서 다시 논의해보죠."

시계가 8시를 알리고 학생들이 줄줄이 건물 안으로 들어오기 시작했다. 다들 아직 불만이 가득한 상태였지만 아이들이 놀랄까 봐 일단 해산하기로 했다. 교장에게 항의하던 엄마 두 명이 포드 교사의 팔을 잡고 마치 아이를 달래듯 위로해주었다.

에이미는 교장실 밖에 놓인 쓰레기통을 애달프게 바라보았다. 포드 교사가 만든 구겨진 포스터들이 헛된 발버둥이라도 치듯 쓰레기통에서 끄트머리만 삐져나와 있었다.

모라

일요일 저녁, 모라는 학교로 향하면서 핸드폰으로 페이스북에 게시된 나쁜 뉴스를 훑었다. 고공 행진 중인 앤서니 롤린스의 선거 유세나 짧은 끈들을 전부 화성으로 이주시켜야 한다는 억만장자 누구누구의 주장에 관한 기사를 하나라도 더 봤다가는 미쳐버릴 것만 같은 기분이 들었다. 바로 그때 낯선 기사 제목이 눈에 띄었다. "가짜 끈 제작 웹사이트 발각, 운영자 체포." 네바다에 사는 한 남자가 집 차고에서 가짜 짧은 끈을 만들어 온라인에서 팔았다는 기사였다. 그는 체포되었지만 이미 수백 명이 가짜 끈을 구매한 뒤였다. 가짜 짧은 끈은 누군가의 진짜 끈과 바꿔치기하는 잔인한 장난에 사용되었다. 끈이 짧다는 것이 세상에서 가장 끔찍한 운명이고 끈을 바꿔치기하는 것이 세상에서 가장 재미있는 농담이라도 된단 말인가.

모라는 핸드폰을 던질 뻔했다.

교실에 들어가 보니 몇 명이 그 뉴스에 대해 이야기하고 있었다.

"가짜 끈 기사 보셨어요? 세상에 할 일이 없어서 그런 짓을." 니할이 말했다.

"저번에는 남의 끈 길이까지 적어놓는 미친 구글 문서가 나오더니 이제 이런 꼴까지 봐야 하나?" 칼이 투덜거렸다.

"그뿐인가요. 새로운 총기 규제법도 있죠." 터렐이 거들었다. "이 나라는 돌격 소총을 들고서 사람들을 죽이고 다녀도 끄떡도 안 하고 그렇게 오랫동안 총기 규제로 싸워대더니 인제 와서 갑자기 짧은 끈들만 총기를 규제한다는 게 말이나 됩니까?"

"우리 아버지한테 들은 얘기가 더 충격적이에요." 첼시가 말했다. "같은 직장에 다니는 여자가 남편이 짧은 끈이라는 이유로 아이들에 대한 양육권 전권을 달라고 소송을 걸었대요. 남편이 정신적으로 불안정해서 아이들을 트라우마에서 지켜야 한다고 거짓말까지 했다네요."

"맙소사." 터렐이 투덜거렸다.

"그 아빠가 끝까지 싸웠으면 좋겠네요. 아빠가 곧 세상을 떠나도 자신들을 끝까지 포기하지 않았다는 걸 아이들에게 알려줄 수 있잖아요." 벤이 말했다.

"이 양육권 싸움이 더 큰 문제로 번지면 분명 더 많은 시위가 일어날 거예요." 니할이 덧붙였다.

"정말 지겹지 않아요?" 모라가 갑자기 크게 소리쳤다. "우리만 애써야 한다는 게."

"무슨 말이에요?" 션이 물었다.

"우린 끊임없이 자신을 증명해야만 하는 악순환에 갇힌 것 같아요. 우리가 위험하거나 미치지 않았다는 걸 증명해야 하잖아요.

끈이 나타난 이후로 다들 우릴 잠재적 범죄자로 몰고 가니까 예전하고 똑같은 사람이란 걸 증명해야 하죠." 모라의 갈라진 목소리에서 좌절감이 새어 나왔다. "다들 시위 현장에 가봤으니 알잖아요. 변화를 만드는 게 왜 우리 책임이에요? 끈이 짧은 것만 해도 힘들어 죽겠는데 왜 우리가 싸워야 하냐고요."

모라는 그날 집으로 돌아오자마자 니나의 걱정스러운 눈길을 알아차렸다.

"무슨 일 있어?" 니나가 물었다.

"아니. 그냥…… 피곤해서." 모라가 말했다. "6개월 동안 너무 힘들었잖아."

"얘기할래?"

모라가 한숨을 쉬었다. "내 심정이 어떤지 잘 알잖아. 기회의 문이 다 닫히고…… 직장에서도 답답하고…… 뉴스는 점점 더 흉흉해지고 사람들은 계속 열받는 짓만 하고. 직장에 나가지 말고 이런 세상과 싸워야 하나 싶어. 하지만 나 자신을 위해 계속 싸워야만 하는 상황 자체가…… 막다른 골목에 갇혀버린 느낌이야."

"미안해." 니나의 얼굴이 고통으로 일그러졌다. "내가 해줄 게 있을까?"

모라는 눈을 감고 심호흡했다. "잠들 때까지 옆에 있어줄 수 있어?"

두 여자는 조용히 침대로 가서 누웠다. 둘 다 잠들지 않은 채로 침묵 속에서 몇 분이 지났다. 니나가 모라 쪽으로 돌아누우며 속삭였다. "우리 어디 갈까?"

모라도 돌아누워 니나를 보았다. 약간 혼란스러운 표정이었다. "너 밤에 나가는 거 별로 안 좋아하잖아."

"지금 말고. 조만간. 좀 멀리 다녀오자. 우리 둘 다 가본 적 없는 곳으로."

모라는 깜짝 놀랐다. "진심이야?"

"갇혀버린 느낌이라면 나갈 때가 된 거야."

"좋긴 한데…… 우리 그럴 형편이 돼?" 모라가 물었다.

"우린 뉴욕을 떠난 적이 거의 없잖아. 한 번쯤은 사치 부려도 돼. 특히 중요한 일에는."

"알았어." 모라는 니나의 기분에 맞춰주기로 했다. "어디로 갈까?"

"글쎄, 어디든! 로맨틱한 곳이면 더 좋고. 프랑스나 이탈리아처럼."

"대학 때 1년 동안 이탈리아어 수업을 들었는데 드디어 쓸 기회가……." 모라가 잠시 멈칫했다. "날 위해서 이러지 않아도 돼."

"널 위해서가 아니야! 내가 계획 짜는 거 얼마나 좋아하는지 알잖아. 트립어드바이저에서 죽치고 있을 생각하니까 벌써 신나는데."

모라가 웃음을 터뜨렸다. "그냥 난…… 지금 상황이 진짜 우울하긴 하지만…… 괜찮을 거야."

"당연히 나도 그렇게 믿어." 니나가 말했다. "넌 내가 아는 가장 강한 사람이니까."

모라가 니나의 이마에 가볍게 입을 맞추었다. “그래. 어디가 좋을지 내일 아침부터 아이디어를 내보자.”

모라는 베개에 얼굴을 묻었다. 가짜 끈을 판 남자, 남편을 고소한 여자, 그날의 모든 어둠이 조금씩 멀어지고 그날 학교에서 본 포스터가 떠올랐다. 아직 비워지지 않은 쓰레기통에 끄트머리가 삐죽 나와 있던 포스터였다. 모라는 모임이 끝나고 교실에서 나왔을 때 그 포스터를 발견했다. 아무도 보지 않을 때 슬쩍 그것을 쓰레기통에서 꺼냈다.

구겨진 포스터에는 젊은 나이에 세상을 떠난 유명인들의 사진이 가득했다. 셀레나 킨타니야, 코비 브라이언트, 다이애나 왕세자비, 채드윅 보스만. 포스터 맨 위에는 필기체로 “길이에 상관없이 모두가 의미 있는 삶”이라고 적혀 있었다.

모라는 그 포스터를 누가, 왜 만들었는지 알 길이 없었지만 손에 들고 있으니 혼자라는 느낌이 덜해졌다. 같은 편이 생긴 것 같았다. 그녀의 삶, 모든 짧은 끈들의 삶이 가치 있다는 것을 알아주는 사람이 있었다. 어쩌면 그녀는 홀로 싸우고 있는 게 아닌지도 몰랐다.

모라는 잠에 빠져들기 직전에 가고 싶은 곳을 정했다.

이탈리아어 수업 시간에 보았던 사진이 생생하게 떠올랐다.

운하, 곤돌라, 화려한 가면들.

해마다 가라앉고 있다는 경고를 받는 도시.

해수면 상승으로 불리한 상황이지만 여전히 건재한 도시.

투쟁하는 도시라고 모라는 생각했다.

하비에르

하비에르는 싸움을 보고 싶었다.

대선 경선 후보들의 9월 토론회는 앤서니 롤린스와 웨스 존슨의 재격돌이라고 홍보되었다. 짧은 끈들을 겨냥한 공격적인 전략으로 하루아침에 유명해진 앤서니 롤린스, 특유의 마음을 울리는 연설로 첫 번째 토론에서 많은 이들을 움직였지만 롤린스를 막는 데는 실패한 웨스 존슨. 하비에르는 존슨이 어떻게든 앞서기를 바랐지만 두 후보가 어떻게 나올지 전혀 예측할 수 없었다.

잭은 아버지를 만나러 가고 하비에르는 혼자 노트북으로 토론회를 시청했다.

"우선 저는 오늘 이 자리에서 6월부터 시작된 저에 관한 소문에 대해 말씀드리고자 합니다." 존슨 상원 의원의 발언이 시작되었다.

이어진 그의 말은 충격적이었다.

"저는 남들보다 짧은 끈을 받았다는 사실이 부끄럽지 않습니다."

존슨은 놀란 청중의 술렁거림 속에서 말을 이어나갔다. 하비에르도 놀랐다.

"일각에서는 이 사실을 이용해 제가 과연 대통령직에 적합한지 의문을 제기하려고 할 것입니다. 그들에게 다시 한번 말해주고 싶군요. 임기 중에 세상을 떠난 미국 대통령이 여덟 명이고 그중에는 세상에서 가장 훌륭한 지도자들도 있습니다. 저는 그분들을 기리기 위해 선거운동을 계속해나갈 것입니다."

상원 의원은 잠시 말을 멈추고 심호흡했다. "그리고 지금 이 방송을 보고 있는 저와 같은 짧은 끈 형제자매들에게도 말씀드리고 싶군요. 미국의 위대한 작가 랠프 월도 에머슨은 '중요한 것은 삶의 길이가 아니라 깊이'라고 했습니다. 세상에 영향력을 끼치기 위해 꼭 긴 수명이 필요하지는 않습니다. 필요한 것은 오직 변화에 대한 의지입니다."

청중석에서 쏟아져 나온 박수갈채가 하비에르의 가슴에도 닿았다. 그는 잭과 끈을 바꾼 후 처음으로 자신이 올바른 선택을 했다는 확신이 들었다. 그는 세상에 영향력을 끼칠 것이다. 존슨의 말처럼 하비에르에게는 의지가 있다. 잭의 끈이 길을 내어줄 것이다.

다음으로 진행자가 롤린스 의원에게 말을 건넸다. 하비에르는 잭의 고모부를 보자마자 얼굴을 찌푸렸다. 무대 조명을 받아 반짝이는 가르마를 탄 단정한 머리. 말끔하게 면도한 얼굴에 보조개가 생길 정도의 가식적인 웃음. 자신의 유세장에서 사람이 죽었는데, 아무렇지 않은 것처럼 보였다.

"우선 존슨 상원 의원께서 보여주신 용기와…… 솔직한 연약함에 박수를 보냅니다." 앤서니가 말했다. "최근 미국 전역을 괴롭히는 폭력 사건에 대한 제 반응이 짧은 끈들에게 너무 부당하다고 비난하시는 분들이 있다는 것을 잘 알고 있습니다. 하지만 이것은 공평함의 문제가 아닙니다. 국가 안보의 문제입니다. 저 역시 살인 미수의 표적이었기에 미국을 안전하게 지키기 위해서라면 무엇이든 할 것입니다. 끈 측정 기술의 정확성이 커짐에 따라 이 과제의 긴급성 또한 커지고 있습니다. 하지만 제가 짧은 끈들에게 전혀 공감하지 못한다고 생각하시는 분들은 완전히 잘못 생각하고 계신 것입니다. 제 처조카는 육군 소위인데 저는 그런 조카를 두었다는 사실이 자랑스럽습니다. 그 조카도 끈이 짧습니다. 제가 대통령이 된다면 이 나라를 지키는 강인함을 가진 지도자가 될 것이고 짧은 끈 가족을 둔 한 사람으로서 크나큰 공감으로 이끌 것입니다."

하비에르는 롤린스에게 환호하는 청중의 박수를 들으며 침대에 멍하니 앉아 있었다. 바로 전에 존슨의 발언으로 느꼈던 희망이 순식간에 씻겨나갔다.

잭의 고모부는 정치적 이익을 위해 조카의 짧은 끈을—실제로는 하비에르의 것이지만—세상에 보란 듯이 전시하고 있었다.

하비에르는 토할 것 같았다. 자신의 불행이 저 탐욕스럽고 이기적인 인간의 손에 권력을 쥐여줄지도 모르는 무언가로 변질되다니.

잭은 오늘 고모부의 계획을 알고 있었을까?

최근에 잭은 고모와 고모부를 거의 언급하지 않았지만 하비에르는 그가 마침내 가족들에게 '짧은 끈'에 대해 알렸다는 것을 알고 있었다. 소파에 침울하고 무기력하게 앉아서 맥주를 마시며 바비큐칩을 먹는 일이 부쩍 늘어난 것도 그 탓이리라. 앤서니도 오늘 토론회 전에 잭의 끈 이야기를 들었을 것이다. 그런데 고모부가 전국 방송에서 자신을 정치적 노리개로 이용하리라는 것을 잭은 알고 있었을까?

하비에르는 분노가 치솟아 토론회를 더 볼 수가 없었다. 그는 노트북을 닫아버리고 운동화를 신었다. 잽싸게 아파트 건물을 빠져나가 동네를 달렸다. 조지타운 대학에 이르러서야 지친 몸으로 숨을 헉헉대며 댈그린 성당 밖의 계단에 주저앉았다.

하비에르는 잔디밭에서 이야기를 나누거나 공부를 하거나 연애하는 학생들을 바라보았다. 붉은 벽돌 건물들로 이루어진 초가을의 캠퍼스에는 대학에서만 느낄 수 있는 활력이 넘쳤다. 많은 대학이 새 학기에 교내 카운슬러 숫자를 두 배로 늘리기로 했다. 학생들이 22세 생일을 무사히 맞이할 수 있도록 도와줄 특수 카운슬러들도 포함되었다. 하비에르는 대학교 졸업반 학생의 절반이 22세 때 상자를 받으면 열어보지 않기로 했다는 기사를 읽은 적이 있었다. 온라인에서 '#열지마세요'가 잠시 인기를 끌기도 했다. 하지만 현실은 소셜 미디어처럼 그렇게 간단하지 않다. 하비에르는 4년 동안 사관학교에서 혹독한 훈련을 받았어도 극심한 스트레스 상황에서 자신이 어떻게 반응할지 정확히 예측할 수 없다는 것을 알고 있었다. 저 대학생들이 지금 아무리 굳게 마음을 먹어도 진짜 시험은 상자를 눈앞에서 마주하는 순간에 찾아온다.

하비에르는 턱에 흐르는 땀을 훔치면서 뒤쪽의 작은 성당을 보았다. 지는 해가 눈 부셔서 눈을 가늘게 떴다.

여름 내내 성당에 가지 않은 사실이 떠올라서 약간 부끄러워졌다. 어릴 때는 일요일마다 빠짐없이 부모님과 성당에 갔다. 어머니는 기다란 신자석에서 꼼지락거리지 말라고 그에게 작은 타마린드 사탕을 슬쩍 주고는 했다. 사관학교에 다니는 동안 중요한 기념일에는 미사에 꼭 참여했지만 차차 까먹게 되었다.

끈의 등장은 그처럼 게으른 신자들의 믿음을 되살리는 데 큰 역할을 했다. 뉴스에서도 상자가 나타난 이후 모든 종교의 신자가 늘어났다는 소식이 전해졌다. 하비에르도 사람들로 꽉 찬 교회와 예배당 사진을 보았다. 그의 부모님도 그들이 다니는 성당에 신자가 그 어느 때보다 부쩍 늘었다며 몇 년 동안 계속 줄어들기만 했는데 반가운 변화라고 했다.

하비에르는 종교에 둘러싸여 어린 시절을 보냈다. 그는 왜 지금 신도가 늘어나는지, 사람들이 왜 종교에서 도움을 받고자 하는지 이해할 수 있었다. 끈의 등장이 운명이 정해져 있다는 증거라고 믿는 사람, 삶의 냉혹한 무작위성을 일깨워주는 것이라는 사람, 행운은 공평하지 않다는 뜻이라는 사람 등 다양하지만 이 모든 혼돈이 신의 계획이라고 생각하면 마음이 그나마 편해지기 때문이다.

하지만 하비에르는 아무리 봐도 신의 계획이라고 생각되지 않았다. 그는 인간은 신이 만든 길을 따라 나아갈 뿐인 자동차가 아니라 주체성을 가진 존재라고 믿고 싶었다. 그러나 신앙이 주는 위안을 부정할 수는 없었다. 고해소에서 느끼는 은밀한 안도감, 신부의 용서. 하비에르는 끈을 바꾸었다는 사실을 털어놓아야 할지 고민되었다. 잭과 나눈 거짓말이 한시도 그의 마음을 떠나지 않았다. 고백하면 양심의 가책이 덜어질 것이다. 하지만 솔직히 신이 보일 반응보다도 이승에서 받을 처벌이 더 두려웠다. 군대의 징계는 현실이고 그 기준도 지나치게 엄격했다. 사관학교에 입학한 지 3개월이 지났을 때 생도 7명이 시험에서 부정행위를 저질러 퇴학당한 일이 있었다. 하비에르는 기숙사 옆방 학생이 수치스러워하면서 짐을 싸던 모습을 보았다.

그는 한숨을 쉬면서 천천히 일어나 성당의 원목으로 된 문을 살폈다. 너무 화가 나서 스트레칭도 까먹고 자갈 깔린 길을 전력 질주했더니 다리가 후들거렸다. 아무리 힘든 훈련을 받고 근력을 단단하게 키웠어도 그의 육체에는 한계가 있었다.

"신은 감당할 수 있는 시련만 주신다." 어머니가 자주 하는 말이었다.

만약 끈에 대해 사실대로 털어놓는다면 그의 부모님 역시 같은 말을 해줄까? 그는 이 시련을 헤쳐 나갈 만큼 강하다고? 같이 이겨낼 수 있다고?

하비에르는 자신도 모르게 성당 문으로 손을 뻗었다. 놀랍게도 문은 잠겨 있지 않았다. 그는 제단 위쪽 스테인드글라스 창문의 감청색과 진홍색 유리 사이로 하루의 마지막 햇살이 쏟아지는 성당으로 들어갔다. 너무 안쪽까지 들어가고 싶지는 않아서 뒤쪽의 초를 봉헌하는 공간 옆에서 서성거렸다. 지금 이런 기분으로 여기 있어도 되는 건지 확신이 들지 않았다.

사실 그는 신에게 화가 났다. 당연했다. 그에게 짧은 끈을 준 게 신이 아닌가?

하비에르의 뒤를 이어 수녀 한 명이 들어왔다. 수녀는 절제된 미소로 고개를 끄덕여 보이고 그를 지나쳐 신자석으로 가서 앉았다. 주름진 어두운 피부색, 눈가에 자글자글한 주름, 코에 걸친 안경, 수녀의 거의 모든 것이 할머니를 떠오르게 했다. 할머니는 하비에르가 갓난아기였을 때부터 그의 가족과 함께 살았지만 일찍 돌아가셨다. 하비에르는 어머니가 침대 옆 작은 테이블에 놓아둔 사진으로 할머니를 기억할 뿐이었다.

"아부엘라abuela, 스페인어로 할머니라는 뜻이다.-옮긴이야." 어머니는 하비에르에게 액자 속 사진을 보여주며 말하곤 했다. 너무 어릴 때 일이라 기억하지 못하는 아들이 기억하기를 바라면서.

"어릴 때 우리 집에서 같이 사셨는데 지금은 신과 함께 천국에서 살고 계셔. 언젠가 우리도 할머니를 만날 수 있을 거란다."

하비에르는 뒤쪽의 벽에 기대었다. 눈이 따끔거리기 시작했다.

그는 다른 종교에서는 사후 세계에 대한 생각이 다르다는 것을 알았다. 환생, 업보에 따른 보상, 두 번째 기회에 대한 믿음이 특히 매력적인 대안으로 다가왔다. 하지만 고해성사와 마찬가지로 천국의 존재는 언제나 그에게 위안을 주었다. 죽음은 여전히 두려웠지만 이승을 떠나도 무언가가 기다리고 있다고 믿으면 두려움이 훨씬 줄어들었다. 죽음 이후에 영원한 무언가가 시작된다면 끝이 끝나도 끝이 아닐 것이다. 그의 어머니와 아버지, 할머니는 그렇게 믿었다. 집을 떠난 후 엄격한 군인들에 둘러싸여 생활하고 미사에 가는 것도 그만두면서 잊고 있었을 뿐, 어쩌면 그 자신도 그렇게 믿었을 것이다.

갑자기 하비에르는 가족이 사무치게 그리워졌다. 사관학교에 다니는 동안 가장 친한 친구의 도움을 받으며 오로지 목표를 위해 달리느라 바빠서 이렇게 가족이 보고 싶었던 적은 없었다. 그는 방금 자신의 짧은 끈이 앤서니 롤린스의 기만적인 정치 계략에 이용되는 것을 보았다. 자신의 운명이 공포와 증오를 조장하는 선거 운동에서 이름 없는 도구로 전락하자 사무친 외로움을 느꼈다.

그는 경배심으로 숙인 수녀의 뒤통수를 바라보았다. 자신도 모르게 봉헌초가 타고 있는 작은 제단으로 몸을 돌리고 무릎을 꿇었다.

두 손을 모으는 순간 기도를 하지 않은 지 꽤 오래되었다는 사실을 깨달았다. 상자가 도착한 후로는 한 번도 없었다. 끈이 길게 해달라고 한 것이 마지막 기도였으니까.

"신이시여." 그가 작은 목소리로 말했다. "제 운명이 바뀌기에는 너무 늦었지만 제 가족은 괜찮았으면 좋겠습니다. 부모님이 잘 이겨내실 수 있도록 도와주세요." 절박함이 무겁게 내려앉은 그의 목소리가 떨리고 있었다. "부디 저희 부모님을 도와주세요. 무너지지 않게 해주세요."

하비에르의 몸이 차가운 바닥으로 더욱 가까이 내려갔다. "그리고 부디 저에게 힘을 주세요."

무릎을 꿇은 채 상체를 숙여서 발이 저리고 따끔거리기 시작했다. 그의 눈물을 볼 수 있는 사람은 저 앞에서 등을 돌리고 앉은 노수녀뿐이었지만 그는 재빨리 스웨트셔츠 소매로 코를 문질렀다.

"부디 다른 짧은 끈들을 도와주세요." 그는 간절하게 애원했다. "제발 상황이 더 악화되지 않게 해주세요."

수녀가 몸을 추스르고 자리에서 일어나는 소리가 들렸다. 하비에르는 눈을 꼭 감았다.

"그리고 제발, 제발 부탁드립니다. 때가 되었을 때 아부엘라가 저를 기다리고 있게 해주세요. 제가 아는 가족들, 제가 모르는 가족들도 전부 다 그곳에 있게 해주세요. 제가 혼자가 아닐 수 있도록요."

기도가 끝난 후 하비에르는 봉헌초의 황금색 불꽃 앞에서 잠시 마음을 추슬렀다. 그리고 바닥에서 일어나 조용히 성당에서 나갔다.

어느덧 하늘이 어두워졌다. 하비에르가 캠퍼스 끄트머리에서 조명 켜진 1층 창문을 지나칠 때 수십 명의 학생이 휴게실에 모여 이제 막판에 접어든 토론회를 보고 있었다. 하비에르는 열린 창문 밖에서 멈추어 섰다. 마지막 발언을 하는 웨스 존슨의 모습이 나왔다.

"3월로 돌아갈 수 있다면 저는 상자를 열어보지 않을 것입니다. 다른 모두에게도 열지 말라고 할 것입니다. 하지만 과거로 돌아가는 것은 불가능하지요. 우리는 끈이 삶의 일부라는 사실을 받아들여야만 합니다. 하지만 지금 벌어지고 있는 일들을 받아들여서는 안 됩니다. 사람들이 끈 때문에 직장을 잃고 보험 혜택을 잃고 대출 자격을 잃는다는 이야기가 들려오고 있습니다. 저는 그저 당 정책에 따르며 침묵하지는 않을 것입니다. 롤린스 의원과 현 정부는 특정 직업군의 사람들에게 원치 않는데도 상자를 열어보라고 강요하고 있습니다. 그저 운명의 우연에 불과한 것을 가지고 조국을 위해 봉사하는 그들의 능력에 의심을 제기하고 차별하고 있습니다. 하지만 저는 선택의 자유를 믿습니다. 평등을 믿습니다. 인권 운동가, 여권 운동가, 동성애자 권리 운동가들이 수세대에 걸쳐 해온 싸움입니다. 끈이 짧은 우리는 끈이 긴 사람들보다 수적으로는 작을지라도 절대로 하찮지 않습니다. 우리는 절대로 싸움을 멈추지 않을 것입니다."

모라

밤 9시, 모라는 혼자였다. 후보들이 마지막 발언을 끝내고 무대에서 퇴장했다. 니나는 토론 기사 작업을 위해 야근 중이었다. 모라는 핸드폰을 집었다.

“한잔할래요?” 그녀는 벤에게 문자메시지를 보냈다.

9시 30분에 그들은 조용한 동네 술집의 짙은 원목으로 된 바 자리에 앉아 있었다.

몇 분 늦게 도착한 모라가 벤이 앉은 자리로 슬금슬금 다가갔을 때 그는 얇은 종이 냅킨에 주변 풍경을 끼적거리고 있었다.

“맞다. 그림 잘 그리죠!” 모라가 갤러리에 걸린 작품이라도 되는 것처럼 작은 스케치를 보면서 웃었다. 그녀는 바텐더에게 맥주를 주문했다.

“롤린스에게 짧은 끈 조카가 있다는 거 정말일까요?” 모라가 물었다. “그 인간이라면 충분히 거짓말을 하고도 남을 것 같은데.”

“요즘처럼 사실 확인이 간단한 시대엔 안 되죠.” 벤이 웃음을 터뜨렸다.

"그래도 ACLU미국시민자유연합가 말도 안 되는 STAR 이니셔티브에 소송을 걸었으니까 그건 잘된 일이네요. 존슨도 아직 대선을 포기하지 않았고. 짧은 끈 소문이 얼마나 심했으면 그렇게 공개적으로 밝혀야 했는지. 무슨 동성애자 후보가 커밍아웃하는 것도 아니고." 모라가 말했다. "사람들 추측으로는 존슨의 수명이 50대 정도일 거라던데 어쨌든 존슨은 이제 공식적으로 '짧은 끈'이죠."

벤은 천천히 고개를 끄덕였다. "이상하죠. 내가 누군가의 끈이 짧았으면 하고 바라진 않는데 존슨의 소문이 사실이길 바랐거든요? 토론회에 나온 사람 중에서 한 명이라도…… 우리와 같은 사람이기를요."

모라가 낡은 CBGB 스웨트셔츠의 앞쪽 주머니에 손을 넣고 호기심 가득한 얼굴로 고개를 갸우뚱했다. "혹시 사귀는 사람 있어요?"

벤은 마시던 맥주를 뿜을 뻔했다. "주제가 너무 확 바뀌는데요? 그리고 모라 동성애자 아니었어요?" 벤이 웃었다.

"아니었다면 당연히 벤한테 관심이 있었을 거예요." 모라가 약올렸다. "아까 한 말 때문에 생각났어요. 웨스 존슨이 '우리와 같은 사람'이라고 했잖아요. 그것도 중요한 토론 주제예요. 짧은 끈은 과연 짧은 끈하고만 사귀어야 하는가?"

"상자가 처음 나타났을 땐 만나는 사람이 있었어요. 지금은 헤어졌지만."

"왜 헤어졌어요?"

벤은 맥주병의 목 부분을 두 손가락으로 천천히 돌리면서 가만히 응시했다. "전 여자 친구가 내 상자를 열었어요." 흔들림 없는 신중한 어조였다. "내가 아직 열어볼지 결정도 하지 않은 상태였는데. 내 끈이 짧은 걸 알고 헤어지자고 했고요."

"세상에. 미안해요." 모라는 충격을 받았다.

"고마워요." 벤이 조용하게 말했다.

"모임에서 왜 얘기하지 않았어요?" 모라가 물었다.

"그냥 잊고 내 인생을 살고 싶었던 것 같아요. 실제로도 잊었고요. 헤어지자고 한 그녀를 용서했거든요. 그런 힘든 상황을 누구나 견딜 수 있는 건 아니니까 그녀에게 화를 낼 수가 없었어요. 하지만 다음 여자 친구, 또 그다음 여자 친구도 그럴까 봐 걱정돼요. 전 여자 친구와 헤어진 후로 연애를 하지 않는 이유가 그래서인 것 같네요."

모라는 벤의 끈이 자신보다 길다는 것을 알지만 이 순간만큼은 그가 안타까웠다. 그는 니나가 자신에게 해준 것처럼 "난 절대로 널 떠나지 않을 거야."라고 말해줄 사람을 원했을 뿐이었는데.

모라는 손에 닿은 맥주병의 찬 기운을 느끼면서 등을 뒤로 기울였다. 옆자리에 놓인 신문을 집어서 벤에게 보여주었다.

"이거 봤어요?" 모라가 제1면 기사 제목을 가리켰다.

어제 자 머리기사는 개인의 기억을 컴퓨터에 저장해 영구 보존하는 방법을 찾는 '마인드 업로딩' 업체들이 늘어나고 있다는 내용이었다. 다음 세대에서라도 삶을 연장하고 싶은 짧은 끈들의 관심이 급증한 탓이었다.

벤은 모라의 손에 들린 신문을 훑었다. 관련 업체 설립자의 인터뷰 내용이 실려 있었다. "이 연구에 대한 수요가 이렇게까지 컸던 적은 없었다. 예전에는 시간이 얼마 남지 않았다는 것을 아는 사람이 적었지만 지금은 알 수 있다. 하지만 기술적 해결책을 찾는다면 끈은 아무래도 상관없어질지도 모른다. 우리는 육신과 끈이 지정하는 타임라인으로부터 벗어나는 방법을 제공할 것이다."

실험에 자원한 열정적인 두 사람의 인터뷰도 인용되어 있었다. 끈이 얼마 남지 않은 사람들이었는데, 한 명은 머나먼 미래를 보고 싶어 하는 과학자이고 다른 한 명은 언젠가 다시 살아나 딸이 낳은 손주들을 보고 싶어 하는 55세의 엄마였다.

지원자 한 명이 말했다. "끈의 측정에 관한 과학은 놀라울 정도로 빠르게 발달하고 있다. 벌써 몇 년의 오차 범위에서 정확한 달까지 수명을 예측할 수 있게 되었다. 과학의 발달이 빠르다는 것에 누가 이의를 제기할 수 있을까?"

"이 분야의 연구가 시작된 지는 꽤 됐죠." 벤이 말했다. "사람을 냉동 보존하려는 업체들도 있고요. 이 사람들은 인간의 육체를 아예 없애고 싶은가 봐요." 벤이 잠깐 말을 멈추더니 덧붙였다. "나하고는 안 맞는 것 같아요."

"난 혹시나 벤이 몰래 뇌를 디지털화하고 나만 모임에 혼자 남겨둘까 봐 걱정했죠." 모라가 웃었다.

"흥미진진한 꿈이긴 한데 지금 우리한테는 도움이 안 될 것 같아요."

"벌써 여러 가지 첨단 기술이 존재하고 또 계속 나오고 있다니 미친 것 같아요. 똑똑한 사람들이 끈 문제에 매달려 있네요. 과연 해결 가능할지 모르겠지만. 그래도 세상에는 이런 기술을 전혀 누리지 못하는 사람들도 엄청나게 많아요." 모라가 말했다. "내 여자 친구 니나가 인터넷이 없는 곳에 사는 사람들에 대한 기사를 썼거든요. 집에서 끈 길이를 재볼 수 있는 웹사이트도 없고 다른 나라에서 무슨 일이 일어나는지도 알 길이 없는 사람들요."

"끈 길이가 무엇을 의미하는지 아는 사람이 한 명도 없다고요?" 벤이 물었다.

"뭐, 서로 간단하게 비교해보긴 하겠죠. 누가 가장 긴지. 실제로 임시 데이터 세트가 만들어지기도 했잖아요. 누가 언제 죽었는지 기록하고 그 사람의 끈 길이를 기준점으로 삼는 거죠. 인류는 언제나 적응하는 방법을 찾았잖아요? 하지만 그것조차 안 하는 사람들이 세상에 많아요. 그냥…… 사는 거죠. 예전처럼."

벤은 고개를 끄덕이며 맥주를 한 모금 마셨다. "니나는 어떻게 받아들이고 있어요?"

모라는 니나가 짧은 끈 검색에 매달려서 서로 싸운 것, 아이를 갖지 않기로 무언의 합의를 한 것을 떠올렸다. 끈이 나타난 이후로 니나가 "사랑해."라고 말했던 모든 순간도.

"물론 힘들 때도 있었지만…… 니나는 우리 관계에 대해 흔들렸던 적이 한 번도 없어요." 모라가 말했다. "다음 달 여행 계획까지 세웠다니까요. 베니스로."

"와, 좋겠어요." 벤이 미소 지었다.

"둘 다 가본 적 없는 곳에 가봐야 할 것 같아요. 집에서 벗어나 작은 모험을 해보는 거죠. 웨스 존슨도 오늘 그랬잖아요. 과거로 돌아갈 순 없다고. 하지만 다른 곳으로 갈 순 있죠."

앤서니

앤서니는 9월의 토론회가 무척 만족스러웠다. 유권자들은 책 이야기에 호의적인 반응을 보였고, 존슨이 자신의 짧은 끈을 인정한 것에 대한 반응은 별로 좋지 않았다.

그는 "짧은 끈 공개 후 슬럼프에 빠진 존슨"이라는 신문의 제1면 기사를 보면서 싱긋 웃었다.

한 유권자는 인터뷰에서 "존슨 의원의 사정은 안타깝지만 솔직히 임기를 다 채우지 못할 사람을 뽑는 것은 불편하다."라고 말했다.

또 다른 유권자가 말한 내용도 실렸다. "존슨 의원의 능력은 존경스럽지만 짧은 끈 대통령이 나라를 이끈다면 다른 국가들 앞에서 약해 보일까 봐 걱정된다. 특히 시간이 얼마나 남았는지 정확하게 밝히지 않는 사람이라면 더더욱 그렇다."

세 번째 유권자의 말은 더욱 직설적이었다. "동정이 표를 얻어주지 않는다. 강인함이 표를 얻는다. 우리는 그것을 롤린스 의원에게서 보았다."

8월의 충격 사건은 앤서니에게 불굴의 화신이라는 이미지를 만들어 여전히 유리하게 작용하고 있었다. 사건 후 범행 동기에 대한 소문이 잠깐 홍수를 이루었다. 짧은 끈들은 범인의 분노가 끈 때문이 아니라는 것을 증명하는 단서를 찾으려고 필사적이었다. 하지만 당사자가 계속 침묵을 지키는 바람에 온갖 설들도 빠르게 증발해버렸다.

그래서 앤서니는 선거 사무장과 반대 후보 연구 책임자가 비상회의를 요청했을 때 깜짝 놀랐다.

"범인 관련 정보를 찾았습니다."

한 명이 서류철을 내밀었다. 출생증명서 두 장, 사망확인서 한 장, 앤서니의 모교 대학 남학생 사교 클럽에서 발생한 남학생 사망 사건에 관한 대학 신문 기사의 스캔본이었다.

"둘이 성이 다른데." 앤서니가 말했다. "범인과 이 남학생이 가족 관계라는 건가?"

"배다른 남매라고 합니다."

젠장.

앤서니는 그날 밤이 완전히 지나간 옛날 일이라고만 생각했다. 실제로 30년이나 지났기도 하고.

"잠깐." 앤서니는 스캔한 신문 기사를 자세히 들여다보았다.

당연히 그는 그 남학생을 기억하고 있었다. 대학 시절 그의 남학생 사교 클럽에서 순전히 재미 삼아 뽑은 몇 명 중 한 명이었다. 진짜 형제가 될 가능성도 없는데, 억지로 끌고 와서 가입 서약을 하게 했다. 하지만 앤서니도 기억하듯 클럽의 가입 서약은 서로가 진짜 형제라고 믿게 만드는 힘이 있었다. 수준이 맞지도 않는 남학생을 억지로 끌어들이는 재미가 바로 그거였고.

앤서니는 그때 클럽의 회장이었지만 재미용 회원은 그가 뽑지 않았다. 회원 모집을 담당하는 친구가 따로 있었다. 앤서니는 그 해의 희생양이 정확히 어떻게 정해졌는지 기억나지 않았지만 대부분 펠 장학금 같은 정부 지원을 받는 가난한 학생 중에서 골랐다. 회비를 감당하기 어렵고 각종 업계를 이끄는 대표의 아들들과 감히 어울릴 꿈도 못 꾸는 학생들.

그날 밤에 대한 앤서니의 기억은 깨진 유리 조각처럼 드문드문 끊기고 뒤죽박죽 앞뒤가 맞지 않았다. 누군가 그 남학생의 더러운 운동화를 발로 차며 도발하던 것이 기억났다. 사건이 일어난 후에는 누군가 앤서니의 새 로퍼에 토를 했다. 의식 없이 바닥에 누워 있던 까만 머리로 뒤덮인 뒤통수도 기억났다. 다행히 배를 대고 누워 있어서 얼굴은 보이지 않았다. 칼로 찌르듯 날카로운 공포에 머리가 어질어질해지고 숨이 가빴던 기억도 났다.

하지만 사건 이후에 대한 기억은 거의 없었다. 한밤중에 그의 아버지와 친구들의 아버지들이 서둘러 캠퍼스로 달려왔고 학장실에 모였다가 거의 2시간이 지나서야 경찰에 전화를 걸었다.

남학생이 파티에 손님으로 왔고 스스로 술을 잔뜩 먹은 것으로 입을 맞추기로 결정되었다. 사인은 급성 알코올중독이고 사고사로 판결 났다.

클럽 회장 앤서니는 집안 변호사의 도움으로 공개 성명서를 냈다. 남학생의 안타까운 죽음을 애도하고 유가족에게 위로를 전했다. 다들 그가 훗날 큰일을 할 진정한 리더라고 입을 모았다.

그 후 앤서니의 삶은 승승장구했다.

그 남학생의 누나라는 충격 사건의 범인은 그러지 못한 게 분명했다.

"뭐라고 말 안 해? 그…… 동생에 대해서?" 앤서니가 물었다.

"체포된 후 완전히 입을 꽉 다물고 있습니다. 그 의사를 죽인 것에 대한 PTSD 같다고들 하네요."

"그럼 계속 그렇게 두지 뭐. 어차피 파묻힌 과거 이야기니까." 앤서니가 말했다.

참모들이 물러간 후 앤서니는 위스키 두 잔을 마시며 마음을 진정시켰다. 캐서린에게는 알리지 않기로 했다. 알면 분명 필요 이상으로 난리를 칠 테니까.

앤서니는 그 남학생이 원하면 언제든 그냥 파티장을 떠날 수 있었다는 사실을 되새겼다. 그때 형제들도 그렇게 말하지 않았던가. 물론 그들이 남학생에게 술을 권했고 소리를 지르기는 했다. 좀 더 거친 형제들은 새로 가입한 회원들의 입을 벌려 억지로 술을 먹이거나 축구공이나 농구공 같은 물건을 던지기도 했다. 하지만 엄밀하게 말하면 문을 잠그고 가둬놓은 것은 아니었다. 본인이 원하면 언제든지 떠날 수 있었다.

문득 떠오르는 게 또 있었다. 그때는 다들 몰랐던 사실. 그 남학생은 끈이 짧았다. 그때는 끈이 나타나기 전이지만. 그의 끈은 그날 클럽하우스에서 끝난 것이다. 술이 아니었어도 다른 이유로 죽지 않았겠는가?

남학생의 끈이 짧았고 처음부터 짧았으니 앤서니의 잘못이 아니었다. 다른 식의 설명은 불가능했다. 그는 남학생의 끈이 짧았던 특별한 이유가 있다고는 절대로 생각할 수 없었다. 물론 그는 신의 존재를 믿었다. 하지만 그와 형제들이 수준도 맞지 않는 남학생을 끌어들여 같이 어울릴 자격이 있다고 착각하게 하고, 신체적 언어적 폭력을 가하고, 몸을 가누지 못할 정도로 술을 먹이는 미래를 신이 처음부터 다 알고 있었다고는 차마 생각할 수 없었다.

위스키의 기운이 퍼지면서 남학생에 대한 생각도 사라졌다. 집중력이 약해지고 머리 회전이 둔해졌다. 그는 마지막으로 한 잔을 더 따랐다.

아침이 되면 그의 삶은 힘차게 앞으로 나아갈 것이다.

***

A에게

대학 동기 중에 투자은행에 들어간 녀석이 있어요. 녀석은 죽을 만큼 싫은 일을 돈 때문에 어쩔 수 없이 하게 될까 봐 매해 생일에 맞춰 핸드폰에 메시지 알림을 설정해두었대요. "똑바로 앉아서 스스로에게 이렇게 물어보자. 나는 행복한가?"

사실 그 친구와 연락이 끊긴 지 몇 년이나 되었는데 어제가 녀석의 서른 번째 생일이었거든요. 문득 그 친구가 아직도 생일날마다 똑같은 질문을 할지 궁금해지더군요. 나는 행복한가?

우리는 어릴 때부터 행복이 우리에게 약속된 것이라고 생각하도록 배우죠. 누구나 행복할 자격이 있다고. 그래서 지금 일부 사람들이 당하고 있는 정신 나간 일을 받아들이기가 더 힘드네요. 행복해질 자격은 누구나 있는데 말이에요. 그런데 어느 날 갑자기 현관문 앞에 나타난 상자가 이렇게 말하네요. 너는 길에서나 영화관에서나 슈퍼마켓에서 마주치는 사람들과 달리 행복한 결말을 맞이할 자격이 없다고. 저들은 계속 살아도 되지만 너는 안 된다고. 명확한 이유 같은 것도 없어요.

이제는 정부와 대다수 사람들이 짧은 끈들은 자격이 없다고 입을 모아 외치면서 상황을 더 어렵게 만들고 있네요. 긴 끈 친구들에게 연락이 끊긴 지도 몇 주째예요. 긴 끈들이 짧은 끈들을 완전히 분리해서 다른 범주에 넣으려는 이유도 스스로 행복해질 자격이 있다고 생각하기 때문이겠죠. 우리를 보면서 죄책감을 느낄 필

요 없이 멀찌감치 떨어진 거리에서 그 행복을 느끼고 싶겠죠. 짧은 끈들의 불행이 옮겨붙지 않도록.

세상이 그들에게 우리를 두려워하라고 말하는 것도 한몫하죠. 짧은 끈은 어디로 튈지 모르는 무서운 존재들이라고.

부정적인 이야기만 잔뜩 해서 미안합니다. 지난달에 친구가 세상을 떠난 후 가끔은 모든 게 내리막길로 곤두박질치는 느낌이 들어요. 속마음을 자유롭게 털어놓으라고 격려해주는 모임에 들어갔지만 어째 이렇게 글로 쓰는 게 훨씬 더 편하네요.

–B

에이미

에이미는 지난주에 받은 편지에 아직 답장을 쓰지 못했다. 열 번 넘게 읽었지만 여전히 뭐라고 답해야 좋을지 알 수 없었다.

그녀는 교사 휴게실의 소파에 앉아 무릎 위로 편지를 들고서 B의 말이 맞는다고 생각했다. 짧은 끈과 긴 끈 사이에 커다란 골이 생겼다. 니나와 모라처럼 그 차이를 극복할 수 있는 사람들은 소수에 불과했다.

에이미는 지난봄에 B에게 답장을 쓴 것이 실수가 아니었을까 하는 생각이 처음으로 들었다. 그때는 편지의 주인공이 짧은 끈이라는 것을 추측만 할 수 있을 뿐이었다. 하지만 이제 두 사람의 대화는 깊어지고 내밀해졌다. 에이미는 B에게 옳은 말을 해줄 수 있을지 확신이 없었다. 잘못된 말을 해도 알 길이 없을 터였다.

B의 편지를 가만히 바라보는데 떠오르는 생각이 있었다.

그녀도 똑같은 행동을 하고 있었다.

B가 말한 모든 일을 그녀도 하고 있었다.

짧은 끈들에 대해 추측하고 살금살금 피하려 했다. 짧은 끈과의 우정을 이어가는 것을 걱정하고 부담스러워했다. 끈이 짧다는 이유만으로 그들이 약하고 깨지기 쉽고 다르다고 차별했다.

에이미는 여전히 답하지 않은 편지를 핸드백에 넣고 웨스트 빌리지로 언니를 만나러 갔다. 같이 산책을 하기로 했다. 언니와 모라는 조만간 여행을 떠날 예정이었다.

자매는 워싱턴 스퀘어 공원을 걸었다. 포근한 저녁 날의 공원은 스케이트보드를 타는 사람들과 애완견을 산책시키는 사람들, 가족과 연인들로 가득했다. 공원 후미진 곳에 마약상 두 명도 보였다. 긴 끈들은 축하하기 위해, 짧은 끈들은 현실에서 도피하기 위해 마약을 찾는 경우가 많아진 탓이었다.

에이미와 니나는 공원 입구의 거대한 대리석 아치 아래를 지났다. 두 개의 하얀색 기둥 하나에 누군가 스프레이 페인트로 써놓았다. "만약 당신이 짧은 끈이라면?"

평소 에이미는 '만약'의 상황을 상상해보는 것을 좋아했다. 하지만 이 질문만큼은 기꺼이 받아들일 수가 없었다. 이 상자만큼은 열어볼 수 없었다. 수명이 50세까지든 90세까지든 그녀는 숫자를 알고 싶지 않았다. 환상과 미래에 대한 상상은 그녀의 안식처였다. 숫자는 현실에서 벗어나지 못하게 해 그 안식처를 망칠 것이다. 그녀는 끈이 무한하기라도 한 것처럼 모르는 상태로 살아야 한다. 그게 그녀가 살아가는 방식이었다.

솔직히 그녀는 언니와 모라, 편지 친구를 비롯해 자신과 다르게 살아가는 세상의 수많은 사람들이 이해되지 않았다.

"지금 상황이 쉽지 않을 텐데 언니와 모라는 어떻게 그렇게 잘 이겨내는지 대단해." 에이미가 말했다.

니나는 잠시 생각에 잠겼다. "그냥 잊지 않으려고 노력하는 거지. 내가 힘든 만큼 모라도 힘들다는 걸. 그래서 이번 여행도 계획한 거고."

"난 두 사람처럼 강하지 못한 것 같아." 에이미가 한숨을 쉬었다.

"상자를 열어보지 않은 거 말이야?"

"그것뿐만이 아니라……." 에이미의 생각이 핸드백에 든 아직 답하지 않은 편지로 향했다. "나 사실 짧은 끈과 펜팔을 하고 있는데 갈수록 편지를 쓰기가 어려워져. 상대가 얼마나 끔찍한 일을 겪고 있는지 아니까."

니나는 어리둥절한 표정이었다. "상대가 누군데?"

"아, 그게……." 에이미가 머뭇거렸다. "사실은 나도 몰라. 서로 이름은 안 밝혔거든."

"어떻게 하게 된 건데? 언제부터?"

"학교를 통해서 하게 됐어." 자세히 설명하자니 왠지 이상하게 느껴졌다. "봄부터. 여름방학 동안 뜸해질 줄 알았는데 매주 교실을 확인해볼 때마다 편지가 있었어."

"그 사람, 얼마나 남았는지 알아?"

"14년 정도일 거야."

"몇 살인데?"

"그건 몰라. 아마 우리 또래일걸. 친구가 얼마 전에 서른이 됐다고 한 걸 보면. 난 상자를 열어보지 않았으니까 사실 긴 끈도 아니지만 그래도 죄책감이 들어. 너무 안타까워."

자매는 벤치에서 서로 꼭 껴안고 있는 커플을 지나쳤다. 니나가 에이미의 초조한 얼굴을 바라보았다.

"너 끈이 짧은 사람과 사귈 마음 있어?" 니나가 갑자기 물었다.

"응. 난 사귈 것 같은데?" 에이미가 대답했다. 하지만 그녀는 끈이 나타난 후에 연애를 해본 적이 없었다.

에이미는 공상을 즐기는 성격 때문에 남자와의 두 번째, 세 번째 데이트에서 벌써 상대와 결혼하는 상상을 했고 그녀의 풍부한 상상력이 남자의 사소한 결점도 부풀리곤 했다. 말을 자르는 남자는 결혼 서약할 때도 끼어들 것이고, 공공장소에서 모유 수유하는 여자들을 껄끄러워하는 남자는 육아를 전혀 도와주지 않을 것이다.

아무리 노력해도 상대와의 미래가 전혀 그려지지 않을 때도 있었다. 아무것도 보이지 않거나 남자의 얼굴이 흐릿하거나. 그런 경우는 대놓고 나쁜 남자보다도 더 나빴다.

지금까지 사귄 남자 가운데 이 모든 테스트를 통과한 사람은 딱 두 명밖에 없었다. 둘 다 20대 초반에 사귄 남자들이었는데, 한 명은 일이 너무 바빠서 연애에 소홀한 변호사였고 또 한 명은 그녀보다도 상상력이 풍부한 시인이었다.

"끈이 짧은 사람과 사귈 수는 있다고 쳐도 결혼도 할 수 있겠어?" 니나가 물었다.

"솔직히…… 잘 모르겠어." 에이미가 느릿느릿 말했다. 예전에도 이 질문에 대해 생각해본 적이 있었다. "언니랑 모라처럼 이미 서로 사랑하는 사이인 것과 끈 이후에 처음 만나는 건 다를 것 같

아. 언니랑 모라는 아이를 원치 않지만 난 원하거든. 그러니까 더더욱 나만 생각해서는 안 될 것 같아. 상대의 끈이 짧다면 나뿐만 아니라 아이들까지 힘든 이별을 겪어야 하잖아. 아이들의 아빠가 없는 미래를 선택하는 거니까."

"이해해." 니나가 말했다.

"안 그래도 힘든 삶인데 슬픔이 더 커질 것 같아." 에이미는 고개를 돌려 언니를 똑바로 보았다. "이렇게 생각하는 내가 나쁜 사람인 걸까?"

"넌 네가 얼마나 강한지 모르는 것뿐이야." 니나가 말했다. 멀지 않은 곳에서 재즈 사중주단이 연주를 시작했다.

"오케스트라 현악기도 줄, 그러니까 끈으로 소리를 내는 거잖아. 그런데 이젠 끈이나 줄 하면 상자 속의 끈밖에 떠오르지 않는 세상이 됐어." 에이미는 끈이 나타난 것이 몇 달 전이 아니라 몇 년 전의 일이라도 되는 것처럼 말했다.

"모라는 거리 공연을 절대로 그냥 지나치지 못하게 해. 단 1분이라도 들어야 한다고." 니나가 말했다. 벌써 작은 무리의 구경꾼들이 모여 음악에 맞춰 몸을 흔들거나 발을 구르고 있었다.

"춤출래?" 에이미가 웃으며 어깨를 들썩이고 엉덩이를 약간 흔들기 시작했다.

니나는 본능적으로 긴장하면서 두 팔로 가슴을 감싸 안았다. "아니. 난 됐어."

"하자." 에이미가 졸랐다. 동생이 계속 팔을 잡아당기자 니나는 하는 수 없이 몸의 긴장을 살짝 풀고 어설프게 리듬을 타기 시작했다. 어색해하는 모습은 여전했지만 조금 전에 비하면 대단한 발전이었다.

자매는 구경꾼들 사이에서 몸을 흔들었다. 그 자리의 모두가 잠시나마 끈이나 줄이 그저 아름다운 현악기를 뜻했던 시간으로 돌아간 것에 감사함을 느꼈다.

하비에르

하비에르는 9월의 토론회 이후 잭이 먼저 이야기를 꺼내주길 바랐다. 그의 고모부가 전국 방송에서 군인 조카의 끈이 짧다는 눈물 나는 이야기를 이용한 것에 대해서. 마치 자랑거리라도 되는 듯, 자신의 이야기라도 되는 듯 떠벌린 것에 대해서.

하지만 토론회 다음 날 아파트로 돌아온 잭은 아무런 언급도 없었다. 하비에르는 그가 어떤 식으로 이야기를 꺼낼지 준비하는 줄 알았다. 해결책을 제시하기 전에 고모부의 행동에 대해 가족들과 상의라도 하는 거라고. 하지만 며칠이 지나도록 말을 꺼내려는 낌새가 없자 하비에르는 조바심이 나서 더 이상 기다릴 수 없었다.

그는 잭과 함께 복싱 체육관에 갈 때 물어보리라고 다짐했다. 잭은 군에 '짧은 끈'을 보고한 후 전투 훈련을 그만두었지만 그래도 매주 글러브를 차고 헤드기어를 쓰고 하비에르의 스파링 상대가 되어주었다.

하비에르는 잭이 들고 있는 펀치실드에 펀치 연습을 했다.

"너희 고모부가 지난주에 토론회에서 한 얘기, 아무 말도 안 할 거야?"

"진짜 재수 없는 짓이었어." 잭이 하비에르가 날리는 펀치 사이에 대답했다. "아무리 고모부라도."

하비에르는 잭이 더 말하기를 기다렸지만 그의 글러브가 펀치 패드를 때리는 소리만 체육관에 울려 퍼질 뿐이었다.

"그 후로 고모부랑 얘기해봤어?" 하비에르가 물었다.

"요즘 얼굴 보기 힘들어."

"고모는? 네 아버지나."

"문제를 크게 만들고 싶지 않았어." 잭이 펀치실드를 든 채 어깨를 으쓱했다.

"큰 문제 맞거든! 난 네가 이 문제를 더 심각하게 받아들여줬으면 좋겠다."

"난 내 끈으로 관심이 더 쏠리지 않았으면 좋겠어. 이유는 너도 잘 알 테고." 잭이 말했다.

"난 네 고모부가 내 끈을 이용해서 대통령에 당선되는 게 싫어." 하비에르는 글러브로 자신의 가슴을 쳤다. "그건 내 인생이야. 네 고모부가 내 인생을 이용할 권리는 없어."

잭은 한숨을 쉬며 고개를 끄덕였다. "그래, 하비. 네 말이 맞아. 고모부는 하면 안 될 짓을 했어. 아직 가족들한테 말하지 못해서 미안하다. 그날 이후로 사람들한테 문자며 전화가 엄청 많이 와서 정신이 없었어. 내가 그 짧은 끈 조카 맞느냐고. 다들 그 얘기만 꺼내는데 난 아무하고도 얘기하고 싶지 않아."

하비에르는 너무도 이기적인 잭의 말을 들으면서 기가 막혔다.

그가 가족들 걱정에 성당에서 무릎을 꿇고 울면서 기도한 것을 잭이 알 리 없었다.

"와. 미안하다. 네가 그렇게 힘든 일이 많은 줄은 미처 몰랐네. 끈이 짧아서 진짜 엿 같겠다." 하비에르가 씁쓸한 듯 말했다.

잭이 고개를 저었다. "그런 말이 아닌 거 알잖아. 내가 사람들과 얘기하기 싫은 이유는 사기꾼 같은 기분을 느끼기 싫어서라고!" 잭이 펀치패드를 벽에 던졌다. 체육관에 있던 다른 사람들이 깜짝 놀랐고 두 사람은 누가 엿듣지 않도록 목소리를 낮추어야 한다는 것을 깨달았다.

하비에르는 친구가 끈을 바꾼 후 줄곧 심적으로 힘들어했다는 것을 알고 있었다. 이날 아침에만 해도 잭은 앞쪽에 고등학교 마스코트가 그려진 티셔츠를 입고 있었는데, 하비에르는 문득 잭이 육군 로고가 들어간 티셔츠를 입지 않은 지 좀 되었다는 것을 깨달았다. 하비에르는 그들의 선택이, 적어도 잭의 마음을 짓누르는 것이 잘된 일이라고 생각했다. 하지만 그는 잭의 어깨를 흔들며 정신 차리라고 말하고 싶었다. 지금 이러고 있는 동안 할 수 있는 일이 얼마나 많은지 모른다고.

"난 네가 고모부를 왜 가만 놔두고 있는지 이해가 안 간다. 이번 일뿐만이 아니야. 그 사람이 한 짓 전부 다. 짧은 끈들한테 저지른 만행 전부."

하비에르는 좀처럼 분노를 가라앉히기가 힘들었다. 문득 얼마 전 트위터에서 읽은 글이 떠올랐다. STAR 이니셔티브가 처음 제안되었을 때 앤서니 롤린스가 그 자리에 있었다는 사실을 확인해주는 내용이었다.

분명 잭은 그 사실을 알면서도 참 편리하게도 까먹고 말해주지 않은 것이다.

"우리가 애초에 거짓말을 해야만 했던 이유가 네 고모부 때문이라고!" 하비에르가 으르렁거렸다.

"그걸 내가 모를 것 같아? 나도 이 모든 게 고모부 때문이란 걸 알고 기분이 진짜 엿 같았어! 하지만 내가 할 수 있는 게 없어, 하비. 그 사람은 원래 나한테 연락도 안 해. 부탁할 게 있을 때만 빼고. 얘기할 기회가 있어도 내 말은 귓등으로도 듣지 않을 거고."

"그래도 가족이잖아! 네가 할 수 있는 일이 있을 거야."

"가족 맞지. 그래서 내가 대선을 포기하라고 말할 수 없는 거야. 다른 가족들이 전부 발 벗고 나서서 도와주고 있으니까."

"최소한 안 그래도 힘든 사람들을 더 힘들게 하지 못하도록 할 순 있잖아." 하비에르가 호소했다.

"고모부가 주동자인 것처럼 보이지만 알다시피 짧은 끈들에 대한 생각이 그런 건 고모부뿐만이 아니야." 잭이 조용하게 말했다. "고모부를 편드는 건 아니지만…… 고모부는 그냥 여론을 이용하는 것뿐일 수도 있어."

"그럼 자기 영향력을 이용해서 사람들의 마음을 바꿔놓으려고 해야지! 기름을 들이붓지 말고." 하비에르는 잭이 왜 자신만큼 강하게 분노하지 않는지 이해할 수 없었다. "혹시 너도 네 고모부랑 똑같은 생각인 거냐?"

"하, 진짜. 당연히 아니지!" 잭은 답답하다는 듯 양손을 치켜올리면서 소리쳤다. "난 그냥 고모부와 대적할 이유가 없다고 생각하는 것뿐이야. 그 사람은 내가 뭐라고 말하든 상관없이 어차피 하고 싶은 대로 할 테니까."

하비에르는 체념하는 잭의 한심한 모습에 더욱 화가 치밀었다.

"사람들의 목숨이 위험해진 게 안 보여? 뉴욕에서 총에 맞아 죽은 의사는 네 고모부 때문에 죽은 거야!"

하비에르는 잭의 표정을 보고 그의 예민한 곳을 건드렸다는 것을 알았다.

"그건 정말 끔찍한 일이야." 잭이 말했다. "하지만 지금 내가 고모부를 비난하기 시작하면 난 집안 전체에 손절당할 수도 있어. 가족들이 누구 편을 들겠냐? 사관학교도 간신히 졸업한 내 편을 들까, 아니면 이 나라의 대통령이 될지도 모르는 그 사람 편을 들까? 그리고 난 내가 왜 그 사람을 바로잡아야 하는지도 모르겠다. 내가 원한 관계도 아니고 그 사람이 우리 집안이랑 결혼해서 생긴 관계잖아. 그 사람의 잘못은 내가 신경 쓸 문제가 아니야."

"그 사람이 무대에 올라가 온 세상에 네 얘길, 우리 얘길 한 순간부터 네 문제가 된 거다." 하비에르가 혹독한 어조로 말했다.

체육관 관리자가 주머니에 든 열쇠를 딸랑거리며 다가왔다. "무슨 문제 있어? 항의가 들어와서."

"괜찮아요. 어차피 지금 갈 거예요." 잭은 마우스가드를 손에 뱉고 로커룸으로 쌩 가버렸다. 하비에르는 잭의 뒤에서 쾅 닫히는 문을 바라보았다. 두 사람이 친구가 된 지 4년 만에 처음으로 심각하게 싸웠다는 것을 알려주는 마지막 증거였다.

하비에르는 항상 마음속으로 잭이 안타까웠다. 든든한 부와 인맥이 받쳐주는 집안 출신이지만 자신처럼 행복한 어린 시절을 보내지 못했고 커다란 상실감과 버려진 느낌 속에서 살아야 했다. 언제나 집안의 이름을 무거운 짐처럼 짊어지고 크나큰 기대에 부응하려고 애썼다. 그래서 하비에르는 이렇게 중요한 순간에 가장 친한 친구가 아니라 가족의 편을 드는 그를 더더욱 이해할 수 없었다.

가족의 비난이 그렇게도 두려울까? 그렇게 필사적으로 가족에게 인정받아야만 하는 걸까?

아니면 가족에 대한 사랑과 그들이 준 고통을 따로 떨어뜨려서 생각하는 걸까?

어쩌면 하비에르가 놓치고 있는 완전히 다른 이유가 있을지도 모른다.

하비에르가 체육관을 나서려는 순간 구석에 홀로 매달린 키 큰 펀칭백이 눈에 띄었다. 그가 날린 분노에 찬 주먹에 펀칭백이 뒤쪽 벽으로 날아갔다.

***

B에게

나도 긴 끈에 대한 당신의 말이 맞는다고 생각해요. 자신이 무슨 짓을 하고 있는지도 모르는 사람들이 있어요. 그들은 슬픔과 죄책감, 언젠가 죽어야 한다는 사실을 일깨워주는 모든 것으로부터 거리를 두고 싶어 하죠. 시간이 얼마나 남았든 죽음에 대해 생각하고 싶은 사람은 없으니까요.

참 이상해요. 예전에 세상은 죽음을 지금보다 훨씬 편하게 대했어요. 난 수업 시간에 빅토리아 시대를 다룰 때 학생들에게 그때는 사람들이 죽음에 둘러싸여 있었다고 설명해요. 죽은 친척의 머리카락이 든 로켓 목걸이를 하고 다녔고 장사를 지내기 전에 시신이 담긴 관을 거실에 두었죠. 세상을 떠난 사랑하는 이들을 기리기 위해 시신과 사진을 찍기까지 했어요. 그런데 지금 우리는 죽음이라는 개념을 최대한 피하려고 해요. 병에 대한 이야기를 꺼리고 죽어가는 공동체의 구성원들을 병원과 요양원에 고립시키고 국립묘지는 고속도로를 타고 한참 가야 하는 외딴곳으로 밀려났죠. 짧은 끈들은 죽음을 혐오하는 이 시대에 새롭게 고통받는 집단이 된 것 같아요. 그 어떤 집단보다도 고통을 당하고 있고요.

모든 사람이 행복할 자격이 있느냐고 물었죠. 나는 당연히 그렇다고 생각해요. 그리고 나는 끈이 짧다고 행복이 불가능한 것도 아니라고 생각해요. 사랑과 우정, 모험, 용기에 관한 책들이 나에게 가르쳐준 게 있다면 오래 사는 것이 잘 사는 것과 똑같진 않다

는 거예요.

어젯밤에 몇 달 만에 처음으로 내 상자를 봤어요. 열어보진 않고 겉에 적힌 문구를 다시 읽었어요. "이 안에 당신의 수명이 들어 있습니다."

물론 상자 안에 든 끈의 길이가 우리의 수명을 뜻하지만 어쩌면 우리가 가진 인생의 수명은 그게 전부가 아닐지도 몰라요. 상자가 아니라 우리 안에 삶을—진정한 삶의 질을—측정하는 수많은 방법이 있을지도 몰라요.

당신만의 방법으로 측정한다면 당신은 행복할 수 있어요.

잘 살 수 있어요.

-A

모라

공항에서 정신이 하나도 없었기에 베니스에 도착하자 안심이 되었다.

모라는 국제선 터미널이 그렇게 북적거리는 것을 처음 보았다. 그녀가 공항 밖의 신문 가판대에서 니나를 기다리는데, 유명 브랜드 바람막이 점퍼를 입은 가이드와 단체 관광객들이 세 팀이나 지나갔다. 수많은 '버킷리스트' 여행 상품이 짧은 끈과 긴 끈을 막론하고 세상을 구경할 시간이 얼마 없다고 느끼는 사람들에게서 모두 인기를 끌고 있었다.

건너편에는 각양각색의 사람들로 이루어진 배낭 여행객들이 서성거리고 있었다. 지나치게 꽉꽉 채운 더플백을 메고 침낭과 요가 매트를 겨드랑이에 꼈다. 드문드문 들리는 대화 내용에 의하면 그들의 목적지는 히말라야인 모양이었다. 별로 놀라운 일도 아니었다. 상자가 나타난 후 아시아 지역에 끌리는 서양인들이 많다는 기사가 있었다.

상자로 인한 위기가 시작된 지 얼마 안 된 지난 4월에 일부 사찰은 가르침을 원하는 해외 방문자들에게 문을 열어주었다. 하지만 길 잃은 영혼들이 그렇게 많을 줄은 미처 예상하지 못했던 모양이다. 여름쯤 되자 부탄과 인도의 일부 지역이 너무 붐벼서 정부가 여행자들의 숫자를 제한하는 정책을 도입할 정도였다. 예전에는 관광객들의 발길이 닿지 않았던 곳들이 그들이 가져온 티베트 오색 국기로 뒤덮였다. 티베트 들판 전체를 물들인 알록달록한 천이 보는 이들을 매료시켰다.

세계의 성지들도 예전보다 훨씬 더 많은 사람을 끌어당겼다. 순례자들은 상자와 끈을 들고 예루살렘의 통곡의 벽과 메카의 카바 신전, 루르드의 마사비엘 동굴 등을 찾았다. 혼란으로 가득한 시기에 영성의 뿌리로 돌아가려는 사람들도 있고 기적이 일어나게 해달라고 기도하는 사람들도 있었다.

모라는 기후변화나 과잉 관광에 반대하는 시위에 많이 참여해 보았다. 하지만 아직 시간이 있을 때 모험을 해보고 싶어 하는 여행자들을 탓할 수는 없었다. 머나먼 땅으로 가면 답을 찾을 수 있을지도 모른다고 생각하는 저들을 어찌 탓할 수 있을까.

베니스의 성스러운 장소들도 방문객들로 붐비기는 마찬가지였다. 니나와 모라도 공항 페리에 탑승해 물 위에서 솟아난 도시를 바라보았다. 힘들게 여행 가방을 밀면서 울퉁불퉁한 거리를 지나 운하를 가로지르는 작은 다리를 오르내리며 숨을 내쉬고 들이마셨다. 그때마다 새로운 장소에 와 있다는 흥분감이 폐를 가득 채우는 게 느껴졌다. 눈에 풍경을 담고 소리를 듣고 냄새를 마시며 한꺼번에 수많은 과제를 해내느라 감각이 행복한 비명을 질렀다. 지금 이 순간이 반드시 기억되어야 할 대담하고 특별한 순간이라는 사실이 온몸의 감각을 한껏 고조시켰다.

10월이라 악명 높은 여름 관광객은 한풀 꺾였지만 뜨거운 햇살이 내리쬐는 널찍한 광장에는 가족 단위 관광객들과 단체 관광객들이 가득했다. 베니스에 도착한 지 이틀째 되는 날 모라와 니나는 큰 광장을 피해 좁고 그늘진 골목길로 다니는 게 낫다는 사실을 깨달았다. 둘이 어깨를 딱 붙이고 가야 할 정도로 좁은 길도 있었다. 굳이 목적지를 생각하지 않고 미로 같은 골목길을 따라갔다.

허물어지는 담벼락으로 둘러싸인 작은 골목길들은 놀랍게도 주변의 소음을 막아주었다. 어디를 걷든 들려오는 전동 착암기의 진동과 희미한 금속 부딪치는 소리는 이 도시가 너무도 연약하고 종말이 불가피하다는 것을 깨닫게 했다. 베니스는 운명을 거스르기 위해 쉬지 않고 스스로를 수리하고 있는 듯했다.

어느 날 오후, 니나와 모라는 특별히 아름다운 풍경을 마주했다. 텅 빈 골목길이 좁은 운하 옆의 나무 부두로 이어졌다. 관광객들을 태우는 비싼 곤돌라들이 있는 큰 수로에서 멀리 떨어진 곳이었다.

모라는 물에 발을 담그고 싶어서 부두로 걸어갔다. 하지만 니나는 운하의 오염이 심각하고 청소도 자주 하지 않는다는 기사를 읽었다면서 거절했다. 그래서 그들은 가볍게 찰랑거리는 물 옆에 앉았다. 모라가 니나의 어깨에 머리를 기댔다.

모라는 저 아래에서 천천히 흘러가는 불투명한 초록색 물을 바라보았다. 마치 화가가 붓을 헹구기라도 한 것처럼 생각보다 훨씬 탁한 색깔이었다.

"너무 늦기 전에 베니스를 볼 수 있어서 다행이야. 솔직히 이 도시가 지어졌다는 것 자체가 아직도 신기해. 물 위에 떠 있는 세계라니."

"비행기 안에서 읽었는데 물속의 진흙 바닥에 나무 기둥을 박은 다음에 나무로 된 판자를 깔고 또 그 위에 층층이 돌을 쌓았대. 그 위에 건물들을 지은 거야."

"나무 기둥이 안 썩어?" 모라가 물었다.

"방수가 되는 나무를 사용했고 물속에서 공기가 차단되기 때문에 썩지 않는대. 몇백 년 동안 계속 서 있는 거지." 니나가 말했다.

가끔 거리에서 어촌 마을 냄새가 풍겼지만 이 도시는 그들이 본 그 어떤 도시와도 다른 황홀함이 있었다. 반짝이는 물속에서 고딕 아치가 일렁거리는 파스텔 색깔의 건물, 앞쪽에 일렬로 죽 세워져 몸을 까딱거리며 대기하는 곤돌라. 엽서와 상상 속에서 본 모습 그대로였다.

특히 재미있는 사실은 이 도시에서는 어디를 가든 별난 얼굴들을 만난다는 것이었다. 지붕에 얹은 조각, 천장 프레스코화의 얼굴들, 작은 흉상으로 장식된 건물의 정면, 심지어 문손잡이까지도 얼굴 모양이었다. 베니스에서는 어디를 가든 성자와 예술가들의 눈이 가만히 응시했다.

한번은 작은 상점의 창문에서 열 개가 넘는 색칠한 얼굴들이 텅 빈 눈으로 쳐다보는 바람에 모라는 화들짝 놀랐다.

니나는 모라를 따라 상점 안으로 들어갔다. 벽이며 천장이며 조금의 틈새도 없이 베니스의 전통 가면이 가득했다. 도자기 재질의 가면들은 저마다 개성이 다양했다. 방울 달린 광대 모자를 쓴 어릿광대. 긴 새 부리가 달린 으스스한 역병 의사. 온갖 다양한 색깔의 가면이 있었다. 리본, 깃털, 금색의 정교한 잎 장식이 달린 것들, 고통스럽게 일그러진 표정, 짓궂게 웃는 얼굴. 모라는 섬세한 음표로 장식된 하얀 가면으로 다가가 감탄했다.

잠시 후 상점의 안쪽 공간에서 마호가니 지팡이를 짚은 여자가 나왔다. 그녀는 니나와 모라를 보며 고개를 끄덕였다. 군데군데 희끗희끗해진 짙은 갈색 머리를 헐렁하게 쪽지고 테가 빨간 안경을 목걸이처럼 둘렀다.

"*Ciao*안녕하세요. 어디에서 왔어요?" 여자가 물었다.

"뉴욕요." 니나가 답했다.

"아, 빅애플." 여자가 웃었다. 그녀의 영어는 악센트가 심했지만 많이 연습한 듯 능숙했다. "우리 가면의 역사를 알아요?"

니나와 모라는 모두 고개를 저었다.

"카니발에서 가면을 쓴다는 건 모두가 알지만 그전에도 베네치아 사람들이 가면을 *ogni giorno*, 매일, 썼던 때가 있답니다. 축하를 위한 목적은 아니었어요."

여자는 지팡이를 짚지 않은 손으로 창밖을 가리켰다. "가면을 쓰고 거리를 걸어 다니면 아무도 내가 누군지 모르죠."

"정말…… 자유로울 것 같네요." 모라가 말했다.

"자유. Si그렇죠." 여자는 침통한 얼굴이 되었다. "과거에 베네치아는 사회 계급이 엄격했어요. 하지만 가면을 쓰면…… 누구든 될 수 있었죠. 남자, 여자, 부자, 가난한 사람. 당신네 뉴욕이랑 비슷하죠? 사람들은 자기가 원하는 사람이 되려고 뉴욕에 가는 거잖아요."

니나도 동의하며 고개를 끄덕였다. "그런데 왜 가면을 쓰지 않게 되었어요?"

"그건…… 그 단어가 뭐더라……. 그래, 익명성? Si그래요. 익명성에는 대가가 따르죠. 뭐든지 할 수 있을 것 같잖아요. 술을 마시고 바람을 피우고 도박을 하고……."

여자는 무수히 많은 얼굴이 내려다보는 천장을 올려다보며 미소 지었다. "그래도 카니발만은 지켰지요."

모라는 집에 걸어둘 가면을 하나 골랐다. 니나는 다음으로 갈수록 점점 더 화려해지는 가면을 몇 개 써보았다. 가면을 쓰자 충격적일 정도로 자신이 누구인지 전혀 알아볼 수 없었다. 모라는 주인의 말을 곱씹었다. 가면이 주는 자유와 무적이 된 듯한 느낌. 어쩌면 끈이 긴 사람들도 그렇게 느낄지 모른다는 생각이 들었다.

지금까지 이탈리아에서 보낸 시간은 너무 좋았다. 잠시 집을 떠나 모든 것을 잊을 수 있었다. 하지만 가면을 쓸 기회에 대한 생각이 모라의 머릿속을 떠나지 않았다. 단 하루만이라도 다른 사람, 길이가 다른 끈을 가진 사람이 될 수 있다면.

모라는 주인이 조심스럽게 니나의 얼굴에서 가면을 벗겨주는 것을 바라보았다. "이탈리아에서는 상자에 대한 반응이 어떤가요? 대부분 열어봤나요?" 모라가 갑작스럽게 물었다.

여자는 마치 그 질문을 기다렸다는 듯 고개를 끄덕였다.

"열어본 사람도 있지만 대부분은 열어보지 않은 것 같네요. 우리 여동생은 독실한 가톨릭 신자인데 열어보지 않았어요. 신이 부를 때 언제든 갈 거라고 열어보지 않았죠. 나도 안 열어봤는데…… 내 인생에 만족하기 때문이에요." 여자가 어깨를 으쓱했다. "미국 사람들은 끈이 인생에 대해 다시 생각하게 해주었다고 하더군요. 그 뭐냐……."

"우선순위요?" 모라가 끼어들었다.

"*Si, si*맞아요, 맞아요. 우선순위에 대해 다시 생각하게 되었다고요. 하지만 우리 이탈리아에서는 이미 알고 있었어요. 우린 항상 예술을, 음식을, 열정을 우선순위로 두었지요." 여자가 팔을 돌려서 가게 안을 가리켰다. "그리고 우린 이미 가족을 우선시했죠. 인생에서 뭐가 가장 중요한지 끈이 알려줄 필요가 없었어요."

잭

하비에르는 마지막 더플백까지 복도로 끌어다 놓고 아버지의 밴에 짐을 실을 준비를 끝마쳤다. 이제 열네 시간을 자동차로 달려 앨라배마에 있는 육군 주둔지로 갈 것이다. 그가 항공 훈련을 시작할 곳이다. 하지만 부모님이 도착하려면 아직 30분이나 남아서 그는 여행 가방에 걸터앉아 기다렸다.

원래 이렇게 빨리 떠날 계획은 아니었다. 잭과 하비에르는 마지막 주를 함께 보낼 예정이었다. 하지만 싸움 이후 하비에르는 남은 시간을 부모님과 보내기로 했다.

하비에르가 당연히 가족과 시간을 보내고 싶을 거라고 잭은 생각했다. 그도 하비에르의 가족을 좋아했다. 잭이 아는 한 하비에르는 끈을 제외하고 지금까지 부모님에게 거짓말을 한 적이 없었다. 단 하나의 거짓말조차 가족을 사랑하기에 하는 거짓말이었다.

잭은 가족에게 그렇게 솔직한 적이 없었다. 적어도 가장 중요할 때는 솔직하지 않았다. 아내가 떠난 후 잭의 아버지는 국방부 하청 기업을 관리하는 일에만 몰두했다. 그는 여동생 캐서린의 요청에 따라 교육을 잘 받은 상류층 여성들을 사귀기는 했지만 여전히 일에만 몰두했다. 잭은 아버지가 집안에서의 지위를 이어가고 아내가 남긴 오점을 지워버리기 위해서는 성공할 수밖에 없다는 것을 알았다. 그도 성공해야만 했다.

칼 할아버지는 잭이 속마음을 솔직하게 털어놓아도 조롱하거나 질책하지 않고 이해해주었을 유일한 사람이었다. 하지만 아무리 그래도 잭은 지금까지 헌터 가문이 대대로 해온 것을 도저히 못 할 것 같다고 털어놓을 수 없었을 것이다. 조상들의 19세기 머스킷 총 세 자루와 액자에 든 동성무공훈장이 벽에 나란히 걸려 있는 참나무 판으로 장식된 할아버지 댁의 거실로 가서.

잭은 군인이 그의 길이 아니라는 것을 사실대로 말할 수 없었다. 한밤중에 미래를 생각할 때마다 온몸에 소름이 돋고 머리가 지끈거릴 정도라는 것을 결코 말할 수 없었다. 법조계나 정치계 같은 괜찮은 대안을 내놓기라도 해야 할 터였다. 하지만 그는 군인이 자신의 길이 아니라는 것은 확실히 알지만 자신의 길이 무엇인지는 확실히 알지 못했다. 그에게는 열정도 방향 감각도 없었다. (가족이 정해준 길 외에는 알지 못했다.) 그는 다른 사람들 같지 않았다. 칼 할아버지, 하비에르, 모든 군인들, 시위에서 죽은 의사와도 달랐다. 앤서니와 캐서린도 삐뚤어지기는 했지만 목표가 있었다. '짧은 끈' 때문에 수도에서의 하급 행정직으로 강등된 잭은 예전보다도 더 목표가 없어진 듯했다. 제복은 이제 그저 맞지 않는 옷일 뿐이었다.

잭은 아직 스물두 살밖에 안 되었으니 앞이 막막해도 큰 잘못은 아니라는 사실을 되새겼다. 원래 이때는 좀 방황해도 되는 나이 아닌가?

게다가 상자가 나타난 후로 거센 돌풍을 맞은 것처럼 길에서 벗어나 떠도는 사람이 많아지지 않았는가?

하지만 그는 그래서 더 모순으로 다가오는 불편한 사실을 알고 있었다. 사실은 긴 끈을 받았는데, 기나긴 삶을 어디에 써야 하는지 모르고 있다니. 반면 하비에르에게는 분명한 목적이 있었다.

잭은 자신이 여러모로 실패작이라고 느꼈다. 군인으로서도 아들로서도 생산적인 사회 구성원으로서도. 하지만 친구로서 만큼은 실패하고 싶지 않았다.

하비에르에게 미안함과 고마움을 전해야만 했다. 사관학교 첫날부터 끈을 바꾸자는 계획에 동의해준 날까지 친구가 되어줘서 고맙다고.

하비에르와의 우정은 그의 삶에서 유일하게 확신을 주는 것이었다.

잭이 방에서 나가보니 하비에르는 여전히 여행 가방에 걸터앉아 생각에 잠겨 있었다.

"지금 내 목소리도 듣기 싫겠지만 그래도 작별 인사 없이 널 보내는 건 아닌 것 같다. 그리고 미안하다는 말도." 잭이 말했다.

하비에르는 그저 고개만 끄덕였다.

"끈을 바꾼 후로 내가 계속 못나게 굴었지. 네가 내 문제로 고통받으면 안 되는 건데. 하비, 그래도 내가 널 진심으로 자랑스럽게 생각한다는 걸 알아줬으면 좋겠다. 넌 나보다 두 배는 더 그릇이 커."

하비에르가 잭의 찬사에 감동한 듯 쳐다보았다.

눈이 부었고 면도하지 않은 얼굴에 수염이 까칠했지만 잭은 하비에르가 사관학교에서 룸메이트로 처음 만났을 때와 똑같았다. 잭은 아들을 낯선 학교에 남겨두고 못내 발걸음이 떨어지지 않는 듯한 하비에르의 부모님에게 한배를 탔으니 자신이 그를 잘 돌봐주겠다고 약속했다.

"그렇게 말해줘서 고맙다." 하비에르가 말했다.

잭이 웃으며 테이블 축구 게임기를 가리켰다. "마지막으로 한 게임 어때?"

"미안하지만 그냥 혼자 있을게. 머리 좀 식히려고."

"아, 그래. 알았어." 잭이 말했다. 고작 사과의 한마디로 하비에르의 마음이 풀릴 줄 알았다니 착각이었다. "아, 저기, 너 가기 전에 꼭 주고 싶었어."

잭이 얇은 흰색 봉투를 건넸다. 앞면에는 "나의 가장 친한 벗에게"라고 쓰여 있었다. 하비에르가 봉투에서 꺼낸 것은 낡은 기도 카드였다. 수십 년 동안 워낙 많이 움켜잡아서 가장자리가 닳을 대로 닳은 카드가 그의 손바닥에 놓였다.

"나 이거 못 받아." 하비에르가 말했다.

"받아도 돼. 넌 나보다 자격 있어."

하비에르가 고개를 저었다. "아니, 잭. 난 못 받아."

"넌 가톨릭 신자고 이건 유대교의 축복이지만…… 그래도 같은 신이잖아. 안 그래?"

"그것 때문이 아니야." 하비에르가 카드를 옆에 있는 선반에 올려놓았다. "이건 너희 가족의 유산이잖아. 내 가족이 아니라."

그 말은 잭의 가슴을 아프게 했다. 하비에르는 그에게 친형제 이상의 존재였다. 피가 섞인 가족보다도 더 가까운. 헌터 가문과 군대에 대한 잭의 솔직한 마음을 아는 사람은 세상에 하비에르뿐이었다.

"넌 내 가족이야." 잭이 말했다.

하비에르는 한동안 말이 없었다. 저 멀리 밖에서 들려오는 자동차 소리만 집안을 가득 채웠다. "고맙다, 잭. 내가 그동안…… 생각을 좀 해봤는데…… 아무래도 난…… 지금은 내 가족과 있어야 할 것 같아. 헌터 집안과 롤린스한테서 멀어지고 싶어. 기분 나쁘게 할 생각은 없지만…… 영향력이 너무 커서 말이야."

잭은 한숨을 쉬었다. 반박할 수가 없었다.

"헌터 집안에서 그 카드를 가졌던 사람은 우리 할아버지뿐이야. 친구 사이먼이 전장에서의 안전을 기원하면서 할아버지에게 준 거야. 나도 너한테 그러고 싶을 뿐이고."

"그래. 마음은 고맙다, 잭. 하지만 더 이상 얘기하고 싶지 않네."

하비에르의 목소리에서 조용한 좌절감이 느껴졌다. 전에 싸울 때의 비통함은 사라졌지만 분노가 애달픔으로 바뀐 듯했다. 이제는 잭에게 소리 지를 필요조차 없어졌다는 것처럼. 희망이 없다는 듯.

"그래. 알겠어. 그럼 난 이만 비켜줄게." 잭이 어색한 듯 방문 쪽으로 걸어가기 시작했다. "그래도 혹시 네 마음이 바뀔 수 있으니까 카드는 그냥 거기 놔둘게."

하비에르는 고개를 돌렸고 잭은 한동안 문가에 서서 친구를 바라보았다. 그의 시선이 하비에르의 운동화 끈에서 멈추었다. 마치 두 사람의 끈이 영원히 묶인 것처럼 묶여 있는 두 개의 운동화 끈.

잭은 끈을 바꾼 덕분에 친구가 그동안 피땀 흘려 노력한 기회를 마침내 얻을 수 있어서 기뻤다. 하지만 그가 끈을 바꾸자고 한 이유에서 하비에르의 꿈을 이루어주려는 것은 아주 작은 부분에 불과했다는 사실을 두 사람 모두 알고 있었다.

잭이 하비에르에게 긴 끈을 준 것은 스스로의 목숨을 구하기 위함이었다. 하지만 하비에르는 그 점을 단 한 번도 지적하지 않았고 잭을 겁쟁이로 몰아붙인 적도 없었다. 잭이 스스로 그렇게 생각하는 것뿐이었다.

하비에르는 자신의 것도 아닌 오래되고 낡은 기도 카드를 갖고 싶은 마음이 조금도 없었다. 그는 복싱 체육관에서 싸웠을 때 자신이 원하는 것이 무엇인지 잭에게 정확하게 말했지만 잭은 그것을 줄 수 없었다. 잭은 가족 그 누구에게도 맞서지 못하는 것처럼 고모부에게도 맞서지 못했다. 이제 그의 고모부는 가문의 명백한 후계자이자 대통령 후보가 되었지만 잭은 예전과 달라진 게 하나도 없었다. 매년 가족 야유회에서 같은 팀을 선택할 때 가장 마지막까지 남는 사람. 친엄마에게 버려진 아들.

잭은 지금 대체 뭘 하고 있는 것인가? 자신을 이해하지도 못하는 가족들이 자신을 유일하게 이해해준 사람을 멀어지게 하는데도 그냥 바라만 보고 있지 않은가?

집안의 영원한 아웃사이더이자 실패작이기에 그는 외로움을 잘 안다고 생각했다. 하지만 가족에게서 느끼는 외로움은 사랑이 없어서였지만 지금 하비에르에게 느끼는 외로움은 상실감이었다.

가족들의 사랑은 처음부터 없었지만 있었던 사랑을 잃는 것은 너무도 아팠다.

잭은 하비에르를 잃을 수 없었다. 지금은 안 된다. 어쩔 수 없이 잃어야 하는 때가 오기 전에는 잃지 않을 것이다. 게다가 자신의 약함과 두려움 때문에 잃을 수는 더더욱 없다.

친구이자 룸메이트였던 하비에르를 바라보며 잭은 마음과 달리 눈물이 터졌다.

"하비, 난 어떻게든 너에게 만회할 방법을 찾을 거야. 꼭 너에게 용서받을 거야. 다시 너에게 존중받을 거야. 내가 너무나 존경하는 너니까. 넌 분명 자랑스러운 군인이 될 거야." 잭이 말했다.

벤

9월에 술을 마실 때 모라가 벤에게 부탁했다. 그녀는 이탈리아 여행을 떠나 있는 동안 여자 친구를 깜짝 놀라게 할 선물을 준비하려고 계획했다.

그래서 벤은 모라와 모라의 여자 친구가 이탈리아로 떠난 후 지하철을 타고 그들의 아파트로 향했다. 계단 세 개를 올라 모라가 지난번 자조 모임이 있던 날 맡긴 열쇠를 꺼냈다.

그는 당연히 아파트에 아무도 없을 거라고 생각했다.

하지만 문을 열고 곧바로 거실이 나오는 집안으로 들어선 순간, 그는 화분을 치켜든 여자와 부딪힐 뻔했다.

"으악!" 벤이 깜짝 놀라며 뒤로 물러섰다.

"누구시죠?" 그만큼이나 놀란 여자가 소리쳤다.

"모라 친구예요. 모라가 열쇠를 줬는데." 벤이 설명했다.

"아." 여자는 갑자기 자신의 방어적인 태도를 의식했다. "미안해요. 누가 들어오는 소리가 들려서. 니나나 모라일 리는 없는데. 그래서 손에 집히는 대로 무기가 될 만한 걸 집었어요."

벤은 여자의 뒤쪽으로 줄 지어선 초록 식물들을 힐끔 보았다. "차라리 선인장이 나았을 텐데요. 몇 배 더 아프고." 벤이 말했다.

그 말에 여자가 미소를 지었고 어깨에 들어간 힘이 느슨해졌다. 그녀는 화분을 선반에 사뿐히 내려놓았다.

"니나 동생 에이미에요." 여자가 말했다.

"반갑습니다. 벤이라고 합니다."

알고 보니 벤과 에이미 모두 집을 비운 커플에게 부탁을 받은 것이었다. 니나는 에이미에게 화분에 물을 주고 우편물을 모아놓아달라고 부탁했고 모라는 벤에게 미술 프로젝트를 의뢰했다.

벤은 겨드랑이에 낀 화통에서 종이를 꺼내 커피 테이블에 펼쳤다.

"직접 그리신 건가요?" 에이미가 감탄하며 물었다.

그녀는 스케치를 가까이에서 들여다보았다. 시내의 허름한 동네에 있는 가라오케 바, 줄에 달린 꼬마전구로 장식된 카페의 파티오, 브루클린 식물원의 돔 모양 온실.

"제가 그림 끄적이는 걸 모라가 몇 번 봤는데 마음에 들었나 봐요." 벤이 웃었다. "그래도 전문가의 손길이 느껴지도록 신경 썼어요. 오늘 온 이유는 벽의 치수를 재려고요. 그림 넣을 액자를 맞춰야 해서."

에이미가 무슨 사연인지 알아차리고 고개를 끄덕였다. "여긴 두 사람이 처음 만난 곳이고 여긴 언니가 처음 사랑한다고 말한 곳이네요. 가운데 장소는 모르겠어요."

"첫 번째 데이트한 곳요. 모라가 두 사람에게 특별한 장소를 전부 그려달라고 했거든요.”

“아름다운 선물이네요. 그림도 아름답고요. 혹시 화가세요?”

“건축가입니다.”

“수학 잘하는 화가시구나.” 에이미가 미소 지었다.

“그쪽은요?”

“아, 전 수학은 젬병이에요.”

벤이 웃음을 터뜨렸다. “아뇨. 하시는 일요.”

“영어 교사예요. 숫자는 사양, 소설만 환영이죠.” 에이미가 대답했다.

벤이 어느 학교에서 근무하는지 물어보려는 찰나 시끄럽게 문 두드리는 소리가 들렸다. “니나! 모라!” 몹시 당황한 목소리였다.

벤이 얼른 가서 문을 열자 한 노인이 서 있었다. 여윈 체구에 옷이 흠뻑 젖어 있었다.

“누구쇼? 니나랑 모라는 어딨고?” 노인이 물었다.

“아, 여행 갔습니다. 저흰 친구들이에요. 무슨 일이시죠?” 벤이 말했다.

“모르겠어. 어디로 가야 할지 모르겠어서. 항상 모라하고 니나가 도와줬는데.” 노인은 불안한 듯 두서없이 내뱉었다. “일이 생겼는데 아무래도 파이프가 터진 것 같아. 집안이 물바다야.” 금방이라도 울음을 터뜨릴 듯했다.

“일단 들어오셔서 좀 앉으세요.” 벤이 부드럽게 말했다. 에이미는 노인을 부축해 소파에 앉혔다.

“파이프 터진 곳이 어디죠?” 벤이 물었다.

"옆집이야. 3B호."

"수건 가져올게요." 에이미가 말했고, 벤은 곧바로 3B호로 갔다.

벤은 비좁은 주방으로 들어가는 순간 미끄러질 뻔했다. 정말로 파이프에서 물이 뿜어져 나왔다. 흑백 타일 바닥에 어느새 얕은 물이 찼다. 세차게 흐르는 물이 복도의 마룻바닥을 침범하고 그 앞쪽의 카펫까지 위협하고 있었다. 벤은 눈을 찡그리고 싱크대 아래로 몸을 숙였다. 손을 뻗어 더듬더듬 차단 밸브를 찾았다.

그가 밸브를 찾아 새어 나오는 물을 겨우 멈추었을 때 에이미가 목욕 수건을 가득 안고 서둘러 달려왔다. 넘치는 물과 아드레날린 때문에 정신이 하나도 없지만 않았다면, 벤은 제때 위기를 해결해 그녀를 감탄하게 했다는 사실에 감사함을 느꼈을 것이다.

"배관공 불렀어요." 에이미가 벤에게 수건 몇 장을 건넸다. 그는 새는 파이프를 수건으로 꽉 감쌌다. 노인도 에이미를 따라 집 안으로 들어와 걱정스러운 표정으로 문가에 섰다. 벤과 에이미는 무릎을 꿇고 물을 닦기 시작했다.

"미안해서 어쩌나. 그런 것까지 하게 해서." 노인은 도움이 필요해진 상황에 대해 당혹감을 느끼는 기색이 역력했다. "내가 하고 싶은데…… 미끄러져서 넘어질까 봐."

"괜찮아요. 정말요." 에이미가 친절하게 말했다. 벤을 힐끗 쳐다본 그녀가 웃음을 참았다.

"왜요?" 벤이 물었다.

"지금 꼭…… 물에 빠진 생쥐 같아서요."

"그쪽이 들어온 타이밍이 안 좋았어요. 내가 용감하게 차단 밸브를 향해 뛰어든 모습을 봤어야 하는데."

배관공이 도착하자 노인은 벤과 에이미를 복도까지 따라 나가며 또 연신 고맙다고 했다.

"정말 영웅이 따로 없었어요." 함께 더러워진 수건을 들고 공용 세탁실로 가면서 에이미가 말했다.

"원래 수학 잘하는 사람들이 용감하죠." 벤이 농담했다.

"수학 잘하는 사람들이 비밀도 잘 지켜야 할 텐데. 손님용 고급 수건으로 물난리를 청소했다는 걸 언니가 절대로 알면 안 되거든요. 내가 소파 근처에서 물만 마셔도 불안해하는 언니라서요."

"비밀 지켜드리죠." 벤이 웃었다.

"얼른 집에 가서 옷 갈아입고 싶으시겠어요." 에이미가 말했다.

하지만 벤은 아직 그녀와 헤어지고 싶지 않았다. 마음속에서 무언가가 지금 가면 안 된다고 말하고 있었다.

"그보다는…… 술 한 잔이 간절하네요. 술친구 해줄래요?" 벤이 말했다.

술 한 잔으로 시작한 자리는 가까운 이탈리아 식당에서의 저녁 식사로 이어졌다. 이탈리아에 온 척해보자고 에이미가 제안한 것이었다.

"언니한테 반 아이들에게 나눠줄 곤돌라 열쇠고리를 사다 달라고 했어요." 음식을 싹싹 긁어먹고 나서 에이미가 말했다.

"정말 친절하네요. 왠지 우리 엄마도 그러실 것 같은데. 아, 저희 부모님도 두 분 다 교사셨거든요."

"아, 내가 그쪽 어머니랑 닮았나 봐요? 그거 여자들 마음 약해지는 멘트인데." 에이미가 약 올리듯이 말했다. 바로 그때 웨이터가 김이 나는 카푸치노 두 잔을 들고 왔다.

벤은 지금까지 자신과 에이미가 친절함과 썸 사이에서 줄타기를 한다고 생각했다. 방금 그녀는 일부러 그 선을 넘은 걸까?

첫 데이트의 느낌이 이런 것이었던가? 연애한 지 너무 오래라 가물가물했다.

갑자기 그는 술을 엎지르면 어쩌나, 카푸치노 거품이 입에 묻으면 어쩌나 걱정되었다. 비스코티 먹는 소리가 너무 요란한 건 아닐까? 오래전에 느꼈던 사소한 걱정과 계속 신경 쓰이는 불안감. 그런 감정을 다시 느끼다니 사치처럼 느껴질 정도였다.

니나와 모라가 해외여행을 즐기는 동안 벤은 에이미를 계속 만나며 그 자신도 모험 속으로 빠져들었다.

두 사람은 니나와 모라의 아파트에서 다시 만났다. 벤이 벽의 치수를 마저 쟀고 에이미가 액자 가게에 같이 가서 언니가 좋아할 만한 스타일을 골라주기로 했다.

일주일이라는 시간 동안 두 사람은 저녁 식사를 하고 공원에서 산책도 했다. 아침에 베이글을 먹고 저녁에는 술을 마셨다. 어느 날 밤 벤이 그녀에게 가까이 다가가 키스한 후 에이미가 오늘 데이트는 이것으로 끝이냐고 물었다. 벤은 모든 용기를 쥐어짜 그녀를 자신의 집이 아니라 근처 카페로 데려갔다. 가슴에 죄책감이 가득한 상태로는 도저히 관계를 진전시킬 수 없었다.

그 이야기를 하지 않은 채로는.

하지만 며칠 동안 그렇게 많은 시간을 함께했는데도 끈 이야기는 한 번도 나오지 않았다. 에이미가 딱히 그 주제에 대해 말하고 싶어 하지 않는 듯했기에 벤은 어떤 식으로 말을 꺼내야 할지 망설여졌다.

그날 밤 커피를 마시면서 에이미는 핸드폰을 꺼내 최근에 도착한 메시지를 스크롤했다. 벤의 눈이 그녀의 옆얼굴을 쫓았다. 그는 비례를 추구하는 건축가이지만 이상하게도 에이미의 오른쪽 뺨에는 주근깨가 있고 왼쪽에는 없다는 것이 굉장히 좋았다.

"이것 좀 봐요." 에이미가 보여준 핸드폰에는 이탈리아의 시골 풍경이 들어 있었다.

"언니가 방금 보내준 거예요. 진짜 예쁘죠?" 그녀는 양손으로 머그잔을 감싸고 만족스러운 듯 숨을 길게 쉬었다. "혹시 유럽 시골에서 살고 싶단 생각 안 해봤어요? 정신없이 바쁜 뉴욕을 떠나 유럽 시골 마을의 작은 집에서 사는 거예요. 자전거를 타고 시내에 나가고 한동네에 서로 모르는 사람이 없고 죽는 날까지 매일 갓 구운 빵과 잼, 치즈를 먹는 거죠."

"솔직히 생각 안 해봤는데요." 벤이 소리 내어 웃었다. "그런데 그렇게 말하는 걸 들어보니 그것도 좋을 것 같네요."

"당연히 환상이 현실보다 멋지겠죠." 에이미가 어깨를 으쓱했다. "이상해요. 사람들은 '소박한 삶'을 살거나 '단순한 일상'을 보내면서 살고 싶다고들 하잖아요. 하지만 인위적인 것들에서 벗어나 시골에서 산다고 삶이 복잡해지지 않는 건 아닌 것 같아요."

벤은 무슨 말인지 알겠다는 듯 고개를 끄덕였다. "그래도 거기선 갓 구운 빵과 치즈를 먹으며 고민할 수 있겠네요."

에이미가 웃었다. "언니랑 모라는 마지막 일정으로 내일 베로나에 간대요. 그래서인지 로미오와 줄리엣이 계속 생각났어요. 베로나에는 줄리엣에게 편지를 쓰는 전통이 있다는 거 아세요?"

"그 줄리엣요?"

"비슷해요." 에이미가 설명했다. "해마다 수천 명이 줄리엣의 주소지로 연애 고민을 털어놓는 편지를 보내요. 베로나에는 자칭 줄리엣의 비서라는 사람들이 살거든요. 그들이 줄리엣 대신 편지에 답장해주는 거죠. 직접 손글씨로요."

"만만치 않은 일이네요."

"그렇죠. 솔직히 난 연애에 관해서는 믿을 만한 조언을 못 해줄 것 같아요." 이렇게 말하고 나서 에이미의 얼굴에는 황홀경에 빠진 듯 기묘한 표정이 떠올랐다. 무슨 생각인지 기억인지가 그녀의 마음속에서 춤추는 것 같았다.

"생각에 빠진 듯한 표정이네요." 벤이 말했다.

"아, 미안해요. 가끔 이래요." 에이미는 살짝 창피한 듯 웃음을 지어 보였다. "줄리엣에게 조언을 들었으면 좋았을 것 같은 사람이 떠올라서."

"친구요?" 벤이 물었다.

"아뇨. 절대로 친구라곤 할 수 없어요. 최근에 접한 흥미로운 사연의 주인공이거든요. 재밌는 우연의 일치인데 나도 편지를 통해 알게 된 사람이에요. 거트루드라는 여자예요."

에이미의 입에서 거트루드라는 이름을 듣는 순간 벤은 깜짝 놀라 자리에서 벌떡 일어날 뻔했다.

그 이름을 듣는 순간 벤의 머릿속에 다른 사실들도 또렷하게 새겨지기 시작했다. 그가 에이미를 만난 순간부터 미스터리한 A와의 공통점이 조금씩 쌓이다가 마침내 넘쳐흘러서 드디어 눈에 보이게 된 것만 같았다. 맨해튼에 있는 학교의 영어 교사라는 점, 어퍼 웨스트 이스트에 산다는 것. 이젠 거트루드에 대해 적힌 편지까지. 그녀가 말한 편지가 그의 편지를 말하는 게 아닐까?

벤의 가슴이 쿵쾅거리기 시작했다. 아니야. 아닐 거야. 절대 그럴 리 없어. 아니, 어쩌면?

"한 번도 안 물어봤네요. 혹시 어느 학교에서 일해요?"

"아, 어퍼 이스트 사이드에 있는 코넬리 아카데미라는 학교예요." 에이미가 답했다. "나랑은 잘 안 어울리는 굉장히 고급스러운 사립학교죠."

벤은 무슨 말이라도 하려고 입을 벌렸지만 아무 말도 나오지 않았다. 급하게 커피잔을 입으로 가져가며 잠시나마 진정하려고 애썼다. 하지만 커피가 목에 걸릴 뻔했다.

에이미는 그가 일요일 저녁마다 앉아 있는 교실, 그가 매주 편지를 두고 오는 교실에서 일하고 있었다. 그녀가 A임에 틀림없다. 에이미가 바로 A라고 온몸의 세포가 말해주고 있었다.

그는 이성적으로 그렇지 않을 가능성도 있다는 것을 알았지만 다른 답이 없는 것처럼 느껴졌다. 아니, 그녀여야만 했다.

니나

이탈리아에서의 마지막 날, 니나와 모라는 베니스에서 한 시간 동안 기차를 타고 베로나로 갔다.

베로나 당일치기 여행은 에이미의 추천이었다. 니나와 모라도 문학 작품의 배경이니 한번 방문해볼 가치가 있겠다고 생각해서 찬성했다. 게다가 베로나는 베니스보다 덜 북적거렸다. 하지만 딱 한 곳은 예외였다. 큰 광장의 구석에 있는 줄리엣의 집에는 세계 각지에서 성지순례 온 연인들과 독서광, 관광객들이 넘쳐났다.

두 여자는 줄리엣의 집 안뜰로 들어가기 위해 아치형 입구를 지나쳤다. 아치의 안쪽 벽 전체는 수년 동안 덧쓰고 덧쓴 낙서로 뒤덮여 있었다. 두꺼운 매직펜과 온갖 색깔의 펜으로 쓴 알아볼 수 없는 글씨는 벽을 가득 메우고 있었다. 멀리에서 보면 정신없는 거미줄 그라피티 같았다. 하지만 조금만 가까이 다가가면 이름과 서명을 알아볼 수 있었다. "마르코와 아민" "줄리&시모" "앤절라+샘" "마누엘과 그레이스" "닉&론" "M+L" "테디가 여기 있었다."

모라는 항상 펜을 가지고 다니는 니나를 힐끔 쳐다보았다. 그들은 각자 눈에 띄는 빈 곳에 두 사람의 머리글자를 적었다. 아치를 지나자 파티오가 나왔다. 방문객 수십 명이 그 유명한 돌 발코니를 올려다보거나 중앙에 조용하게 서 있는 줄리엣 동상과 사진을 찍었다.

모라와 니나는 동상의 발이나 신발을 만지면 행운이 온다는 것처럼 앳된 줄리엣의 가슴을 만지는 것이 이곳의 유명한 전통이라는 사실을 알고 실망했다.

"*Mi scusi*실례해요." 모라가 옆에 있는 여자에게 말을 걸었다. "*Perché la toccano*왜 만지는 거죠?" 그녀가 줄리엣의 가슴을 만지는 한 관광객을 가리켰다.

모라가 말을 건 여자도 미국인이었다. "왜 줄리엣의 가슴을 만지냐고요? 가슴을 만지면 사랑이 이루어진다나 봐요."

"줄리엣이 연애 쪽으로 운이 좋긴 했지." 니나가 비꼬듯이 소곤거렸다.

"이건 좀 별로인데." 모라는 사랑이 간절한 듯한 10대 남학생 두 명을 쳐다보며 얼굴을 찡그렸다.

두 사람은 줄리엣 동상 앞에 늘어선 줄에서 빠져나와 그 뒤쪽에 있는 벽으로 다가갔다. 벽에는 작은 포스트잇과 일기장에서 찢은 들쭉날쭉한 종이가 가득했다. 비극적인 사랑의 여주인공에게 관광객들이 편지를 남기는 오랜 전통이었다.

"이거 귀엽다." 모라가 말했다. "'네 이름은 테일러지만 넌 나의 줄리엣이야. 우린 베로나에 있어. 절대로 잊지 말자.'"

"이거 무슨 뜻인지 알아?" 니나가 다른 포스트잇을 가리켰다.

모라는 니나의 손가락이 가리키는 노란색 종이를 살펴보았다.

Se il per sempre non esiste lo inventeremo noi.

단어 뜻을 떠올리느라고 모라의 이마가 일그러졌다. "만약 영원이 존재하지 않는다면 우리가 만들자."

그날 오후, 니나와 모라는 구불구불한 아디제 강변을 따라 베로나의 가장 대표적인 다리 폰테 피에트라로 갔다. 로마 시대에 석회암과 붉은 벽돌로 지은 고가다리였다. 니나는 두 가지 종류의 돌로 지어서 지저분해 보이면서도 아름답다고 생각했다.

강한 바람에 강물이 흔들리고 지나가는 사람들이 모자를 꽉 잡았다. 강물은 놀라울 정도로 거칠었고 다리 아래로 하얀 물살이 지나갔다.

"줄리엣의 영혼이 가슴을 만진 사람들에게 복수하러 온 거야." 모라가 이론을 내놓았다.

다리 끄트머리에 사람들이 모여 있었다. 임시로 만들어둔 제단에 꽃과 초가 놓여 있었다. 곰 인형도 몇 개 보였다.

"추모하는 건가 봐." 니나가 말했다.

가까이 다가갔을 때 니나는 액자에 든 사진 속의 남녀를 알아보았다. 그해 봄에 함께 다리에서 뛰어내렸다던 신혼부부였다.

"그냥 가자." 슬픈 감정에 젖고 싶지 않아서 니나가 말했다. 하지만 뒤돌아서 강물을 힐끔 볼 때마다 함께 다리에서 뛰어내린 부부와 끝내 목숨을 잃은 끈이 짧은 신부에 대한 생각이 떠나지 않았다. 적어도 신부는 죽기 전에 크나큰 사랑을 느꼈을 것이다. 모라가 읽어준 포스트잇에 적힌 내용이 뭐였지? '우리가 영원을 만들자.'

"무슨 생각해? 되게 조용하네." 모라가 물었다.

"네가 아까 읽어준 이탈리아어로 된 메모. *Si siempre no existe*……."

모라가 웃음을 터뜨렸다. "그건 스페인어 같은데?"

또다시 세찬 바람이 휙 지나갔다. 니나는 왠지 기묘한 에너지가 기운을 북돋워주는 것을 느꼈다. 자리에 멈춰 서서 모라를 쳐다보았다. 그녀의 표정이 진지하게 변했다.

"있잖아. 우리 처음 사귈 때 난 네가 오늘은 헤어지자고 하겠지, 오늘은 헤어지자고 하겠지, 생각했어. 너처럼 특별하고…… 인상에 강하게 남는 사람이…… 내 이름을 기억해준다는 것만으로도 믿어지지 않았으니까." 니나가 잠시 말을 멈추었다. "그런데 2년이 지난 지금 우린 이렇게 영원은 그 누구에게도 존재하지 않는다는 사실을 마주하고 있어. 하지만 난 너와 함께 영원을 만들고 싶어."

모라가 할 말을 잃는 것은 자주 있는 일이 아니었다. 그런데 순간 그녀는 할 말을 잃은 듯했다.

"나랑 결혼해달라는 말이야." 니나가 불안한 표정으로 분명하게 말했다.

"알아." 모라가 마침내 입을 열었다. "근데…… 프러포즈가 너무 촌스러워서 좋다고 못 하겠네."

니나가 안도와 기쁨의 웃음을 터뜨렸다. “그럼 기회를 한 번 더 줄래?”

모라가 미소로 답했다. “좋아.”

벤

벤의 부모님은 뉴저지의 단독주택을 팔고 아파트로 이사하면서 짐을 로워 맨해튼의 임대 창고에 보관해두었다. 하지만 은퇴 생활을 하는 동안 다운사이징과 미니멀라이프에 대한 책을 잔뜩 읽은 어머니는 창고에 저장해둔 물건의 절반은 필요 없다는 결론에 이르렀다. 그리하여 어느 토요일 오후 벤은 부모님을 도와 창고의 짐을 정리하기 위해 시내로 향했다.

그가 도착했을 때 어머니와 아버지는 산처럼 쌓인 갈색 상자들을 뒤지면서 필요 없는 물건을 커다란 검은색 쓰레기봉투에 던지고 있었다.

"필요 없는 건 버리든 기부하든 할 거야." 어머니가 말했다.

"더 이상 설렘을 주지 않는 것들 말이죠?" 벤이 짓궂게 물었다.

어머니가 장난스럽게 아들의 머리카락을 헝클어뜨렸다. 벤이 어릴 때 어머니가 자주 했던 행동이었다. 어릴 때는 어린아이 취급하는 것 같아서 싫었지만 지금은 조금도 신경 쓰이지 않았다.

"머리 좀 잘라야겠다." 어머니는 잔소리 본능을 이기지 못했다.

"우선은 정리에만 집중할까요?"

벤은 열지 않은 여행 가방에 걸터앉아 옷가지를 뒤졌다. 굿윌에 기부할 것들과 상태가 좋지 않아 기부할 수 없는 것들을 분류하기 시작했다. 반복적인 작업이다 보니 어느새 잡념이 머릿속을 차지했고 에이미가 떠올랐다. 그의 끈과 편지에 대한 아직 말하지 못한 진실도.

하지만 명백한 답은 없었다. 벤은 에이미가 좋았다. 그녀의 환한 미소와 한쪽 얼굴에만 있는 주근깨, 직업에 대한 열정, 함께 있으면 편하고 잘 맞는다는 것. 편지에서만큼 실제로도 대하기가 편했다. 그리고 벤이 에이미에 대해 정말로 마음에 드는 점은 그녀가 편지에서 드러낸 마음속에 감춰진 생각과 두려움, 꿈이었다.

에이미도 그를 좋아하는 것 같았다. 하지만 만약 그녀가 곤경에 처한 이웃을 도와주는 그의 영웅적인 모습만 마음에 들어 하고, 역시나 그의 일부분이라고 할 수 있는 슬픔과 자기 연민에 휩싸인 짧은 끈의 모습은 마음에 들어 하지 않으면 어쩔 것인가?

그는 부모님을 바라보았다. 60대의 부모님이 수십 년 동안 함께한 삶의 기록을 정리하는 모습을. 그는 상대방에게 저런 인생을 줄 수 없을 것이다. 그런데 어떻게 그 어떤 여자에게든 자신을 선택해달라고 할 수 있을까?

벤은 클레어와 헤어지기 몇 달 전 그의 서른 번째 생일쯤에 처음으로 막연하게가 아닌 진지하게 결혼을 하고 아이를 갖는 상상을 해보았다. 끈에 대해 알게 되고 클레어가 떠난 후에는 당연하게 여겼던 미래가 멈추었다. 결혼을 하고 가정을 꾸리고 아내와 함께 아이들이 커가는 모습을 지켜보는 일은 더 이상 당연한 것이 아니게 되어버렸다.

상자가 나타나지 않았더라면, 클레어가 그의 상자를 열어보지 않았더라면 한 치의 고민도 없이 당연하게 걸었을 길이라고 생각하면 너무 고통스러웠다. 그 고통스러운 생각이 지금 벤을 괴롭게 했다.

"어머나. 이것 좀 봐!" 어머니가 핼러윈이라고 적힌 상자에서 자그마한 호박 의상을 꺼냈다.

벤은 그 상자에 든 것들을 살펴보았다. 우디의 카우보이모자, 넣었다 뺐다 할 수 있는 광선검, 스페인으로 가족 여행을 다녀온 후 건축가 안토니 가우디에게 푹 빠져서 구매한 풍성한 가짜 수염도 있었다.

"이건 어린아이들이 참 좋아하겠어." 어머니가 웃으면서 기부할 물품들이 들어가는 통에 넣었다.

아버지가 빈 상자를 구기려고 할 때 상자 바닥에 낀 카드가 벤의 눈에 띄었다. 부모님이 벤에게 쓴 카드였다. 앞면에는 '억!' 하고 겁을 주려는 만화 같은 유령 그림이 그려져 있었고 안에는 이렇게 적혀 있었다. "무서워하지 마! 항상 우리가 널 지켜줄 거야."

"우리 예전엔 꽤 감상적이었네." 벤의 아버지가 말했다.

"예전에만요?" 벤이 농담했다.

어머니가 팔로 아버지를 살짝 찔렀다. "아주 멋진 카드인데 뭐. 진심이었잖아요."

부모님이 다시 하던 일로 돌아가고 벤은 무릎에 놓인 펼쳐진 카드를 바라보았다. 어머니의 필기체로 적힌 글씨를 보고 있자니 이상하게 눈이 따끔거렸다.

어머니의 말이 맞았다. 벤은 부모님과 함께 있을 때는 무서웠던 적이 한 번도 없었다. 오히려 과잉 보호를 받는 느낌이었다.

무모했던 10대 시절 자전거를 타다 넘어져서 병원 침대에 누워 초조하게 엑스레이 결과를 기다리고 있었다. 그때도 응급실로 다급하게 달려오는 부모님을 보는 순간 곧바로 진정되었다. 조심성 없다고 한 시간 동안 꾸중을 들어도 괜찮을 것 같았다. 부모님을 보는 순간 저절로 안심이 되었다.

너무도 무섭고 그 어느 때보다 위로가 필요한 지금, 어떻게 부모님에게 의지하지 않을 수 있을까?

물론 어머니와 아버지는 진실을 알고 가슴 아파할 테지만 나중에 알게 된다면 더 아프지 않을까? 그렇게 아껴주었던 아들이 자신들을 믿지 않았다는 사실에?

"두 분께 드릴 말씀이 있어요." 벤이 말했다. "저 제 끈에 대해서 알아요. 클레어와 헤어진 것도 그 때문이에요. 사실…… 14년하고 조금 더 남았어요. 15년 정도요." 그가 희미하게 웃었다. "반올림하니까 더 낫네요."

잠시 침묵이 감돌았다. 누구 하나 말하거나 움직이지 않았다. 짧은 순간이었지만 벤은 부모님의 마음이 돌이킬 수 없이 부서진 게 아닐까 걱정스러웠다.

그때 어머니가 벤을 끌어당겨 힘껏 안았다. 특별한 순간에 특별한 사람에게서만 나올 수 있는 그런 힘이었다. 아이를 지키려는 부모에게서만 볼 수 있는 힘. 대학생 이후로 죽 어머니보다 키도 크고 덩치도 큰 벤이었지만 지금은 어릴 때처럼 어머니의 품에 쏙 들어가 안긴 느낌이었다. 벤의 아버지도 아들의 어깨에 따뜻하고 묵직한 손을 올리고 벤이 쓰러지지 않을 정도로만 힘을 주었다.

순간 벤은 클레어가 끈에 대해 말한 그날에 그를 전혀 만지지 않았다는 것을 깨달았다. 지금 생각해보니 충격이었다. 클레어는 스스로 무너지지 않도록 두 팔로 자신을 꽉 감싸 안고 있었다. 하지만 벤의 부모님은 지금 이 순간만큼은 자신들을 신경 쓰지 않았다. 오로지 아들만 생각했다.

벤은 임대 창고에서 여행 가방에 걸터앉은 채 어머니의 품과 아버지의 손길을 느꼈다. 침묵 속에서도 그들의 손길이 필요한 말을 다 해주었다.

잭

하비에르가 떠나고 몇 주 후, 잭은 사방을 둘러보아도 멀어진 우정밖에 보이지 않는 아파트에 있기가 너무 힘들었다. 두 사람은 싸우고 나서 거의 연락하지 않았다. 잭은 어머니가 떠난 후 아버지가 그를 데리고 새집으로 이사한 이유를 이해할 수 있었다. 기억은 그 사람과 함께한 공간을 채워버렸다.

그래서 어느 금요일 밤에 잭은 수도에서 새로 맡은 임무를 위한 일주일간의 사이버 보안 교육이 끝나자마자 곧장 유니언 스테이션으로 갔다. 그곳에서 가장 빠른 뉴욕행 기차에 몸을 실었다.

맨 뒤쪽 칸에 자리를 잡고 앉아 오랫동안 낯선 이들의 지문과 입김으로 얼룩진 창문으로 밖을 바라보았다. 한시라도 빨리 뉴욕에 도착하고 싶었다. 지금까지 몇 번 가보지 않았지만 뉴욕은 어디를 가든 몇 시에 가든 사람들이 북적거리는 그가 아는 유일한 곳이었다. 그에게도 거의 일반인에 가까운 삶과 익명성이 보장되는 유일한 곳.

잭은 이틀 동안 뉴욕에 사는 친구의 낡은 회색 소파베드에서 신세를 지며 맨해튼 거리를 돌아다녔다. 허름한 술집에서 술을 마시고 당구를 치고, 지하철에서 흘러나오는 안내 방송을 알아들으려 귀를 기울이고, 알아보는 이 없이 사람들을 스쳐 지나가면서 그렇게 시간을 보냈다. 하지만 머릿속에는 하비에르의 생각이 떠나지 않았다.

공중에 우르릉거리는 헬리콥터 소리가 들릴 때마다 조종사 훈련을 받고 있을 친구가 떠올랐다. 창문을 열어놓고 거실에서 잠을 청할 때면 시끄러운 사이렌 소리와 사람들의 고성, 쓰레기봉투를 연석으로 끌어다 놓을 때 울려 퍼지는 깨진 유리 소리가 들렸지만 어김없이 그의 마음은 D.C.나 사관학교의 기숙사 방으로 돌아갔다. 뉴욕도 그를 자유롭게 해주지 못했다. 이 도시의 북적거림도 그가 하비에르에게 한 약속을 아직 지키지 못했고 친구의 용서를 받을 자격이 없다는 사실에 대한 죄책감을 완전히 잊게 해주지는 못했다.

수말이 끝나갈 무렵 잭은 손을 수머니에 찔러 넣은 채 기분 전환에 실패했다는 사실에 우울감을 느끼며 거리를 걷고 있었다. 아직 저녁 8시도 안 되었지만 거리는 한산했다. 이따금 지나가는 사람들, 멋쩍게 서명을 부탁하는 선거 운동원, 양동이를 뒤집어놓고 드럼을 치듯이 두드리는 사람뿐이었다.

잭은 10대 소년 두 명이 선거 운동원에게 다가가는 것을 보았다. 선거 운동원은 안경을 쓴 키 작은 남자로, 클립보드를 들고 있었다. 마치 주변을 전세 내기라도 한 듯 험악한 분위기를 풍기며 거들먹거리면서 걷는 소년들의 모습은 사관학교 시절 그를 괴롭히던 무리를 떠오르게 했다. 허세 가득한 소년들이 아무것도 모르고 있는 선거 운동원에게 점점 가까워지자 잭도 그쪽으로 발걸음을 재촉했다.

선거 운동원이 환한 미소와 함께 소년들에게 말을 걸었다. "잠깐 시간 좀 내주실래요? 웨스 존슨을 후원해주세요."

소년 하나가 고개를 갸웃했다. "짧은 끈 말이에요?"

"존슨 의원님은 끈이 짧은 사람들을 포함해 모든 미국인의 편이라는 사실을 보여주셨습니다." 선거 운동원이 설명했다.

"얼마 안 있어 뒈질 사람을 뽑아서 뭐 해요? 끈도 짧은데 불쌍하게 애쓰지 말고 그냥 꺼지라고 해요. 아우, 내가 다 쪽팔리네."

소년 하나가 그의 손에서 클립보드를 낚아채더니 거기에 적힌 이름들을 훑었다. "요새 이 인간을 지지하는 사람이 있기는 한가?"

지나가던 아이 엄마가 불안한 표정으로 아이의 손을 꽉 잡고 발걸음을 재촉했다. 잭은 근처에서 서성이며 계속 지켜보았다.

"그거 이리 주세요." 선거 운동원이 애원하듯 말했다.

소년은 피식 웃으며 클립보드를 바닥으로 내동댕이쳤다. 플라스틱이 인도에 부딪히는 소리에 근처에서 연주되던 양동이 드럼도 멈추었다.

선거 운동원의 괴로운 표정은 가장 안전한 방법이 뭘까 고민하고 있음을 말해주었다. 만약 땅에 떨어진 클립보드를 집으려고 몸을 숙이면 소년들은 물론이고 테이블에 놓인 기부금 상자에서도 잠시 눈을 떼야만 할 테니까.

잭은 주위를 둘러보았다. 그를 제외하고 가장 가까이 있는 목격자는 약간 떨어진 곳에 서 있는 앳된 임산부였다. 오른손으로 핸드폰을 움켜쥔 그녀는 상황이 나빠지면 언제라도 911을 누를 태세였다. 평소 넘쳐나는 사람들도 필요할 때는 없는 법이었다. 잭이 임산부에게 고개를 끄덕이자 임산부가 고개를 뒤로 살짝 젖히며 응답했다. 똑같은 걱정거리가 곧바로 두 사람을 동지로 만들었다.

"저거 안 주울 거예요?" 소년이 선거 운동원에게 말했다. 그 사이 녀석의 친구가 테이블로 슬금슬금 다가갔다.

"반격 안 하냐?" 학교에서 매번 들었던 방관자들의 조롱 섞인 말이 잭의 귀에 들리는 듯했다. "안 됐네. 잘난 네 가족이 지금 여기 없어서. 고모부가 옆에 없어서 어떡하냐. 집안에서 혼자만 그렇게 약해빠져서 안 됐네."

갑자기 잭의 분노가 폭발했다.

"저분은 하던 일 계속하게 그냥 내버려두고 가던 길이나 계속 가는 게 어때?" 잭이 앞으로 나서서 말하며 선거 운동원에게 클립보드 주울 시간을 주었다.

"괜히 끼어들지 말고 너나 잘해, 멍청아!"

"싸울 생각은 없다." 잭이 말했다.

"그럼 그냥 꺼지면 되겠네."

"네가 저 사람을 그냥 내버려두기 전까진 안 돼."

잭의 말에 소년이 킥킥거렸다. "아하, 둘 다 그건가 보네. 짧은 끈." 말에 악의가 넘쳐흘렀다.

잭이 대꾸도 없고 물러나지도 않자 소년은 그냥 가려는 듯 살짝 고개를 돌렸다. 하지만 갑자기 몸을 다시 홱 돌리더니 잭의 턱으로 주먹을 날렸다.

놀랍게도 잭은 그 주먹을 막았다.

옆에서 보고 있던 녀석의 친구도 덩달아 주먹을 휘둘렀지만 잭은 그것도 막아냈다.

어리둥절하면서도 열을 받을 대로 받은 두 소년이 또 주먹을 날렸지만 잭이 또 막았다. 녀석들이 모르는 게 있었다. 지금 잭은 뉴욕 거리에 있는 게 아니었다. 지금 그는 하비에르와 함께 링에 올라가 있었다. 가장 친한 친구이자 형제인 하비에르와 스파링을 하고 있었다. 잭은 하비에르의 움직임을 되새겼다. 저들의 공격을 막을 방법을.

잭은 폭력을 쓰고 싶지 않았지만 그것 말고는 다른 방법이 없었다. 그는 녀석들의 배에 차례로 잽을 날렸다. 너무 세게는 말고 더 이상 덤비면 안 된다는 것을 알아차릴 만큼만.

두 소년이 비틀거리며 뒤로 물러섰다. 그제야 잭은 상황을 파악하고 미소 지었다. 하비에르는 옆에 있을 때나 없을 때나 그를 든든하게 지켜주는 친구였다.

싸움에서 완전히 밀린 소년들이 꽁무니를 빼고 달아난 후 경찰이 도착했다. 경찰이 선거 운동원의 진술을 듣는 동안 신고 전화를 건 게 분명한 젊은 임산부가 잭에게 다가왔다.

"싸움 실력이 엄청나네요." 그녀가 말했다.

잭은 여전히 아드레날린으로 몸이 떨리고 손목이 얼얼했지만 사관학교에 입학한 첫해의 처절했던 몸싸움에 비하면 아무것도 아니었다. 처음 보는 동기들 앞에서 반격도 제대로 못 해보고 완패했었다. 얼굴이 붓지 않도록 룸메이트 하비에르가 학교 식당에서 훔쳐다 준 얼음으로 찜질을 해야만 했다.

"고맙습니다. 평소엔 그렇게…… 잘하진 못하는데." 잭이 말했다.

"난 레아에요." 여자가 미소 지었다.

"잭이라고 합니다."

"잭, 저 지금 토론 모임에 가는 길인데 오늘 모임에서 들려줄 이야깃거릴 만들어줘서 고마워요."

앳된 임산부의 스웨터에 꽂힌 금색 핀이 잭의 눈에 띄었다. 한 번도 본 적 없는 디자인이었다. 마치 헤르메스의 지팡이에서 두 마리의 뱀이 감긴 채 올라가는 것처럼 두 개의 곡선이 서로 얽혀 있는 모습이었다. 다른 점이 있다면 두 곡선의 길이가 달랐다.

레아가 그의 호기심 어린 눈길을 알아차렸다. "아, 끈이에요. 하나는 긴 끈, 다른 하나는 짧은 끈. 두 끈의 연대를 뜻하는 거예요."

"직접 만드신 건가요?" 잭이 물었다.

"오빠가 준 거예요. 수공예 오픈마켓 엣시에서 누가 팔기 시작한 디자인이라는데 지금 상당히 빠르게 퍼지고 있어요. 지난주에는 웨스 존슨도 착용했고요."

고모부는 분명 싫어하겠군, 잭은 생각했다.

"아까 그 애들이 그래서 그렇게 잔인하게 굴었을까요? 저분이 웨스 존슨 의원을 위해 일하는 사람이라서?" 레아가 물었다.

잭은 어깨를 으쓱했다.

"짧은 끈들에 대해 그런 말을 하다니 그 애들 참 너무한 것 같아요." 레아가 몸을 떨었다.

"이제는 그런 말을 하기 전에 한 번 더 생각하게 되겠죠."

"고마워요." 레아가 엄숙한 표정으로 말했다.

진지함이 묻어나는 어조가 잭을 놀라게 했다. "그냥 재미나 돈을 노린 불량 청소년들인데요 뭐. 아무것도 아닙니다."

"그쪽은 불의를 보고 모른 척하지 않았잖아요. 그건 절대로 아무것도 아닌 게 아니에요." 레아가 말했다.

잭은 하비에르와 싸울 때 그가 한 말이 떠올랐다. 이제는 앤서니의 자만심만 문제가 아니라 사람들의 목숨까지 위험해졌다고. 잭이 아무리 가족에 대해 불평하고 다른 삶을 열망해도 그보다 훨씬 운이 나빠서 나쁜 패를 받은 사람들도 있었다. 하비에르가 그렇게 말한 이유는 잭이 자기 세계에만 갇혀있지 않도록 끌어내려는 것이었다.

하지만 언제나처럼 잭은 깨닫지 못했고 역시나 하비에르가 맞았다.

거리에서 벌어진 싸움에 나설 용기가 어디에서 생긴 건지 모르겠지만 그날 밤 D.C.로 돌아가는 길에 잭은 어쩌면 자신이 그렇게 약하지 않을지도 모른다는 생각이 들었다. 그는 그저 가족과 카메라, 군대, 그가 거짓으로 강하게 보이려고 애쓰는 사람들과 멀어질 필요가 있는지도 몰랐다. 하비에르와 함께한 시간을 통해 그는 복싱만 배운 것이 아니었을까.

비록 짧은 순간이지만 뭔가 의미 있는 일을 했다는 생각이 그를 들뜨게 했다. 지금까지 그는 지시를 따르기만 하는 작고 무력하고 초라한 존재였다. 하는 것이 하나도 없다고 느꼈다.

그런데 마침내 아무것도 아닌 게 아닌 일을 했다.

분명 며칠만 있으면 앤서니와 캐서린이 무대에 서달라고 부탁할 것이다. 이번에는 두렵지 않을지도 모른다.

벤

일요일 아침, 부모님에게 사실을 털어놓은 바로 다음 날에 눈을 뜬 벤은 아직 편지를 쓰지 않았다는 사실을 깨달았다. 에이미에게 뭐라고 말할지 아직 결정하지 못했는데, 그녀의 교실에서 열리는 자조 모임이 바로 오늘 저녁이다. 모든 게 그대로인 척 아무렇지 않게 편지를 남길 수 있는 마지막 기회였다.

벤은 더 깊이 생각하지 않고 핸드폰을 힐끔 보았다. 날짜가 눈에 띄었다.

정확히 두 달째 되는 날이었다.

한 시간도 안 되어 그는 시내로 나가는 지하철에 몸을 실었다. 꼭 가야 할 곳이 있었다.

그는 숭배하는 사람들과 분노하는 사람들로 북적거렸던 8월의 그날 오후 이후로 처음 그 공원을 찾았다.

공원 입구에 가까워졌을 때 건물 옆쪽에 모여 있는 사람들이 보였다. 몇몇은 사진을 찍고 있었다. 순간 벤의 머릿속에 의문이 생졌다. 저 사람들도 같은 이유로 온 건가? 하지만 다시 보니 그들이 찍고 있는 건 돌벽의 그라피티였다.

사람들이 살짝 옆으로 물러나자 그들이 보고 있던 것이 드러났다. 열린 상자를 향해 몸을 숙인 신화 속 판도라의 모습이 그려진 흑백의 벽화였다. 이미 늦었다. 상자에서 재앙을 불러오는 악의 근원들이 나와 벽의 끄트머리를 따라 위쪽으로 슬금슬금 퍼져나갔다. 왠지 오싹해서 벤은 얼른 고개를 돌리고 공원으로 들어갔다.

마치 저절로 기억에 끌려가듯 그날 서 있었던 곳으로 향했다. 그곳에 가까워졌을 때 놀랍게도 북적거리는 길 한가운데서 명상이라도 하듯 미동도 없이 서 있는 젊은 여자가 보였다. 발목에 닿은 꽃무늬의 긴치마 자락이 바람에 흔들릴 뿐, 여자는 거의 꼼짝도 하지 않았다. 잠시 후 그녀는 가방에서 꽃다발을 꺼내 무릎을 굽히고 땅바닥에 내려놓았다.

여자가 서 있는 곳은 그날 행크가 쓰러진 장소에서 불과 몇 미터밖에 떨어지지 않은 곳이었다. 그날 그곳에 있었거나 뉴스에서 들은 내용으로 유추한 모양이었다. 어쨌든 벤은 그녀가 거기 서 있는 이유를 확신할 수 있었고 다가가 말을 걸어야 할지 고민했다. 모르는 사람에게 말을 걸면 상대의 눈이 동그래지는 것이 이 도시의 법칙이니까. 게다가 행크를 추모하기 위해 온 사람이니 말을 걸면 오히려 방해만 되지 않을까?

벤은 천천히 다가가면서 여자가 누구인지 추측해보았다. 행크는 형제가 없었고 장례식에서 추도사를 읽은 아니카 싱 박사는 아니었다. 사촌이나 동료, 또 다른 전 여자 친구인지도.

"저, 실례합니다." 벤이 조심스럽게 말을 걸었다. "혹시 행크를 위한 꽃인가요?"

여자는 갑자기 들려온 목소리에 깜짝 놀란 듯했다. "아, 네. 맞아요. 혹시 아는 사이였나요?"

"네." 벤이 고개를 끄덕였다. "오랜 시간은 아니었지만요."

여자는 고개를 살짝 기울이고 생각에 잠긴 후 물었다. "어떤 분이셨어요?"

그녀가 행크와 아는 사이인 줄 알았던 벤은 깜짝 놀랐다. 저 말대로라면 지인은 아닌 듯했다. 행크의 이야기를 듣고 동경하게 된 열성 팬인가?

"음, 행크는 제가 만난 가장 흥미로운 사람이었습니다." 여자가 먼저 보인 관심에 벤의 조심스러움도 누그러졌다. "행크는 남들에게 짐이 되고 싶어 하지도, 남들이 자신을 안타까워하는 것도 바라지 않는 것 같았어요. 그는 항상 영웅이 되고 싶어 했죠." 벤이 웃으며 덧붙였다. "실제로 늘 영웅이었고요."

"저도 그래서 왔어요. 감사하다고 하고 싶어서요." 여자가 말했다. 역시 그렇구나, 벤은 생각했다. 사적이 아니라 의사와 환자로만 알던 사이인 모양이었다.

"아, 혹시 행크의 환자셨나요?" 벤이 물었다.

"그건 아니에요." 그때 바람이 불어와 끝부분만 밝은 분홍색으로 염색한 여자의 검은 머리가 휘날렸다. "그분은…… 저에게 폐를 기증해주셨어요."

순간 벤은 숨이 턱 막히는 기분이었다. 그는 눈만 끔벅거리며 앞에 선 여자를 쳐다보았다. 가을 공기를 들이마시는 여자의 가슴이 위로 올라갔다 내려갔다.

벤은 행크가 장기 기증을 한 줄 몰랐다. 장례식에서도 전혀 언급이 없었다. 하지만 듣고 보니 전혀 놀라운 일은 아니었다. 영웅의 마지막 행보였다.

"두 달이나 됐는데 이제야 이곳에 와보네요. 그래도 그동안 계속 생각했어요."

"행크도 기뻐할 겁니다." 벤이 말했다.

문득 그는 모라와 나눈 이야기가 떠올랐다. 인체 냉동 보존술이니, 기억 영구 저장이니 언제가 될지 모르는 미래에도 삶을 이어갈 수 있기를 바라는 희망으로 이루어지는 합의와 희생. 하지만 그는 눈앞에 있는 여자를 보며 이런 생각이 들었다. 그 8월의 오후로 연장된 그녀의 끈은 행크의 끈이 준 선물이었다. 그녀의 삶이 연장된 것은 오직 행크가 살아 있었던 덕분이었다. 벤은 영원히 살아가는 방법이 하나만 있는 게 아닐지도 모르겠다는 생각이 들었다.

"전 아직 끈을 확인하지 않았어요." 벤의 마음속 목소리가 들리기라도 한 것처럼 여자가 불쑥 말했다. "처음에는, 기증받기 전에는 너무 무서워서 열어보지 못했죠. 가족들에게도 절대로 확인하지 말라고 신신당부했어요. 지금은 끈의 길이가 어떻든 그저 하루하루가 너무 귀하게 느껴져요. 슬퍼하거나 방황하면서 시간을 낭비하고 싶지 않아요. 그저 감사하고 싶어요. 그저 있는 힘껏 삶을 음미하며 살고 싶어요."

여자는 벤에게 말했지만 그를 보고 있지는 않았다. 그녀의 시선은 공원에 있는 사람들에게로 향했다. 담요에 앉아 와인을 마시는 연인, 조깅하다가 식수대에서 물을 마시는 사람, 나무 그늘에 앉아 책을 읽는 10대.

그때 여자의 핸드백 속에서 핸드폰이 울렸다. 여자가 핸드폰 화면을 쳐다보았다.

"이런. 전 그만 '뛰어가 봐야'겠네요." 여자는 미안함을 전했다. 곧이어 그녀의 입꼬리가 올라가더니 벤에게로 시선이 향했다. "있죠, 예전에는 이 말을 바빠서 그만 가봐야 한다는 표현으로만 사용했거든요. 뛰면 너무 숨차서 실제로 뛸 순 없었으니까요. 방금 전화, 친구한테 온 거예요." 그녀가 설명했다. "저 수술한 지 이제 두 달 됐는데 친구랑 같이 걷기부터 시작할 거거든요. 그다음에는 천천히 달리기 시작할 거고 내년에는 하프마라톤에 도전하려고요."

벤은 미래를 이야기하는 그녀의 자신감 있는 모습에 저절로 미소가 나왔다. "행운을 빕니다."

여자가 떠난 후 벤은 그녀가 바닥에 내려놓은 복숭아색 장미꽃을 바라보았다. 이곳을 지나치면서 이 꽃이 왜 여기에 있고 누구를 위한 것인지 의아해할 사람이 얼마나 있을까? 분명 의미를 아는 사람도 있을 것이다.

벤은 지하철역으로 가기 위해 공원을 빠져나올 때 좀 전의 흑백 벽화를 또 지나쳤다. 하지만 이번에는 두려워하지 않고 가까이 다가갔다. 판도라의 심란한 표정과 그녀의 손에 든 텅 빈 상자를 바라보는데, 벽화의 윗부분에 멀리에서는 미처 눈에 띄지 않았던 것이 보였다. 가느다란 붓과 밝은 파란색을 이용해서 다른 사람이 추가한 부분 같았다.

그림에서 상자 안쪽은 조금밖에 보이지 않았는데, 누군가가 상자의 어두운 한쪽 구석에 단어 하나를 적어 넣었다. *희망*.

에이미

월요일 아침, 에이미는 교실에서 편지를 발견했다.

놀랍게도 받는 사람이 그녀의 머리글자가 아니라 이름으로 되어 있었다. 에이미는 지난번 편지에서 혹시 실수로 이름을 밝혔는지 기억을 더듬어 보았지만 그런 일은 없었다. 뒤집어 종이의 뒷면을 보니 보낸 사람의 이름도 적혀 있었다.

에이미에게

갈라파고스제도에 있는 외딴섬 이야기를 들은 적이 있습니다. 지금은 몇백 명이 살고 있지만 18세기에 고래잡이 어부들은 아무도 살지 않는 그곳 해안에 텅 빈 참나무통을 놓아두고 임시 '우체국'으로 이용했다고 해요. 그 섬을 지나는 배의 선원들이 통에서 편지를 꺼내 영국이나 미국 등 자기들이 돌아갈 곳으로 가져가 편지를 배달해주었대요. 오늘날까지도 그 섬을 방문하는 사람들은 통 안에 엽서나 편지를 남기고 다른 사람들이 남긴 편지를 가져갑니다. 받는 사람에게 무사히 전해주는 임무를 띠고 말이에요. 정확

한 통계자료는 없지만 무사히 전달될 확률이 꽤 높대요.

이 이야기를 왜 꺼냈는지 나도 모르겠네요. 아무리 이상한 상황에서도 편지가 제 주인을 찾아갈 수 있다는 믿음을 주는 이야기라서 그런가 봅니다.

몇 달 전 내 편지도 당신에게로 가는 길을 찾았지요.

그리고 아직도 믿어지지 않지만 우리는 서로에게로 이어지는 길을 찾았습니다. 나는 당신이 내가 지난 4월부터 일요일 저녁마다 앉아 있었던 짧은 끈들을 위한 자조 모임이 열리는 학교에서 일한다는 것을 알게 되었습니다. (모라와도 이 모임에서 알게 되었는데 편지나 당신에 대해 말한 적은 없어요.)

나는 20대 내내 상사가 내 설계도에 대해 어떻게 반응할지, 내가 과연 돈을 많이 벌 수 있을지, 동창들의 눈에 학창 시절의 연약한 모범생이 아닌 사회적으로 성공한 센 사람으로 보일 수 있을지, 이런 것들만 걱정하면서 살았어요. 물론 경력을 쌓고 돈을 벌고 하는 것들은 여전히 중요하지만 그런 것들만 중요한 게 아니죠. 끈을 통해 더 확실히 알게 됐어요.

어른이 된 지금은 부모님이 나에게 정말로 멋진 선물 두 가지를 주었다는 걸 압니다. 서로를 진정으로 사랑하는 인생의 동반자로서 모범을 보여주신 것, 무서움에 떨 일 없도록 안전한 보호막이 되어주신 것.

나도 그렇게 할 수 있을 것 같아요. 사랑하는 사람에게 좋은 파트너가 되어주고 내 부모님의 가장 큰 유산을 내 아이들에게도 전해줄 수 있을 것 같아요.

미안해요, 에이미. 이 편지를 읽고 당신이 받을 충격을 생각하면 정말 미안해요. 당신은 편지에 아무거나 사소한 이야기를 써보라고 했는데 이렇게 크고 무거운 이야기를 해서 미안해요. 하지만 당신이 또 그랬죠. 누구나 자기만의 행복을 측정하는 방법을 찾을 수 있다고.

최근에 모르는 사람이 이런 말을 해주더군요. 슬퍼하면서 시간을 낭비하고 싶지 않다고. 있는 힘껏 삶을 음미하며 살고 싶다고. 난 그것도 아주 좋은 행복의 측정 방법 같아요.

고마움을 담아,

벤

에이미는 천천히 편지를 내려놓았다. 손에서 난 땀 때문에 종이의 가장자리가 축축해졌다.

지금까지 그녀와 편지를 주고받은 사람이 벤이었다. 그녀가 위로해주고 위로받기도 했던 사람이 벤이었다.

벤은 끈이 짧다.

P.S. 진정으로 원하는 일을 하면서 의미 있는 삶을 살고 싶은 만큼 당신을 다시 만나고 싶습니다. 이젠 아무런 비밀 없이.

에이미는 열이 나는 것 같고 머리가 어질어질했다. 눈을 깜박이는 순간 편지를 읽으면서 맺혔던 눈물이 떨어졌다. 머릿속이 너무 복잡해서 생각할 시간이 필요했다. 마지막 수업도 끝났고 일찍 퇴근해 가장 먼저 눈에 띄는 버스를 탔다.

버스 좌석에 앉아 마음을 가라앉혀보려고 했지만 안에서 파도라도 치는 것처럼 속이 울렁거렸다. 버스가 털털거리며 느릿느릿 막힌 도로를 빠져나갔다. 내내 눈을 감고 있다가 내릴 역에 도착하자 재빨리 내렸다. 아파트 계단을 성큼성큼 올라서 집안에 도착해서야 안도감이 밀려왔다.

에이미는 그동안 벤인지 몰랐던 상대에게서 받은 편지를 전부 모아두었다. 그녀는 서랍에서 그 편지들을 전부 꺼내서 하나씩 다시 읽어보았다. 방바닥에 책상다리로 앉아 카펫에 부채꼴로 펼쳐둔 낱장의 종이들을 쳐다보았다. 모든 종이에는 항상 짙은 파란색 펜을 사용해서 쓴 벤의 깔끔한 글씨가 들어 있었다.

그녀는 자신도 모르게 벤에게서 편지의 주인과 닮은 점을 알아차린 것일까?

그래서 그와 함께 있을 때 그렇게 적극적으로 행동하게 되었던 것일까? 평소 이성에게 따뜻하고 친근한 감정이 들기까지는 꽤 오랜 시간이 걸리는 그녀인데, 벤에게는 처음부터 그랬던 이유가 이것 때문인가? 만난 지 며칠밖에 안 되었을 때 그의 집에 가고 싶다는 뜻을 비치기까지 했다. 평소의 그녀로서는 상상도 할 수 없을 만큼 진도가 빨랐다.

그날 벤이 망설인 것도 이것 때문이었을까? 진실을 알려주고 싶어서?

에이미는 분명 벤에게 끌리고 있었다. 그가 편지 속의 이름 없는 그림자에 불과했을 때부터 끌림을 느꼈다. 하지만 그에게 남은 시간은 14년뿐이다. 편지에 적혀 있던 숫자라서 그녀는 정확하게 기억하고 있었다.

벤과 대화를 나눠봐야 하지만 아직 준비되지 않았다. 속에서 모든 장기가 싸우기라도 하는 듯이 뱃속이 꼬이는 느낌이었다. 소리 지르고 울고 싶었다. B가 계속 익명이라면 얼마나 좋을까. 편지로 조언을 부탁할 수 있을 텐데.

바닥에 펼쳐진 편지들 속에서 첫 번째 편지가 눈에 띄었다. 사실 그것은 벤이 그녀에게 쓴 편지는 아니었다. 그가 세상에 보낸 편지였고 편지에 답할 사람으로 그녀가 선택된 것이었다.

몇 개월 전에 그녀는 왜 그 편지에 답장을 썼을까? 그때도 지금도 이유를 설명할 수가 없었다. 무언가가 그녀를 잡아당겼고 놓아주지 않았다.

에이미는 첫 번째 편지를 바라보다가 핸드폰을 집어 제2차 세계대전 박물관의 전화번호를 검색했다.

"안녕하세요. 저는 에이미 윌슨이라고 합니다. 뉴욕에 사는 교사인데요. 거기 전시된 편지에 대한 정보를 얻을 수 있을까 해서요."

"네. 혹시 수업 때문에 그러시나요?" 안내 직원이 물었다.

에이미는 거짓말하긴 싫었지만 사실대로 설명하기가 더 어려울 것 같았다.

"네, 맞아요. 2차 대전 당시의 여성들에 관한 수업 때문에요."

안내 직원이 큐레이터와 연결해주었고 에이미는 큐레이터에게 편지에 대해 설명했다. "군인이 어머니에게 쓴 편지에서 거트루드에게 '무슨 일이 있어도 내 마음은 똑같을 거야.'라고 전해달라고 부탁하는 내용의 편지예요. 그 두 사람이 어떻게 되었는지 궁금해서요."

"네. 참 아름다운 사연이죠." 큐레이터가 사근사근한 남부 억양으로 말했다. "바로 확인해드릴게요. 잠깐 기다려야 하는데 괜찮으시겠어요?"

에이미는 몇 분을 기다렸다. 무슨 답을 받게 될지 도저히 가늠할 수 없었다. 하지만 거트루드가 어떻게 되었는지 알기 전까지는 그 어떤 결정도 내릴 수 없을 것만 같았다.

"여보세요? 아직 계세요?" 큐레이터의 목소리가 들렸다. "편지를 찾았는데…… 안타깝게도 그 편지를 쓴 군인 사이먼 스타는 전쟁터에서 돌아오지 못했다고 하네요. 1945년에 프랑스에서 전사했어요. 거트루드 핼펀은 당시 그의 약혼자였고 펜실베이니아에서 살다가 86세에 사망했습니다. 평생 결혼하지 않았다고 하네요."

에이미는 숨을 들이마셨다.

"비슷한 사연의 편지가 열 통 넘게 있는데요. 원하시면 자료를 보내드릴 테니 학생들에게 보여주시겠어요?" 큐레이터가 물었다.

에이미는 제안을 정중하게 받아들이고 이메일을 불러주었다. 하지만 마음은 딴 데 가 있었다. 벤에게 거트루드와 군인에 대한 진실을 말해주어야 할지 고민되었다.

밤새 뜬눈으로 보낸 에이미는 혼자 고민한다고 풀릴 문제가 아님을 깨달았다. 언니의 도움이 필요했다. 에이미는 이탈리아에 가 있는 언니에게 이미 문자메시지로 벤에 대해 마구 떠든 상태였다.

언니와 모라의 아파트에서 벤을 만났고 그 후 계속 그 남자 생각뿐이라고.

지금도 그녀의 머릿속에는 온통 벤에 대한 생각뿐이었지만 이유가 달라져버렸다.

모라가 들을 수도 있으니 언니의 집으로 찾아가는 것은 내키지 않았다. 그런데 때마침 언니가 아침 일찍 전화를 걸어 퇴근 후 에이미의 집에 들르겠다고 했다.

니나가 문 앞에 서자마자 에이미가 안에서 문을 활짝 열었다.

"언니, 여행 얘기 너무 궁금한데 나 정말 큰일이 생겼어. 언니도 들으면 못 믿을 거야. 몇 달 동안 나 편지 주고받았다고 했잖아. 저번에 말해준 거 기억나지? 근데 편지 주인공이 모라 친구 벤이었어. 내가 언니네 아파트에서 만난 남자. 내가 최근에 사귀기 시작했다는 남자."

에이미는 언니가 식탁 의자에 앉을 때도 생각에 잠긴 찡그린 얼굴로 서 있었다.

"우리 그림 그려준 사람 말이야?" 니나가 물었다. "음……, 확실해? 어떻게 아는데?"

"본인이 직접 말했어. 편지에서."

"정말? 어떻게 이런 일이 있을 수 있지?"

"그 사람과 모라가 다니는 자조 모임을 우리 학교에서 해."

니나가 천천히 고개를 끄덕였다.

"내가 문자로 그 남자 얘기했을 때 모라하고 어떻게 만난 친구인지 말해줬어야지." 에이미가 언니를 나무라듯 말했다.

"너도 우리 집에서 만난 모라 친구하고 술 마셨다고만 했잖아. 사랑에 빠졌다는 말은 안 하고선!" 니나가 대꾸했다.

"그건…… 사랑인지 나도 아직 잘 모르겠어." 에이미가 방어하듯 두 팔로 자신을 꽉 껴안았다. "그냥 편지만 주고받은 것뿐인데."

"네가 벤에게 좋은 감정 느끼는 걸 알았어도 내가 밝힐 일은 아니었어." 니나가 말했다. "내가 벤이 짧은 끈이라고 말하면 고등학교 때 날 강제로 커밍아웃시킨 애들이랑 다를 게 없잖아."

에이미가 두 팔을 축 늘어뜨렸다. "언니가 맞는 소리 할 때마다 정말 얄미워."

"벤하고는 얘기해봤어?"

에이미는 고개를 저으며 조리대에 등을 기댔다. "뭐라고 말해야 할지 모르겠어. 고민돼서 잠도 안 올 지경이야. 언니, 나 어떻게 해야 할까?"

"그걸 내가 말해줄 순 없어."

"이러기야, 언니? 학교 다닐 때는 내가 상담 요청하면 이래라저래라 신나게 말해줘놓고선."

"그때는 작은 문제였잖아. 어떤 예체능 수업을 피해야 하는지 같은 거. 이건…… 큰 문제잖아."

"큰 문제인 거 나도 알아!" 에이미가 두 손으로 얼굴을 감쌌다. 그녀는 불안하고 초조하면 팔다리에 힘이 빠지는 경향이 있었다. "그래서 난……, 그래서…… 그 사람이랑 계속 연락하면 안 된다고 생각해." 에이미가 조용하게 말했다. "편지든 실제 만남이든."

니나의 눈이 휘둥그레졌다. "진심이야?"

에이미는 언니와 시선을 마주치지 못하고 고개를 떨구었다.

"마지막 편지에서 너무 심각한 얘기를 하는 거야. 좋은 파트너니, 아이들이니……." 에이미가 천천히 한숨을 쉬었다. "나도 그런 것들을 원해. 그리고…… 벤이 좋아. 하지만 내가 그 사람에게 필요한 사람이 될 수 있을진 모르겠어."

니나는 두 손을 가져가 이마와 관자놀이를 눌렀다.

"뭐라고 좀 해봐." 에이미가 애원하듯 말했다.

"전혀 예상하지 못한 일이라. 사실 할 말이 있어서 온 거거든."

"그래? 뭔데?" 에이미가 물었다.

"이런 식으로 알리고 싶진 않았는데……." 니나가 말꼬리를 흐렸다. 그녀는 동생에게 기쁜 마음으로 깜짝 프러포즈 소식을 전하려고 했는데, 지금 상황으로는 충격만 더해줄 것 같았다.

"모라와 나, 결혼하기로 했어."

에이미는 멍해졌다. "뭘 한다고?"

"베로나에서 내가 청혼했어. 오래 기다릴 이유가 없을 것 같아서 두 달 후에 바로 식 올리기로 했어."

"두 달? 언니! 너무 빠르잖아." 에이미가 초조하게 방안을 서성거리기 시작했다. "엄마, 아빠는 아셔?"

"오늘 저녁에 전화드릴 거야. 너한테 먼저 알려주고 싶었어!" 니나가 말했다.

"잘…… 생각해본 거야?" 에이미가 물었다.

"갑작스러울 거 아는데 이게 내가 원하는 거야. 우리 둘 다 원해."

에이미의 얼굴이 창백해지고 고통으로 일그러졌다. "너무 성급하다고 생각하지 않아?"

"그게 무슨 말이야? 모라랑 나 2년이 넘었어. 당연한 순서라고 생각 안 해?"

"프러포즈할 거라는 말은 없었잖아! 모라도 그럴 계획은 없었을 거 아냐. 특히 상자 이후로." 에이미는 그 말이 언니에게 아프게 다가갈 거란 생각에 움찔했다.

"계획한 거 아니었어." 니나는 의외로 차분했다. "자연스럽게 그렇게 된 거야. 넌 지금 벤 때문에 많이 속상한 것 같으니까 나중에 다시 얘기하는 게 좋겠다."

"나도 모라 좋아하지만 이건 너무 갑작스러워. 난 그냥 언니가 너무 성급하게 결혼 결정을 내리지 말고 신중하게 생각해봤으면 해서 그래."

"누가 라스베이거스에서 처음 만난 사람하고 결혼한대? 모라는 내가 사랑하는 사람이야."

"헤어지라는 얘기가 아니잖아!" 에이미는 초조하게 방안을 서성거리는 자기 모습이 언니에게 거슬리기 시작했다는 것을 깨닫고 마침내 멈추었다. "결혼은 큰일이잖아. 곧 죽을 사람하고 결혼하는 건 더더욱 큰일이고! 헉, 젠장."

에이미는 아차 싶어서 입술을 깨물었다. 평소 좀처럼 욕설을 입에 올리지 않는 그녀인데, 자신도 모르게 튀어나왔다. 그 욕설이 두 자매의 뺨을 철썩 친 것 같았다.

"나도 큰일이라는 거 알아, 젠장." 니나의 얼굴이 분노로 이글거렸다. "그리고 모라 당장 안 죽어. 8년이나 남았어."

언니가 이성적인 사람이라는 것을 에이미도 잘 알았다. 에이미가 감정이 우선이라면 니나는 이성이 우선이었다. 에이미는 자신의 두려움을 언니에게 이성적으로 이해시키려고 필사적이었다.

"몇 년 남았다고 언니가 제대로 실감하지 못하는 것 같아서 걱정돼서 그래. 막상 때가 되면 실제로 어떨지 생각 안 하고 있잖아. 30대 후반에 과부가 되는 거야!"

니나가 차가운 표정으로 동생을 바라보았다. "상자를 열어본 후로 하루도 안 빠지고 하는 생각이야."

"그래. 그럼, 애들은 어쩔 건데?" 에이미가 물었다.

"우린 자식을 원하지 않아."

"지금은 원치 않아도 아직 서른밖에 안 됐으니까 언제 생각이 바뀔지 모르는 거야. 마흔 가까이 돼서 혼자 남으면……."

"그게 인생이야!" 니나가 소리쳤다. "상자가 나타나기 전에는 누구나 결혼할 때, 아이를 낳을 때, 도박을 했어. 확실히 보장된 게 없었으니까. 하지만 사람들은 무엇 하나 확실하지 않아도, 어떤 미래가 정해져 있고 언제 헤어지게 될지 몰라도, 아플 때나 건강할 때나 죽음이 서로를 갈라놓을 때까지 함께하겠다고 맹세했어." 니나가 잠시 말을 멈추었다. "그런데 끈이 나타난 후로는 모든 부부가 당연하게 감수했던 위험이 갑자기 상상조차 할 수 없는 일이 되어버렸다는 거니?"

니나의 말이 맞았다. 에이미도 알고 있었다. 지금 자신이 상황을 나쁜 쪽으로 몰아가고 있다는 걸 알면서도 이제 와 물러날 순 없었다. 스스로 불확실함의 구덩이에 너무 깊숙이 빠져버린 그녀는 언니에게 자신이 필요하다고 확신했다. "난 언니를 지키려는 것뿐이야!" 그녀가 소리쳤다.

"그럴 필요 없어. 그래 달라고 한 적도 없고." 니나가 엄격하게 말했다.

"언니! 언니만 옆에 사람들 걱정하고 지켜주고 싶어 하는 거 아니야. 우리 관계에서는 언니가 항상 그런 역할이었고 모라와의 관계에서도 그렇지. 하지만 가끔은 나도 언니를 지켜줘야 한다고 느낀다고!" 에이미는 숨이 찰 지경이었다.

"이건 달라." 니나가 무표정한 얼굴로 차갑게 동생을 바라보았다. "그거 알아? 네가 지금 이러는 건 나 때문이 아니야. 벤 때문이지. 넌 지금 위선을 떨고 있어. 몇 달 동안 그 사람하고 비밀 연애편지를 주고받아놓고선 실제로 사랑에 빠졌는데 그 사람에게 기회조차 안 주려고 하잖아! 그 사람의 끈이 짧은 게 두렵다는 이유로."

"말도 안 되는 소리 하지 마." 에이미가 작게 말했다. 언니가 틀렸어, 벤 때문에 이러는 거 아니야, 그럴 리 없어, 에이미는 생각했다.

"언니가 불행해지길 바라지 않는 것뿐이야. 내 언니니까!"

하지만 니나는 더 이상 다투고 싶지 않았다. 그녀는 거칠게 자리에서 일어났다. 의자 다리가 바닥에 끌리며 끼익 소리를 냈다.

"네가 새로운 관계를 시작하느니 안전함을 선택하는 겁쟁이라는 이유로 나도 이기적인 선택을 해야 한다는 법은 없어." 니나가 비통하게 말했다. "난 이미 결정했어."

에이미는 더 이상 이러쿵저러쿵할 수 없다는 것을 깨달았다. 무뚝뚝한 말투와 단단히 결심한 듯한 얼굴이 언니의 마음의 문이 닫혔음을 말해주었다.

"내 결혼이 그렇게 마음에 걸린다면 결혼식에 오지 않아도 돼."

니나는 문을 쾅 닫고 가버렸다.

에이미는 닫힌 문을 멍하니 바라보며 제자리에서 꼼짝도 하지 않았다. 달려가 언니를 붙잡아야 하나 싶었지만 몸이 움직이지 않았다. 다리에 힘이 빠져서 조금 전까지 언니가 앉았던 의자에 털썩 주저앉았다.

그제야 울음이 터져 나왔다.

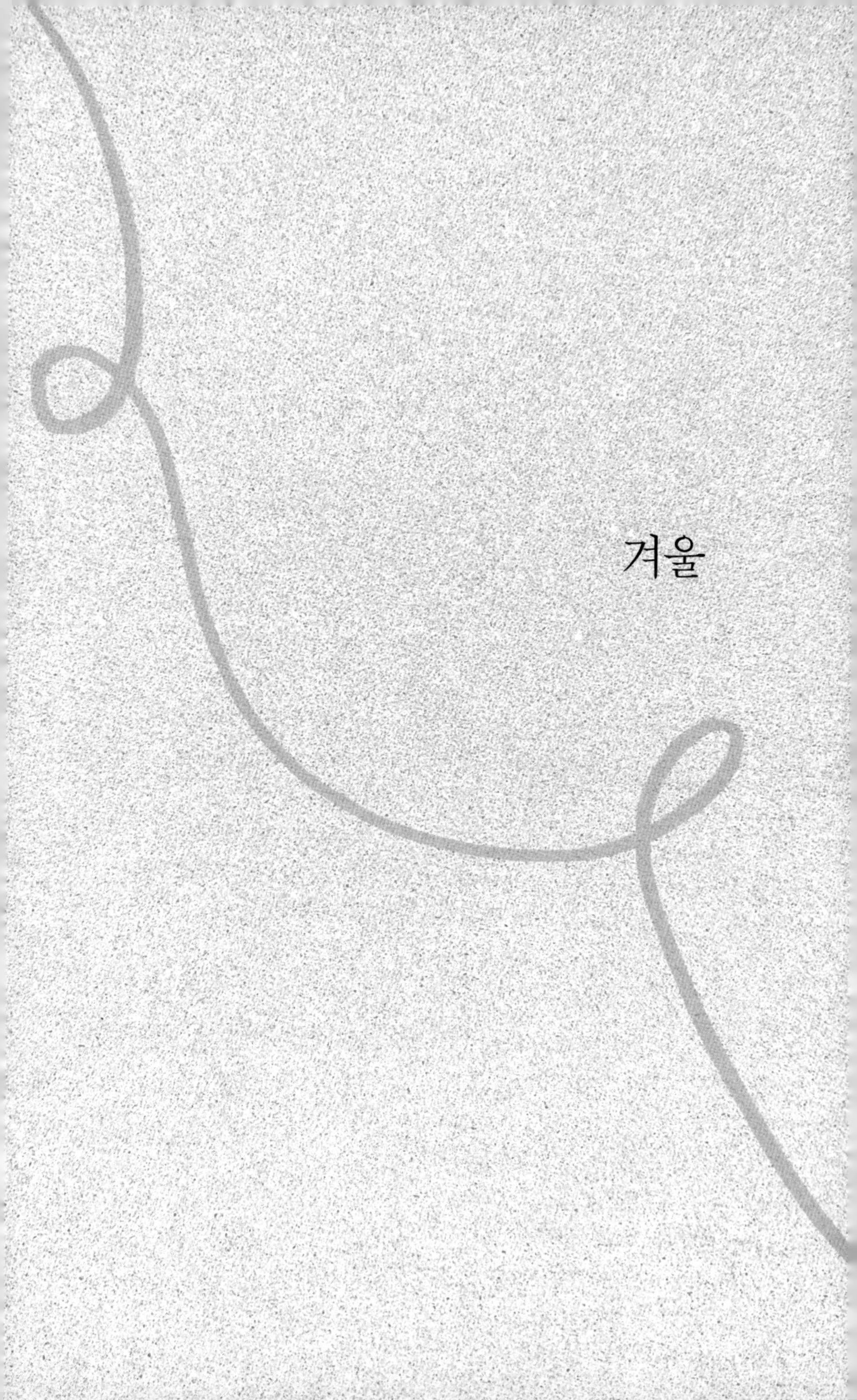

겨울

잭

잭은 조금씩 밝기만 다른 똑같은 베이지색 가구가 둘러싼 호텔의 스위트룸에 있었다. 접시에 담긴 생채소 전채 요리를 깨작거리면서 마음의 준비를 했다.

전투 훈련을 그만둔 지 몇 달 만에 근육량이 놀라울 정도로 줄어들어서 양복이 조금 헐렁했다. 창문으로 호텔 밖에 모인 시위자들이 보였다. "짧은 끈들을 지지하라!" "롤린스를 막아라!" 같은 문구가 적힌 팻말을 들고 있었다.

잠시 후면 무대에 마련된 빨간 풍선과 파란 풍선으로 장식된 아치 아래에 서야 한다. 고모부는 국가의 미래에 대해 연설하고 고모는 가는 곳마다 점점 더 많아지고 시끄러워지는 군중에게 손을 흔들 것이다. 그 어느 때보다 가장 규모가 큰 오늘 저녁의 행사는 전국으로 방송될 예정이었다.

잭은 근처에서 안락의자에 앉아 신문을 읽는 아버지를 힐끔 쳐다보며 희미한 미소를 지었다.

"카메라 앞에 서기 전에 더 환하게 웃는 연습을 하는 게 좋겠다." 아버지가 신문을 넘기며 말했다. "나가기 전까지 그냥 앉아서 긴장 좀 풀고 있어. 괜히 음식 깨작거리지 말고."

아버지는 잭이 하비에르와 끈을 바꿨다는 사실을 듣고 자식에게 남은 시간이 많다는 사실에 안도했다. 하지만 그런 행동을 했다는 것 자체에는 경악했다. 그는 아들이 헌터 가문의 유산을 망치고 거짓말 속에서 살아야 한다는 사실에 충격을 받았고 몇 시간이나 맹비난을 퍼부었다. 잭은 그런 아버지에게 할아버지의 군대 이야기를 상기해주었다. 군인에게 가장 중요한 건 동료들의 형제애와 충성심이라는 것을. 잭은 아버지에게 말했다. 끈을 바꾸는 것은 하비에르가 간절히 원한 일이었고 그래서 동의한 것이라고. 아버지는 결코 다 이해할 수 없을 것이라고.

하지만 잭은 아버지가 거짓말이 드러나 가문 전체의 진정성이 위험에 처할까 봐 악몽까지 꾼다는 사실을 알고 있었다.

"이 사실을 아는 건 세상에 세 명뿐이에요." 그는 아버지를 몇 번이나 안심시켰다. "저랑 아버지, 하비. 그 외에는 아무도 몰라요. 우리 셋 다 그 누구한테도 말하지 않을 거고."

하지만 앤서니와 캐서린을 향한 관심이 나날이 커지고 있어서 아버지는 불안감을 느낄 수밖에 없었다. 그는 머지않아 진실이 드러날 것이라는 생각으로 두려워했다.

하지만 잭은 어린 시절부터 외로웠던 삶이 마침내 쓸모가 있다는 사실을 알아차렸다. 그는 혼자 자신을 돌보며 살아왔다. 그러니 언젠가 진실이 밝혀지더라도 어떻게든 혼자 감당할 수 있을 터였다.

오늘 잭이 할 일은 무대 구석에 서서 고모부에게 응원을 보내는 것이었다. 하지만 그에게는 다른 계획이 있었다.

지난 6월에 순전히 이기심에서 끈을 바꾸자고 제안한 것을 이제 와 없던 일로 할 수는 없었다. 오늘 그가 무슨 말을 하든 몇 달간 지켜온 침묵을 지워줄 수는 없을 것이다. 하지만 하비에르에게 했던 약속을 지키기에는 충분할지도 모른다.

선글라스를 쓴 키 큰 경호원이 방안으로 머리를 빼꼼 내밀었다.

"헌터 씨, 잭, 이제 가셔야 합니다."

아버지가 자리에서 일어났다. "내 양복 어떠냐? 구겨진 데 없어?" 그가 잭에게 물었다.

"괜찮습니다." 아무리 사소한 일이라도 아버지가 도움을 청하니 기분이 좋아져서 잭은 하마터면 오늘의 계획을 다시 생각해볼 뻔했다. 분명 아버지도 비난의 화살을 피할 수 없을 테니까. 하지만 여기까지 와서 물러날 수는 없었다.

엘리베이터에서 잭은 여전히 호텔 밖에서 구호를 외치는 시위자들에 대해 생각했다. 8월의 집회가 떠올랐다. 행크라는 이름의 남자가 목숨을 잃었던 시위. 하비에르가 금지된 운명이 될 뻔했던 군인의 길에서 맞이하게 될 피할 수 없는 죽음에 대해서도 생각했다. 언젠가 그것도 시위가 될지 모른다.

잭은 행크나 하비에르보다 훨씬 긴 끈을 받았다. 그들처럼 잘못을 보고도 모른 척하지 않는 것은 지금 그가 할 수 있는 최소한의 선택이었다. 그 레아라는 임산부가 해준 말처럼. 그는 하비에르와의 싸움에만 집중하느라 더 큰 것을 보지 못했다. 그가 마주한 싸움은 고모부나 그 자신, 하비에르, 행크, 뉴욕에서 만난 클립보드를 든 남자와 두 불량배 소년보다 거대했다. 그들 전부를 합친 것보다 훨씬 더.

잭과 아버지가 엘리베이터에서 내리자 무대 매니저가 기다리고 있었다. 잭은 주머니에서 슬그머니 두 개의 끈이 포개진 모양의 작은 금색 핀을 꺼냈다. 손에 꽉 쥐고 만지작거리면서 매니저를 따라 복도를 지났다. 눈부신 무대 조명이 보이는 순간 옷깃에 핀을 꽂았다.

그 일은 앤서니의 연설이 시작된 지 몇 분밖에 되지 않았을 때 일어났다.

잭이 갑자기 앞으로 달려가 고모부의 손에서 마이크를 빼앗았다. 무대 위의 사람들과 관중이 충격을 받았고 그 자신도 조금 놀랐다. 마이크를 꽉 쥐는 순간 시간이 멈춘 듯했다. 2초간의 긴장 속에서 모두가 숨을 죽이고 지켜보며 기다렸다.

앤서니 역시 기다리는 듯한 모습이었다. 그와 고모, 아버지 모두 어떻게 해야 할지 모른 채 어리둥절했다. 그들이 눈앞에서 벌어진 일을 이해하려고 애쓸 때 잭이 입을 열었다.

"저는 앤서니 롤린스 후보의 조카입니다. 그가 여러분에게 말씀드렸던 그 짧은 끈 군인이죠."

제지당하기 전에 최대한 많은 말을 하느라고 떨리는 목소리가 속사포처럼 빠르게 흘러나왔다. 앤서니와 캐서린은 여전히 할 말을 잃은 채 쳐다보고 있었다. 어쩌면 굴욕스러운 결과를 막고자 잭이 잠깐 말하게 내버려두고 즉흥적으로 벌어진 상황이 아닌 척하려는 것일 수도 있었다.

"하지만 사실 고모부는 저를 포함해 모든 짧은 끈들에게 조금도 관심이 없습니다! 이제 용감하게 그에게 맞서야 할 때입니다! 끈 때문에 사람을 차별해서는 안 됩니다. 그 누구의 삶도 덜 소중하지 않습니다. 다 같은 인간 아닌가요?" 잭은 마이크에 대고 거의 애원하는 모습이었다. "하지만 앤서니 롤린스는 선거에서 이기는 것에만 관심이 있습니다. 그가 우리를 두려움으로 몰고 가는 걸 두고만 보고 있지 마세요! 그는……."

경호원이 그를 마이크 스탠드에서 떼어냈다. 팔이 마이크에서 뽑히듯 몸이 떼어져 무대 밖으로 끌려 나갔다. 숨 막힐 듯한 침묵이 청중을 감쌌다. 잭의 에나멜가죽 구두가 광택 나는 바닥에서 질질 끌리는 소리만 들렸다.

20분 후 잭은 마치 방과 후에 남아 벌받는 학생처럼 무대 뒤쪽의 의자에 앉아 있었다. 앤서니의 경호원 두 명이 지키고 있었다.

그는 천장에 달린 모니터에 나오는 고모부의 모습을 지켜보았다. 앤서니는 소동에 대해 사과하고 연설을 끝마쳤다. 청중에게 입 모양으로 고맙다고 말하면서 아내와 함께 무대를 벗어났다.

잭은 의자에서 몸을 옆으로 기울이고 고모와 고모부가 무대 뒤쪽으로 오는 것을 보았다. 아직 눈을 마주치지는 않았다. 두 사람 뒤에서 아버지가 따라왔다.

선거 사무장이 부자연스러운 미소로 그들을 맞이했다.

"두 분 다 아주 잘하셨습니다. 연설도 좋았고 돌발 상황에 프로답게 잘 대처하셨어요."

하지만 카메라에서 벗어나자마자 앤서니의 얼굴이 분노로 일그러졌다. "이 새끼 어디 있어?"

"무대 뒤쪽에 잡아두었습니다." 사무장이 말했다.

앤서니가 캐서린과 그녀의 오빠를 째려보았다.

"두 사람 알고 있었던 일입니까?"

"당연히 몰랐죠!" 캐서린이 거세게 항의했고 잭의 아버지는 세게 고개를 저었다.

"그 자식 머리가 어떻게 된 거 아니야?" 앤서니가 소리쳤다.

"몰라. 모르겠어." 캐서린이 버벅거렸다. "그냥 짧은 끈들을 이해한다는 뜻으로 그런 걸지도 몰라요."

앤서니는 눈을 가늘게 뜨더니 잭을 찾으러 갔다. 고모와 아버지, 선거 사무장도 급하게 뒤따랐다.

잭은 고모부가 다가오는 것을 확인하고 의자에서 일어섰다. 재킷에 단 금색 핀이 조명에 반짝였다.

앤서니는 잭에게로 곧장 다가가 멱살을 잡고 세게 흔들었다. "너 이 새끼. 뭐가 문제야?" 그가 잭의 얼굴에 침을 튀겨가며 소리쳤다.

놀란 고모와 아버지, 사무장의 입에서 동시에 외침이 흘러나왔다.

"여보!"

"그 손 놓게!"

"진정하세요, 후보님."

오직 잭만이 입을 꾹 다문 채 분노로 이글거리는 고모부의 눈을 똑바로 바라볼 뿐이었다. 심장이 쿵쾅대는 소리가 귀까지 울렸다. 고모부는 한 대 치기라도 할 기색이었지만 고모와 아버지가 와서 떼어놓고 진정시키려고 애썼다.

아버지는 허리를 꼿꼿하게 펴고 앤서니보다 한 뼘 더 커진 키로 호령하듯 말했다.

"내 아들이야."

"저 자식 때문에 백악관이 날아가게 생겼단 말입니다!" 앤서니가 분노하며 소리쳤다.

"우리 헌터 가문이 아니었으면 자넨 이 자리까지 오지도 못했어. 굳이 말해주지 않아도 잘 알겠지. 그러니 한 가족에게는 손대지 말게." 잭의 아버지가 말했다.

앤서니는 좀처럼 물러나고 싶지 않은 듯 그를 노려보았다.

"그렇게 과민 반응할 일만도 아니야. 유권자들은 잭의 끈이 짧다는 걸 알고 있네. 그로 인한 스트레스가 얼마나 심한지 사람들이 모를 리 없지. 분명 이해해줄 걸세."

캐서린이 부자연스럽게 남편의 가슴에 한 손을 갖다 대고 상처받은 얼굴로 조카를 보았다. "왜 그렇게 끔찍한 말을 한 거니, 잭?"

순간 잭은 고모가 조카가 아니라 남편을 선택했다는 사실을 깨달았지만 오히려 자신감이 샘솟았다. 그는 반항적인 얼굴로 고모부를 응시했다. "제 끈이 짧다는 걸 온 세상에 알리고 싶어 하신 거 아니었나요?"

앤서니가 뭐라고 답하기 전에 선거 사무장이 눈치 빠르게 끼어들었다. "후보님, 그만 가셔야 합니다. 인터뷰 세 개가 예정되어 있는데 벌써 늦어서요."

"그러지." 앤서니는 내뱉듯이 말하고 마지막으로 조카를 노려보았다. "쟤 내보내. 당장."

에이미

에이미는 살면서 이렇게 사무치게 외로웠던 적이 없었다.

언니와 심하게 싸운 것도, 오랫동안 연락하지 않은 것도 처음이었다. 지난번에 그녀의 집에서 싸운 후 벌써 한 달이 지났다. 언니의 결혼식이 슬금슬금 다가오고 있었다. 에이미는 누군가에게 속마음을 털어놓고 싶었다. 누구라도 좋으니 이야기를 들어줬으면 했다. 하지만 너무 창피해서 자세한 이야기까지 전부 다 말할 수는 없을 것 같았다. 특히 부모님에게는 더더욱 말할 수가 없었다. 분명 어머니와 아버지는 부정적인 상황에서도 긍정적인 부분을 보려고 할 것이다. 첫째 딸이 드디어 진정으로 사랑하고 또 진정으로 사랑해주는 사람을 만났다는 것. 왜 결혼식에 초대받지 못했느냐고 물어보는 친척들이 없는 걸 보면 니나도 두 사람이 싸운 사실을 아무한테도 말하지 않은 모양이었다. (추수감사절에 언니는 모라의 부모님을 만나러 가서 에이미 혼자 사촌들을 만났다.)

교실에 앉아 있으면 계속 귓가에 언니의 말이 맴돌았다. 수업 시간 이외의 교실은 답답하고 숨이 막혔다. 뱃속이 울렁거려서 잘

먹지도 못했다. 속에서 무언가가 계속 그녀를 괴롭혔다. 단순히 싸움 이후에 남은 분노이면 좋으련만 그게 아니란 걸 그녀는 알고 있었다.

그것은 죄책감이었다.

그날 서로 상처 주는 말을 했지만 그래도 니나는 그녀의 하나뿐인 자매이고, 가장 오래된 친구이자 가장 좋은 고민 상담자이자 조언자였다. 그런 언니가 결혼하는데, 결혼식에 가지 못한다니.

언니의 삶에서 가장 중요한 날을 놓친다면 과연 에이미는 평생 자신을 용서할 수 있을까? 자신이 내뱉은 말이 그날을 망쳤는데.

에이미는 울면서 학교에서 돌아온 언니가 엄마와 함께 방에서 문을 잠그고 있었던 날이 떠올랐다. 에이미는 닫힌 문밖에서 카펫 바닥에 앉아 벽에 등을 기대고 언니가 나오기만을 기다렸다. 눈을 꼭 감고 기도했다. 언니의 아픔이, 상처 준 여자아이들에 대한 복수심이 사라지게 해달라고.

그날 밤 마침내 진정하고 밖으로 나온 언니에게 에이미는 아무 말도 하지 않아도 된다고 했다.

"중요한 건 언니가 내 언니고 난 언니를 사랑한다는 거야." 에이미는 말했다. "우리 사이는 변하지 않아. 난 그저 언니가 이 일을 혼자서 겪어야 했다는 게 안타까워. 앞으로 언니가 더 힘들어질 거라는 것도……. 아니, 벌써 힘들어졌겠지."

퉁퉁 붓고 붉어진 얼굴이었지만 니나는 침착했고 결의에 차 보였다.

"아마 더 힘들어지겠지. 하지만 적어도 이게 맞아."

그때 에이미는 아무런 의심 없이 너무도 쉽게 언니의 편에 설 수 있었다. 그런데 왜 지금은 그래 주지 못하는 걸까?

어쩌면 언니가 그녀를 몰아세우며 했던 말이 맞는지도 모른다. 지금 그녀가 이러는 건 언니 때문이 아니다. 그녀가 느끼는 죄책감은 벤 때문일 것이다.

에이미는 몇 주째 그의 마지막 편지에 답하지 않았다. 벤은 지금 그녀를 원망하고 있을 것이다. 그녀는 답장하고 싶은 마음이 간절했지만 아직 뭐라고 말해야 할지 알 수 없었다. 급하게 답장을 썼다가 정확히 말할 수 없는 둘의 관계가 망가지기라도 할까 봐 겁났다.

에이미는 자신이 언니에게 물어본 것들을 떠올려보았다. '확실한 거야?' '얼마나 힘들지 생각해봤어?' '과연 가치 있는 일일까?'

언니에게 결혼 이야기를 듣자마자 에이미의 입에서 곧바로 그런 질문들이 튀어나온 데는 이유가 있을지도 모른다.

그녀가 벤의 고백을 읽고 줄곧 자신에게 던진 질문이었기 때문일 것이다.

하지만 지금은 언니와의 싸움으로 마음이 너무 무겁고 고통스러워서 벤에 대한 정확한 감정이 무엇인지 헤아려볼 여유조차 없었다.

에이미는 수업이 비는 시간에 노트북으로 이메일을 확인하다가 깜짝 놀랐다. 동료 교사가 모든 교직원에게 "21세 남아공 여대생의 끈에 관한 감동적인 연설"이라는 제목의 유튜브 영상 링크를 보냈다.

처음에는 봐야 할지 망설여졌다. 끈 때문에 언니와의 관계도 나빠지고 인생도 뒤죽박죽이 되었다. 하지만 결국 그녀는 링크를 클릭했다. 대학교 캠퍼스처럼 보이는 곳에서 많은 이들 앞에 서 있는 젊은 여자가 나타났다. 영상의 조회 수는 거의 300만에 육박했다.

"이곳 남아공과 전 세계에서 인종 분리와 아파르트헤이트의 시대는 지났지만 인류는 아직 편견과 차별의 습관을 버리지 못했습니다. 그저 차별이 가면을 바꿔 썼고 부당함이 옷을 갈아입었을 뿐입니다. 수십 년이 지나도 고통은 똑같습니다. 하지만 우리가 그 악순환을 깨뜨릴 수 있다면 어떨까요?

"저는 이제 몇 달만 있으면 22세가 되고 상자를 받게 됩니다. 아직 몇 년 더 기다려야 하는 재학생들이 많을 것입니다. 상자를 열지 말지는 여러분의 선택입니다. 하지만 지금 우리가 마주한 선택은 그것뿐만이 아닙니다.

"지금 우리에게는 변화를 위한 기회가 있습니다. 끈이 세상에 나타난 지는 아직 그리 오래되지 않았기에 우리는 아직 끈에 반응하는 방법을 배우는 중입니다. 다시 말해서 우리는 새로 시작할 수 있습니다. 역사의 패턴을 거부하고 지난날과 똑같은 실수를 되풀이하지 않겠다고 다짐할 수 있습니다. 우리는 연민과 공감으로 세상을 이끌 수 있습니다. 분열과 싸움을 조장하고 차별을 부추기는 이들에게 저항할 수 있습니다. 선택은 우리에게 달렸습니다. 아직 상자를 받지 않은 우리는 끈이 얼마만큼의 시간을 주든 우리가 원하는 세상을 만들어갈 수 있습니다."

학생들이 휘파람을 불고 박수를 쳤다.

"방금 친구가 영상을 보여주었습니다. 미국의 한 청년이 선거 집회에서 말하는 영상이었습니다. 그는 끈 길이가 다르다는 이유만으로 그 누구도 다르지 않으며 모두가 똑같은 인간이라고 말했습니다. 여러분도 그렇게 해주시길 부탁드립니다. 주변에서 부당하게 행동하는 사람들에게 맞서 싸우세요. 인간은 모두가 평등하고 모두 연결되어 있다는 것을 알게 해주세요. 우리의 끈은 하나로 이어져 있습니다."

여학생은 침착하고 열정적이고 호소력이 강했다. 아직 어린 친구치고는 흔하지 않은 조합이라고 에이미는 생각했다. 가까이에서 찍은 영상이라 여학생의 원피스에 달린 작은 금색 브로치인지 핀인지가 보였다.

"우리는 새로 시작할 수 있습니다." 에이미는 여학생의 말을 되뇌었다.

언니와 다시 시작하기에 아직•늦지 않았을지 모른다. 아직 결혼식이 끝나지 않았다.

지금 에이미는 그 어느 때보다도 언니 옆에 있어주어야 한다. 동생이니까. 고등학교 때 언니의 방문 앞에서 몇 시간을 기다린 동생, 함께 서점에 앉아 책을 읽었던 동생, 멀리 사는 언니에게 메모지가 가득 붙은 소설책을 보냈던 동생. 에이미는 언니에게 그 동생이 되어주어야 한다. 두 자매는 언제나 하나의 끈으로 이어져 있으니까.

벤

벤은 이번 주에도 교실에 에이미의 답장이 없자 실망했다. 하지만 이대로 포기할 수는 없었다. 아직은. 그는 레아를 바라보았다. 이제 임신 7개월에 접어들어 자그만 체구에 남산만 하게 불러온 배를 보니 그의 마음에도 희망이 샘솟았다.

레아는 조심스럽게 의자에 앉으려다가 갑자기 교실 뒷문에서 노란색 풍선 12개를 든 오빠 부부가 나타나자 놀라서 꺅 비명을 질렀다.

"무슨 일이야?" 레아가 물었다.

첼시가 커다란 초콜릿케이크를 들고 등장했다. "우리가 베이비 샤워도 없이 그냥 넘어갈 거라고 생각한 건 아니지?" 그녀가 과장된 동작으로 케이크를 레아 앞에 내려놓았다.

"삶의 아름다운 순간을 축하하는 건 중요해요. 이게 바로 아름다운 순간이죠." 션이 말했다.

이날 모임은 한 시간 동안 유쾌한 떠들썩함으로 가득했다. 새로 생긴 짧은 끈들을 위한 데이팅 앱 셰어 유어 타임에 가입한 터렐은 상대방의 프로필을 스와이프하기 전에 모두의 의견을 물었다. 모라와 니할은 앤서니 롤린스가 조카 때문에 망신당한 사건에 대해 신나게 떠들었다. 첼시는 짝짓기 예능 프로그램 〈베첼러〉의 새로운 시즌 출연자를 구하는 오디션에 참가하라고 레아를 설득했다. 최근에 이 프로는 〈베첼러: 긴 끈〉과 〈베첼러: 짧은 끈〉으로 나뉘었다.

"아이참. 넌 나이도 허리 사이즈도 28 이하잖아. 그 프로에서 가장 선호하는 조건이라니까." 첼시가 레아에게 졸랐다.

"이제는 아닌데……." 레아가 불룩 튀어나온 배를 쳐다보았다.

"금방 예전으로 돌아갈걸. 대리모 출산만큼 좋은 화젯거리가 없다니까! 분명 시청자들이 널 가장 응원할 거야."

이날 저녁에는 레아가 쌍둥이의 곁에 오래 있어줄 수 없다는 사실이 주는 슬픈 분위기도 감돌았지만 션의 말대로 정말로 아름다운 시간이었다. 벤은 행복해하는 레아의 가족을 보면서 상자가 나타난 후에도 세상이 계속 돌아간다는 증거라고 생각했다. 사람들은 계속 살아가고 새로운 생명은 계속 태어난다.

"다들 내가 아기 낳을 때 옆에 있어줘요." 레아가 말했다.

"아기 낳을 때?" 첼시가 놀라며 물었다.

"분만실에 들어오라는 게 아니라요." 레아가 웃었다. "아기 낳은 다음에요. 다들 와주면 정말 좋을 것 같아요." 그녀가 배에 손을 올렸다. "가족을 위해서 하는 일이지만 아주 조금은 나 자신을 위한 일인 것 같기도 해요. 그리고 우리 모두를 위해서. 드디어 세상이 바뀔 수 있을 것 같은 느낌이 들어요. 임신 호르몬 때문인지, 오늘따라 유난히 쌍둥이 발길질이 힘차서 그런지, 우리 짧은 끈들도 앞으로 괜찮아질 거란 생각이 들어요."

교실 안에 있는 사람들은 모두 그 말을 이해할 수 있었다.

남아공에 사는 한 여대생이 젊은이들에게 편견에 맞서 싸우자고 촉구하는 영상을 그들도 보았다. 온라인상에서 이미 큰 화제가 되었다.

그 연설 이후 전 세계에 해시태그 '#하나의끈'이 널리 퍼지고 있었다. 사람들은 마음을 따뜻하게 해주는 이야기를 공유하며 그 해시태그를 달았다. 짧은 끈들을 더 많이 고용하겠다고 약속한 기업. 짧은 끈 졸업생이 동기들과 함께 졸업장을 받을 수 있도록 졸업식을 앞당긴 대학. 캐나다의 한 소도시에서는 한동네 사람들이 도와줄 수 있도록 짧은 끈임을 밝혀달라고 장려했다. 벤은 온라인에서 본 글이 떠올랐다. "웨이터, 택시 기사, 선생님이 짧은 끈이라는 사실을 안다면 더 친절하게 대하겠습니까? 행동하기 전에 잠깐 생각해보겠습니까? #하나의끈." 일부 미디어와 정치인들은 이런 현상을 이미 하나의 '운동'으로 칭하고 있었다.

그날 밤 벤은 니할과 나란히 서 있었다.

"부모님이 말하는 환생이 뭔지 이제 조금은 알 것 같기도 해요." 니할이 말했다.

"왜 생각이 바뀌었는데?" 벤이 물었다.

"레아를 보고 그렇게 된 것 같아요. 레아가 낳을 쌍둥이요. 과연 어디에서 온 건지. 물론 쌍둥이의 육체는 어디에서 온 건지 분명하지만 영혼은 어디에서 왔을까요? 육체와는 별개의 것처럼 느껴져요. 좀 더…… 영원한 것 같다고 할까. 쌍둥이는 전생에 왜 죽어야 했고 왜 지금 이승으로 돌아오는 걸까요?"

벤은 10월에 공원에서 본 행크의 폐로 숨 쉬는 여자를 떠올렸다. 행크와 그 여자는 한 번도 만난 적 없지만 확실히 이어져 있었다.

"뭐든지 가능할 것 같은데." 벤도 동의했다.

니할이 미소 지었다. "우린 이번 생에 힘들었으니까 분명 다음 생에서는 왕족으로 환생할 거예요."

그날의 모임이 거의 마무리되고 다들 남은 케이크를 해치우고 있을 때 벤은 언제나처럼 모라와 나란히 앉아 있었다.

"혹시 아이 갖고 싶어?" 모라가 벤의 스웨터를 훑어보면서 씩 웃었다. "꼭 애 아빠처럼 입었네."

벤은 웃으며 레아 쪽을 보았다. 그녀는 배를 만지작거리며 오빠와 미소를 주고받고 있었다. 사실 벤은 임대 창고에서의 일 이후로 자식에 대한 생각을 많이 했다. 물론 아이의 고등학교 댄스파티, 졸업식, 결혼식 등 자신이 볼 수 없는 것들에 대한 생각도 했다. 그런 생각을 할 때마다 가슴이 답답해지고 원통함이 점점 더 커졌다. 아마 언제까지나 그럴 것이다. 하지만 최근에 알게 된 사실이 있었다. 언젠가 정말로 아이를 갖는 상상을 할 때 아이와 함께할 수 있는 시간을 떠올리면 원통함이 가라앉았다.

초등학교 입학식. 학예회. 농구 게임.

뒷마당에서 타는 썰매. 핼러윈의 트릭 오어 트릿. 가을의 사과 따기 체험.

손주를 처음 품에 안은 부모님의 얼굴.

"아빠가 될 수도 있지……." 벤이 말했다. "하지만 곧 결혼해서 정착할 사람은 내가 아닌데?"

"아, 그런 식으로 말하지 마! 내가 엄청나게 늙은 것 같잖아." 모라가 민망해했다.

하지만 모라가 일부러 넌더리 나는 척하는 것이 보였다. 그녀는 행복해하고 있었다.

벤은 오늘 이전의 모임, 슬픔으로 서로 하나 되어 보낸 일요일 저녁, 분노와 두려움으로 나눈 이야기, 그들이 본 폭력에 대해 생각했다. 그리고 오늘 저녁에는 대학 때 교수님이 설명해준 뉴턴의 세 번째 법칙이 떠올랐다. 교수님은 두 손으로 칠판을 밀어서 칠판도 자신을 밀어낸다는 것을 보여주었다. 모든 힘의 작용에는 크기가 같고 방향은 서로 반대인 반작용이 따른다. 모든 힘은 서로 짝을 이룬다.

몇 달 동안 이어진 우울함에 맞서서 드디어 더 밝은 나날이 똑같은 크기의 힘으로 밀기 시작했다. 벤은 이날 밤 204호 교실에서 확실히 느꼈다.

모라

니나는 몇 주밖에 남지 않은 결혼식을 위해 필요한 일들을 토요일 하루 동안 다 해치우기로 계획을 세웠다. 꽃, 뷔페, 케이크, 웨딩드레스.

그날 아침, 모라가 핸드폰을 들고 주방으로 나갔다. 니나는 하루의 일정을 최대한 빨리 시작하려고 벌써 스크램블드에그를 만들고 있었다.

"방금 터렐한테 전화 왔는데 오늘 D.C.에서 대규모 집회가 열린다나 봐. 니할이랑 같이 차를 빌려서 가기로 했대."

"이번 달에만 벌써 세 번째 집회인가? 우리 잡지사에서도 다들 그 애기야. 그 여대생 영상이 확실히 큰 불씨를 일으킨 것 같아."

"원래는 마틴 루터 킹 주니어 동상 옆에서 작은 규모로 열리려던 집회였나 봐. 롤린스 기금 모금 행사가 열리는 곳 근처야." 모라가 설명했다. "그런데 온라인에서 하나의 끈 운동이 유행하면서 이 집회에 많은 사람들의 관심이 쏠리게 된 거지."

"잘됐네." 니나는 계속 달걀을 뒤적거렸다. "우린 못 가서 아쉽다."

"아……, 그게 사실은……." 모라가 입술을 깨물었다.

니나는 프라이팬 옆의 페이퍼타월에 스패출러를 내려놓았다. "혹시 오늘 일정 취소하자는 얘기야?"

"타이밍이 안 좋은 건 알지만 난 집회에 꼭 가고 싶어." 모라가 말했다.

"가뜩이나 날짜가 촉박해서 이것저것 다 얼마나 힘들게 예약했는지 알아?"

"당연히 알지. 정말 고맙게 생각하고. 하지만 결혼식 자체를 취소하자는 게 아니잖아. 그냥 쇼핑이랑 뷔페 시식을 미루자는 건데."

니나가 고개를 저으며 한숨을 쉬었다. 프라이팬의 스크램블드 에그가 타기 시작했다. 그녀는 얼른 불을 끄고 스패출러를 집어 프라이팬 가장자리에 달라붙은 흰자를 긁어내기 시작했다.

모라는 말없이 프라이팬만 긁는 니나를 바라보았다. 니나는 동생 에이미와 싸운 이후로 몇 주 동안 감정 기복이 심한 모습을 보였다. 하지만 그 일에 대해 이야기하려고 하지는 않았다.

"이대로 얘기 끝내는 거야?" 모라가 물었다.

"무슨 말을 듣고 싶은지 모르겠네." 니나가 모라에게로 얼굴을 돌렸다. "난 오늘이 우리 관계에서 중요한 이정표가 될 거라고 생각했어. 같이 축하하는 날. 그런데 그냥 허례허식일 뿐이네."

"내가 언제 그렇게 말했어? 난 오늘 집회가 정말 중요하다고 생각할 뿐이야." 모라가 말했다.

"우리 결혼식은 안 중요하고?"

"당연히 중요하지! 하지만 오늘 우리 일정은 그냥 파티를 위한 거잖아. 하지만 집회는…… 내 삶과 관련된 거야."

"나도 네가 얼마나 힘들지 생각하면 마음이 아파." 니나가 말했다. "하지만 모임 사람들하고는 이미 많은 걸 함께하고 있잖아. 시위에도 여러 번 갔고. 하루쯤은 그냥 건너뛰고 네 인생의 다른 부분도 즐기면 좋을 것 같아."

모라는 잠시 숨을 가다듬었다. 그녀는 생각이 달라도 너무 다른 니나가 가끔 답답했다.

니나는 두 사람의 관계만으로도 충분히 만족하는 것처럼 보였다. 그녀에게 약혼반지는 끈의 길이에 상관없이 있는 그대로의 모라를 사랑한다는 증거였다. 니나에게는 두 사람이 함께 꾸려가는 가정이 가장 중요한 우선순위였다. 물론 그것은 모라에게도 소중했다. 하지만 모라는 가끔 두 사람의 관계 말고 다른 것도 필요했다. 두 사람의 삶이라는 좁은 울타리를 벗어나서도 자신을 있는 그대로 봐주는 사람들이 필요했다. 사랑받을 가치가 있는 동등한 존재로 봐주는 사람들.

"하, 나도 제발 하루라도 쉴 수 있었으면 좋겠다." 모라가 말했다. "하지만 그럴 수가 없어. 난 평생 너무 화난 것처럼 보이지 않고 너무 위협적으로 보이지 않고 너무 자격 없는 것처럼 보이지 않으려고 노력하면서 살았어. 같은 흑인들을 욕보이면 안 되니까. 너무 예민하지도 멍청하지도 온순하지도 않아 보이려고 노력했어. 그런데 이제는 너무 불안정해 보이거나 너무 감정적이거나 너무 앙심 가득해 보이면 안 돼. 그러면 같은 짧은 끈들을 욕보이는 거니까. 쉴 틈이 없다고!" 모라가 떨리는 깊은숨을 내뱉었다. "내가 얼마나 찾아 헤맸는지 알아? 나는 내가 정말로 중요한 일을 하고 있다고 느끼고 싶었어. 뭔가 의미 있는 일에 시간을 쓰고 있다고 느끼게 해주는 일을 찾고 싶었다고."

니나는 모라의 말을 되새기듯 천천히 고개를 끄덕였다. "집회에 가." 마침내 그녀가 입을 열었다. 진실함이 가득 묻어나는 목소리였다. "이쪽 일은 내가 다 알아서 할게."

"정말 그래도 돼?" 모라가 물었다.

"응. 그리고 약속할게. 다음부턴 나도 집회에 같이 간다고."

모라와 친구들은 내셔널 몰 공원 근처에 주차하고 시위에 몰린 인파에 합류했다. 마틴 루터 킹 주니어 기념비 아래부터 근처의 잔디밭까지 2만 명에 가까운 사람들이 모여 있었다. 공원을 둘러싼 나무들은 갈색으로 변한 잎이 떨어져 앙상했다. 중앙의 "길고 짧은 모든 끈"이라고 적힌 약 2미터 정도 되는 배너 아래에서 사람들은 환호하고 구호를 외쳤다.

앤서니 롤린스를 배신한 조카가 집회에 참여할지도 모른다는 소문 때문인지 취재팀도 대여섯 개쯤 보였다. 확실히 예전보다 관심이 늘어났고 온라인에서 하나의 끈 운동이 점점 거세지고 있었다. 하지만 과연 여름에 롤린스가 정당 대선 후보로 선출되는 것을 막을 수 있을지 모라는 확신할 수 없었다. 그녀는 총기 사건이나 대형 자동차 사고 소식이 들려올 때마다 제발 짧은 끈의 잘못이 아니기만을 기도했다. 모라를 제외한 모임 회원들은 이미 변화의 흐름이 일어났다고 확신하고 있었다. 매일 하나의 끈 해시태그에 관심이 쏠리고, 유명인들도 지지 의사를 밝히고, 남아공 여대생이 각종 뉴스 인터뷰에 나오는 것이야말로 그들의 삶이 나아질 수 있다는 증거라고. 하지만 모라는 맹목적인 믿음이나 현실 안주에 빠지는 사람이 아니었다. 그녀는 많은 이들이 계속 싸우지 않으면 상황은 언제든 악화될 수 있음을 알고 있었다.

모라는 집회에서 긴긴 하루를 보내고 집으로 돌아왔다. 최대한 조용하게 문을 열고 들어와서 어두운 거실로 갔다. 벽에 걸린 벤이 그려준 그녀 인생의 엽서와도 같은 세 폭짜리 스케치를 지나쳤다. 니나는 저 그림을 무척 마음에 들어 했다. 그녀의 갑작스러운 프러포즈로 살짝 빛이 바래기는 했지만 모라의 깜짝 그림 선물을 보는 순간 눈물을 터뜨릴 뻔했다.

조명이 하나만 켜진 주방으로 다가간 모라는 냉장고에 붙은 종이를 보았다. 니나의 글씨였다.

집회 잘 다녀왔어? 냉장고에 케이크 샘플 있어. 분명 마음에 쏙 들 거야.

네가 자랑스러워. 사랑해.

모라는 선택을 후회하지 않았다. 집회에 다녀오기를 잘했다고 생각했다. 하지만 모라는 이해되지 않을 때조차도 그녀가 하는 일을 인정해주는 니나가 있는 집으로 돌아올 수 있다는 사실이 감사했다.

냉장고를 열어보니 투명 플라스틱 용기에 초콜릿케이크 한 조각이 담겨 있었다. 부드러운 곡선의 크림 장식이 유혹적이었다. 케이크를 들어 올리자 상자 아래에 끼워진 종이가 보였다.

네 말이 맞아. 화려한 파티는 필요하지 않아. 우리 둘만 있으면 돼. 더 기다리고 싶지 않아. 앞으로 또 싸우더라도 내 아내하고 싸울래.

월요일에 시청에서 나랑 결혼해줄래?

모라는 놀라면서도 들뜬 기분으로 문을 닫았다. 살금살금 침실로 가서 스웨터에 달린 두 개의 끈이 엉킨 모양의 작은 금색 핀을 뺐다. 옷을 벗어서 빨래통에 넣었다. 조심스럽게 이불을 들치고 침대로 기어들어 갔다. 먼저 잠든, 이제 이틀 후면 아내가 될 여자가 데워놓은 덕분에 온기가 느껴졌다.

모라의 부모님은 교회나 시골 저택의 잔디밭 같은 곳에서 결혼하기를 원하겠지만 솔직히 그녀는 지금까지 부모님이 마음에 들어 하지 않은 일들을 많이 했다. 하지만 수많은 직장과 수많은 여자 친구를 전전하며 방황한 끝에 마침내 부모님의 마음에 쏙 드는 사람과 정착하게 되었다. (모라의 아버지는 니나를 처음 만나보고 "니나가 아주 똑 부러지더구나."라고 말했다.)

사실 모라는 시청에서 결혼식을 올리게 된 것이 꽤 마음에 들었다. 주례자가 있는 곳까지 한참 걸어가지 않아도 되고 제단 앞에서 무릎을 꿇을 필요도 없었다. 게다가 스스로 생각하기에도 그녀는 평범한 결혼식에 어울리는 사람이 아니었다.

혼인신고는 뉴욕 결혼국 안에서 진행되었다. 맨해튼 시내 한가운데의 정부 청사 건물들에 둘러싸인 커다란 회색 건물이었다. 같은 구역에 이민국과 국세청, 지방 검사실이 모두 위치했지만 결혼국에서 가장 가까운 건물은 출생증명서와 사망증명서를 발급하는 보건복지부였다. 모라는 결혼국과 보건복지부 건물이 바로 옆에 있다는 사실이 묘하게 수긍되었다. 보건복지부는 삶의 시작과 끝을 기록하고 바로 옆 건물에서는 부부가 무슨 일이 있어도 서로를 돕고 사랑하겠다고 맹세하니까 말이다.

결혼국 안으로 들어가 보니 약간 고급스러운 차량국 느낌이 났다. 한쪽 벽을 따라 놓인 기다란 소파, 이용자들이 서로 등지도록 배치된 컴퓨터, 위쪽에 걸린 커다란 전자 화면. 화면에 접수 번호가 뜨면 안쪽의 방으로 들어가 결혼식을 올리면 되었다. 입구에 붙은 포스터에는 이렇게 적혀 있었다. "결혼증명서는 결혼식 24시간 이후부터 발급 가능. 단, 끈의 유효기간이 임박하다는 사실을 증명하는 경우에는 예외가 될 수 있음."

모라가 보기에 니나는 프런트에서 싸구려 느낌의 키오스크를 보고 약간 기분이 상한 듯했다. 키오스크에서는 미처 준비하지 못한 커플을 위한 결혼 준비물을 팔고 있었다. 꽃과 면사포, 심지어 반지까지. '뉴욕' 관광 용품까지 덤으로 팔았다. 그 모습을 보는 순간 니나는 평소답지 않은 충동적인 선택으로 두 사람을 이곳에 데려온 것에 대해 잠시나마 후회했다.

하지만 이곳에는 사방 어디를 둘러보아도 사랑이 가득했다. 턱시도를 입은 남자들, 웨딩드레스를 입은 여자들, 청바지와 야구모자 차림의 20대 커플, 발레리나 치마를 입고 아장아장 걸어 다니는 아기들. 모라와 니나처럼 둘만 온 커플도 눈에 띄었지만 대부분은 하객들과 함께였고 여기저기에서 카메라 플래시가 터졌다.

니나는 소박하면서도 우아한 크림색 레이스 원피스 차림이었고 모라는 반짝이는 밝은 금색 원피스를 입었다.

"넌 여기에서 가장 아름다운 신부야." 니나가 모라의 뺨을 어루만지며 말했다.

화면에 그들의 접수 번호가 떴고 이윽고 모라와 니나는 주례자 앞에 섰다. 벗겨진 머리에 수염이 있고 안경을 쓴 남자였는데, 헐렁한 갈색 양복에 집어삼켜지기라도 할 것 같았다. 그는 하루에 한 쌍이 아니라 열 쌍이 넘는 부부의 주례를 맡을 텐데도 매번 자애롭고 활기찬 모습을 잃지 않았다. 고맙게도 바로 다음 순번의 커플이—머리에 화관을 쓰고 빨간 꽃무늬 드레스를 입은 여자와 거기에 맞춰 빨간색 넥타이를 한 남자—증인이 되어주었다. 그 커플은 새끼손가락을 걸고 나란히 섰다.

모라는 이 순간이 오리라고는 상상조차 하지 못했다. 물론 끈이 나타나기 전에도 니나가 언젠가 프러포즈할 것 같은 생각이 들기는 했다. 혹시나 해서 한 치의 흐트러짐 없이 개어진 니나의 서랍장 속 옷가지를 뒤적거린 적도 있었다. 하지만 지난 3월부터 모든 게 바뀌어버렸다. 그 후로 그녀는 사랑을 속삭이는 은밀한 순간에도, 이탈리아의 자갈 깔린 골목길과 고요한 분수를 배경으로 낭만이 넘치는 분위기 속에서도, 니나가 프러포즈할 것이라고는 꿈에도 생각하지 못했다. 끈 때문에 절대로 그럴 일은 없다고 생각했다.

모라가 먼저 니나에게 청혼해 답을 고민하게 만드는 일은 절대로 없었을 것이다. 모라는 정식 부부가 아니라도 니나와 함께 사는 것에 대해 아무런 수치심이 느껴지지 않았다. 그녀는 온전함을 느끼기 위해 반쪽이 필요한 사람도 아니었다. 하지만 니나에게 청혼받은 후 결혼이 현실로 다가왔다. 이렇게 자신이 마땅히 있어야 할 자리처럼 편안하게 느껴지는 여자 앞에 서 있자니 모라는 어쩌면 결혼이 좋은 선택일지도 모른다는 생각이 들었다. 한순간에 뒤집혀버린 삶에 유일하게 변하지 않는 단단한 무언가가 생겼다. 끈은 모라에게서 모든 것을 빼앗았지만 이것만큼은 허락해주었다.

주례자가 모라 힐과 니나 윌슨이 부부가 되었음을 선언한 후 두 사람은 아까의 대기실을 거쳐 평화로운 거리로 나왔다. 니나가 모라의 손에 깍지를 끼었다. 두 사람은 얼마 떨어지지 않은 레스토랑으로 양가 가족과 친구들을 만나러 갔다. 니나는 주말 동안 연락을 돌려 월요일에 하객들을 한자리에 모으는 마법을 부렸다.

레스토랑의 촛불 켜진 룸에 니나와 모라의 부모님, 에이미가 앉아 있었다. 세 개 테이블에는 니나의 친한 직장 동료들, 모라의 대학 친구들, 뉴욕에 사는 친척들, 모라의 자조 모임 회원들이 앉았다.

모라는 끈이 나타나기 전부터 결혼이 미친 짓이라고 생각했다. 살아온 날보다 훨씬 많은 나날 동안 상대방에게 헌신하겠다는 약속이니까 말이다. 게다가 그녀와 니나의 결혼은 평범함을 벗어나기까지 했다. 하지만 그 미친 짓을 응원하고 사랑으로 빛내주기 위해 막판에 약속과 계획을 취소하면서까지 한자리에 모여준 가족과 친구들을 보니 감회가 새로웠다.

식사가 끝난 후 니나는 한쪽 구석에서 사촌과 이야기 중인 모라에게 갔다. "하나 더 있어." 니나가 말했다.

모라가 웃으면서 의심스러워하는 척했다. 바로 그때 스피커에서 바이올린 소리가 흘러나왔다. 모라는 어느새 네 개의 테이블이 새롭게 배치되어 룸의 가운데에 공간이 생겼다는 사실을 발견했다. 모두 니나의 계획이었다.

니나는 여전히 어리둥절해하는 모라의 팔을 잡아당겨 일으켜 세웠다. 냇 킹 콜의 목소리가 울려 퍼졌다.

"언제 이런 걸 다 준비한 거야." 모라가 니나의 얼굴에 대고 속삭였다.

"넌 전부 다 받을 자격이 있어."

두 사람은 즉석에 마련된 작은 무대에서 서로를 꼭 껴안고 노래에 맞춰 몸을 앞뒤로 흔들었다.

그대여, 믿어지지 않아요.
그대처럼 그렇게 잊을 수 없는 사람에게
나 역시 잊히지 않는 사람이라니.

에이미

모두가 무대로 나가고 에이미는 혼자 테이블에 앉아 있었다. 그녀는 하객들 사이에서 춤추는 언니와 모라를 보며 흐뭇해했다. 이 순간을 놓칠 뻔했다니 생각할수록 아찔했다. 다행히 그녀는 너무 늦기 전에 후회와 미안함을 가득 안고 언니를 찾아갔다. 그리고 며칠 후 언니가 전화로 정식 결혼식은 취소되었고 시청에서 간단히 결혼식을 올린 후 가까운 가족과 친구들만 불러서 저녁 식사를 할 것이라고 했다.

에이미는 건너편에 모임 회원들과 함께 앉아 있는 벤이 아니라 무대에서 춤추는 사람들에게 시선을 고정하려고 애썼다. 레스토랑에 들어오기 전부터 벤을 만난다고 생각하니 긴장되었다. 벤은 그녀의 답장을 기다리고 있을 게 분명했다. 고백을 듣고 아무런 대답도 해주지 않았으니까.

그녀는 그에게 뭐라고 말할지 생각해두었다. 친구로 지내자는 말로 정중하게 거절할 생각이었다. 하지만 수수한 분홍색 원피스를 입은 갈색 머리의 임산부, 인공 선탠을 한 붉은빛 도는 금발의 여자와 웃고 떠드는 벤을 보자 기분이 상했다. 그가 다른 여자와 웃고 있다는 사실이 그녀를 속상하게 했다. 얼굴이 붉어지고 심장이 빠르게 뛰었다. 그녀가 생각해도 어이없는 반응이었다. 스물아홉 살이나 먹어서 질투에 눈먼 10대처럼 굴고 있다니.

그녀는 벤에 대한 감정을 행동으로 옮기지 않는 편이 안전하다고 결론 내렸다. 그렇게 생각을 정리한 줄 알았다.

그런데 그녀의 생각이 틀렸던 걸까.

노래가 흘러나오고 있으니 아직 늦지 않았다. 하지만 벤이 과연 그녀와 이야기하려고 할까?

에이미는 심호흡을 하고 그가 앉은 테이블로 다가갔다.

"방해가 됐다면 미안해요." 그녀가 수줍게 입을 열었다. "같이 춤출 수 있을까 해서요."

잠깐의 침묵이 흐르고 벤이 미소 지었다. 그 미소와 함께 에이미의 온몸에 햇살처럼 따뜻한 안도감이 퍼졌다.

"물론이죠." 벤이 말했다.

두 사람은 방 한가운데로 갔다. 벤이 그녀의 허리를 살짝 감았다.

조심스럽게 먼저 말문을 연 것도 그였다.

"나랑 다시는 말도 하기 싫은 줄 알았어요." 벤이 눈을 가늘게 뜨고 눈썹을 치켜올렸다.

그가 약 올리고 있다는 사실을 깨닫고 에이미는 또다시 안도감을 느꼈다.

"당신 때문이 아니라…… 언니랑 좀 안 좋은 일이 있었어요." 에이미가 설명했다. "그 일 때문에 몇 주 동안 다른 생각할 겨를이 없었어요."

"아." 벤은 진심으로 걱정되는 표정이었다. "이젠 다 괜찮아요?"

"이젠 괜찮아요."

"그럼 이제 우리 둘이 남았네요. 내 편지하고."

"나인 줄 어떻게 알았어요?" 에이미가 물었다.

"작은 힌트들이 많았잖아요. 당신이 사는 곳, 일하는 곳. 그리고 당신이 거트루드의 편지 얘기를 했을 때 모든 퍼즐 조각이 하나로 맞춰졌죠. 물론 살짝 자신이 없기도 했어요. 내가 착각해서 진짜 A가 어리둥절해하면 어쩌나 싶기도 했죠."

에이미가 웃음을 터뜨렸다. 그의 팔이 허리를 좀 더 꽉 감싸 안는 게 느껴졌다. 그녀도 그에게로 한 걸음 더 가까이 다가갔다.

"미안해요. 내가 춤을 잘 못 춰요." 벤이 말했다.

"그런 말 말아요. 나야말로 최근에 춤춰본 경험이라고는 학교 무도회에서 아이들을 감독한 것밖에 없는데요."

"호르몬 넘치는 아이들이 서로 너무 달라붙어서 떼어놓아야 한 적도 있나요?"

"가끔 있죠. 그래도 저런 커플은 떼어놓을 수 없죠." 에이미가 고갯짓으로 니나와 모라를 가리켰다. 그들은 하객들이 서 있는 곳을 따라서 빙그르르 돌고 있었다.

"정말 행복해 보이네요." 벤이 말했다.

"세상에 둘만 있는 것처럼 서로밖에 안 보이는 것 같아요."

벤이 어깨를 으쓱했다. "원래 그런 거잖아요. 그렇죠?"

그가 너무도 상냥하고 진실한 눈빛으로 쳐다보아서 에이미는 잠깐 시선을 돌려야 했다. 그녀는 그의 어깨 부근에 턱이 닿을 정도로 더욱 가까이 다가갔다. 에이미의 시선이 뒤쪽 벽에 닿았고 음악이 계속 두 사람을 감쌌다.

에이미는 그동안 너무도 궁금했던 편지의 주인공과 이렇게 같이 있다는 사실이 믿어지지 않았다. 그의 따뜻한 온기와 향수 냄새를 느끼고 있다니. 마치 예전에도 그와 여러 번 함께 춤춘 적이 있는 것처럼 온몸의 긴장이 풀렸다.

그녀는 눈을 감고 벤과의 미래를 상상해보았다. 예전에 사귀었던 변호사니 시인이니 이렇게 품에 안긴 적 있는 남자들과의 미래를 상상해본 것처럼.

벤과 센트럴파크의 호수 근처 벤치에 앉은 모습, 헐벗은 아파트 벽을 함께 롤러로 칠하는 모습을 그려보았다. 눈부시게 하얀 웨딩드레스를 입고 그와 손을 맞잡은 모습, 병원에서 담요에 쌓인 아기를 안고 키스하는 모습도 떠올렸다.

모든 장면이 너무도 선명하게 보였다. 예전 남자들처럼 흐릿하지 않았다. 너무 잘 보였고 감각까지 전해지는 듯했다. 옳은 것처럼 느껴졌다.

이전 남자들과의 미래와 달리 그녀를 가로막는 것은 벤의 결점이 아니었다. 문제는 그라는 사람의 결점이 아니었다. 잘못은 그가 아니라 이 별에 있었다.

에이미가 눈을 깜박이자 이번에는 잔디밭에서 검은 상복을 입은 두 아이와 서 있는 자신이 보였다. 냄비와 프라이팬, 도시락통이 널브러진 좁아터진 부엌에서 홀로 울고 있는 모습도 보였다.

에이미는 벤의 마지막 편지를 열 번도 넘게 읽었다. 그가 무엇을 원하는지 잘 알고 있다. 서두른다는 것도. 물론 그는 행복할 자격이 있었다.

벤이 그런 미래를 그녀와 만들어나가고 싶다고 콕 집어서 말한 것은 아니었다. 하지만 몇 주 전 키스를 한 상대가 그녀이고 지금 춤을 추고 있는 사람도 그녀가 아닌가. 갑자기 에이미는 모든 것이 갑작스럽고 거대하게만 느껴졌다. 압도당하는 기분에 머리가 어지러웠다.

"미안해요. 바람 좀 쐬어야겠어요." 에이미는 벤에게서 팔을 떼고 서둘러 뒷문으로 나갔다.

밖으로 나간 그녀는 연석에 걸터앉았다. 저녁 공기가 꽤 쌀쌀해서 팔을 문질렀다. 주변 건물은 대부분 공공 기관이라 이미 문을 닫은 시간이어서 주위는 온통 고요했다.

그녀는 벤을 두고 도망쳤다는 사실에 죄책감이 들고 창피해졌다. 하지만 안으로 들어갈 자신이 없었다. 조금 전에 보았던 아름다운 장면들이 과연 그 뒤에 이어진 암울한 장면들을 지워줄 수 있을까.

맞은편 거리에서 에이미보다 나이가 많아 보이는 커플이 지나갔다. 손을 꽉 잡은 두 사람은 둘만 아는 음모라도 꾸미듯 귓속말을 주고받았다. 왠지 낯익어 보였지만 어둑어둑해서 잘 보이지 않았다.

에이미도 저 커플처럼, 부모님처럼, 언니와 모라처럼 살고 싶었다.

"언니가 결혼하겠다고 했을 때 난 언니한테 용감하다고 말해줘야 했어." 불과 며칠 전 울면서 언니에게 용서를 구할 때 에이미가 말했다. "언니, 언니는 정말 용감한 사람이야. 모라도. 그 무엇보다 사랑을 선택했잖아. 정말 대단하다고 생각해. 언니가 날 다시 받아주길 바랄 뿐이야. 내가 두 사람 옆에 있어줄 수 있도록. 쉽지 않은 길이 될 테니까. 하지만 옳은 길이라는 걸 나도 알아."

에이미도 강해지고 싶었다. 싸울 때 언니가 던진 가시 돋친 말처럼 겁쟁이, 이기적인 사람, 위선자가 되고 싶지 않았다. 벤이 편지에 쓴 것처럼 짧은 끈들을 세상의 구석으로 몰아넣고, 사랑받을 자격이 없다고 느끼게 하고, 수천 명을 집회장으로 향하게 만드는 사람은 되고 싶지 않았다.

언니처럼 쉽게 선택할 수 있다면 얼마나 좋을까. 언니는 그저 사랑하는 사람에게 기회를 주고 미래가 어떻게 될지 지켜보기로 한 것이었다. 어차피 잃을 것도 없잖아?

아니, 모든 걸 다 잃을 거야, 에이미는 생각했다.

언니는 어떻게 그런 용기를 낸 거지?

그리고 벤과 모라, 세상의 모든 짧은 끈들은 어떻게 그럴 수 있는 거지? 어떻게 하루하루 버틸 힘을 얻는 거지?

에이미는 예전에 언니가 했던 말이 떠올랐다. "넌 네가 얼마나 강한지 모르는 것뿐이야." 어쩌면 언니의 말이 맞는지 모른다. 하지만 다른 사람들은 그녀보다 더 강한 것 같았다. 그녀는 상자를 열어보지도 못했는데.

에이미는 구부린 무릎을 안아 가슴으로 끌어당기고 마음의 결정을 내리려고 했다. 풍성한 파란 원피스 자락이 바닥에 닿을 듯 말 듯 흘러내렸다.

바로 그때 그 소리가 들렸다.

처음에는 희미했지만 주위를 둘러싼 고요함 속에서 소리가 점점 더 커졌다.

내가 어릴 때
어머니에게 물었죠. "난 어떻게 될까요?"

"말도 안 돼." 에이미는 지금 들려오는 저 소리를 믿지 못하겠다는 듯 중얼거렸다.

그녀는 급하게 일어나서 노랫소리가 들려오는 곳을 찾으려고 했다.

"예뻐질까요, 부자가 될까요?"
어머니가 나에게 이렇게 말했죠.

노랫소리는 이 구역의 끄트머리에서 들려왔다. 에이미는 소리가 나는 쪽으로 달리기 시작했다. 구두 굽이 인도에 탁탁 부딪혔다. 거리 모퉁이에 이르렀을 때 멀어지는 자전거를 볼 수 있었다. 자전거에 탄 사람의 보라색 재킷이 바람에 펄럭거렸다.

케 세라, 세라.

일어날 일은 일어나게 돼 있지.

우리는 미래를 볼 수 없단다.

케 세라, 세라.

에이미는 모퉁이에서 숨을 헐떡거리며 어안이 벙벙한 채 서 있었다. 갑자기 그녀가 소리 내어 웃기 시작했다. 웃음소리가 점점 커져서 주위에 혼자뿐이었지만 민망해질 정도였다.

마침내 그녀가 침착함을 되찾았을 때 차가운 바람이 불어와 원피스 자락이 펄럭였다. 그녀는 푹 자고 일어난 것처럼 새로운 기운이 넘치는 기분이었다.

확신이 들었다.

레스토랑으로 돌아가 벤을 다시 만나야 한다.

일어날 일은 일어나게 돼 있지.

앤서니

앤서니와 캐서린은 맨 마지막으로 건물에서 나왔다. 그들은 뉴욕 유세의 일부분으로 시청에서 시장을 만난 참이었다. 더 크게는 잭의 돌발 행동에 대한 수습 대책 중 하나이기도 했다.

사건이 터진 후 잭의 기습적인 발언이 담긴 영상이 온라인에 퍼지고 방송에서도 다루어졌다. 그뿐인가. 앤서니의 분노하는 얼굴이 합성된 온갖 짤이 만들어져 돌아다녔다. 롤린스 부부에게 지난 한 달은 엄청나게 불행한 시간이었다. 하지만 그들은 다른 정치인이나 부유한 후원자들에게도 놀랄 정도로 비슷한 사연이 있음을 알게 되었다. 그들에게도 가족을 배신하고 적의 편을 드는 자식이나 손주가 있었다. ("내 조카도 나한테 악감정이 있을걸." 모두 웃으면서 말했다.) 잭의 어린아이 같은 반항은 30세 이하 부동층의 공감을 끌어냈을지는 몰라도 앤서니의 핵심 지지층—잭이 무대에서 보여준 바로 그런 분노와 예측 불허함이 긴 끈을 가진 자신들의 평화로운 삶을 위협한다고 불안해하는 중장년층—에게 끼친 영향은 무시해도 좋은 정도였다.

앤서니와 캐서린은 사람들의—사진을 찍으려는 팬들이나 시비를 걸려는 반대자들—이목을 끌지 않으려고 일부러 시장과의 면담을 오후 5시 직전으로 잡았다. 그들이 시청 건물에서 나왔을 때는 대부분의 직원들이 퇴근한 뒤였다.

원래 이 동네는 해가 저물면 거리가 텅 비었다. 두 사람이 리무진으로 걸어가는 동안 마주친 사람은 딱 한 명뿐이었다. 파란색 원피스에 힐을 신은 젊은 여자였는데, 수심 가득한 표정으로 연석에 걸터앉아 있었다. 캐서린은 가엾게도 바람을 맞았거나 근처 레스토랑에서 저녁 식사를 하던 중에 차인 것 같다고 말했다. 다행히 여자는 그들을 알아보지 못하는 듯했다.

태우러 오기로 한 리무진이 늦어서 두 사람은 약간 짜증이 난 상태로 모퉁이에서 기다렸다. 그때 앤서니의 핸드폰이 반짝이면서 다음날 뉴스가 미리 떴다. 그의 지지율이 6월 이후 처음으로 떨어졌다.

캐서린은 남편의 입술이 아주 살짝 찡그려지는 것을 알아차렸다. "무슨 일이에요?" 그녀가 어깨 너머에서 핸드폰을 보려고 했다.

"아무것도 아니야. 숫자에 살짝 변동이 있어서."

"또 트위터 헛소리죠? 그 여대생 연설이랑 관련된 거. 무슨 운동인 것처럼 얘기하던데."

"해시태그 따위가 운동이라곤 할 수 없지. 조직도 없고 온라인의 청승맞은 소리일 뿐이지."

"그래도 그것 때문에 벌써 집회가 여러 번 열렸던데." 캐서린이 우려했다. "전 세계적인 집회가 열릴 거라는 소문도 있어요. 짧은 끈 인식 개선의 날인지 뭔지."

"여기저기서 깨작깨작 열리는 시위와 어린애의 연설이 사람들의 근본적인 공포를 없애주진 못해." 앤서니가 말했다. "전당대회가 얼마 남지 않았어. 우리에게 실질적인 타격을 주기엔 역부족이야."

앤서니는 기사를 마저 훑었다. 존슨 후보의 지지율이 9월에 짧은 끈을 공개한 후 처음으로 눈에 띄게 올랐지만 여전히 가을 이전의 최고치보다는 낮았다.

"이것 봐." 앤서니가 기사에 인용된 인터뷰를 가리켰다.

롤린스 후보의 조카가 한 행동은 확실히 충격적이지만 그렇다고 그가 지금까지 한 일이 전부 사라지지는 않는다. 솔직히 우리가 무엇을 경계해야 하는지가 오히려 더 확실해졌다.

앤서니가 웃었다. "겉으로 드러내지 않아도 이렇게 생각하는 사람들이 많을 거야. 당신도 알잖아. 원래 인터넷에 올리는 글이나 주변 사람들에게 하는 말과 혼자 들어가는 투표소에서 누굴 뽑는지는 똑같지 않은 법이거든."

앤서니와 캐서린의 마음이 한결 편안해졌을 때 앞에서 익숙한 노래가 들려왔다.

어른이 되어 사랑에 빠졌을 때
사랑하는 이에게 물어봤죠.

“우리는 매일 무지개를 볼 수 있을까요?”

사랑하는 이는 이렇게 말했어요.

그들 쪽으로 달려오는 자전거에 매달린 스피커에서 흘러나오는 노래였다.

“뉴욕은 정말 이상한 동네라니까.” 캐서린이 코웃음을 쳤다.

앤서니는 자신의 승리를 거의 확신했다. 이따위 기사 하나가 뭐란 말인가? 그는 지금 태양에 거의 가까이 왔다. 그의 날개는 훨씬 더 튼튼해서 절대로 추락할 일이 없을 것이다.

그가 아내에게 한 손을 내밀었다. “한 곡 추실까요?”

“미쳤어요? 길 한복판에서.”

“취임식 연회 전에 미리 연습해놔야지.”

캐서린이 싱긋 웃으며 남편의 손을 잡았다. 그때 자전거를 탄 사람이 그들에게 모자를 벗는 시늉을 하면서 지나갔다.

케 세라, 세라.

일어날 일은 일어나게 돼 있지.

우리는 미래를 볼 수 없단다.

케 세라, 세라.

“우리가 전 대통령 부부보다 훨씬 근사해 보일 거예요.” 캐서린이 남편의 손을 잡고 빙그르르 돌아 그의 품에 안기며 신난 듯 말했다. “기억나죠? 영부인이 취임식 날 입은 드레스가 얼마나 끔찍했는지.”

일어날 일은 일어나게 돼 있지.

잭

대학교를 졸업한 지 7개월이 지났지만 모두 새해 전야 파티에서 4년 전과 똑같이 값싼 맥주를 잔뜩 마셨다. 이번에는 반짝이 무늬 안경과 파티용 모자를 썼다는 점이 달랐다.

잭과 하비에르는 D.C.에 있는 친구 집 거실에 서 있었다. 하비에르가 앨라배마로 떠난 후 처음으로 한 공간에 있는 것이었다. 잭은 하비에르의 변화를 단번에 감지했다.

자신감 넘치는 하비에르가 비행 훈련 초기에 고생한 이야기를 친구들에게 들려주었다. 왠지 예전보다 키도 더 커진 것 같았다.

"그때 아무런 경고도 없이 조종사가 비행기를 거꾸로 뒤집더니 연속으로 두 번 회전하는 거야. 내 옆에 있던 녀석이 토했는데 그게 사방으로 튀었어. 나 그날 종일 아무것도 못 먹었잖아." 하비에르가 웃음을 터뜨렸다. "익숙해질 날이 오겠지."

그의 삶은 잭이 놀랄 정도로 달라져 있었다. 잭이 책상에 앉아서 보안 작전 업무를 맡고 있을 때 친구는 하늘을 누비며 위험천만한 작전에 필요한 기술을 훈련하고 있었다. (실제로는 '짧은 끈'

의 한계 때문에 작전이라기보다는 행정 업무에 가까운 일이었다.)

"이것 봐!" 손님 하나가 핸드폰을 쳐다보면서 외쳤다. "웨스 존슨이 방금 영상을 올렸어."

"혹시 경선 포기한대?" 한 여자가 물었다.

"인제 와서 포기하겠냐?"

"계속 롤린스보다 뒤처져 있잖아."

"그건 그렇지. 하지만 사람들이 롤린스한테도 짜증이 날 대로 나 있어." 한 친구가 연관 있지 않느냐는 듯 잭을 쳐다보았다. "아, 기분 나빴다면 미안."

잭은 손을 휘휘 저었다.

"나 지금 웨스 존슨 선거운동 웹사이트에 들어갔어." 다른 손님이 말했다.

잭과 하비에르도 친구들과 함께 영상을 시청했다.

웨스 존슨은 가족사진과 액자에 든 졸업장, 위인전 가득한 책꽂이로 장식된 홈오피스로 보이는 장소에서 가죽 안락의자에 앉아 있었다.

"다들 연휴를 즐기고 계실 테니 짧게 말씀드리겠습니다." 존슨이 말했다. "최근 저에 대해 경선을 포기하라는 요구가 있다는 것을 알고 있습니다. 하지만 오늘 저는 선거에 대한 제 헌신을 확인해드리고자 합니다. 그동안 이 길을 걸어오면서 저는 새로운 대의를 찾았습니다. 저는 끈이 짧은 모든 미국인과 힘 있는 사람들에게 부당한 대우를 받거나 소외당하는 모든 미국인을 위한 싸움을 멈추지 않을 것을 약속드립니다."

존슨은 의자에 앉은 채 몸을 앞으로 기울여 카메라를 더욱 가까이 응시했다. "상자가 나타난 이후로 앞이 아닌 뒤로 가는 느낌이 들 때가 많습니다. 하지만 제가 다른 날도 아닌 바로 오늘 밤 여러분 앞에 서고 싶었던 이유는 새해를 앞둔 바로 이 순간이야말로 전 세계가 새로운 시작과 더 나은 내일을 향한 희망으로 하나 될 수 있는 유일한 시간이기 때문입니다. 저는 위대한 이 나라의 시민들에 대한 그 어느 때보다 커다란 희망에 가득 차 있습니다. 저 또한 하나의 끈 운동에 관한 이야기와 목소리를 계속 지켜보았습니다. 여러분, 그 에너지와 연민, 용기, 무엇보다 그 희망을 제 선거 캠페인에 걸어주십시오. 약속드립니다. 싸움은 끝나지 않았습니다."

존슨의 발언 이후 실내가 조용해졌다. 잠시 후 거나하게 취한 손님 하나가 혀 꼬부라진 소리로 말했다. "아, 진짜 마음에 든다."

"꼭 질 걸 아는 사람 같네."

"그건 아니야! 다음 달에 하나의 끈 대규모 행사가 열린다는 소리 못 들었어? 전 세계에서 할 거라던데. 존슨이 그 행사랑 관련 있다고 들었어."

"그래봤자 짧은 끈들을 위한 홍보 쇼 그 이상도 이하도 아니지." 누군가 눈알을 굴렸다.

"생각보다 훨씬 클걸. 두고 봐."

"글쎄다." 한 녀석이 잭을 쳐다보았다. "네 고모부는 재수 없지만 그래도 확실히 강해. 추진력이 있어. 무자비할 정도로 솔직해. 그것만큼은 인정해야지."

잭은 불편한 듯 발을 꼼지락거렸다. 그때 고맙게도 앞쪽에서 "테킬라 타임!"이라는 외침 소리가 들렸고 모여 있던 친구들이 흩어졌다.

잭이 마지막으로 고모부의 유세 현장에 참여한 지 수 주일이 흘렀다. 고모가 직접 찾아와서 앞으로 행사에 일절 참여하지 말라는 소식을 전했다. 그의 운명이 정해졌다. 그는 가족에게 버림받았다. 아버지는 가끔 만났지만—고모부가 없는 자리에서—잭은 마침내 그가 잃은 가족이 애초에 가족이라고 부를 가치도 없는 사람들임을 깨달았다. 할아버지가 살아 있을 때 헌터 가문은 조국과 용기를 수호했을지라도 앤서니와 캐서린이 가문을 주도하게 된 지금은 이익과 승리가 최우선이었다. 오히려 헌터 가문의 오랜 유산을 이어가는 사람은 하비에르였다. 억울할 정도로 짧은 생을 국가를 위해 전부 다 바치고 있으니까.

마지막으로 잭을 만나러 왔을 때 고모는 떠나기 전에 남편을 감싸기까지 했다.

"잭, 네가 힘들 거라는 거 잘 알아. 하지만 네 고모부는 짧은 끈들이 무소선 위험하나고 생각하는 게 아니야. 분명 위험한 짧은 끈들이 있잖니. 바로 그런 사람들로부터 우릴 지키려는 거야."

긴 끈들의 수호자 앤서니 롤린스. 철의 끈을 휘두르며 미국을 안전하게 지켜줄 남자.

정말로 최근에 변화의 움직임이 있었다. 그것은 부정할 수 없는 사실이었다. 잭이 고모부의 유세장에서 한 돌발 행동이 조금은 영향을 끼쳤는지도 모른다. 하지만 아무리 키보드로 '#하나의끈'을 쳐도, 곧 열린다는 그 행사가 아무리 커도, 존슨 후보가 아무리 희망을 주어도 앤서니를 막기에는 역부족이었다.

앤서니가 지난 6월에 전 국민이 보는 앞에서 자신의 끈을 공개하는 악랄하고도 영리한 퍼포먼스를 선보인 이후로 6개월 동안 눈덩이 불어나듯 얼마나 많은 일이 생겼던가. 총기 난사와 폭탄 테러가 사람들을 공포로 몰아넣었고 맨해튼에서 일어난 암살 미수 사건은 앤서니를 영웅으로 둔갑시켰다. 짧은 끈은 웨스 존슨을 약해 보이게 만들었고 위협을 느낀 긴 끈들은 앤서니의 말에 귀를 기울였다. 앤서니는 짧은 끈들을 이용해 힘을 얻었다.

이제야 조금씩 거세지고 있는 하나의 끈 운동이 과연 이 상황을 뒤집어놓을 수 있을까?

손님들이 전부 테킬라를 마시러 가고 잭과 하비에르만 남았다.

"전화하려고 했는데 훈련 때문에 계속 바빴어. 이게 몇 달 만에 얻은 휴가야." 하비에르가 말했다.

"다 잘되고 있는 것 같다." 잭이 말했다.

"그래. 네 행동에 고모부가 얼마나 화를 냈어?"

"조카 하나 없는 셈 치기로 한 것 같아. 어쨌든 내 끈 얘기를 떠드는 건 이제 안 하더라."

하비에르가 고개를 끄덕였다. "예전에 네가 그랬지. 내가 너보다 두 배는 그릇이 크다고……. 하지만 네 그 행동은 웬만한 배짱으로는 절대로 못 할 일이었어." 하비에르가 웃음을 터뜨렸다.

싸움의 잔해는 아직 다 씻겨나가지 않았다. 한 번도 이런 적 없었는데, 두 사람의 대화에는 어색함이 감돌았다. 잭은 과연 예전 처럼 편하게 서로를 대할 수 있게 될 날이 다시 올지 의아했다.

"그 오래된 군인 술집 이 근처에 있지 않나? 맥주 한잔하러 갈래?" 잭이 물었다.

두 사람은 슬그머니 외투를 가져와 현관문을 빠져나갔다.

몇 구역 떨어지지 않은 곳에 오래되고 허름한 술집이 있었다. 짙은 색 원목 벽, 진녹색의 부스, 천장에 매달아놓은 온갖 잡다한 군대 관련 소품. 손님 대부분이 전현직 군인들이라서 잭과 하비에르가 군복이나 사관학교 시절 제복을 입고 이곳을 찾을 때마다 다른 손님들이 모자를 벗거나 머그잔을 들어 진심 어린 환영을 해주었다. 지금 하비에르는 육군 재킷을 입고 있으니 오늘 밤도 어김없이 환영받을 것이다.

오늘은 손님이 평소보다 적었다. 베트남이나 한국이라는 글자가 수놓아진 모자를 쓴 노인들이 대부분이고 얼룩무늬 위장복을 입은 젊은 군인들도 몇 명 보였다.

위쪽의 텔레비전 화면에서는 유명인들이 진행하는 예능 프로그램에서 끝나가는 올 한해에 내해 이야기하고 있있다.

"역사적인 한 해였다는 말로도 부족한 한 해였죠." 세련된 헤어스타일의 남자가 농담을 던졌다. "제발 새해에는 더 이상 놀라운 일이 없었으면 합니다."

잭과 하비에르는 칸막이가 있는 테이블에 자리 잡고 앉아서 한 시간 동안 사관학교 시절을 추억했다. 낙제할 뻔한 수업, 미처 데이트 신청을 하지 못했던 여자들, 훈련 때 엉덩이를 너무 많이 걷

어차여서 일어났다 앉았다 하기가 괴로웠던 일. 왠지 실제보다 훨씬 먼 옛날의 일처럼 느껴졌다. 잭은 어른이 된다는 게 이런 걸까 싶었다. 어른이 된 후에는 시간이 예전보다 훨씬 더 빨리 흘러가는 것일까.

싸운 이야기를 먼저 꺼낸 사람은 잭이었다. "뭐든 해보기까지 너무 오래 걸려서 미안하다."

"앞으로 할 일이 더 많지. 내가 너한테 화낸 건 많은 이유가 있었고 상처도 많이 받았기 때문이었어. 하지만 모든 게 다 네 잘못은 아니었어. 끈을 바꾼 후에 우리 두 사람이 느낀 압박감에 대해 내가 좀 더 책임감을 느꼈어야 했어. 네가 억지로 바꾸자고 한 것도 아니고 둘 다 원한 일이었는데."

"후회하지 않아?" 잭이 물었다.

하비에르는 맥주를 한 모금 마시며 생각에 잠겼다.

"같이 훈련받는 동기들도 좋고 장교들도 존경스러워. 그래서 그들에게 계속 거짓말을 해야 한다는 게 힘들기도 하다. 하지만 끈을 바꾸지 않았으면 이 자리에 있지도 못했겠지." 하비에르가 말했다. "언젠가 사람들의 목숨을 구하지도 못할 거고." 그는 믿을 수 없다는 표정으로 웃으며 고개를 저었다. "바꾼 후에 무슨 일이 있었든, 너에게 고마운 마음만큼은 절대로 변하지 않을 거야."

"네 말이 맞아. 우리 둘 다 원한 일이었어."

마침내 바텐더가 손님들을 향해 소리치기 시작했다. "10! 9! 8! 7!" 열 명이 넘는 손님들이 기대에 가득한 시선을 교환하며 카운트다운에 동참했다. "6! 5! 4!"

잭은 주머니에서 아까 파티장에서 챙겨온 카주 두 개를 꺼내 하비에르에게 하나 건넸다.

"3! 2! 1!"

두 친구가 작은 피리를 불었고 손님들이 다 함께 "해피 뉴 이어!"를 환호했다.

바의 끄트머리에 앉은 나이가 가장 많아 보이는 손님이 노래를 부르기 시작했다. 자신감 없는 목소리에 음정도 잘 맞지 않았지만 진실함이 모두의 시선을 사로잡았다.

오래된 인연을 어찌 잊어먹고 머릿속에 떠올리지 않으리?

이내 술집의 모두가 함께했고 노신사의 목소리가 더욱 커졌다.

오래된 인연을 어찌 잊어먹고 머릿속에 떠올리지 않으리?

잭도 따라 부르며 생각했다. 불과 몇 킬로미터 떨어지지 않은 저택에서 길쭉한 샴페인 잔을 부딪칠 고모와 고모부를. 몇 달째 계속된 강행군 이후 집에서 가족과 휴식을 취하며 과연 경선에서 이길 가능성이 있을지 고민하고 있을 웨스 존슨을.

아침부터 저녁까지 끊임없이 우리 둘은 노를 젓곤 했지만
우릴 가르려는 바다는 넓어지려고만 하네, 오래된 옛날 이후.

잭은 가장 친한 벗 하비에르에 대해서도 생각했다. 하비에르는 감탄 어린 표정으로 모르는 가사 부분에서는 그냥 멜로디를 흥얼거렸다. 새로운 한 해를 맞이하는 것이 그로서는 그리 축하할 만한 일이 아닐 텐데도 지나간 한 해를 위해 축배를 들었다.

잭은 하비에르가 그를 용서했는지 알 수 없었다. 그가 유세장에서 했던 말이 하비에르의 용서를 구하기에는 너무 늦은 것은 아니었을까? 하지만 잭은 묻지 않았기에 답을 마주할 필요가 없었다. 지금 잭이 할 수 있는 일은 이것뿐이었다. 자신의 미안한 마음이 하비에르에게 닿기를, 노력하고 있음을 알아주기를 바라는 것뿐.

다정함 한 잔 축배를 드세.
오래된 옛날을 위해.

벤

전 세계 사람들이 다 모인 듯했다.

지난 몇 주 동안 일상에서도 트위터에서도 온통 이 집회 이야기로 떠들썩했던 만큼 다들 실제는 어떤지 한번 보려고 기다렸다.

장소는 행사일 사흘 전에 발표되었다. 24개 국가의 중심지였다. 여행자의 집에 걸린 지도처럼 거의 모든 대륙에 압정이 박혔다. 그동안 따로따로 하나의 끈을 외쳤던 목소리들이 마침내 전 세계에서 하나로 모이게 되었다. 과연 이 집회를 누가 주관하는지 다들 궁금해했지만 여전히 베일에 둘러싸여 있었다. 실리콘밸리의 혁신가, 당당하게 자기 목소리를 내는 유명 인사, 주요 NGO, 시장, 선량한 해커들의 이름이 오르내렸다. 웨스 존슨이 이 집회를 후원하는지 궁금해하는 사람들도 많았다. 온라인에서 널리 퍼져나간 그 영상 속 여대생은? 미스터리는 이 행사에 경이로움을 보태줄 뿐이었다.

벤은 모임 회원 모두와 니나와 에이미, 니할의 친구와 함께 참석해 타임스스퀘어에서 서로 어깨를 맞대고 서 있었다. 불과 몇 주 전에 대규모 인파가 모여 새해를 축하한 곳이었다. 무척 추운 날씨였지만 불평하는 사람은 없는 듯했다. 수천 명이 한데 모여 손을 호호 불며 열정적으로 발을 굴렀기에 하나도 춥지 않았다.

뉴욕에서는 아침 9시에서 1분이 지난 시간에 시작되었다. 아메리카 대륙은 오전, 유럽과 아프리카는 오후, 아시아 태평양 지역은 저녁 시간이었다. 타임스스퀘어의 모든 스크린이 까맣게 꺼지더니 이내 "하나의 끈"이라는 글자가 떴다. 순간 사람들이 일제히 환호했다.

맨해튼에서 행사의 시작을 알리는 스크린을 보면서 벤은 다른 나라들은 어떨지 초조해졌다. 그는 몰랐지만 같은 시각 전 세계의 모두가 타임스스퀘어 화면에 나오는 것과 똑같은 영상을 보고 있었다. 같은 영상이 런던 피커딜리 광장과 도쿄 시부야 교차로, 토론토 영-던다스의 LED 광고판에 재생되었다. 멕시코시티 소칼로 광장, 케이프타운 그린마켓 광장, 파리 바스티유 광장의 화면과 건물 정면에도 비쳤다. 페이스북과 유튜브, 트위터에서도 실시간으로 스트리밍되었다. 행사가 시작되는 순간 구글 홈페이지의 무지개색 로고를 두 개의 끈이 감쌌다.

"오늘 전 세계는 세상에 보탬이 되어주는 모든 짧은 끈을 찬미합니다." 화면의 까만 배경에 별처럼 빛나는 하얀 글자가 떴다. "지금 보시는 것은 지극히 소수일 뿐입니다."

"수술실에서 200명의 목숨을 구하다."

"혼자 힘으로 세 자녀를 키우다."

"아카데미상을 받은 영화를 연출하다."

"두 개의 박사 학위를 따다."

"아이폰 앱을 만들다."

세상에 이바지하는 사람이 한 명 한 명 뜰 때마다 사람들의 박수갈채도 점점 더 커졌다.

"고등학교 때의 첫사랑과 결혼하다."

"소설책을 쓰다."

"나라를 지키다."

"대통령 선거에 출마하다."

벤은 모임 회원들을 돌아보며 이들이 저 영상에 나온다면 뭐라고 적힐지 생각해보았다. 니할은 고등학교를 수석으로 졸업했고 모라는 최근에 결혼에 골인했고 칼은 조카가 생겼다. 레아는 오빠 부부의 아이를 임신 중이고 터렐은 브로드웨이 뮤지컬을 제작 중이고 첼시는 모두에게 웃음을 준다. 그리고 행크는 사람들을 치유해주었다. 벤이 그들과 204호 교실에서 많은 시간을 함께했어도 그들에 대해 모르는 것투성이었다. 그들은 사랑에 빠지기도 했고 이별도 겪었고 지루하기 짝이 없거나 보람 있는 일을 했을 것이다. 또 그들은 누군가의 아들, 딸, 형제자매, 친구들이었다.

"사랑해요!" 근처에서 누군가가 소리쳤다.

"하나의 끈!" 또 다른 누군가도 소리쳤다.

오늘의 집회는 벤의 예상과 달랐다.

정부 지도자나 배우들의 진부한 이야기가 나올 줄 알았다. 관용을 호소할 줄 알았다. 이미 세상을 떠난 짧은 끈들의 얼굴을 보여줄 거라고 생각했다. 오래도록 침묵이 이어지는 무겁고 슬픈 분위기일 거라고 생각했다. 마치 대규모 추도식처럼.

하지만 전혀 그렇지 않았다.

활기가 넘치고 시끄럽고 즐거웠다. 생을 찬미하는 자리였다. 전혀 훼손되지 않은 단결의 시간이었다. 전 세계 모든 국가의 도시와 광장에서 사람들이 창문을 열고 발코니로 나왔다. 지붕에 올라가 박수를 치고 큰 소리로 외치고 난간을 두드렸다.

그동안 세상을 공포로 몰아넣고 분열하게 만드는 전쟁의 위험이 없었기에 미국도 전 세계도 그저 사람들이 단결하는 법을 잠깐 잊어버린 것뿐이었다.

모라

다음 날 아침, 모라는 웃음이 터져 나올 정도로 완벽한 타이밍이었다고 생각했다. 그들이 타임스스퀘어에서의 행사를 아무런 걸림돌 없이 행복하게 즐기고 난 뒤에야 그 일이 일어났으니까. 행사가 끝난 후에 비로소 모두가 허둥지둥할 수 있었던 것은 어쩌면 운명이 허락해준 일이었다.

영상이 끝나고 몇 분 뒤에도 거리와 창가에서 사람들이 계속 환호하면서 축제 분위기에 젖어있을 때 레아의 안색이 창백하게 변했다.

"괜찮아?" 모라가 물었다.

"양수가 터진 것 같아."

모라는 곧장 일행을 전부 불러 모았다. 다 같이 레아를 동그랗게 둘러싸고 빡빡하게 들어선 사람들 사이를 뚫고 나가려고 했다. 하지만 인파가 워낙 많은데다가 다들 축제 분위기에 정신이 팔려서 좀처럼 앞으로 나아갈 수가 없었다. 벤은 레아의 오빠와 부모님에게 연락했다. 모라는 진통이 시작된 가운데 정신을 차리려고 안간힘을 쓰는 임산부 친구를 안쓰럽게 바라보았다.

"제발 날 여기서 데리고 나가줘. 나 하드락 카페에서 애 낳긴 싫단 말이야!" 레아가 애원했다.

"비켜주세요! 진통이 시작됐어요!" 모라가 소리쳤다.

일행은 영원처럼 느껴지는 괴로운 몇 분 후—나중에 그들은 타임스스퀘어에 정확히 몇 분 동안 갇혀 있었는지를 두고 논쟁을 벌이기도 했다.—인파의 끄트머리에 이르렀고 칼이 손을 들어 택시를 잡았다.

택시가 와서 멈추자 벤과 터렐이 레아를 뒷좌석에 태웠다.

"나 혼자 가라고요?" 레아가 소리쳤다.

일행이 다급하게 시선을 주고받았다. 모라는 겁에 질린 비위 약한 얼굴들을 보고 재빨리 뒷좌석으로 들어가 택시 기사에게 목적지를 말했다.

병원에 도착하기 전까지 레아는 그저 비명을 억누르려고 애쓸 뿐이었다. 벌써 땀에 흠뻑 젖은 이마에는 머리카락이 달라붙었다. 화장을 하지 않은 붉어진 얼굴의 레아가 무척 앳돼 보인다고 모라는 생각했다. 앳된 소녀 같아서 이런 아픔을 겪어야 한다는 게 부당하게 느껴질 정도였다.

"심호흡해." 모라는 잘 모르지만 침착하게 말했다.

"혹시 전화……, 으악." 레아가 말하다 말고 고통으로 고개를 숙였다.

"가족들 전부 다 오고 있어." 모라는 안전벨트와 하나가 된 듯이 꽉 움켜잡은 레아의 창백해진 손등을 문질러주었다.

"아기들이 태어나면 지금 아픈 것도 다 보람이 있을 거야." 레아가 두 손으로 배를 잡고 신음하듯이 말했다. "아기들을 정말 많이 사랑해줄 거야."

이미 확신에 가득한 레아에게 흘러나오는 사랑이 느껴져서 모라는 순간 울컥했다. 지금 저렇게 고통스러워하는 모습만큼은 부럽지 않았지만 모라의 가슴 한쪽에 살아 있는 불씨가 깜박였다. 그녀와 니나가 평생 놓치고 살아야 할지도 모르는 것.

진통이 잠깐 누그러졌을 때 레아가 속삭였다. "오빠를 위해 이렇게 해줄 수 있어서 기뻐. 우리 오빠 정말…… 나에게 좋은 오빠였거든. 분명 좋은 아빠가 될 거야. 오빠랑 오빠 남편 둘 다. 어떻게 되든 나도……—레아의 머리가 배 쪽으로 떨구어졌다.—이 아이들의 인생에 영원히 함께하는 거야."

또다시 시작된 진통이 아름다운 순간을 깨뜨렸다. 레아가 모라의 손을 꽉 쥐었다.

"병원에 거의 다 왔어. 바로 진통제 놓아줄 거야." 모라가 말했다.

레아가 세차게 고개를 저었다. "진통제 안 맞을 거야."

"미쳤어?"

"느끼고 싶어." 레아가 숨을 헐떡이며 말했다.

"인간 둘을 네 몸 밖으로 밀어내야 한다고!"

"사실인지 알고 싶어."

"아기 낳을 때 아픈 게 사실인지 알고 싶다고? 아직도 답을 못 찾았니?" 모라가 물었다.

레아가 갈라진 입술로 힘겹게 미소를 지었다. "사실인지 확인하고 싶어. 그런 말 있잖아. 너무너무 아픈데 태어난 아기를 보는 순간 다 잊게 된다고."

레아와 모라가 병원에 도착하니 다행히 레아의 가족이 와 있었다. 모라는 그녀의 손을 꽉 눌러대는 임산부의 엄청난 힘에서 해방될 수 있었다. 그녀가 감각이 사라진 손을 주무르며 대기실로 가보니 놀랍게도 모임 회원들이 전부 와 있었다. 마스카라가 살짝 번진 채 션과 나란히 앉은 첼시, 샴페인을 몰래 가져왔다고 니할에게 자랑하는 터렐, 맨날 구시렁거리는 칼도 있었다.

모라는 벤과 에이미와 나란히 서 있는 아내에게 갔다. 세 사람은 아침에 있었던 행사의 여운이 아직 가시지 않은 듯했다.

"오늘은 정말 끝까지 환상적인 날이야." 니나가 말했다.

"레아는 좀 어때?" 벤이 물었다.

"아직 넘어야 할 산이 있지만 우리 생각보다 훨씬 강해." 모라가 말했다.

이어진 몇 시간 동안 카페인과 아드레날린이 가져온 흥분감과 불안, 지루함이라는 이상한 조합의 감정이 왔다 갔다 했다. 마침내 울부짖는 소리가 대기실까지 들렸을 때 커피를 사러 다녀오던 모라는 눈앞에 펼쳐진 장면을 보고 걸음을 멈추었다. 터렐이 종이컵에 샴페인을 따르고 션과 니할은 하이파이브를 하고 있었다. 첼시는 굽 높은 부츠로 바닥을 탁탁 때리며 깡충깡충 뛰었다.

문득 모라는 생판 남남으로 만난 이 사람들이 슬픈 일을 함께 슬퍼하고 기쁜 일을 함께 기뻐하는 한 가족이 되었음을 실감했다.

행크가 세상을 떠났을 때 함께 슬퍼했고 지금은 레아가 두 개의 새로운 생명을 세상에 내보내려는 것을 축하하고 있다.

모라는 옆에 있는 테이블에 커피를 내려놓았다. 니나에게 몰래 다가가 뒤에서 껴안고 목에 입을 맞추며 이 순간의 따뜻한 온기를 음미했다.

"왔네! 하마터면 놓칠 뻔했어." 니나가 웃었다.

그녀는 놓치지 않았다. 택시 안에서 아기들에 대한 레아의 사랑, 너무도 순수하고 강렬한 사랑을 보았으니까. 그리고 모라에게도 그런 사랑이 있었다. 두 팔로 니나를 감싸 안은 그녀의 가슴은 공허함이 아니라 생기로 꿈틀거렸다.

잠시 후 문이 활짝 열리고 레아의 오빠가 나왔다. "왕자님과 공주님이에요!" 믿어지지 않는다는 듯 멍한 표정이었다.

이 얼마나 상서로운 일인가, 모라는 생각했다. 전 세계가 하나 된 짧지만 빛나는 순간이었던 바로 오늘 세상에 태어나다니.

대기실의 사람들은 술기운이 약간 보태진 기쁨과 행복으로 쌍둥이의 탄생을 두 팔 벌려 환영했다. 이 지구별의 가장 새로운 주민, 상상조차 할 수 없는 아픔과 헤아릴 수 없는 기쁨으로 가득한 세상에 이제 막 합류한 구성원, 서로 떨어질 수 없는 두 개의 기둥.

모라는 면회가 허락되었을 때 회복실에 있는 레아를 보러 갔다. 레아가 눈물이 그렁그렁한 눈으로 병실에 들어오는 모라를 쳐다보았다. "옆에 있어줘서 고마워."

"천만에." 모라는 레아의 팔에서 잠든 쌍둥이 한 명을 바라보았다. 두 사람 모두 지친 기색이 가득했지만 서로의 존재가 편안한 모습이었다. 모라는 아기 쪽으로 기울어진 레아의 몸을 보고 답을 눈치챌 수 있었지만 그래도 궁금했다.

“어땠어? 사실이었어?” 모라가 물었다.

레아는 세상에서 가장 큰 비밀을 손에 넣은 사람처럼 짓궂게 미소 지었다.

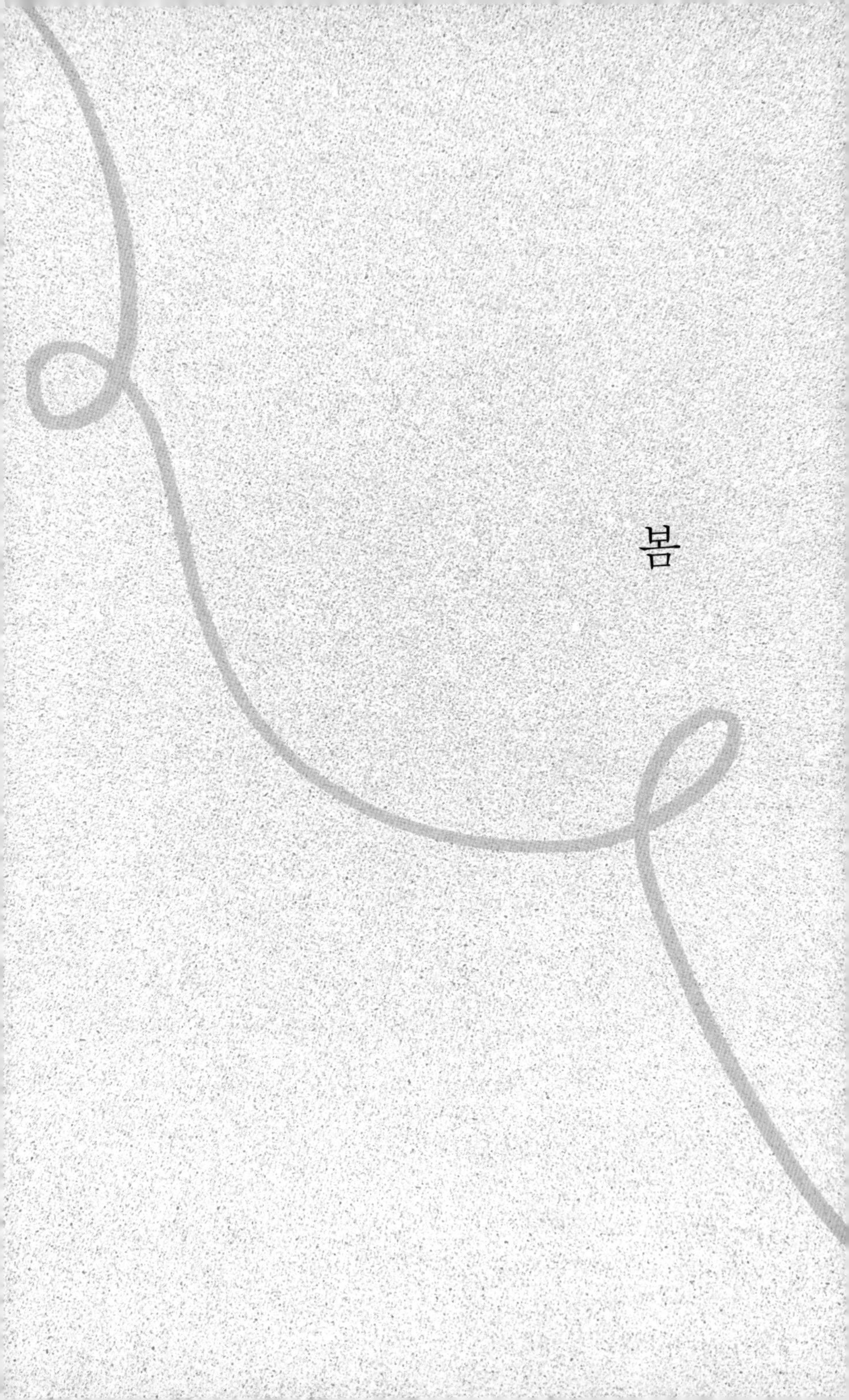

봄

에이미

에이미는 평생 로맨스 소설을 읽으며 사랑에 대해 상상했다. 하지만 니나와 모라의 결혼식 피로연에서 벤을 보았을 때 현실은 소설책이나 환상처럼 깔끔하게 뚝 떨어지는 이야기가 아니라는 것을 다시 한번 깨달았다. 지금 벤에게서 돌아선다면 평생 그 사랑의 끝을 궁금해하면서 살아갈 것 같았다.

몇 달이 지난 지금도 그녀는 그날의 데이트를 생생하게 기억한다. 벤은 결혼식 며칠 후 용감하게 데이트를 신청했고 에이미도 받아들였다. 두 사람은 아직 올겨울의 첫눈을 기다리는 센트럴파크의 남동쪽 모퉁이에서 만나 북쪽의 연못과 동물원을 지났다. 천천히 서쪽으로 방향을 바꾸어 호수 쪽으로 다가갔다. 초겨울 날씨로는 드물게 햇살이 환하게 내리쬐고 바람은 잔잔했다. 에이미와 벤은 호숫가의 벤치에 앉아서도 전혀 추위를 느끼지 못했다. 에이미는 헐벗은 나무 사이로 우뚝 솟은 산 레모 아파트의 타워 두 개를 가리키며 뉴욕에서 가장 아름다운 건물인 것 같다고 말했다.

"저 탑의 맨 꼭대기를 이루는 코린트 양식의 신전 모양은 실제로 아테네에 있는 기념비에서 영감을 얻었어요." 벤이 말했다.

"어떤 주제든 재밌는 사실들을 알고 계시네요." 에이미가 웃었다.

"건축물에 대해서는 그런 편이죠." 벤은 몸을 앞으로 기울이더니 손가락 하나를 들고 영국 억양을 흉내 내어 말했다. "센트럴파크에 있는 벤치가 거의 만 개라는 사실을 알고 계셨습니까? 그중 절반이 입양되었다는 사실은요?"

"벤치를 '입양'하려면 공원에 상당한 금액의 돈을 기부해야겠죠?" 에이미가 물었다.

"만 달러 정도요." 벤이 웃었다. "그래도 벤치에 원하는 문구가 담긴 명판을 달 수 있으니 근사하죠." 에이미는 그들이 앉은 벤치에도 명판이 달려 있는지 두리번거렸다.

"아, 호숫가 벤치들은 그중에서 가장 인기가 많거든요. 벌써 오래전에 다 팔렸죠." 벤이 말했다.

정말로 에이미가 뒤돌아보니 벤치 위쪽 부분에 E. B. 화이트라고 새겨진 가느다란 철판이 달려 있었다. "나는 매일 아침 세상을 구하려는 욕망과 세상을 음미하려는 욕망 사이에서 고민하며 일어난다. 그래서 하루의 계획을 세우기가 힘들다."

에이미와 벤은 공원 데이트 후 몇 주 동안 최선을 다해 둘만의 시간을 음미했다. 벤은 그가 가장 좋아하는 건물과 랜드마크로 에이미를 데려갔고 에이미는 자신이 가장 좋아하는 서점으로 그를 안내했다. 그녀는 그와 함께 타임스스퀘어에서 열린 하나의 끈 행사에 참여했고 벤은 에이미의 학교에서 열린 '직업의 날' 수업에 참여했다. 그녀는 학생들을 편하게 잘 대하는 그의 모습에 감탄했다.

이미 편지로 가까워진 두 사람이었기에 현실에서 연인이 되었을 때도 금방 편안함을 느꼈다. 연애 초기의 초조하고 긴장된 시간은 건너뛰었다. 그와 깊은 사이로 발전하면 보통 커플보다 큰 위험을 감수해야 한다는 것을 알면서도 언니의 결혼식에서 떠올렸던 다급한 열망이 에이미를 둘러쌌다. 벤과의 미래는 불확실했다. 그저 짧은 인연으로 끝날지, 오래 이어질지조차도 모른다. 하지만 확실한 건 그녀가 이 기회를 붙잡고 어떻게 될지 지켜보고 싶다는 것뿐이었다.

물론 에이미는 처음에 망설였던 이유와 여전히 사라지지 않은 두려움을 잊어버리지 않았다. 그녀는 두려웠다. 편지에서와 달리 벤에게 강한 모습을 보여주지 못할까 봐, 미래에 찾아올 피할 수 없는 영원한 이별의 순간을 두려워하며 불안에 떠는 부족한 사람일 수밖에 없을까 봐.

에이미의 갈등을 벤도 모르지 않았다. 그는 에이미에게 부모님이 저녁 식사에 초대하고 싶어 한다는 소식을 전하면서 예선전이라는 표현을 썼다.

"부모님이 당신을 보고 싶어 하셔. 보여드리고 싶지만 당신이 불편하다면 서두르고 싶지 않아. 난 절대로 당신을 막다른 골목으로 몰아넣고 싶지 않아."

에이미는 막다른 골목이라는 표현이 참 많은 감정을 일으킨다는 생각이 들었다. 단순한 식사 자리가 아니라는 것을 그녀도 잘 알고 있었다.

에이미는 그의 부모님을 만나겠다고 했다. 그러고 싶었다. 그녀는 벤의 부모님 댁에서 그들과 식탁에 마주 앉아 전쟁터를 방불케 하는 학교에서의 일화를 주고받았다. 에이미는 머리에 껌이 붙어서 머리카락을 10센티미터나 잘라내야 했던 일, 벤 아버지는 학생이 안경을 밟아서 부순 일, 벤 어머니는 학생을 낙제시켰다는 이유로 두 번이나 학부모에게 협박받은 일.

에이미는 벤의 어머니가 커피 케이크를 자르면서 아들을 힐끔 쳐다보는 것을 눈치챘다. 3년 전에 언니가 모라를 처음 데려왔을 때 에이미도 저렇게 언니를 힐끔 쳐다보았다. '정말 마음에 들어. 둘이 진짜 잘 어울린다.'라고 말하는 바로 그 표정이었다.

흥분과 기쁨, 무엇보다 희망이 담긴 표정이었다. 순간 에이미는 벤과의 관계가 두 사람만의 관계가 아님을 깨달았다. 벤이 오랫동안 고민하다가 그해 가을에야 부모님에게 끈에 대한 사실을 털어놓은 것을 그녀도 알고 있었다. 문득 에이미는 지금 벤의 부모님이 자신을 바라보면서 아들이 행복하게 잘 살고 언젠가는 손주를 보고 싶은 자신들의 꿈을 보고 있는 건 아닐까 의아했다.

순간 그 바람을 들어줄 수 있을지 자신이 없어졌다. 지금까지 편안했던 마음이 갑자기 불편해지기 시작했다. 그런데 놀랍게도 벤의 아버지가 그날 저녁 처음으로 끈 이야기를 꺼냈다.

"에이미, 나와 벤 엄마는 이미 교직에서 은퇴해 다행이다 싶어요. 지금 에이미는 끈에 대한 학생들의 질문이나 걱정거리에 신경써줘야 할 테니 얼마나 힘들겠어."

"사실 저희 학교에서는 학생들에게 끈 이야기를 하지 말라고 내

부 방침이 정해졌어요." 에이미가 설명했다. "솔직히 전 조금 힘들었어요. 학생들에게 거짓말하는 기분도 들고 깊은 대화를 할 수 없으니 아이들을 실망시키는 기분도 들었거든요. 물론 아이들에게 완전한 답을 주는 것도 쉽지 않겠지만 아예 그 어떤 답도 해주면 안 되니 아이들의 질문을 존중해주는 것조차 불가능한 것 같아요."

"에이미는 배려가 참 깊네요." 벤의 어머니가 말했다. "학생들은 무섭거나 상처받거나 힘든 일이 있을 때 선생님에게 털어놓을 수 있다는 사실을 확인하고 싶을 뿐이지요. 말로 하지 않아도 그런 마음을 보여줄 수 있을 거예요."

에이미는 벤과 있으면 바로 그런 느낌이라는 것을 깨달았다. 그에게는 좋은 면도 그렇지 못한 면도 다 보여줄 만큼 깊은 신뢰가 있었다. 첫 편지부터 그랬다. 벤의 부모님이 아들에게 품는 기대와 희망이 있다는 사실은 중요하지 않았다. 부담이 커지지 않았다. 지금 벤에게 빠져드는 그녀도 그들과 똑같은 희망을 품고 있으니까.

에이미는 디저트가 녹는 줄도 모르고 제스처 놀이를 했다. (벤이 〈매트릭스〉의 빨간 약/파란 약을 흉내 낸 덕분에 벤과 에이미가 우승했다.) 언니의 결혼식에서 벤과 춤을 추었을 때와 똑같은 편안함과 친밀감을 마음껏 즐겼다.

차분하고 평온한 기분마저 들었다. 막다른 골목에 몰린 것과는 거리가 먼 기분이었다.

봄이 다가왔을 때 에이미와 벤은 벌써 함께 살려는 계획을 세우고 있었다. 어느 날 오후 벤이 센트럴파크에서 만나자고 했을 때 에이미는 무슨 일이 기다리고 있는지 짐작할 수 있었다.

그녀는 가장 아끼는 원피스를 입고 공원으로 향했다. 걸어가는 동안 긴장된 마음이 가라앉기를 바라며.

다음번에 똑같은 길을 걸을 때는 모든 것이 달라져 있으리라고 생각하니 이상한 기분이 들었다. 그때는 그녀가 사랑하는 남자, 이름을 알기 전부터 믿을 수 있었던 남자와 결혼을 약속한 후일 것이다.

에이미는 진심으로 행복했다. 그래서 그녀는 밴 울시의 철문 밖에 서 있는 자신을 발견했을 때 깜짝 놀랐다. 자신도 모르게 버릇처럼 그쪽으로 걸어 온 모양이었다.

그녀는 예전에 자주 그랬듯 건물을 올려다보며 그 웅장함을 다시 한번 느꼈다. 르네상스 부흥 건축 양식으로 지어진 정면, 산들바람을 끌어당기는 창문들, 안뜰로 이어지는 위풍당당한 아치형 입구.

에이미는 밴 울시를 올려다보며 문득 진실을 깨달았다.

그녀는 이곳에 살지 않을 것이다.

벤은 교외의 작은 집에서 가정을 꾸리고 싶어 했다. 그가 유년기를 보낸 집처럼 눈이 오면 썰매를 탈 수 있는 살짝 비탈진 뒷마당이 있는 집. 에이미가 생각하기에도 완벽했다. 하지만 그녀는 벤과 결혼해 아이를 낳으면 언젠가 싱글맘이 되어 교사 월급으로 혼자 아이들을 키워야 한다는 것도 알았다. 그때는 어디에 살게 될까?

아이들이 대학에 들어간 후 맨해튼으로 돌아올지도 모른다. 그때쯤이면 더욱 텅 빈 둥지를 지금 이 건물과는 비교도 안 될 정도로 초라한 아파트로 옮겨야 할 것이다.

경비실이 비어 있어서 에이미는 철문으로 좀 더 가까이 다가가 완벽하게 관리된 정원을 엿보았다. 정원에는 아무도 없었다. 문득 이곳을 지날 때마다 항상 안뜰이 비어 있었다는 사실이 떠올랐다. 지금까지 분수 옆에 누가 앉아 있는 걸 본 적도 없었다. 곡선 모양의 하얀 벤치에 앉아 커피를 마시는 사람은커녕 외부와 차단된 이 고요한 천국을 즐기는 부부나 가족도 눈에 띈 적 없었다.

분명히 철문 너머에 수백 명의 입주자가 행복하게 살고 있을 텐데, 이 건물에는 살아 있는 존재가 하나도 없는 것처럼 느껴졌다. 벤과 자주 손잡고 걷는 뒤쪽의 북적거리는 브로드웨이 거리와 비교하니 더더욱 그랬다.

"실례합니다. 도와드릴까요?"

어딘가에서 경비원이 나타나 의심스러운 눈길로 에이미를 쳐다보았다.

"아, 죄송해요. 그냥 구경하고 있었어요."

"입주를 희망하시는 분인가요?" 경비원이 물었다.

에이미는 잠시 망설였다. 텅 빈 안뜰을 바라보며 지난 8년간의 뉴욕 생활에서 늘 꿈꿔왔던 장면을 떠올렸다.

"아뇨. 아니에요." 그녀가 나지막한 어조로 말했다.

경비원이 그녀에게 살짝 고개를 숙였고 그녀는 자기 운명이 아니었던 삶으로부터 뒤돌아섰다. 하지만 그녀의 마음에는 새로운 환상이 가득했다. 그녀는 곧 있을 프러포즈가 어떤 모습일지 열 가지도 넘는 시나리오를 떠올렸다. 보우 브리지에 서서, 호수의 노 젓는 배에서, 셰익스피어 가든에 앉아서. 하지만 벤의 성격상 그런 공공장소에서 프러포즈하지는 않을 것 같았다. 그만 아는 이야기가 있는 비밀 장소에서 할 것이다.

벤을 만나기 위해 걸어가는 에이미의 머릿속에 계속 노래가 맴돌았다. 두 사람을 재회하게 해준 노래. "일어날 일은 일어나게 돼 있지." 세상에는 어쩔 수 없는 일도 있는 거야, 그녀는 생각했다.

그럼 나머지는 어떨까?

우리가 매일 하는 선택들은? 어떤 사람이 될지, 누구를 사랑할지의 선택은? 열어볼지, 열어보지 않을지 매일 이루어지는 상자에 관한 선택.

언니의 결혼식 날 에이미가 다시 벤이 있는 곳으로 돌아가기로 한 선택.

지금 그녀가 하려는 선택, 그에게 해줄 대답.

그리고 그들이 함께 만들어가기로 선택한 삶. 함께 따라가기로 선택한 꿈들.

벤

일요일 오후 벤은 홍조를 띤 봄의 거리로 나갔다. 나무들이 하품하며 깨어나고 잔디 냄새와 근처 푸드트럭의 음식 냄새가 산들바람에 실려 왔다. 이날은 모임 회원들과 저녁이 아니라 낮에 만나기로 했다. 뉴욕 공립 도서관에서 열리는 전시회를 보러 가기로 했다. 지난봄에 처음 등장한 끈의 1주년을 기념해서 하나의 끈 운동 대표자들이 작가들에게 의뢰해 준비한 전시회였다. 지금 열리는 전시회의 대표적인 작품은 500명의 끈을 이용해서 만든 조각이었다.

이 전시회는 하나의 끈이 처음 주관하는 예술 행사이자 끈을 주제로 한 첫 번째 대규모 전시회였다. 여전히 현재 진행형인 끈이라는 사회적 현상에 대한 회고전이었다. 앞으로 전시회가 더 열릴지도 모르겠다고 벤은 생각했다. 끈과 상자는 없애는 것이 불가능하다. 그래서 전 세계의 박물관들은 이 영구적인 물건이자 삶의 유물을 기증받아 보존하는 성스러운 임무를 맡았다. 박물관에 기증하지 않을 때는 집안의 가보로 보관하거나 벽난로 선반, 혼수 상자 등에 두었다. 유골함으로 쓰이는 경우도 많았고 열었든 열어 보지 않았든 주인과 함께 땅에 묻히기도 했다.

벤은 도서관으로 가는 지하철 안에서 자조 모임의 인원이 줄어든 것에 대해 생각했다. 행크는 세상을 떠났고, 첼시는 짧은 끈들을 위한 집 교환 모임에 등록해 현재 멕시코의 바닷가에 있는 집에서 살고 있고, 터렐은 샌프란시스코로 이사했다. 터렐은 어느 날 갑자기 새롭게 시작하고 싶은 욕망에 사로잡혔고 일주일도 안 되어 동부에서 서부로 옮겨 갔다. 오로지 짧은 끈들의 손으로만 만들어지는 뮤지컬을 계속 진두지휘하고 있었다.

벤은 지하철 위쪽에 나오는 스크롤링 광고를 쳐다보았다. 다이어트 업체, 발기부전 치료제, 장미꽃으로 가득한 〈배첼러: 긴 끈〉과 〈배첼러: 짧은 끈〉 광고. (첼시는 신청서를 냈지만 안타깝게도 아무런 연락도 받지 못했다.)

"새 시즌이 빨리 나왔으면 좋겠다." 근처에서 10대 소녀가 말했다.

"나도. 둘 다 볼 거야." 친구도 맞장구쳤다. "짧은 끈 출연자 버전은 너무 슬플 것 같아. 더 극적일 것 같기도 하고."

벤이 9개월 전에 저 대화를 들었다면 두려움과 외로움, 분노가 느껴졌겠지만 이제는 일상적인 소음일 뿐이었다. 여학생들의 말소리가 열차 소리에 묻혔다.

하지만 모든 것에 무뎌진 것은 아니었다. 전문가들은 7월에 있을 전당대회에서 앤서니 롤린스가 당 대선 후보로 선출될 것으로 내다보고 있었으며 11월 대통령 선거에서도 당선이 확실시될 것으로 본다는 사실을 생각하면 고통스러웠다. 행크를 죽음으로 몰고 간 앤서니 롤린스의 암살 미수범이 종신형을 선고받은 것은 그의 지지율에 큰 도움이 되었다. 롤린스의 암살 미수범은 짧은 끈들의 잦은 폭력 사건 중에서도 범인이 재판 때까지 살아남은 유일한 경우였다. 그래서 그녀의 구형은 이전에 있었던 모든 사건이 정의의 심판을 받았다는 상징으로 여겨졌다. (롤린스의 선거 캠프는 그녀에게 짧은 끈 테러리스트 이미지를 덧씌우기 위해 돈을 아끼지 않았고 유권자들이 총기 사건을 계속 기억하며 불안에 떨도록 했다.)

앤서니는 승리할 것이다. 벤은 실망스러웠지만 절망에 빠지지 않기로 했다. 지속적이고 진정한 변화에는 시간이 걸리는 법이다. 잠깐의 시끄러운 화제만으로는 불가능하다. 하지만 하나의 끈은 이전의 운동에서 교훈을 얻어 하루하루 성장하고 있었다. 1월의 행사 이후 전 세계 사람들은 주변의 짧은 끈들이 세상에 어떤 보탬을 주는지 '#하나의끈'으로 온라인에 공유하고 있었다. TED 강연과 모금 행사, 토론회도 있었다. 거의 모든 잡지에 짧은 끈들이나 하나의 끈 운동가들을 다룬 인물 특집 기사가 실렸다. 텔레비전과 영화에서 짧은 끈 캐릭터들도 등장하기 시작했다. 온라인에서 화제가 된 남아공 여대생은 올봄에 22세가 되었고 상자를 열어보지 않기로 했다. 같은 선택을 하는 이들이 늘어날 것이다.

마침내 벤의 미래도 꽉 찬 것처럼 느껴지기 시작했다. 이제 몇 달 후면 거의 2년 동안 매달린 빛나는 과학 센터의 완공 기념식에서 리본 커팅을 하게 될 것이다. 그에게 희망을 주고 기적적으로 마음에 답해준 여자에게 프러포즈도 했다. 그의 부모님은 무척 기뻐했다. 예전에 자조 모임의 광고 전단에서 봤듯 어쩌면 그는 짧은 끈으로 잘 살아가는 법을 배웠는지 모른다.

지하철에서 내리려고 서 있을 때 벤은 끈이 나타난 지 벌써 1년이나 지났다는 사실을 떠올렸다. 365일. 그동안 그의 삶은 크게 달라졌다. 네 번의 계절이 지나는 동안 진심으로 사랑하게 된 사람들을 많이 만났다.

그는 대리석으로 된 웅장한 도서관으로 들어가서 모라 옆에 섰다. 두 사람은 나무를 조각한 작품을 바라보았다. 3미터 정도 되는 나무의 나뭇가지에는 잎 대신 끈이 돋아나 있었다. 나무 아래의 플랫폼에는 500명의 이름이 새겨져 있었다.

"니나네 잡지사에서 이 작품을 만든 작가의 특집 기사를 낸대." 모라가 말했다. "이렇게 많은 사람의 끈을 이용해서 작품을 만들었는데도 정작 본인의 끈은 확인해보지 않았다나 봐. 끈이 짧으면 좋은 작품을 만들려고 서두를 것 같고 끈이 길면 너무 나태해질 것 같아서라나."

갤러리의 다른 쪽에서는 레아와 니할이 반복 재생되는 작가의 인터뷰 영상을 보고 있었다. 스텐실 디자인이 들어간 셔츠를 입고 묵직한 금색 펜던트 목걸이를 한 40대 초반의 남자였다. 벤이 다가갈 때 영상이 막 시작되었다.

"이 프로젝트의 아이디어는 일본 여행에서 얻었습니다." 조각가가 말했다. "테시마섬을 방문했는데 크리스티앙 볼탕스키라는 작가가 2010년에 Les Archives du Coeur, 즉 '심장 소리 아카이브'라는 작품을 그 섬에 설치했죠. 전 세계 사람들의 심장 소리를 기록, 보존하는 아카이브예요. 저도 끈을 가지고 비슷한 걸 해보고 싶더군요. 끈도 심장 소리처럼 아주 개인적인 것이고 자기 자신이나 사랑하는 소수만 보게 되는 거니까요. 다른 도시와 다른 나라에서 태어난 저마다 다른 길이의 끈을 가진 500명의 영혼, 500개의 끈을 공개적으로 기록하고 싶었습니다. 하지만 모든 이름과 모든 끈을 똑같이 대하는 게 굉장히 중요하다고 생각했어요. 어떤 끈이 누구 것인지 관람객들이 모르게 하는 거죠.

"처음부터 이 작품에는 나무가 완벽한 구조물이라고 생각했습니다. 생명의 나무. 지식의 나무. 나무는 우리가 땅속에서 영면에 들고 위에서 자라는 생명에 영양분을 공급해준다는 의미가 있으니까요.

"인간에게는 자신의 존재를 영원히 남기고 싶은 본능이 있습니다. 학교 책상에도 '내가 여기에 있었다.'라고 낙서하잖아요. 벽에 스프레이 페인트로 쓰고 나무껍질에 새기죠. '내가 여기에 있었다.' 저는 이 작품이 이분들이 이 세상에서 살았음을 알려주는 의미가 되기를 바랐습니다. 이 존재들, 길거나 중간이거나 짧은 끈을 가진 이들이 여기에 있었다는 증거가 되기를."

몇 년 후

하비에르

하비에르는 모범적인 군인이었다. 동료들은 그를 존경할 뿐만 아니라 진심으로 좋아했다. 그는 언제라도 그 어떤 상황에도 준비되어 있었다.

그가 너무도 잘 아는 끈의 끝부분을 마주하고 있는 지금도 마찬가지였다.

그는 부모님에게 끈을 바꾸고 거짓말로 전투 지역에 투입되었다는 사실을 밝히는 편지를 써서 침대 밑에 넣어두었다. 그가 전사한 후 짐을 정리할 때 분명 발견될 것이다. 부모님에게 과연 뭐라고 말해야 할지 몇 달을 고민했다. 하지만 부모님을 슬픔과 혼란 속에 남겨둘 수는 없었다. 아들이 자신의 선택으로 끈을 바꾸었다는 것을 부모님은 알 권리가 있었다. 하지만 하비에르는 잭을 지켜주고 싶은 마음에 편지에 그의 이름을 언급하지 않았다.

하비에르는 매일 아침 습관처럼 침대 밑에 편지가 있는지 확인했다. 손끝으로 느껴지는 종이의 감촉을 확인한 후 그날의 일과를 시작했다.

어느 날 오후 하비에르가 친구인 레이놀즈 대위와 걷고 있을 때 무전으로 책임자의 호출이 있었다. 조종사 한 명과 의료진 두 명이 탄 항공기가 비우호적인 지역에서 격추당해 구조를 위해 긴급 출동해야 한다는 것이었다. 세 사람 모두 항공기에서 빠져나왔고 살아 있는 것으로 보인다고 했다.

하비에르와 레이놀즈는 곧바로 장비를 챙겨 헬리콥터로 향했다.

"수색 구조대는 어디 있지?" 레이놀즈가 물었다.

"여기 있습니다!" 헬리콥터 뒤에서 비행 준비를 끝마친 구조대 두 명이 나타났다. 하비에르는 레이놀즈의 오른쪽인 부조종석에, 항공기관사 한 명과 구조대 두 명은 뒷좌석에 앉았다.

헬리콥터가 뜰 때 무전기에서 정보가 전달되었다.

"구조 대상은 남성 두 명, 여성 한 명. 우리 조종사와 국경 없는 의사회의 민간인 자원봉사자들이다."

구름이 잔뜩 낀 날씨라 생존자들을 포착해 줄사다리를 내려보내는 것이 불가능해서 착륙을 할 수밖에 없었다. 레이놀즈와 항공기관사는 헬리콥터에 남고 하비에르와 두 구조대원은 수목이 드문드문 있는 산악 지대를 따라 걸어갔다.

하비에르는 이렇게 나무가 있는 곳은 사막보다 위장하기가 쉬우니 다행이라고 생각했다.

20분 정도 걸었을 때 그들은 생존자들을 포착했다. 얼굴과 팔다리가 흙과 피투성이인 채로 가장 빽빽한 나무 뒤에 숨어 있었다.

두 남자는 상처를 입었고—조종사는 화상을 입었고 의사는 다리에 출혈이 있었다.—여자가 두 사람을 돌보고 있었다.

하비에르는 레이놀즈와 기지의 작전 책임자에게 무전을 보냈다. "생존자 세 명 찾았다, 오버."

구조대원 둘이 생존자들의 상태를 살폈고 하비에르는 여자에게 고개를 끄덕했다.

"저는 하비에르 가르시아 대위입니다. 이 지역에서 수고 많이 해주신 것 잘 알고 있습니다."

"아니카, 닥터 아니카 싱이에요."

"집으로 모셔다드리겠습니다, 닥터 싱."

조종사는 느리게라도 걸을 수 있었지만 다친 남자 의사는 혼자 서지 못했다. 남자 의사가 부하 구조대원의 어깨에 힘겹게 기대고 여섯 사람이 출발 준비를 할 때 무전기에서 책임자의 목소리가 흘러나왔다. "근처에서 적군의 움직임이 보고되었다. 알겠나?"

"알겠다." 하비에르가 말했다.

아니카와 남자 의사는 얼어붙은 채 군인들만 쳐다보며 지시를 기다렸다.

"도보로 이동하니 속도도 느리고 숫자가 많아서 눈에 띄기 쉽다." 선임 구조대원이 속마음을 그대로 내뱉었다.

"게다가 둘은 다쳤고요." 아니카가 덧붙였다.

신호라도 받은 듯 멀리에서 트럭 엔진 소리가 희미하게 들렸다. 하비에르는 땀과 어쩌면 눈물로 얼룩진 두 의사의 얼굴에 서리는 공포를 보았다. 저들은 세상에 조금이라도 도움이 되고 영향력을 끼치고 싶어서 이 자리에 와 있는 민간인일 뿐이었다.

"내가 적들을 유인하겠다." 하비에르가 말했다. "반대쪽으로 달려가서 공포탄을 발사해 적의 시선을 끈 다음 다시 빙 돌아와서 헬리콥터에 합류하겠다."

"안 돼. 마음에 안 들어." 선임 구조대원이 말했다.

"그게 최선이야." 조종사가 움찔했다.

"괜찮을 겁니다." 부하 구조대원이 말했다. "어차피 안 죽을 거잖아요. 안 그렇습니까?"

선임 구조대원은 부하의 생각 없는 태도를 꾸짖고 싶었지만 부하의 잘못은 아니었다. 사실 대부분의 동료가 그렇게 생각했다. 한때는 그 역시 마찬가지였으니까. 하지만 절대로 죽을 일 없다면서 사제 폭탄이 득실거리는 곳으로 직행했다가 두 다리를 잃은 친구를 보았다. 이게 다 망할 놈의 끈 때문이었다. 끈 때문에 어느 날 갑자기 다들 천하무적이 되었다.

그게 아니란 걸 깨닫기 전까지는.

"아닌 것 같다고 생각되면 가지 않겠다. 하지만 나는 준비됐다." 하비에르가 말했다.

선임 구조대원은 팀원을 따로 떨어뜨리는 것이 찝찝했지만 민간인 두 명을 책임져야 한다는 사실을 무시할 수 없었다. 일행 중 두 명이 절뚝거리는데, 적의 눈에 띄지 않고 1킬로미터 이상 걸어갈 수 있는 확률도 낮았다.

"알았다." 그가 마침내 동의했다. "넌 좋은 사람이다, 가르시아."

레이놀즈는 나무 틈새로 일행을 포착했다. 다섯 명뿐이었다.

"내 부조종사 어딨어?" 그가 부상자 둘을 헬리콥터에 태우는 구조대원 두 명에게 소리쳤다.

"올 겁니다." 부하 구조대원이 말했다.

다들 헬리콥터에 탔고 레이놀즈는 이륙 준비를 했다. 하비에르는 아직 돌아오지 않았다.

팽팽한 긴장감이 감도는 가운데 시간이 계속 흘러갔다.

그때 엔진 소리가 들렸다.

"젠장." 순간 레이놀즈는 불안감에 휩싸였지만 그래도 계속 기다렸다.

우르릉거리는 트럭 소리가 점점 커졌다. 다친 남자 의사가 고통스러워했다. 다친 조종사도 가쁜 숨을 몰아쉬었고 항공기관사는 초조하게 손가락으로 무릎을 두드렸다. 바로 뒷자리에 앉은 선임 구조대원이 레이놀즈 쪽으로 몸을 기울였다. "우리가 민간인 두 명을 데리고 있다는 걸 기억해라, 레이놀즈."

하지만 레이놀즈는 계속 기다렸다. "절대 가르시아 두고 안 간다."

엔진 소리가 더 가까워졌다.

부하 구조대원이 의사들을 놀라게 하지 않으려고 속삭이듯이 말했다. "지금 쟤들 사격 훈련 표적지가 되어주자는 거야, 레이놀즈?"

"올 때까지 좀 기다리자고!" 레이놀즈가 소리쳤다.

순간 레이놀즈는 언젠가 사령관이 한 말이 떠올랐다. 끈은 세상에 너무도 많은 해를 끼쳤지만 모든 군인이 자신이 언제 죽을지 알고 그에 따른 길을 선택할 수 있으니 그 어떤 군인도 절대로 혼자 죽지 않을 수 있다는 말이었다.

지금 레이놀즈가 하비에르를 적의 진지에 내버려두고 가도 끈이 기니까 살아남을 것이다.

적막을 뚫고 근처에서 요란한 총성이 울려 퍼졌다.

"젠장, 레이놀즈!" 누군가 소리쳤다.

더 이상 기다릴 수 없었다.

"가르시아 데리러 다시 오는 거다." 레이놀즈가 다른 누구보다도 자신에게 하는 말이었다.

하비에르는 헬리콥터가 뜨는 소리를 들었다. 그가 살 수 있는 유일한 희망이 떠나가는 소리를.

하지만 헬리콥터에 탄다고 살 수 있는 것도 아니었다. 헬리콥터는 그의 생을 기껏해야 몇 시간만 연장해줄 것이다. 어쩌면 집에 계신 부모님에게 마지막 인사를 할 수 있을지도 모른다. 하지만 마지막으로 가족과 통화할 수 있다고 해도 할 말은 하나뿐이었다. 지난 5년 동안 그가 전화를 끊기 전에 항상 했던 말.

그래서 하비에르는 빗나간 유탄이 깊숙하게 박힌 가슴을 마지막으로 누르고 손을 배낭으로 가져갔다. 시간이 좀 걸렸지만 낡은 기도 카드가 집혔다. 손가락에 묻은 피가 카드 모서리에 스며들었다. 그는 카드를 가슴 앞에 꽉 쥐었다. 거트루드가 연인에게 주었고 사이먼이 그의 친구에게 주었고 할아버지가 손자에게 주었고 잭이 그에게 억지로 준 카드.

하비에르는 카드의 주인들이 읊었을 글귀를 소리 내 읽었다. 죽을 때 혼자가 아닐 수 있도록.

잭

끈이 긴 하비에르의 죽음은 육군을 충격에 빠뜨렸다. 고위 간부들은 아직 진실을 알지 못했지만 사관학교 졸업 이후와 부대 배치 이전에 속임수가 있었을 것으로 빠르게 추측했다. 끈은 거짓말을 하지 않지만 인간은 거짓말을 할 수 있으니까.

육군 관계자들은 가르시아 씨와 가르시아 부인에게 아들의 유품을 보낸 후 전화를 걸어 군에서 확실한 결정이 나오기 전까지 절대로 언론과 접촉하지 말라고 당부했다.

STAR 이니셔티브 이후 전투 중에 사망한 짧은 끈 군인은 하비에르가 처음이 아니었다. 법안이 효력을 발휘하기 전에 이미 배치된 군인들도 있었기 때문이다. 하지만 하비에르의 죽음은 처음으로 의도적인 속임수라는 의심을 일으킨 사례였다. 하비에르의 부모님은 군 당국으로부터 장례식을 열어도 된다는 허락을 받았지만 아들의 보직이 정확히 무엇이었는지는—특히 교전 지역 임무를 허락받은 사실에 대해서는—절대로 밝히지 말라는 지시가 있었다.

하비에르의 친구였던 레이놀즈 대위가 하비에르의 침대 밑에서 발견한 편지를 개봉하지 않은 채 그의 부모님에게 보내주었다. 그들은 편지를 잭에게 주었다.

잭은 편지의 첫 줄을 읽자마자 눈물이 쏟아졌다. 하지만 굳게 마음을 먹고 읽어나갔다.

어머니, 아버지께

지금 큰 충격을 받고 마음 아파하시겠죠. 아프게 해드려 정말 죄송해요. 하지만 이 말씀은 꼭 드리고 싶어요. 이건 제가 꼭 해야만 했던 일이에요.

5년 전 상자가 나타났을 때 저는 친한 친구와 끈을 바꾸기로 했어요. 군 당국에 긴 끈을 보여주고 제가 가장 필요한 위험한 현장으로 배치되기 위해서요.

저는 항상 남을 먼저 생각하라고 하신 두 분의 가르침처럼 세상에 제 흔적을 남기고 사람들을 도와주고 싶었어요. 짧은 끈에 막혀 포기할 순 없었습니다.

결국 제가 원하는 대로 할 수 있었어요.

1년 전 길을 헤매다 교전 지역으로 들어온 남자아이를 발견하고 위험한 일을 당하기 전에 구해주었어요. 지금 그 아이가 생각나요. 검은 피부, 헝클어진 머리카락, 저도 어렸을 때 분명 그랬을 가느다란 팔뚝. 어머니, 아버지도 그 아이를 기억해주세요.

언젠가 우리가 다시 만나리라는 사실이 두 분에게 위안이 되기를 기도합니다. 저는 언젠가 두 분을, 그리고 모든 가족을 만날 때

까지 기다릴 거예요. 두 분이 주신 믿음 덕분에 지금까지 강하게 버틸 수 있었어요.

조국과 가족에 거짓말할 수밖에 없었다는 사실이 안타깝지만 저는 진실을 숨겼다고 생각하지 않습니다. 오히려 저에 대한 진실을 찾은 거였어요. 저는 이제 그냥 하비가 아닙니다. 저는 미 육군의 하비에르 가르시아 대위입니다. 두 분이 저를 자랑스러워하셨으면 좋겠습니다.

*Los amo mucho*아주 많이 사랑합니다.

하비

하비에르의 부모님은 편지에 언급된 친한 친구가 잭일 것이라고 생각했다. 잭은 그들에게 진실을, 적어도 일부분은 털어놓았다. 끈을 바꾼 이유나 자신이 먼저 제안했다는 말은 하지 않았다. 하비에르가 편지에 적어둔 이야기에 괜히 혼란을 더하고 싶지 않았다.

하비에르의 부모님은 편지를 어떻게 해야 할지 고민했다. 소중한 아들을 잃은 슬픔만으로도 견디기 어려운 상황이있다. 게다가 그들은 하비에르의 편지에 담긴 진실을 누군가 알게 된다면 무슨 일이 생길까 두려워했다. 하지만 잭은 하비에르의 죽음에 관한 진실을 숨긴다면 육군 지도자들이 롤린스 대통령을 위한 시간만 벌어주는 셈이라는 것을 잘 알았다. 지금 그의 고모부는 재선 선거운동에 한창이었다. 젊은 라틴계 짧은 끈 군인이 의도적으로 육군을 속이고 현 행정부의 대표적인 정책을 피해간 사실이 알려지는 것을 원치 않을 터였다. 잭은 친구의 삶과 위대한 희생이 고작 고모부의 명성을 지키고자 감춰지고 지워질까 봐 걱정스러웠다. 사실이 밝혀졌을 때 그 어떤 결과가 기다리고 있어도 절대로 그것만큼은 용납할 수 없었다.

잭은 하비에르 부모님의 걱정을 공감해주면서 예전에 그들의 아들이 짧은 끈을 위해 싸우라고 격려해준 이야기를 들려주었다. 지금 자신과 하비에르의 이야기를 세상에 알리는 것이 바로 그 방법인 것 같다고.

하비에르의 부모님과 잭은 끈을 바꾼 사실이 알려지면 역효과가 일어날 수도 있지만 숨기는 것은 더 수치스러운 일이라는 데 동의했다. 하비에르의 부모님은 전혀 수치스러워하지 않았다. 그들은 언제나 그랬던 것처럼 아들을 자랑스러워했다.

잭은 그들의 격려에 용기를 얻어 계획을 세우기 시작했다.

잭은 4년 전 고모와 고모부가 백악관에 입성한 후 수도를 떠나고 싶은 마음이 간절해져서 뉴욕으로 전근 신청을 했다. 사이버사령부의 소규모 팀에서 일하며 컴퓨터 공학자 친구들도 사귀었고 예쁜 여자들과 데이트도 많이 했다. 하지만 그가 짧은 끈인 줄 아는 여자들의 대부분은 왕가에서 내쳐진 아들과 결혼해 재클린 케네디가 되고 싶은 삐뚤어진 환상을 이루려는 목적으로 접근해 올 뿐이었다. 잭은 뉴욕에서 열리는 짧은 끈 행사에 빠짐없이 참석하기로 다짐했고 하비에르와도 1년에 여러 차례 편지를 주고받았다. 하비에르의 편지 내용은 갈수록 흥미진진해졌다.

하지만 잭은 시간이 지날수록, 특히 고모부가 대통령으로 당선된 후에는 고모부에 대한 반항에서 느끼는 흥분감도 줄어들었고 일에서도 취미에서도 별다른 즐거움을 느끼지 못했다. 아무런 목적도 없이 헤매던 예전으로 돌아가 있었다. 지금까지 그를 지탱한 집안의 기대가 사라지자 한때 꿈꾸었던 평범한 삶이 놀라울 정도로 쉽게 찾아왔지만 머지않아 정체 상태에 빠졌다.

이제 하비에르의 편지를 두 손에 쥔 그는 마침내 다시 목적을 찾은 기분이었다.

잭은 존슨 재단 본부가 있는 브라운스톤 건물 입구에 도착했다. 웨스 존슨은 대통령 후보 경선에서 탈락한 후 짧은 끈들을 돕고 세상 모든 끈의 평등을 위해 힘쓰는 비영리 단체를 설립했다. (그동안 하나의 끈 운동에 큰 진전이 있었지만 짧은 끈에 대한 고질적인 선입견을 없애는 것이 그리 간단한 문제가 아닌 만큼 여전히 헤쳐 나가야 할 장애물이 많았다.)

잭은 지난 몇 년 동안 존슨 재단의 행보에 관심을 기울여왔다. 이들은 채용과 입학, 은행 대출, 의료보험, 입양 등 무수히 많은 분야의 차별로부터 짧은 끈들을 보호하는 법적 장치를 마련하기 위해 노력하는 단체였다. 최근에는 짧은 끈들이 자발적인 선택에 따라 죽음을 맞이할 수 있도록 하는 존엄사법을 추진 중이었다. 마지막 순간을 우연에 맡기지 않고 사랑하는 사람들에 둘러싸여 평화롭게 마무리할 수 있도록.

잭이 존슨 재단에 도착하자 비서가 그를 위층으로 안내했다. 최근에 새로 임명된 재단의 커뮤니케이션 책임자 모라 힐의 사무실이었다.

"앉으세요, 헌터 씨." 모라는 발목을 교차해서 앉은 자세로 가볍게 책상 앞으로 몸을 기울였고 잭은 가죽 의자에 앉았다.

"솔직히 대통령의 조카가 만남을 요청했다는 소식을 듣고 굉장히 흥미롭더군요." 그녀가 말했다.

잭이 정중하게 고개를 끄덕였다. "저는 제 친구인 육군의 가르시아 대위를 대신해서 왔습니다. 그 친구는 작전 중에 전사했습니다." 잭은 갑자기 목이 타서 앞에 놓인 물을 들이켰다.

"저런, 안타까운 소식이네요."

잭은 목을 가다듬으며 다시 한번 마음을 다잡았다. 이제 그는 모르는 사람에게 이 이야기를 해야만 한다. "5년 전 STAR 이니셔티브가 처음 발표되었을 때 우리 둘은 육군 소위였습니다. 제 친구 하비에르는 끈이 짧았고 저는 길었지만 군인의, 아니 영웅의 운명을 타고난 사람은 그 친구라는 것을 우리 둘 다 잘 알고 있었죠. 그래서 우리는 끈을 바꾸었고 그 친구는 저 대신 해외로 파병되었습니다."

모라는 눈이 휘둥그레져서 뒤통수를 긁적였다. "세상에."

잭은 폴더에 넣어서 가져온 편지 사본을 내밀었다. "하비에르가 죽기 전에 쓴 겁니다."

그는 모라가 서두르지 않고 한 줄 한 줄 천천히 읽는 모습을 지켜보았다. 몇 번이나 무슨 말을 하려는 듯 입이 벌어졌지만 아무 말도 하지 않았다.

잭은 편지를 올바른 장소로 가져온 것이기를 바랐다. 이 재단은 지난 6개월 동안 앤서니의 가장 강력한 재선 경쟁 후보인 펜실베이니아주 상원 의원을 적극적으로 후원했다.그는 짧은 끈을 지지했다. 이미 앤서니는 작년의 사건 이후로 지지율이 떨어지고 있었다. 그의 암살 미수범이 죽은 후 감방에서 발견된 자백서 때문이었다. 5년 동안 세상은 잘못 알고 있었다. 그녀는 자신의 끈이 짧아서 앤서니를 죽이려고 한 것이 아니었다. 그녀는 상자를 열어보지도 않았고 끈의 길이도 알지 못했다. 그녀는 그저 30년이 지나도 남동생을 잃은 슬픔에서 벗어나지 못한 누나일 뿐이었다. 동생을 죽음으로 몰고 간 장본인이 승승장구한다는 사실에 분노했던 것이다. 그녀는 앤서니를 죽일 수 없다는 사실을 알았지만—텔레비전에서 그의 긴 끈을 보았으니까—어떻게든 벌주고 싶었다. 너무도 오랫동안 미루어졌던 정의를 조금이나마 실현하고 싶었다. 하지만 아무 잘못도 없는 남자 행크가 휘말려 희생되었고 그녀는 앞으로 나아갈 의지를 완전히 잃어버리고 죄책감에 입을 닫았다.

총격 사건의 진짜 동기가 밝혀지자 앤서니를 탄핵해야 한다는 목소리도 나왔다. 하지만 세상에 알려진 것보다 더 많은 진실이 있음을 증명하는 것은 불가능했다. 앤서니는 남학생의 죽음에 직접적으로 관련이 있다는 주장을 부인했고 자신의 선거 캠프가 남학생 누나의 명예를 훼손한 것에 대해서는 전 국민이 그랬듯 그녀의 행동이 끈 때문으로 추측되어서였을 뿐이라고 주장했다.

하지만 최근 여론조사에 따르면 앤서니의 지지율은 압도적이 아니었다. 그가 도전하는 재선은 치열한 경쟁이 될 전망이었고 뭔가를 하나만 얹어준다면 역전이 가능할 터였다.

"편지를 저희 쪽으로 가져오신 이유가 뭘까요?" 모라가 물었다.

"언론에 공개해주십시오." 잭이 말했다. "제 이름도 공개해서 제가 하비에르와 끈을 바꾼 장본인이라는 것을 확실하게 해주세요. 저는 이 편지가 롤린스 정부를 무찌를 최후의 무기가 되길 바랍니다. 그의 정치가 얼마나 큰 피해를 가져왔는지, 하비에르 같은 용감하고 헌신적인 시민이 조국을 위해 일하지 못하도록 꿈을 이루지 못하도록 하는 것이 얼마나 어리석은 일인지 사람들에게 보여주었으면 합니다. 하비에르의 용기 덕분에 마지막 작전에서 세 사람을 구할 수 있었습니다. 하비에르가 그들의 목숨을 구한 겁니다." 잭이 잠시 말을 멈추었다. "하지만 이건 군대에 관한 문제만이 아닙니다. 세상의 공포와 선입견, 무지 때문에 길이 막힌 모든 짧은 끈들의 문제입니다. 사람들이 하비에르의 이야기를 듣고 알았으면 좋겠습니다. 짧은 끈들도 긴 끈들과 똑같이 가치 있고 그 가치를 증명할 기회를 얻을 자격이 있다는 것을요."

물론 잭은 하비에르의 편지를 읽는다고 앤서니나 캐서린, 그들에게 권력을 내어준 사람들의 생각이 바뀌지 않으리라는 것을 알고 있었다. 아무것도 바뀌지 않을 것이다. 하지만 시작이 될 수는 있을 것이다.

"편지가 공개되면 많이 곤란해지실 텐데요." 모라가 말했다. "그래도 괜찮으시겠어요?"

"네." 잭이 단호하게 대답했다. 피로 이어진 가족들과는 이미 멀어졌다. 직접 선택한 가족의 편에 서야 할 때였다.

"그렇다면 저희가 도와드릴 수 있어 영광입니다. 저도 하비에르의 이야기가 세상에 알려져야 한다고 생각합니다." 모라가 말했다.

잭은 모라와 악수를 하고 편지를 맡겼다. 밖으로 나온 그는 하늘을 올려다보았다. 하비에르는 지난 4년 동안 조종사였으니 저 하늘의 구름 사이를 지난 적도 있지 않을까?

잭은 하비에르가 지금 어디에 있든 이 아이러니한 순간을 알아주었으면 했다. 5년 전 잔인하게도 하비에르의 끈을 이용해 목적지로 바짝 다가갔던 앤서니 롤린스가 이제 바로 그 끈 때문에 몰락할 수도 있다니.

그 주에 열린 추도식은 하비에르의 부모님과 잭, 휴가를 나온 군인 두 명만 참석한 채 조촐하게 치러졌다.

성조기로 감싼 관 옆에 서 있는 잭에게 한 여자가 다가왔다. "친구분은 정말 용감한 군인이었어요."

여자는 추도식이 다 끝나고 뒤늦게 슬그머니 들어왔다. 잭이 모르는 얼굴이었다. "친구분이 그날 우리를 구해줬어요." 여자가 작게 말했다.

그제야 잭은 그녀가 하비에르의 부모님이 말해준, 그가 죽기 직전에 구조한 두 민간인 의사 중 한 명이라는 사실을 알아차렸다. 아니카 싱이라고 했던가. 당시 작전에 참여했던 사람들은 모두 비밀유지 계약에 서명했지만 레이놀즈 대위만이 하비에르의 부모님에게 그의 용기에 대한 이야기를 들려주었다.

"이래서는 안 됐어요. 하비에르는 짧은 끈을 받아서는 안 됐어요." 잭이 말했다.

아니카는 뒤돌아서 엄마가 아들을 보는 것처럼 이해심과 다정함이 가득한 얼굴로 잭을 보았다.

"있잖아요. 하비에르를 보니 내가 예전에 알았던 남자가 생각나네요. 그 남자도 그랬으면 안 되는데 끈이 짧았어요. 하지만 그와 하비에르의 삶은 세상을 바꿨어요. 몇 년, 몇 세대가 지나서까지 두 사람의 영향력은 계속될 거예요. 어떻게 보면 두 사람은 그 누구보다 끈이 긴 사람들이었어요."

니나

끈이 나타난 지 1년째 되는 날이 지나고 세월은 계속 흘렀다. 어느덧 끈이 나타난 지도 거의 10년째가 되었다.

그동안 상자에 고마워하는 사람들도 생겼다. 사랑하는 이들과 작별 인사를 할 수 있게 해주어서, 후회할 마지막 말을 내뱉지 않을 수 있게 해주어서. 끈의 기묘한 힘에서 위안을 얻는 이들도 있었다. 그들은 사랑하는 사람의 끈이 짧은 이유가 중간에 수명이 줄어든 게 아니라는 사실에서 위안을 얻었다. 끈의 길이는 태어나는 순간부터 정해지는 것이니 처음부터 그 짧은 길이가 그들의 운명이었고 절대로 끝을 막을 수 없었다고. 사랑하는 사람의 이른 죽음이 어떤 결정이나 행동 때문이 아니라는 믿음은 이별을 받아들이기 한결 쉽게 해주었다. 다른 도시에서 살았더라면, 다른 음식을 먹었더라면, 집에 갈 때 다른 길로 갔더라면 하고 후회할 필요가 없었다. 헤어짐은 여전히 가슴 아프고 받아들이기 힘들지만 적어도 만약의 상황에 대한 후회가 남아 집요하게 괴롭히지는 않았다. 끈의 길이는 처음부터 정해져 있으니까.

하지만 직접 부당함에 맞서야 하는 짧은 끈 당사자들은 그런 위안을 느끼지 못했다. 그것은 남은 이들, 그들이 떠난 후에도 계속 살아가야 하는 긴 끈들만 느끼는 위안이었다.

모라의 부모님이 니나에게 장례식 추도사를 부탁했다.

니나는 추도사를 처음 해보는 것이었다. 그녀는 마지막 남은 힘까지 그러모아 첫 번째 줄 의자에서 일어났다. 엄마의 손을 놓고 앞으로 나가 조문객들 앞에 섰다.

니나는 재빨리 실내를 훑으면서 추도사를 읽는 동안 집중할 얼굴을 찾았다. 앞줄에는 그럴 만한 사람이 보이지 않았다. 모라의 가족은 모두 숨죽여 울고 있었고 벤과 에이미를 쳐다보고 싶진 않았다. 저들은 몇 년 후에 닥칠 장례식에 대해 생각하고 있을 테니까. 니나는 뒤쪽의 모르는 얼굴들에 집중하기로 했다. 니나가 모르는 모라의 동료 또는 옛 지인들 같았다.

니나는 아내의 열정과 용기, 유머, 놀라울 정도로 빨리 친구를 사귀었던 성격에 대해 이야기했다. 모라가 존슨 재단에 대해 알자마자 곧바로 출판사를 그만두고 존슨 상원 의원의 팀에서 일하기 시작했고 통틀어 여섯 번째 직장이었지만 첫날부터 천직이라고 느낀 첫 번째 직장이었다는 말도 했다. 모라는 같은 짧은 끈들을 보호하는 재단에서 마침내 적성에 맞는 직업과 열정을 마음껏 발산할 곳을 찾았다.

니나는 모라의 마지막 나날들에 대해서는 말하고 싶지 않았다. 뒤늦게 발견된 희귀 심장 질환이었다. 끝에 관해서는 이야기하고 싶지 않았다. 그래서 이야기에 대한 이야기를 하기로 했다.

"우리가 함께 한 시간이 길지 않아서 우리가 불행했다고 생각하실지도 모릅니다. 하지만 지루함과 피로함, 비통함 속에서 함께하는 40년보다 진심으로 사랑하는 사람과 함께하는 10년이 낫지 않을까요? 훌륭한 사랑 이야기는 연인이 함께한 시간으로 평가되지 않습니다. 그중에는 저와 모라의 결혼 생활보다 더 짧은 경우도 있죠. 하지만 우리의 이야기, 저와 모라의 이야기는 짧지만 깊고 온전하게 느껴졌습니다. 그 자체로 완성된 멋진 이야기였습니다. 우리의 이야기에서 제가 모라보다 더 많은 페이지를 받았지만 흥미진진한 것은 모라의 페이지였어요. 저는 평생 그 페이지를 몇 번이고 다시 읽을 것입니다. 우리가 함께한 10년, 우리의 이야기는 선물이었어요."

뒤쪽의 얼굴들이 흐려지기 시작했다. 니나는 구겨진 티슈로 눈물을 닦고 추도사가 적힌 종이를 보았다. 모라를 위해서라도 끝내야만 했다.

"모라는, 정말 모라답게도 자신의 장례식에서 조문객들이 마지막으로 들을 목소리가 자신의 목소리가 되도록 저에게 마지막 메시지를 일러주기까지 했습니다. '사람들에게 이렇게 말해줘. 나는 탐험가가 되고 싶었어요. 가장 먼저 첫걸음을 내디디는 사람이 되고 싶었어요. 가장 먼저 얼음처럼 차가운 물속으로 뛰어드는 사람, 이상하게 생긴 음식을 가장 먼저 맛보는 사람, 가장 먼저 무대에 올라가 노래하는 사람이 되려고 노력했어요. 이제 죽으면 어떻게 되는지, 무엇이 기다리고 있는지도 내가 여러분보다 먼저 알게 되겠네요. 구석구석 자세히 조사해두었다가 여러분이 오면 자세히 알려줄게요.'"

장례식 몇 주 후 니나는 부모님의 집을 떠나 혼자 집으로 돌아갔다. 책을 끝내야 했다. 끈에 관한 이야기와 끈을 선하게 사용한 사람들의 이야기 모음집을 벌써 3년 가까이 작업해오고 있었다. 헌사까지 다 적었지만—간단하고 솔직하게 '모라를 위해'라고—아직 원고와 작별하고 싶은 마음이 들지 않아서 편집자에게 넘기는 것을 미루고 있었다.

그날 밤 니나는 원고를 다시 죽 읽어보았다.

유방암을 일으키는 BRCA 유전자 돌연변이를 가지고 태어나 자신의 끈이 길 것이라고 생각하지 못했지만 지금은 유방암 연구 진보에 앞장서는 여성. 갱단이 우글기리는 동네에서 자랐지만 끈이 길다는 사실에 희망을 얻어 그곳을 탈출하고 위기 청소년들을 위한 방과 후 프로그램을 운영하는 스물세 살 청년. 상자를 배낭에 넣고 에베레스트산 정상에 오른 짧은 끈 남성.

모라도 존슨 재단에서의 활약으로 책 속에 살아 있었다. 짧은 끈 인식 개선 캠페인에 앞장서고 짧은 끈 군인의 희생이 헛되지 않도록 STAR 이니셔티브가 결국 대법원에서 패하도록 일조한 여성. 그녀가 상상했던 것보다도 훨씬 더 큰 유산이었다.

모라라면 원고를 넘기라고 할 것이다. 이제 보내주라고. 이제 정말 그래야만 한다.

니나는 모라와 나눈 대화가 떠올랐다. "우리 둘 중에서 넌 항상 계획을 세우고 바위처럼 든든하고 흔들림 없는 쪽이었잖아. 그러니까 앞으로도 계속 그래 줘. 알았지? 무너지지 마. 에이미와 벤은 네가 필요해. 조카들도 네가 필요해. 네 인생도 네가 필요해. 계속 든든한 바위가 되겠다고 약속해줘. 앞으로도 계속 계획을 세운다고 약속해."

하지만 지금 니나에게는 두 가지 계획밖에 없었다. 이 책을 출판하는 것, 새로운 한 해를 무사히 보내는 것. 내일 그녀는 첫 번째 계획을 실행할 것이다. 오늘은 세상과 나누기 전에 마지막으로 이 이야기들과 모라의 이야기와 조금만 더 함께 있을 것이다.

에이미

벤과 에이미는 여느 부부와 마찬가지로 다툴 때도 있었다.

그녀는 쓰레기통 비우는 것을 깜박했다고, 식기세척기에 그릇을 제대로 넣지 않았다고 그에게 투덜거렸다. 그는 두 아이 윌리와 미지의 자전거에서 보조 바퀴를 떼도 된다고 주장하면서 그녀의 지나친 신중함에 이의를 제기했다.

그들은 눈알을 굴리고 목소리를 높이며 티격태격했지만 부부에게도 부모에게도 너무나 자연스러운 다툼 속에서 오히려 위안을 느꼈다. 평범하지 않은 난관으로 가득한 자신들의 삶이 지극히 평범하다는 사실이 그저 달콤하기만 했다.

벤은 모든 것을 서두르고 싶어 했다. 그는 첫째 윌리가 태어나기도 전에 교외의 주택을 구입했다. 그와 에이미에게는 두 아이가 선물로 찾아왔고 아이들은 무럭무럭 잘 자랐다. 눈 깜짝할 사이에 첫걸음마와 첫 마디, 첫 취미가 지나가고 어느새 아이들은 피아노를 배우고 농구공을 던졌다. 부부는 아이들에게 네 가족이 함께한 추억을 최대한 많이 만들어주려고 애썼다. 살아가는 동안 언제나 떠올릴 추억이 있도록. 벤은 두 아이의 야구팀에서 코치를 맡았고 아이들과 미술 수업을 들었다. 에이미는 아이들이 잠들기 전에 책을 읽어주고 머나먼 상상의 나라로 보냈다. 양쪽 조부모 모두 근처로 이사 와서 손주들에 대한 극진한 사랑으로 장난감이며 선물을 가득 채워주었다. 니나는 언젠가 모라와 나눈 농담처럼 '멋진 이모'가 되어 아이들을 한 달에 한 번 시내에 있는 집으로 불러서 재웠다.

벤과 에이미는 바쁜 하루를 보내다가도 문득 집안을 둘러보았다. 한때 불가능하다고 생각했던 것들이 그들 곁에 있었다. 가족의 기록, 함께 꾸려나가는 충만한 삶이 있었다. 에이미가 좋아하는 소설책 대신 이제는 동화책이 가지런히 놓인 책꽂이. 윌리가 태어나기 전에 떠난 두 번의 해외여행에서 사 온 엽서. 여름에 찾은 프랑스 남부와 겨울에 찾은 상트페테르부르크. 두 사람이 처음 함께 연 추수감사절 파티에서 벤이 깨뜨린 이 나간 파란색 서빙 접시. 생일과 명절에 교환한 스쿠터와 퍼즐, 전자 키보드 선물. 액자에 든 벤이 설계한 건물 도면, 선생님이 된 에이미의 제자 세 명이 보낸 편지. 책상에 꽂아둔 예전에 두 사람이 주고받은 편지를 전부 모아둔 스크랩북.

벤이 병을 진단받았을 때 그들은 놀라지 않았다. 준비되어 있었다. 처음부터 벤은 병원에 입원하지 않겠다는 생각이 확고했다. 이미 계획해둔 대로 집에서 아내와 아이들과 남은 시간을 보낼 생각이었다.

니나는 동생에게 제부가 세상을 떠난 후 도시로 돌아올 것인지 물었다. 에이미는 벤이 없는 집을 그려보았다. 이웃들이 위로의 의미로 가져온 캐서롤로 꽉 찬 냉동실, 앞마당을 지날 때마다 침통하게 고개를 젓는 이웃들. 하지만 처음 이사 왔을 때 아직 임신 5개월밖에 되지 않은 그녀가 문턱을 지날 때마다 벤이 한사코 안아서 들어주었던 집이었다. 벤이 꼬박 일주일 걸려 만든 뒷마당의 그네 세트가 있는 집이었다. 에이미는 그런 집을 도저히 떠날 수 없을 것 같았다.

어느 날 밤 니나는 에이미와 함께 식탁에 앉아서 벤의 유언을 들었다. 의자에 등을 기대고 앉아서 두 사람을 바라보며 만족스러운 삶이었다고 말하는 벤의 모습은 니나를 놀라게 했다. 벤은 자기 의사와 관계없이 상자가 열렸던 것도 만족하고 에이미, 윌리, 미지와 함께 인생에서 가장 행복한 시간을 보냈던 것도 만족하고 남겨질 가족들이 혼란스럽지 않을 것이라는 것도 만족한다고 했다.

벤이 자러 위층으로 올라가고 둘만 남겨졌을 때 니나는 동생에게 선택에 만족하는지 물었다.

"지금이라도 생각을 바꿀 순 있겠지. 하지만 그러지 않을 것 같아. 예전에 난 만약의 상황을 떠올리면서 현재와 다른 미래를 꿈꾸는 시간이 많았어. 하지만 윌리와 미지가 태어난 후로는 그러지 않았어. 한 번도 그런 공상을 하지 않았어. 엄마가 된 후로 현재에 집중하기가 훨씬 더 쉬워진 것 같아."

"잠깐이라도 한눈팔면 아이들이 무슨 말썽을 피울지 모르니까?" 니나가 물었다.

"응. 그것도 그렇지." 에이미가 웃었다. "그래서만은 아니야. 예전에 난 다른 삶을 사는 내 모습은 어떨까 상상하곤 했어. 하지만 지금은 바로 이 삶이 내 운명이라는 걸 알아. 아이들의 통통한 볼에 뽀뽀할 때나 벤이 아이들에게 말 태워주는 모습을 볼 때마다 그런 생각이 들어."

에이미는 한동안 가만히 있었다. "물론 언니처럼 끈이 긴 게 가장 큰 축복이지." 그녀가 다시 입을 열었다. 그녀는 핸드폰을 집어 지난 핼러윈 때 벤과 아이들이 트릭 오어 트릿을 하는 모습이 담긴 배경 화면 사진을 보았다. "하지만 나도 큰 축복을 받았다고 생각해."

윌과 미지의 대학 등록금 적금, 주택 대출금, 새로 고친 벤의 유언장 등 모든 게 준비되어 있었다. 그리고 벤의 부모님과 에이미의 부모님부터 니나, 윌리, 미지까지 모두 마음의 준비가 되어 있었다.

하지만 그 전화에 준비되어 있던 사람은 없었다. 벤의 병원 예약 진료를 다녀오다가 벤과 에이미가 탄 차가 고속도로에서 사고를 당했다는 경찰의 전화였다.

"고인의 명복을 빕니다." 경찰이 말했다.

모두가 예상한 고인은 한 명뿐이었는데.

사고 다음 날 아침, 너무도 큰 슬픔에 한숨도 자지 못한 니나는 휘청거리며 동생의 옷장으로 다가갔다. 그녀는 옷장에서 에이미가 14년 동안 열어보지 않고 놓아둔 상자를 꺼냈다. 그 안에 동생이 끝까지 확인하지 않은 그것이 들어 있었다. 니나는 그것을 직접 보고 싶었다.

에이미의 끈을.

에이미의 끈은 벤의 끈과 길이가 똑같았다. 처음부터 그랬다.

니나는 상자에서 조심스럽게 끈을 꺼내 동생의 생을 두 손으로 가슴에 꼭 감싼 채 울고 또 울었다.

니나

평생 아이 계획이 없던 니나였지만 한 치의 망설임도 없이 윌리와 미지를 입양했다. 아직 열한 살, 아홉 살밖에 안 된 아이들이지만 에이미를 떠올리게 하는 구석이 많았다. 상상력이 뛰어난 것도 그렇고 눈동자도 그랬다. 동생은 조카들의 존재를 통해 언제까지나 니나와 함께할 것이다.

에이미는 아이들이 원래의 집에서 계속 살기를 원했기에 니나는 맨해튼의 아파트를 팔고 교외에 있는 그 집으로 들어갔다. 아이들의 친조부모와 외조부모도 근처에 살고 윌리와 미지는 절대로 혼자가 아니었다.

니나는 에이미와 모라, 벤이 언제까지나 그립겠지만 그들에게 한 약속을 지킬 것이다. 절대 무너지지 않을 것이다. 윌리와 미지에게 바위처럼 든든한 존재가 되어줄 것이다. 세 사람을 위해 앞으로도 계속 계획을 세우면서 살 것이다.

어느덧 1년이 지났을 때 니나와 조카들은 새로운 삶을 안정적으로 꾸려나가고 있었다. 한 가족으로.

니나는 몇 주에 한 번씩 윌리와 미지를 데리고 뉴욕 시내로 나갔다. 미술관이나 동물원에 가기도 하고 아이들이 떡 벌어진 입으로 파오 슈워츠 장난감 가게 안을 돌아다니게 둘 때도 있었다.

가끔 브로드웨이 뮤지컬이 늦게 끝나거나 하면 뉴욕에서 자고 갈 때도 있었는데, 그때마다 시내에서 약간 떨어진 호텔에 묵었다. 건물 정면이 보자르 양식으로 디자인된 그 호텔은 벤의 마지막 프로젝트였다. 흠집 난 보석 같았던 100년 된 호텔을 1년의 복구 작업 끝에 지나온 세월의 가치가 그대로 담긴 궁전으로 변신시켰다. 벤이 그 호텔을 생전의 마지막 작업으로 선택한 데는 이유가 있었다. 니나가 기억하기로는 건물에 '두 번째 삶'을 주기 위해서였다. 그 건물의 두 번째 삶에는 그의 아이들이 함께할 터였다.

그날도 뉴욕 시내 나들이를 나온 하루였다. 온종일 자연사박물관에서 공룡 뼈를 구경하다가 저녁이 되었을 때 니나는 두 아이와 길을 건너 센트럴파크로 들어갔다. 하루의 마지막 햇살이 나뭇가지 사이로 쏟아질 때 세 가족은 에이미의 벤치에 들렀다.

40대 중반의 니나는 슬슬 주름이 생기기 시작한 손을 뻗어 은색 명판을 쓰다듬었다. 에이미가 9년 동안 몰래 모은 돈으로 10주년 기념일에 벤에게 선물한 것이었다.

B에게

무슨 일이 있어도 내 마음은 똑같을 거야.

-A

윌리와 미지는 근처의 놀이터로 달려가고 니나는 벤치에 앉았다.

그네와 정글짐을 왔다 갔다 하며 뛰어노는 아이들을 미소로 바라보며 그들의 놀라운 회복력에 감탄했다. 저렇게 다정하고 호기심 많고 유쾌한 아이들을 자신들이 낳았다는 사실을 에이미와 벤도 분명 자랑스러워할 것이다.

이런 순간이면 니나는 동생이 끝까지 상자를 열어보지 않았다는 사실이 감사했다. 모라를 괴롭혔던 분노와 비통함에 사로잡혀서 아기들의 통통하고 사랑스러운 얼굴을 볼 때마다 이 아이들이 크는 모습을 볼 수 없다는 사실에 괴로워하지 않을 수 있었으니까.

만약 에이미가 상자를 열어보았더라면 윌리와 미지가 세상에 태어날 수나 있었을까 싶기도 했다. 혼자 아이들을 키워야 한다는 생각만으로 괴로웠을 텐데, 만약 자신까지도 옆에 있어줄 수 없다는 걸 알았더라면 과연 아이를 낳았을까? 어쩌면 앞일을 미리 알지 않기로 하고 상자를 열지 않은 에이미의 결정이 두 자매에게 저렇게 사랑스러운 두 영혼을 선물해주었는지도.

니나는 생전의 에이미처럼 애정 넘치고 아이들에게 무한한 관심을 주는 엄마가 되기 위해 무던히 애쓰면서도 만약 모라가 살아 있었다면 어떤 엄마가 되었을까 궁금해졌다. 니나는 아이들에게 모라의 유쾌함과 용맹함, 즉흥성을 심어주고 싶었다. 아내와 여동생의 공통점이었던 삶에 대한 열정을. 니나는 티셔츠나 토트백, 포스터에서 흔히 보이는 "끈이 짧은 것처럼 살아라."라는 문구가 떠올랐다. 요즘 특히 유행하는 문구였다. 끈이 처음 나타났을 때만 해도 짧은 끈은 마음을 열고 의미 있는 삶을 살아야 한다는 뜻이 아니라 위험하고 우울하기 짝이 없는 존재로만 받아들여졌다.

니나는 윌리와 미지가 놀이터에서 다른 두 아이와 금세 친구가 된 모습을 지켜보았다. 네 아이는 즐거운 비명을 지르며 순서대로 노란색 미끄럼틀을 타고 내려왔다. 분열에서 힘을 얻는 어른들과 달리 만나자마자 솔직함으로 교감하는 아이들의 모습은 언제나 니나를 놀라게 했다.

니나는 목으로 손을 가져가 모라의 핀을 만졌다. 두 개의 끈이 서로를 휘감은 황금색 핀. 니나는 모라가 죽은 후 그 핀을 어머니가 준 목걸이에 매달았다. 깊은 생각에 잠길 때마다 부적처럼 엄지로 핀을 쓰다듬었다. 그녀처럼 그 핀을 매일 달고 다니는 사람은 많지 않았다. 이제는 10월마다 모습을 드러내는 핑크 리본처럼 대개는 특별한 날이나 정치 행사 때만 착용했다. 세간의 우려와 달리 짧은 끈들에 의한 대규모 폭력 사태가 일어나지 않은 덕분에 초기의 어마어마한 충격이 많이 사그라졌기 때문이었다. 한때 가장 소리 높여 짧은 끈들의 위험을 경고했던 전 대통령 롤린스는 아주 가끔 텔레비전에 나와 자신의 회고록을 홍보하거나 강연을 할 뿐이었다.

물론 존슨 재단과 하나의 끈의 계속된 노력에도 끈에 따른 불법적인 차별은 여전히 사라지지 않았다. 짧은 끈들에 대한 편견은 겉으로 분명하게 드러나지는 않을지언정 미묘하게 계속되고 있다. 특별히 심각한 사건들이 있으면 시위도 계속 벌어졌다. 니나는 짧은 끈들이 침묵하지 않고 있다는 걸 알면 모라가 기뻐하리라는 생각이 들었다.

니나는 함께 놀면서 금세 우정이 싹트는 네 아이를 바라보며 저 아이들이 자연스러운 공감이라는 어린 시절의 선물을 어른이 되어서까지 간직할 수 있을까 의아했다. 에이미와 벤, 모라는 분명 그러기를 바랄 것이다. 니나는 아이들이 반드시 그렇게 될 수 있도록 최선을 다할 것이다.

니나보다 나이가 많은 여자가 벤치에서 니나 옆에 앉더니 핸드백에서 잡지를 꺼내 읽기 시작했다. 니나는 저 잡지의 지난 호에 잭 헌터에 대한 특집 기사가 실렸던 것이 기억났다. 그 유명한 대통령의 조카는 도움이 필요한 순간에 모라에게 도움을 청했었다. 잭은 모라의 도움으로 육군 동기와 끈을 바꾼 사실을 고백한 후 몇 년 동안 꽤 유명 인사가 되었다. 기사에는 사실을 고백하자마자 군대에서 파면당하고 몰락했지만 이내 모든 짐에서 벗어나 홀가분해진 듯 승승장구하는 그의 모습이 담겨 있었다. 인터뷰 당시 그는 PTSD가 있는 전직 군인들을 돕는 비영리 단체에서 일하고 있었고 아내가 둘째를 임신 중이었다.

니나는 잡지 표지에 작게 실린 잭 헌터의 임신한 아내가 모라의 옛 친구 레아를 약간 닮았다고 생각했다. 처음 열린 하나의 끈 행사 때 타임스스퀘어에서 아이를 낳을 뻔했던 임산부. 지금도 가끔 윌리와 미지는 레아가 낳은 몇 살 위 쌍둥이와 만나 마당에서 함께 논다. 그럴 때면 레아의 오빠가 테라스에서 아이들이 잘 노는지 살폈다. 아이들은 그와 니나의 여동생이 남긴 유산이었다.

언젠가 이 아이들의 아이들이 태어날 세상은 상자가 나타나기 전의 세상이 어땠는지 기억조차 가물가물할 것이다. 노년에 접어든 니나 세대의 긴 끈들은 그들의 할머니, 할아버지에게 2차 세계 대전 이야기를 들었던 것처럼 상자가 처음 나타났을 때의 이야기를 들려줄 것이다. 모두가 교과서나 소설책에서만 접했을 엄청난 변화에 대해. 서점에서 책을 읽던 두 어린 자매, 스케치북에 집을 그리던 수줍음 많은 소년, 가라오케 바에서 노래를 부르던 자유로운 영혼의 여자가 상상조차 하지 못했던 엄청난 변화가 유년기의 당연한 부분이 될 것이다.

사람들은 계속 상자를 열어볼까?

니나의 동료들은 최근 갤럽 여론조사 결과에 대해 이야기했다. 끈에 관해 이루어진 가장 최근의 전국 설문 조사였다. 상자를 열어보지 않겠다는 사람들의 숫자가 처음으로 크게 증가했다. 특히 최근 상자를 받는 사람들은 열지 않는 경우가 점점 많아졌다. 일시적인 동향일 뿐 언젠가 다시 바뀌리라는 의견이 대부분이었다. 하지만 니나는 신호일지도 모른다는 생각이 들었다. 15년 동안 공포와 혼란 속에서 긴 끈, 짧은 끈, 중간 끈 할 것 없이 끈을 충분히 보았으니 사람들이 깨달았는지 모른다. 그 어떤 길이도 가능하며 길이는 전혀 중요하지 않다는 것을. 어차피 끈의 길이는 처음부터 정해져 있을지라도 결국 삶은 우리가 엮어나가는 것임을.

물론 사람들은 여전히 상자가 어디에서 왔고 왜 왔는지 궁금해 한다. 앞으로도 언제까지나 그럴 것이다. 수명에 대한 정보를 그저 개인이 적절하다고 생각하는 방법으로 이용하라는 뜻이었을까? 아니면 전 세계 사람들이 교감하고 함께 커다란 변화를 이루어내게 하려는 것이었을까? 세상 사람이 한 명도 빠짐없이 다 상자를 열어봐야만 끈의 진정한 힘이 발휘된다는 주장도 있었다. 상자를 절대 열어보아서는 안 되고 길이에 상관없이 끈을 받았다는 것 자체가 선물이라고 믿게 된 이들도 있었다.

아직 끈이 준 시간이 많이 남아 있지만 니나는 마치 끈이 짧은 것처럼 알 수 없는 앞날을 두려워하지 않고 모든 기회를 기꺼이 받아들이며 살아갈 수 있을까 생각했다.

엄마가 되는 생각을 한 번도 해본 적 없는 그녀였지만 이 아이들은 그녀에게 어둠을 밝히는 빛이 되어주었다. 앞으로 또 무엇이 그녀를 기다리고 있을지 모른다. 좋은 사람을 소개해줄 테니 만나보라는 친구들의 성화를 못 이긴 척 받아들일 수도 있다. 새로운 이야기를 추가해 새로운 책을 낼 수도 있다. 윌리와 미지를 데리고 어딘가로 모험을 떠날 수도 있다. 아이들에게 더 넓은 세상을 보여줄 수도 있을 것이다.

하지만 센트럴파크에 앉아 있는 지금은 그저 긴장감을 풀고 이 순간에 머무르기로 했다. 그녀는 자리에서 일어나 아이들이 있는 놀이터로 갔다. 아이들의 손을 깍지 끼고 빙글빙글 돌았다.

공원의 북쪽 가장자리에서 등에 스피커를 고정하고 자전거를 타고 지나가는 남자에게서 소리가 들렸다. 그의 두 다리는 예전보다 힘겹게 움직이고 바퀴도 더 느리게 굴러갔다. 하지만 노랫소리는 그 어느 때보다 선명했다. 각자 할 일에 열중하며 바쁘게 걸어가던 사람들이 잠깐 멈추고 노래가 흘러나오는 쪽으로 고개를 돌렸다.

이 책이 세상에 나오기까지 꿈이 열매를 맺는 과정을 함께해준 모든 분께 감사드립니다. 이 공간에서 그 어떤 말로도 제가 느끼는 깊은 감사를 제대로 전할 순 없을 거예요.

CAA의 훌륭한 에이전트 신디 어와 버니 바르타에게 감사드립니다. 두 사람은 이 책의 요정 대모이지요. 두 사람의 지혜와 헌신, 지도가 없었다면 이 책이 세상에 나오는 것은 상상조차 못 할 일이었을 거예요.

탁월함과 따뜻함으로 이 책의 페이지를 하나하나 전부 매만져준 나의 훌륭한 편집자 리즈 스타인에게 감사합니다. 그녀는 최고의 파트너이자 이 책의 최고 서포터입니다.

이 책을 영국 독자들에게 선보일 수 있게 해준 카를라 조셉슨의 끝없는 열정과 창의적인 리더십에도 감사드립니다.

윌리엄 모로우와 버러 프레스, 하퍼콜린스의 훌륭한 팀들, 특히 리에이트 스틸릭, 제니퍼 하트, 켈리 루돌프, 아리아나 싱클레어, 케이틀린 하리, 브리트니 하일스, 엘시 라이온스, 데일 로보, 데이브 콜에게 감사드립니다. 지금까지도 저는 이게 현실인지 꼬집어 보곤 합니다.

CAA의 너무도 훌륭한 팀, 특히 미셸 와이너, 도로시 빈센트, 에밀리 웨스트콧, 제이미 스톡턴, 칼릴 로버츠, 제이슨 추크우마, 아디 메어 시드니 툰, 비앙카 페트쿠에게 감사드립니다.

첫 피드백을 주신 저의 숙모 에이미 파인, 처음부터 이 책을 믿어준 수미아 오자클리, 소중한 친절을 보여주는 매디 데스핀스에게도 감사한 마음을 전합니다.

하버드와 컬럼비아의 모든 교수님, 글에 대한 제 꿈을 키워주고 다듬어준 홀리 차일드 학교의 은사님들에게도 감사합니다.

이 책을 쓰는 동안 사랑과 지원을 아끼지 않은 케임브리지와 뉴욕의 모든 지인에게 감사합니다. 당신들은 내 삶을 훨씬 더 풍요롭게 해주었어요. 언제까지나 잊지 않겠습니다.

그리고 가족에게 감사드립니다. 저의 조부모님 메리와 월터, 두 분은 제가 책을 사랑하는 삶을 살 수 있는 토대를 마련해주셨고 매일 영감을 주십니다. 그리고 낸시와 에버렛, 제가 큰 꿈을 좇을 수 있게 해주셔서 감사합니다. 제 부모님 로라와 짐, 제 인생의 모든 걸음을 안내해주고 흔들림 없는 격려로 저를 일으켜 세워주셔서 감사합니다. (첫 번째 편집자로 이 원고를 그 누구보다도 많이 읽어주신 어머니께 특별히 감사드려요.) 여동생이자 가장 친한 친구 랜디, 너의 부러운 재능과 창의력을 나눠줘서 고마워. 가족들의 사랑이 있었기에 지금의 제가 있을 수 있었습니다.

마지막으로 이 책을 읽어준 모든 독자 여러분, 감사합니다.

이 안에 당신의 수명이 들어 있습니다

초판 1쇄 2023년 8월 16일
초판 2쇄 2023년 10월 20일

지은이 니키 얼릭
옮긴이 정지현
펴낸이 최경선
편집장 유승현 **편집3팀장** 김민보

책임편집 장아름
마케팅 김성현 한동우 구민지
경영지원 김민화 오나리
디자인 김보현

펴낸곳 매경출판㈜
등록 2003년 4월 24일(No. 2-3759)
주소 (04557) 서울시 중구 충무로 2 (필동1가) 매일경제 별관 2층 매경출판㈜
홈페이지 www.mkpublish.com **스마트스토어** smartstore.naver.com/mkpublish
페이스북 @maekyungpublishing **인스타그램** @mkpublishing
전화 02)2000-2611(기획편집) 02)2000-2646(마케팅) 02)2000-2606(구입 문의)
팩스 02)2000-2609 **이메일** publish@mkpublish.co.kr
인쇄 · 제본 ㈜M-print 031)8071-0961
ISBN 979-11-6484-591-0(03840)